图书在版编目（CIP）数据

边疆 / 残雪著. —长沙：湖南文艺出版社，2019.2（2023.10重印）
（残雪作品典藏版）
ISBN 978-7-5404-7902-2

Ⅰ.①边… Ⅱ.①残… Ⅲ.①长篇小说－中国－当代 Ⅳ.①I247.5

中国版本图书馆CIP数据核字（2017）第004148号

边 疆
BIANJIANG

残雪 著

出 版 人：陈新文
责任编辑：陈小真
责任校对：向朝晖
装帧设计：弘毅麦田
湖南文艺出版社出版、发行
（湖南省长沙市东二环一段508号　邮编：410014）
网址：www.hnwy.net
湖南省新华书店经销
湖南省众鑫印务有限公司印刷

版次：2019年2月第1版
印次：2023年10月第4次印刷
开本：880 mm×1230 mm　1/32
印张：13
字数：280 千字
书号：ISBN 978-7-5404-7902-2
定价：58.00元

本社邮购电话：0731-85983015
若有印装质量问题，请直接与本社出版科联系调换

目录

第一章　六瑾 …………………………001

第二章　胡闪和年思…………………033

第三章　启明 …………………………065

第四章　石淼 …………………………095

第五章　婴儿 …………………………125

第六章　六瑾和蕊………………………155

第七章　周小里和周小贵 ……………181

第八章　六瑾和父母，以及黑人………211

第九章　小叶子和麻哥儿 ……………243

第十章　院长和年思……………………271

第十一章　六瑾和红衣女郎，以及启明………299

第十二章　六瑾和蕊，以及无头人…………325

第十三章　启明和六瑾 ………………347

第十四章　六瑾和樱……………………369

第十五章　雪 …………………………385

六瑾

已经很晚了，六瑾倚着木门站在那里。月光下，一大嘟噜一大嘟噜的葡萄闪烁着细微的荧光，那株老杨树的叶子随风发出好听的响声。有一个人在说话，他的声音混在杨树叶子发出的声音里头，六瑾听不清他在说些什么。她知道他是那个人，最近每天深夜都来，坐在挨院门那边的石磙上。一开始六瑾很害怕，待在房里不敢出去，从窗口那里反复张望。后来，觉得这个体形像熊一样的老男人没什么可怕的，就鼓起勇气走过去。他的眼神很锐利，即使在昏暗中也像碎玻璃一样扎人。他的两只手在忙着，六瑾看见他在搓麻绳。他不喜欢同人说话，对于六瑾那些问题，他一律用含糊的声音回答说："想不清楚了……"他不是住在六瑾家附近的，那么他是从哪里来的呢？他虽不同六瑾说话，但他似乎是一个喜欢自言自语的人，他总在伴随风声和叶子的声音说，风一停，他也停，真是个怪人。今天夜里他的声音提高了,六瑾竖起耳朵听,勉强听清了几个字:"中午在市场那边……"六瑾就努力去想象市场的情景:布匹啦,银饰金饰啦,葡萄干啦,手鼓啦,外国人啦等等。想了一会儿,没想出什么线索来。这么晚了街对面居然还有女人在唱歌,像是个年轻女人,如泣如诉的,难道是唱给这个老男人听的?可他好像并没有在听,他在说他自己的。这段日子里,六瑾已经习惯了他的声音,她觉得老人同院里那株杨树有点相像,杨树已经很老了,这个人也是吧。六瑾问他,搓麻绳是拿出去卖吗。他没有回答。六瑾困了就去睡了,蒙眬中听见年轻女人的歌声变得凄厉了。早上起来一看,老男人没有留下任何痕迹,搓麻绳也没有掉下一点麻屑,真是个怪人啊。问邻居呢,都说不知道有这样一个人,也没有人看见过他。这也是情理之中的,一般到那么晚了,人们是不会出来走动的。六瑾知道自己是小城里睡得最晚的人,这是长期养成的习惯。然而夜里那年轻女人又是怎么回事呢?听方位好像是孟鱼家的女人,那一家是贩羊的,从牧场买了羊来,到市场去宰杀,杀了现卖。奇怪的老人使六瑾清冷的秋夜有了内容,她对他生出一种模糊的感情,她不愿去弄清这种情绪的性质。

　　她一个人生活在这小院落里已经有五年了,她的父母是从内地的大工业城市迁过来的,那时她还没有出生。五年前,年迈的双亲又随着大队人马迁回了家乡,而她留下来了。她为什么留下来呢?不愿去大城市吗?关于那个城市,她只从父亲的描述中获得过一些印象,总体来说那些印象是缥缈的,不可靠的。她也曾努力要将那些印象聚拢成一个整体,却没有成功。所以当父母收拾行李准备离开这个边疆小城回老家时，她就开始感到头重脚轻，走路也没个定准了。那几天的深夜，她听见河边那些胡杨的树身发出爆裂的声音，隔那么久爆一下，一直炸到凌晨。她是有奇异的听觉分辨力的，她一听就知道是胡杨。她在那不祥的声音里头一惊一乍的，某个模糊的念头便渐渐成形了。当她提出来要留下时，父亲只是抬了抬右边的眉毛，每当事情的发展证实了他的想法时，他就是那种表情。"你这么大了，当然可以。"六瑾突然觉得他和妈妈一直在等自己提出来呢，自己真是个傻瓜啊。于是她的行李被重新打开，放归原位。是啊，她已经三十岁了，为什么还要同父母住在一起呢？火车开走时，父母都没有从窗口探出身来，她不知道他们想些什么。然而当最后一节车厢快要消失之际，她突然清晰地看到了远方的那个城市。确切地说，那不是一个城市，而是浮在半空的一大团白烟，里头有些海市蜃楼般的建筑。她甚至看到了父母居住的高层公寓的单元房，那个窗口不知为什么在强光照射下还是黑洞洞的。她是怎么认出来的呢？因为窗前挂着母亲那条老式百褶裙啊。回去时脚步就变得稳实了，她要回的，是仅仅属于她一个人的家了。她的身体激动得一阵颤抖。

  独居的初期六瑾很不适应。她的工作是在市场那边卖布，从嘈杂的地方回到冷清的小屋时，天已经黑了。一连好几天，有一只细小的张飞鸟竟然迈着急促的步子进了她的房，灰蓝色的小东西发出短促尖脆的叫声，仿佛是在寻找它的伴侣。它绕房里快走一圈之后，便失望地叫着出去了。六瑾听见它飞到了树上，还在叫。它的生活中发生了惨剧吗？坐在灯光下，她便会想起近期常来市场的那位男子。那人戴着眼镜，拿起布来瞧时，眼镜几乎触到了布上，六瑾觉得很好笑。他的样子同市场很不协调，他不像个来买东西的人，也没带提袋背袋之类的。他穿得像边疆的农民，当然他不是农民，从他的眼神可以看出来。他老来看布，却不买，不过他也不盯着六瑾看。六瑾从他抚摸这些家织土布的动作表情上，竟然同他产生出近乎生理性的共鸣。这是个什么样的人呢？"我不买，只看看。"他抬起头，哀求似的对六瑾说。"你看吧，尽管看。"六瑾呆板地回答，内心不知怎么一下子出现了空洞。

有一天张飞鸟很晚了还不回巢，老在刺玫瑰边上绕来绕去，一声声叫得凄苦。六瑾预感发生了什么事，就走到院门那里去。她看见路灯下，市场里那戴眼镜的男人在同一位年轻女子说话，那女子急匆匆的，尖声喊了一句就跑开了，男子似乎头晕，靠在电杆上闭眼休息。张飞鸟叫得更凄苦了，像失去了儿女的妈妈。六瑾走近男子，轻轻地说："明天又有几款新布匹要拿出来，雪莲图案的。是那种……像雪莲，又不像。"那人听了她的话才缓过劲来，说："嘿！"他转过脸来打量她家的院子，这时她注意到张飞鸟已经不见了。他没有再说什么就离开了，他走路的样子很可笑，有点像马。六瑾在市场听到过别人称他为"老石"，这就是说，他姓石。六瑾想，市场里的邂逅也许不是偶然的？不然今天他为什么出现在她家门口呢？她又记起那年轻女人急躁地跺脚的样子，那时张飞鸟叫得正频繁。这位男子后来还到她家门外来过几次，六瑾大大方方地同他打招呼，称他为"老石"。他总站在那里，有点像等人，老是看表。六瑾想，他是等那年轻女人吗？为什么选这个地方呢？怪事。

老石给六瑾的生活注入了活力。那段时间，她起劲地打理她的园子，一到休息日就热火朝天地干一场。她沿墙栽了很多波斯菊和一串红，同先前栽的那些刺玫瑰连成一片。院子里本来一前一后有两棵杨树，她又种了几株沙棘，她喜欢这种素净的树。她还给葡萄施了肥。一个休息日，老石进了她的院门，六瑾邀他到葡萄架下坐一坐，她搬出茶几，摆上茶具。他们刚要开始喝茶时，张飞鸟出现了，很快地走来走去，尾巴一翘一翘的，一声声叫唤。老石的脸立刻变了色，像马一样伸着脖子看外面。最后，他茶也没喝就抱歉地告辞了。六瑾非常迷惑，尤其让她感到迷惑的是这只鸟，也许是两只，或三只，它们全是一个样子。六瑾记起，她再没看到过那年轻女人了。老石和她怎么啦？刚才坐在这里时，她看见他右手的食指受了伤，缠着厚厚的绷带，他用左手端杯子的动作很麻利。六瑾想，也许他是个左撇子吧。

六瑾的生活基本上是两点一线——从家里到市场，从市场到家里。可是有天夜里，她坐不住了，走过那条街到了小河边。那是枯水季节，小河快要干涸了。天很高，有月光，沿河走了一会，她便看见了胡杨的尸体，那四五株胡杨也不知道是寿终正寝还是意外死亡。那些矗立的树干鬼气森森，乍一看，她的心还怦怦直跳呢。好不容易才鼓起勇气走到面前，却惊动了几只柳莺，尖脆的叫声居然使得她的腿子抖了起来。她转身就走，走得一身汗，这才回头看一看。可是那几株死胡杨怎么还在眼前呢？"哈，你也来了？"居然有个影子从胡杨林里出来对她说话了，那声音几乎将她吓晕。幸亏她听出来是自己这条街上的邻居，邻居不是一个人，后面还跟着一个影子，那是老石，嘿嘿地笑着。老石一边走拢来一边对六瑾说："这种死树，见了以后就不要跑，你一跑，它们就将你盯得紧紧的。"邻居也附和道："老石说的是真的，六瑾啊，你对这种事还没有经验吧？"即使是站在阴影里，六瑾也感觉自己的脸在红得像火烧。这两个人是早就躲在这里的吗？刚才她是怎么想起要到这里来的呢？她记得当时她坐在桌边给母亲回信，她写不下去了，因为母亲那句话老在耳边回荡："……六瑾，六瑾，我们这里你是回不来了。你可要好自为之啊。"难道这么久了妈妈还想过让她回去？她站起来，倾听了一会儿张飞鸟在院子里发出的孤单的叫声。她出门时，门也忘了关。那么，也许这两个男人是常常到这里来研究这些死树的，而她自己，却是第一次闯来的。

"你看，别的都长得那么茂盛，唯独这几株——会不会是集体自杀？"

老石又说话了，他的镜片在闪着冷光。六瑾朝那边望去，看见月光变得明亮了，其他那些美丽的胡杨像要开口说话一样，唯独这几株还是鬼气森森。邻居老宋头用一把铁铲猛地铲向枯死的胡杨树干，六瑾看见树干纹丝不动。老宋头扔了铁铲站在树干前发愣，老石则干巴巴地笑了两声。六瑾一下子记起了这位邻居在家时的那些野蛮举动。那一年的秋天，这老头一发疯就将自家房子的后墙拆掉了，幸亏屋顶盖的是茅草，才没有垮下来。到了冬天，他就用油布遮着挡北风。

"废原大哥，你在干什么呢？这些是死树啊。"六瑾劝解地说。

河水发出一阵响声，好像是有条大鱼在往上跳。

六瑾说话时同两个男人隔着三米远。她想向他们走近一点，而她一迈步，他们就往后退去。有小沙粒钻进了她的鞋子，她弯下腰去弄，再伸直腰的时候，他们已经隐没在树林里面了。有一阵风吹来，六瑾突然感到了害怕。她转身就离开，可是不知为什么走了两步就撞到了死树上头。她绕开死树走了几步，又撞在另一株上面，痛得眼冒金星，忍不住"哎哟"了一声。抬眼一看，紧紧挨在一起的死树的树干像墙一样弯过来，合拢，将她包围了。除了头顶的天，现在就只能看见眼前的黑黑的树墙了，她泄气地往地上一坐，有种末日来临的感觉。真是见鬼了，她怎么会到这里来的呢？小河里还有鱼在跳，可那水声似乎隔得很远了。她将脸埋在手掌里，不愿看那些树干，她怀疑是邻居宋废原在搞鬼。这肯定是幻觉，那么他，还有老石，他俩是用什么方法使她产生这种幻觉的呢？她紧张地思考着这个问题，可是太紧张了，得不出任何结论来。忽然，她感到了强光，于是松开手，啊，是闪电。一道，又一道，将周围照得雪亮，刚才还在眼前的那些死树已退到了远处，悲壮的枝丫好像在闪电中乱舞。她站起来便跑，一刻不停地跑回了家。

　　想起这些往事，六瑾就深深地感到老男人来到她的小院里是理所当然的。也许是时候了？是干什么的时候呢？她不知道，只是模模糊糊地觉得同远方的父母有点什么关系。她记得父亲在走的那一年也曾搓过麻绳，他于冬天坐在光秃秃的院墙那里，一边搓一边关注外面马路上的动静。那时街上的人马很稀少，车子更少。父亲不紧不慢地搓，将目光投到经过的那些人身上，脸上浮着笑意。"爹，您看到熟人了吧？"六瑾问他。"哈，每个人都是熟人。这小城里能有多大呢？"六瑾心里想，既然每个人都是熟人，那父亲是在辨认一种东西吧。辨认什么东西啊？六瑾走进院子，来到父亲过去常坐的院墙那里，她刚一站住，就听到了悲凄的鸟叫声。那只鸟在附近的某个巢里，也许是失去了儿女，也许是受了伤，也许什么都不是，只不过是天性悲观？听声音那鸟已经不年轻了，说不定父亲当时坐在那里就是为了听它的叫声呢，好像也只有坐在那里才听得到嘛。那是什么鸟？她估计鸟巢是筑在后面那株杨树上的，但她从这里走开几步就听不到它的叫声了，再一回原地，又可以听到。如果父亲在冬天曾与它做伴，它必定是一只留鸟。会不会是受了伤的大雁？大雁受了伤怎么在杨树上筑巢呢？声音有一点点像。在这样的夜里，南飞的大雁有时是会发出叫声的，当六瑾听到夜空中的雁叫时，总忍不住要掉泪。明明是自由的叫声，在她听来却像临刑前的恐惧。"声音是有角度的，不找中地方就听不见。"老人忽然很清晰地对她说道。她看见他手中的麻绳发出银白色的柔光。"那么，您从哪里来？"六瑾朝他走去。他低下头，嘟哝道："这种事我记不住的……你想想看，我是……"他不说话了。六瑾想，什么样的人才没有记忆呢？有这一类的人吗？他是……他是谁？她想靠近老人，却感到右脚被什么东西拖了一下，差点就跌倒了，这令她大大惊讶了。她站稳之后，不甘心，又探出左脚去尝试，结果一个趔趄坐到了地上。老人坐在那里搓麻绳，像没看见似的。六瑾听见自己在恼羞成怒地朝他尖叫："你是谁？"

夜已经深了，外面居然有一队马车跑过，这是好多年都没有过的事了。六瑾听人说城市在扩大，可她实在懒得去参观那些地方。听说是向东发展，而东面是那座雪山。怎么发展？难道将雪山削掉一个角，抑或将房屋建在半山腰？六瑾亲眼看见过蹲在半山腰大石头上面的雪豹，雍容而威猛，很像雪山之神。后来她多次梦见过雪豹在叫，那时大地便响起隆隆的雷声，但雪豹的叫声到底是什么样的，她至今搞不清楚。由于是周末休息，她决心奉陪老人到底，看他什么时候离去，往哪里去。马车队跑过的声音消失之后，他就站起来了，那背影极像一头棕熊。六瑾看见他穿过马路，朝孟鱼家走去，这时孟鱼家的窗口就亮起灯光，然后他就进去了。他进去后，那唱歌的年轻女人突然发出一声凄厉的叫喊。六瑾听到那屋子里传出响动，还以为要出事，可是一会儿就安静了，灯也灭了。她又站了一会儿才回屋里去睡。她不知道天是什么时候亮的，似乎这一夜很长，很长。

孟鱼家那天夜里到底发生过什么呢？六瑾看不出蛛丝马迹来。她走到他家院子里，看见那些绵羊，它们弄得身上很脏。年老的孟鱼正在修理他的皮靴，他戴着老花镜，聚精会神地用一把锤子在敲，他额头上沁出了汗珠。

"老爹，那人夜间到你家来是投宿吗？"六瑾在他旁边的石凳上坐下来。

孟鱼抬起头看了看她，又摇了摇头，放下修鞋的工具，长长地叹出一口气。六瑾看见那年轻女人的身影在门口闪现了一下，又进去了。她是在孟鱼家做杂工的。

"他一来，阿依的魂就被勾走了。"他说。

阿依是年轻女人的小名，老头会是她什么人呢？孟鱼说：

"他们可能是同乡。"六瑾很少看清过阿依的脸,因为她总是低着头在忙碌。即使在市场,她也是隐身在那些羊群里头,就仿佛她自己也是一只待宰的羊。她喜欢穿红裙,在六瑾的想象中,她是那种少见的美女。那么,那天夜里,老人到什么地方去了呢?她分明见他进了孟鱼的家门嘛,后来阿依还凄厉地惊叫了一声。

六瑾瞟了一眼那些羊,它们悲哀的眼神令她受不了,她也想不通它们怎么会被弄得这么肮脏的,就像在泥潭里滚过一样。这件事使她对孟鱼老爹也生出了怨恨,认为这老人心地不好。很可能他对她撒了谎,那个搓麻绳的老头就藏在他家,每天夜里他才出来,说不定他是阿依的父亲呢,但大家都说阿依是孤儿。绵羊们还是看着她,它们都不叫。六瑾想,要是它们都叫出声来要好得多。

"六瑾,你说说看,我们这地方来过身份不明的人吗?"

孟鱼说话时垂着眼,他在给靴子上油。六瑾想了想说:

"没有啊。"

"嘿,那么他就是有来历的嘛。你进屋来坐一坐,好吗?"

她跟着老人穿过院子进屋时,那些绵羊也一齐将头部转向他们,她举起一只手挡住那些可怜巴巴的眼光。他房里还是老样子,很宽敞,但没有什么家具。老人并不请她坐下,他自己也站着。六瑾正对着院子,她看见红裙子出现在羊群里头了,绵羊们围着她,开始发出哀哀的叫声,真是奇迹啊。

"你同老石的事怎么样了呢?"老人专注地看着她问道。

"没有什么进展,我摸不透他啊。"六瑾茫然地瞪着眼。

"嗯,要有耐心。"

六瑾不知道他为什么说要有耐心，而且他那么肯定地说到"你同老石的事"。她和老石之间并没有什么事，只不过他有时来她的院子里喝茶罢了。不过也很难说，恐怕真的有事吧，老石是个单身汉？六瑾无话可说，在空空荡荡的大房子里头觉得很尴尬，便告辞了。她出去时看见老人机警地盯着院子里穿红裙的女人，便感到了邻居家紧张的氛围。她已经走到院门那里了，回过头来，看见阿依正用一把刀对着一只绵羊比画着呢。六瑾不敢看，赶紧走出去了。六瑾回想起这一家人的日子过得很清苦，平时在外面看见他们的时候，他们的表情也很驯服，甚至有点懦弱，她怎么也想不到他们的内心会如此强悍。看来从他们口里是问不出什么的了，她还是要等到深夜去问老人。

刚才孟鱼老头提到老石，六瑾的心里又激荡起小小的波涛。这好些年里，也曾有各式各样的男子同她交往。父母在家的时候，她不愿他们到自己家来，于是，她总是和他们去"雪山旅馆"。那家大旅馆在雪山脚下，站在阳台上，她和她的情人有时可以看到在半山腰的小溪里喝水的雪豹。她之所以爱去那里幽会，主要也是为了看雪豹。有一回，她和男友（一个地理教员）钻进了野生动物保护区。当时天快黑了，她对地理教员说："真想同雪豹交个朋友啊，一想到那敦实的爪子就兴奋。你走吧，我不回去了。"后来是教员死拽硬拉将她拖出了保护区。一回到旅馆，她心底就升起无名怒火，第二天就同那教员决裂了，回去的时候他们各走各的。也有很浪漫的记忆，是关于大雁的，六瑾对男友说："我最喜欢听深夜晴空里大雁的叫声。"他们并不知道大雁会经过，还走出很远到旷野里去等。走着走着，六瑾就觉得自己和男友变成了一个人。前几次他们只遇见了沙漠鸟，后来，在他们完全没注意到的时候，高空悠长的叫声响起来了，他俩紧紧地搂着，都流下了眼泪。那位男子是做石雕的，他有妻子，有两个孩子。六瑾已经有几年没去过雪山旅馆了，她将自己想象成蹲在大石头上的雪豹。

雪山旅馆是本地有名的旅馆，为了吸引顾客，后来还在大厅里放了一只笼子，里面是一只小雪豹。雪豹虽不大，样子却凶狠，客人们经过笼子时都有点担忧，想不通旅馆为什么用这样的招数来吸引他们。六瑾也曾停留在笼子边与那只小雪豹对视，发觉完全不能交流，因为它的目光很空洞。它好像看不见周围的人，不知道它在看着什么地方。六瑾最后一次去雪山旅馆时，发现偌大的一个旅馆消失得无影无踪了，一个溜冰场建在原地，但溜冰场并不开放，没有冰，大门也紧闭着，她和男友只好在城边找了家小旅馆住下。那段时间里，每当她有意识地同别人谈论雪山旅馆，那人就支支吾吾地岔开了。"雪山旅馆，有这样一家旅馆吗？名字好怪。"六瑾纳闷，感到这里头有鬼。她又去找她前男友谈论，男友也似乎躲躲闪闪的，说什么"近来我很少回顾那时的事了"。她想，自己又没有要同他恢复旧情，一点都没有，他干吗那么敏感？也许他不是敏感，只不过是怕谈论旅馆的事。难道发生了较大的命案，旅馆才被推倒的？这后一种推测有点令她毛骨悚然。那时，在铺着地毯的走廊里，有人袭击过她，用装着毒气的喷筒喷她的脸，不过并没喷倒她，只是让她愣了一会儿，她清醒过来时，歹徒已经不见了。她将这事告诉男友，男友说，他远远地看到了歹徒袭击她，就从走廊尽头跑过来救助，可跑了一半路歹徒就不见了，可能走廊里有暗道。那一夜，他俩紧紧抱着，发着抖，根本无法睡觉。雪山旅馆渐渐在记忆中淡化了，但谜始终没有揭开。

"您贵姓？"六瑾问坐在院门口的老人。

老人先叽里咕噜地说了一遍，后来忽然吐出几个清晰的字："姓孟，孟鱼。"

"您怎么会是孟鱼？街对面的老爹才是。"

"哼，我就是。"

六瑾回想起孟鱼老爹对这个人的底细也不是无知的，似乎是，他警惕着他。难道他是从孟鱼老爹过去生活中走出来的幽灵？为什么他有同样的名字？六瑾不相信他了，她想，可能这个人真的有点疯。他今夜没有搓麻绳，他在就着月光用彩色丝带织一个钱包。他天生一双巧手，不用看也能织。六瑾想象他是一条巨大的蚕，正在织自己的美丽的茧子。

"那么，孟鱼大伯，您住在哪里呢？"她还不甘心。

后来他吐出来的词就再也听不清了。六瑾听到一只小狼在远处练嗓子，有点沙哑，有点迟疑，她暗暗为它使劲。她心里一下子冒出来一个念头：难道这两个人是一个人？哈，她倒的确没看见他们同时出现过。可是那一个是干巴老头，这一个是虎背熊腰啊，除了名字，没有一点相像的地方。不过这也很难说，她不是看不清门口这位大爷吗？伪装是可能的。听说已绝迹的狼近期又在周边地带活跃起来了，他们小城里常有狼在出没，孟鱼大爷深更半夜走街串巷，难道就不害怕吗？"狼。"六瑾忍不住说。老头锐利地扫了她一眼,说:"哼。"

六瑾看见被人们称作"夫人"的孟鱼老爹的妻子过来了,深更半夜的,她来干什么?她提着一个竹篮,里头放着一盘香油饼,她将篮子放在这个老头的脚边就溜走了。六瑾退到葡萄架后面,坐在马兰花丛中。这时那老女人又出现在门口了,她的尖厉的声音响了起来:"她可是老石的女人,你心里打着什么主意呢?"棕熊一样的老大爷站起身,朝着老女人咆哮起来。虽然他说了些什么六瑾一句都听不懂,但她的心还是跳得像打鼓。真可怕,她被猎人下了套子,挣也挣不脱,必得要失去一只胳膊或一条腿了。这个以前她从未见过的、抱有好感的老伯,怎么会同孟鱼家有这么复杂的瓜葛呢?她真想冲着他喊:"您是哪里来的?"可是狼嗥起来了,很多条狼一齐嗥,后来"夫人"就不见了。晴空里落下一些雨滴,老大爷摇摇晃晃地站起来向外走,六瑾看见他没有走向孟鱼家,他走在马路当中,往东边去了,他好像在夜游。月光很亮,又一拨大雁过来了,高空中回荡的叫声一下子让她想起了工业大城里高楼中的父母。昨天母亲来信说,婚姻大事是注定的,难道也是暗示这个老石?可是六瑾总是看不清老石,她对他的最深印象就是他在市场抚摸那些布的样子。从那种样子推测,这种人对做爱一事肯定有浓厚的兴趣。可是他给人的感觉又是那么缥缈,既不像地理教师,也不像石雕工艺师。六瑾不知道要如何看他,她对自己的感情一点把握都没有,可以说,她一点都没往男女关系上头想,可周围的人为什么会这么想呢?还有,这个男人对她真有那种想法吗?

她弯下腰,捡起那盘油饼,将它们倒进垃圾桶,想了想,连盘子也丢进去了。她对这种东西感到害怕，也对那家人家的所有事情感到害怕。孟鱼老大爷真的会是孟鱼老爹吗？多么荒唐啊。那个院子里总是拥挤着绵羊和山羊，要去找他们家的人，就得从那些脏兮兮的羊的身边挤过去，而那几个人，永远像掌握着小城里的所有秘密似的。虽然他们静悄悄的，但六瑾从未感到院子里的氛围有所松懈过，那里头是个阴沉沉的家。她又想起那天夜里在胡杨树林里的邂逅，宋废原对那些死树怀着什么样的仇恨呢？

她回到屋里，看见父亲的照片在灯光下很严肃地盯着她。玻璃上有个小动物停在他左边的脸上，使得他脸上像长了一道黑疤一样。啊，那是只细小的壁虎！六瑾讨厌蚊蝇，酷爱壁虎。有时，她从外面花园里捉来壁虎放在屋里，她称壁虎为"清洁工"，可是今夜父亲的脸因为这个小东西而显得有点凶。她用鸡毛掸子去拂小家伙，拂了好几下，它居然一动不动！多么固执的小动物啊。她坐下来，父亲还是盯着她。她记起已经有好久好久了，她一直对这张照片视而不见，差不多都忘记了。那么，是父亲没有忘记她还是她下意识里没有忘记父亲？临走的那几天父亲常望着花园发呆，可是他连看都不看她一眼，好像已经忘了自己要离开小石城的事一样。然而几天后他就一去不回头了，上火车时也没有回头看她一眼。六瑾想，她自己是继承了父亲这种禀性的，所以也就不要指望——她指望过什么吗？"爹爹，爹爹。"她在心里喊了两声，有点茫然，有点伤感。一眨眼之间，那只小壁虎就掉到了地上。她赶快走过去，弯下腰捡起它，却发现它已经死了。六瑾抬头再看父亲时，父亲的眼光就变得朦胧了。

她又走到院子里,将壁虎埋在马兰花下面。做完这件事,已经是下半夜了,她还一点睡意都没有。地上有几个人影,是谁呢?谁站在杨树那边啊?没有谁,一个人也没有。可这是谁的影子啊?靠大门台阶那边也有几个影子,因为月光强,影子的边缘特别清晰呢,怎么会有这种怪事啊。她往右边一看,又发现院子大门那里也有几个,并且正在往里面移动。六瑾急急匆匆回到房里,将门关好,闩上,靠在门上面闭眼回忆刚才的一幕。后来她躺下了,却不敢关灯,她始终盯着窗子,等啊等啊,那些东西却并没有弄出任何响动。她是不信鬼的,那么,是什么东西的影子呢?这世上存在着无实体的影子吗?她想着这些黑暗的问题,觉得自己越想越深,越无法控制,最后只能坠向眩晕的深渊。

老石捧起那块格子家织布嗅了又嗅,好像要吃下去一样。六瑾发现他的一边耳朵在动。"这种格子不常有,据说印染工艺很难。"六瑾介绍说。

"啊,我知道,我家就是干这个的啊!"他哈哈笑起来,镜片闪闪烁烁。

"原来这样啊。老石是行家啊。"

老石一下子又不好意思了,放下布,说要去买菜,匆匆离开了。六瑾疑惑地想,自己说错了什么吗?看来他眼里并没有六瑾啊,孟鱼老爹是怎么得出那种结论的呢?市场里有种骚动,一些人往出口那边拥去,六瑾听到小孩在说:"狼!"然后大人捂住了小孩的嘴。狼怎么会到这么多人的地方来,完全是胡说八道！多年里头六瑾感到，来这个市场的人最喜欢盲目冲动了。有一回，不知谁散布谣言说某个摊位提供不要钱的汽水，这些人就往那边挤去，很多人中暑倒地，居然有个人被挤过来的人踩到了胸口，死了。那天一整天六瑾都嗅到消毒水的味，恶心得直打呃逆。一般来说，六瑾卖布的时候不敢看顾客，她觉得这个市场的顾客太凶恶了，一定要敬而远之。此刻，当她抬起头来时，市场已经变得空空荡荡的了。正中央的休息台上，被椅子围住的圈内有一大摊血，不知道是兽血还是人血。还真有狼啊？老板一直在抽烟，他心情沉重地说："今天生意做不成了，这帮流氓！""谁是流氓？""谁？造谣生事的人嘛！""那是什么血呢？""根本就不是什么血，有人做假！"他激愤地提高了嗓门，左右隔壁的老板都担忧地伸出头来看他。他又萎靡地坐了下去，对六瑾抱怨道："人心莫测啊。你回家吧。"

六瑾一出市场就发现那些人并没有走远，他们聚集在广场那边观望呢。她对他们的行径感到非常厌恶，那里面有很多天天来此的老顾客，究竟为了什么他们今天这么轻浮？莫非真的相信会有狼来这里？不可能！她故意走到他们里头去，倒要看看他们说些什么。可是他们什么也不说，默默地为她让路，她走到哪里哪里的人就让开了。有个小女孩在叫她呢。

"六瑾姐姐，有人向我打听去你家怎么走，我告诉他了。"是细玉，豁嘴的孩子。

"他长得什么样？什么年纪？"

"他……我说不来。不是这里的人，走路老回头。"

六瑾的心怦怦地跳起来。难道是父亲的使者？

那个人外表很滑稽，下面穿的绿帆布裤子，上身却是榆树的树叶编成的"衣服"。看他的脸，可能才十六岁吧。刚才他蹲在那一丛一串红里头，不仔细看的话，还以为他是一株灌木呢。

"你是谁家的孩子啊，你的衣服真有趣！"六瑾和蔼地说。

"我可不是孩子，六瑾姐姐。"他严肃地说，忽然又绽开了笑容，露出白生生的小虎牙，"我的衣服，是在雪山脚下同人交换的，我把我的砖茶全部给了他。我是从内地到这里来卖砖茶的，有一麻袋呢。"

"糟了，你回去怎么向家里交代啊？"六瑾皱紧眉头。

"这里这么好，我不回去了。"

"你怎么知道我的名字的？"

"这是个秘密，不过你不用担心，我不会纠缠你的，我只是来看看你。再见！"

他走动时，榆树叶子簌簌作响，样子特别可笑。六瑾追到门口去看，看见他穿过马路到孟鱼家去了。他也到孟鱼家去，真是巧合吗？在他刚待过的一串红花丛边上，散落了五六张包糖果的玻璃纸。六瑾想，这个少年这么爱吃糖！

六瑾坐在葡萄架下想心事的时候，老石提着一篮菜进院门了。六瑾回想着市场的骚乱，猜测着这位男子当时去了什么地方。老石坐下，摘下眼镜，用手绢擦镜片。他的深度近视的眼睛好像什么都看不见，可是他却指着地上的糖果纸问六瑾是谁扔在这里的。六瑾回答他说，是一个不认识的小孩，也许是外地人吧。

"外地人？"老石的声音一下子变得很尖，也很难听，"我也是外地人。"

六瑾觉得很好笑,老石这是怎么啦?

"我原来住在雪山的那一边。"他的声音平静下来,"我们家染布。并不是开染坊,只不过是爱好,你明白那种情况吗?"

他戴上眼镜,注意地看六瑾的反应。

六瑾使劲点了点头,说:

"我想我是明白的。那种格子布,一下子就卖完了。那是什么蓝?我说不上来,你是知道的吧?"

他的菜篮子里有一只蛙在跳,跳了几下,终于跳出去逃跑了。六瑾暗想道,原来这个文质彬彬的人还吃蛙,真怪,真残忍。他俩沉默着的时候,那只久违了的张飞鸟又出现了,它迈着细碎急促的步子在花丛里穿梭,却不叫。六瑾感到很窘,很不礼貌,就勉强开口说:"你的蛙……"

"跑了吗?"他脸上浮起笑容,"说明你这里有地下水流过,它听到了,蛙最有灵性了。"

他将菜篮子往地下一扣,那些蛙全都挣脱草绳跑了,四面八方全是它们。他哈哈大笑,笑得很天真。六瑾的心很紧。

"我听说你不光卖布,还帮老板进货,你很识货,对布匹的知识掌握得不少。好多年了,雪山一直在慢慢地融掉。我在晴天里摘下眼镜看雪山,反而看得清。我在想,我这是什么类型的近视眼呢?"

六瑾没料到这个人这么关注她,于是心里悸动了一下。她觉得他那双外凸的近视眼的确有点怪异,似乎对有些东西有视力,对有些东西又完全没有。这是个什么样的人呢?那个同他争吵的年轻女人是他的情人吗?看情形很像。那么,他到自己这里来又是为什么呢？也许是心里寂寞，想随便找个人诉说。这时张飞鸟跑到她脚边来了，而老石，正从厚厚的镜片后面欣赏着这一幕。六瑾甚至觉得他的眼里流露出爱，但她又警告自己说，这是错觉。

他弯腰拾起篮子，说要走了。"你的院子真清爽。"他显得精神了好多。

他离开后，六瑾想去找那些蛙，可是一只也找不到了，它们全都躲藏起来了。六瑾想象着雨天里这个院里将会有的大合唱，想得心醉神迷。他的这个举动是表明了他的心意，还是恶作剧？六瑾总是区分不了二者，就像那天夜里在胡杨林里头一样。老石的确是个不同凡响的人。他说雪山在融化，这大概是事实，天气的确在变暖，环境在变脏。在市场里，她老是闻到腐烂的动物尸体发出的臭味，有一回，竟在角落里扫出一大窝死老鼠。他们并没有去毒老鼠，老鼠就死了，太可怕了。六瑾觉得每个人身上都像有尸臭味。

于是，在认识了很长时间以后，六瑾第一次想念起老石来。她用力地想，可是想得起来的只有那副厚厚的镜片后面闪烁的目光。有时蓦然看到老石，她会觉得这个人很丑，俗不可耐；有时又觉得这个人很有男子气概，形态上有种少有的美，坚韧又果决。张飞鸟又在窗外叫起来，六瑾想，这只小鸟是她和他之间的使者。刚才在葡萄架下的那一幕如暖流一样冲击着她的心。孟鱼家做杂役的女人又在唱了："雪莲花，开在深山的雪莲花……"那喑哑的嗓音像不祥之兆呢。这位美女是从哪里来的呢？难道两位孟鱼老头都恋着她，想要控制她？一年前的一天，六瑾看见她默默地出现在孟鱼家院子里的羊群中，还以为她是来走亲戚的呢。不知怎么，六瑾感到小石城有宽阔的胸怀，无论什么样的古怪人物都能在这里找到自己的位置。在此地土生土长的六瑾不知道别的城市（比如父母的大城市）是否也是这样的。这是个优点吗？也许是，如果她心里对那些人的困惑能解开的话就是。

六瑾朝女孩弯下身，问道："你看什么呢，细玉？"

"看你家的院墙。你不知道吧，有人在上面打洞，是那个男孩。"

"知道了。不用担心的。葡萄给你带回去。"

"谢谢六瑾姐姐。"

小女孩走路一跳一跳的，很像蛙。那些蛙从院子里消失得无影无踪了，也可能它们是进入了老石提起过的地下水里面。女孩走到门口又回过头来站在那里看她，六瑾问她看什么，她说六瑾身后站着一个人。

"细玉，你又胡思乱想了。你看见什么人啦？"

"我没看见，我听到了。"

六瑾皱着眉头寻思了一会儿，再要问她，她已经走了。她开始查看院墙，一段一段地仔细看，但她并没发现任何可疑之处。看来小女孩在逗她玩啊，她眼中的六瑾是什么样的呢？三十五岁的老闺女，怪得不像样吗？她回到房里，拿起笔来给母亲写信。她写了一些家常事，忽然写不下去了，抬眼看见雨打在窗玻璃上。外面艳阳高照，哪来的雨呢？她走出门去看，发现那穿树叶的少年在用一把喷壶对着她家的窗户浇水。

023

六瑾又好气又好笑，冲上去夺了他的壶，呵斥他说："你不卖茶叶，来这里捣蛋来了啊。你家到底在哪里？你叫什么名字？"少年不回答她的问题，眼睛还是紧盯那把老式浇花壶。六瑾脑子里生出个调皮的念头，她高举那把壶，朝男孩兜头浇下去。男孩站在原地一动也不动，被她浇了个通透。他用手抹着湿漉漉的脸，好奇地打量她的房子里面的摆设。

"进去换衣服吧。"

六瑾拉着男孩的手往里走。

她先让男孩去浴室洗个澡，她给他准备了她父亲的旧衬衫和一条灯笼裤。

可是那孩子在里头洗了好久好久还不出来。六瑾感到蹊跷，就敲门，里头也不回答。她推开门，看见人已经走了，可能是爬窗户出去的，那套旧衣服还放在椅子上。

六瑾呆呆地在书桌前坐了下来，对着桌前的墙壁说："你看，我有多么落寞。"可是不知怎么，她却在信纸上写道："……妈妈啊，这里的生活是丰富多彩的！"那封信写了很久很久，总是感到写不下去，感到自己想象不出母亲那张脸。这封信到底是写给谁的呢？母亲本人真的给她回了信吗？六瑾的抽屉里有很多母亲的信，但她坚信那些句子不是母亲的本意，而是母亲背后那个黑影——父亲的意思。因为母亲一贯不怎么管她。可写信的偏偏又是母亲！一般，信上从来不询问她的个人生活，只是描述了她和父亲老年的希望。"我和你爹爹希望在一个雨天徒步环城一周。""我们希望重返雪山，同雪豹对话。""我们幻想自己能化为这个烟城里的一缕黑烟。""我们今天去河里游了泳，我们想锻炼踩水行走。""我们……我们决不消失。"然而这类句子都插在大篇的关于那个城市的混乱描述之中,只有像六瑾这样的人才能将它们的意思从那里头分辨出来。偶尔,她会问自己:这种通信是为了什么呢?父母似乎一点都不惦记她,不关心她的婚姻,连问都没问过一句。不过却有另外一种关注从字里行间、从模棱两可的表达中透出来,说明他们还是惦记她这个女儿的。那么,他们关注的到底是什么呢?六瑾想不清楚,只觉得怪怪的。所以当她拿起笔来的时候,就给母亲写下了那种怪怪的句子。她写这些句子的时候,想到的是胡杨林,肮脏的绵羊,穿红裙子的神秘女郎,星光下搓麻绳的老人。"妈妈啊,我,我不是一个人!"不是一个人?那么她是几个人?她想起了儿时的一次奇遇。她同父亲去戈壁滩,他们一直沿着戈壁滩的外围步行,突然,几十只沙滩鸟从天而降,落在他俩的头上,肩上,脚边。小东西们叫着,啄着他俩的脑袋和衣服,好像同他俩有什么恩怨似的。六瑾注意到那个金红的太阳一瞬间就暗淡了,风呼呼地吹起来,有很多人在喊她和父亲的名字。就是在那时,十二岁的她第一次感到她是被许多看不见的人包围着。她挥着两只手用力赶鸟,完全茫然不知所措,而父亲,竟离开她独自一个人往西走去。内心的黑暗袭来,她觉得自己要被遗弃在这蛮荒之地了。那些鸟儿像突然来到一样,又突然消失了。"喂——"她绝望地喊道。幸亏父亲很快又出现了,背着手,从从容容地朝她走来,仿佛什么事都没发生过。此刻,当她写下这句话时,她便听到了地心的回响。她感到她所在的小石城是一座沉睡的城市,每天都有人和物在风中苏醒过来。是的,出其不意地苏醒过来！六瑾想起她的街坊邻居，想起她那几个在孤独中挣扎的情人，想起新结识的老石。她觉得他们每一个都像是从地心走出来的，身上有那么些古老的东西，一些她没法看透的东西。想着这些谜，她又觉得信没法写下去了。"风照样吹，太阳照样升起。"她赌气似的写道，"雪山间的那个岩洞里到底还要出来多少东西？"她的信就这样莫名其妙地结了尾，因为又有人进屋来了。是女孩细玉。从侧面看去，细玉的嘴唇完好无缺。难道有这种事？再从正面看，还是完好无缺。可是她一开口就不行了。

"六瑾姐姐，你见过蒙古狼吗？"

六瑾看见她小嘴里头的黑洞。她偏过脸，不想再看她的嘴。

"我，我要去邮局了。"她一边收拾桌子一边说。

细玉爬上桌子，又将那张嘴正对着她，仿佛逼着她看。

"蒙古狼把我弟弟叼走了。"

"你在幻想。"六瑾看她一眼，"蒙古狼不存在，蒙古离这儿远着呢。你的弟弟，我今天早上还见过他嘛，他在你妈怀里吃奶。"

"你说他在吃奶吗？我刚才正在想，他被狼叼走了呢。"

她的两条细腿从桌边垂下来，她用双手捧着下巴想心事。本来，六瑾是想问她关于那穿树叶的男孩的事，现在看见她这副模样就打消了念头。这个小女孩，心里装着巨大而沉重的心事吗？她是如何度过每一天的呢？但是六瑾又感到她一点都不悲观。

"啊，六瑾姐姐，我看见了，你房里好多它们！"

"谁？"

"蒙古狼啊。这边墙上全是它们的影子，有一只特别大，蹲在那里像座小山。"

"我要去邮局了。"

女孩跳下来,飞跑着出去了。六瑾若有所思地封好信,贴上邮票,可是又不想去发信了。她觉得,这个小鬼头细玉分明是在提醒她什么事情。六瑾没见过蒙古狼,但小的时候听过很多关于它们的传说,其中最多的是带走小孩,然后将小孩在狼群里养育的传说。最近窜到城里来的,会是蒙古狼吗?它们翻过雪山来到了这里?小石城的孩子们总是在小街小巷里游荡,深夜也不归家,所以被狼叼了去是很自然的,那些大孩子也许就被吃掉了,小的则变了狼孩吧。六瑾想得入了迷,开始虚构起狼孩的生活来。

那封信躺在桌上,很扎眼,六瑾看着看着就将它同狼群的事联系起来了。在她的想象中,烟城里头也有蒙古狼在出没。如果干巴瘦小的父亲骑在一匹狼背上飞奔,那才是好玩的事呢。"爹爹,爹爹,您可不要下来啊!"她在心里喊道。这个想象使得六瑾对自己的这封信产生了一点信心,她将它放进提包,决心上邮局去。她锁房门时的确听到房子里头有些响动,她不想细究了,就头也不回地到了街上。

她将信扔进邮筒之后就碰见了邻居路姨。路姨是母亲的好友。

"我怎么总觉得你妈妈回来过啊?"路姨说话时揉着那双浮肿的黄眼睛,像没睡醒似的。

"没有啊。路姨,您去哪里啊?"

"我?我四处走走看看,琢磨琢磨这些小孩的问题。那些狼,夜里真的来过了呢。我家孙女也是一夜未归,早上冲进家里直喊肚子饿!"

六瑾眼看着路姨消失在拐弯处,心里一下子变得特别空。看来在路姨的心中,母亲仍然时常出现。这个土生土长的路姨,不知道是怎么看待母亲的。六瑾的记忆中闪现出这两个扎着头巾的老阿姨一块去上班的情景,那时的路姨有些神经兮兮,总是回过头看身后。为什么这位老阿姨会觉得母亲回来过了呢,难道……她不敢想下去了,她觉得她的话不可理解。她想回忆自己在信中给母亲写了些什么,可是想啊想的,一句都记不起来了。

快到家的时候,六瑾看着孟鱼家那个女人在院门口痴痴地盯着马路上的行人,这是很少有的事,因为平时她总是尽量躲着人。六瑾心里一好奇就迎着她走过去了。"你在想家吗?"六瑾被自己这句问话吓了一跳,立刻感到别扭。阿依抿嘴一笑,摇摇头说:"不。"六瑾想,阿依抿嘴笑的样子可以令男人神魂颠倒呢。她又问她:"你家在什么地方?"没想到女人一点也不躲闪地说了好多。她说她家在雪山的那一边,家里有父亲和兄弟。她家没有正式的房子,只有几间草屋。家里靠打柴为生,像她父亲和兄弟那样的砍柴人现在几乎绝迹了,可他们就是爱好深山里的工作,不愿换掉这个工作。那时她母亲每天傍晚都在紧张不安中度过,担心这父子俩遭到雪豹的袭击。她家生活的清苦是难以想象的,有时连点灯的油钱也没有呢。好几年了,她一直想跑出来见世面,可又害怕。直到有一天孟鱼老伯来到她家,她才同他一道来到了这里。

"你在这里很寂寞,对吧?"

"不对不对！"她很激烈地反驳六瑾，"我最喜欢的是——这里！"

六瑾看到阿依的美目像两朵花一样开放了，里头涌动着纯洁的气息。回忆起她夜间歌声里头的凄厉，六瑾心里的谜团更大了。她不知道要同她说什么，只好道别。阿依始终在微笑，一种带有雨后松树清香的微笑。六瑾感觉自己真傻。

六瑾无端地感觉老石要来了，就起劲地收拾了一遍花园。奇怪的是她连一只蛙都没找到。现在她分明意识到了老石放走青蛙的举动是有预谋的。虽然她同他已经是好朋友，他也到她的园子里来喝过好多次茶，但六瑾对于这个吸引她的男人一点实实在在的感觉都没有，而且她也没有梦见过他。她注意到一件事，那就是所有的客人坐进她家那把旧藤椅时，椅子都要吱吱嘎嘎地响老半天，坐的人越重，响得越厉害。可是老石却完全不同，他一坐进去就同椅子融为一体，年代悠久的椅子只是细细地呻吟了两声便沉默了，他和它配合得那么完美。这个结实的中年男人就仿佛是同她的椅子长在了一起似的。就因为这件事，六瑾对他的情意不由自主地加深了。葡萄已经快摘完了，夏天接近了尾声，六瑾感到自己的心灵深处竟然有一份急切。但是那一天老石没来。他是第二天才来的。六瑾看见他闪现在院门那里时，她就如同俗话说的"干涸的大地渴望着雨水"。她居然脸都红了，也许是因为血冲上了脑袋。

"蛙全跑到下面去了，六瑾。"他说话时脸上掠过一丝恍惚。

"真的吗？我这个地方？"六瑾的声音很欢快。

"真的，就在你院子的下面。要不我干吗将它们放到这里来。"

"那么，你知道出口在哪里吗？下面是什么情况呢？"

"不，不知道。也许在你房子下面的通风口那里？我没有把握。"

由于他执意要站在那里，六瑾也只好站着。他们就这样倾听想象中的蛙鸣。天色在渐渐暗下来，老石的脸又变得模模糊糊的，她觉得他那条扶着院墙的手臂特别长，像猿猴的一样。六瑾突然想起了远方的父母，心里涌出一股缅怀的情绪。通风口？很久很久以前，在夜里，她的确常和父亲一道蹲在房子下面的通风口那里倾听过，然而那时就像现在一样，什么都没听到。也不对，不是什么都没听到，她和父亲听到了母亲在房里发出的梦呓。每一次，母亲都是笨拙地学公鸡啼鸣，她听了只想笑。她的态度使得父亲很不满。老石对蛙的所在地并没有把握，凭什么说蛙在地底下呢？他必定精通很多六瑾没有接触过的事，在胡杨林里头她就领教过他的怪异了，当时她觉得他神出鬼没，心机极深。或许就因为他心机太深，六瑾才没有对他产生长久的激情，她有点恐惧，有意要拉开距离。

"我真想有个园子啊。"老石一边说，一边摘下镜片厚厚的眼镜来擦拭。那两块镜片在月光下晃动着，像妖镜一样闪光。六瑾看在眼里，心中的激情沉下去了。她又怎能揣摩到这种人的念头呢？这时老石轻轻地笑出来了。

"你笑什么？"六瑾有点恼怒了。

"想起小时候赤脚追青蛙了。青蛙是我的好朋友，可他们老是嘲弄我。"

然后他戴好眼镜告辞了。六瑾记起，连泡好的茶也忘了端给他喝了。她对这个人有些什么了解呢？他老家是染布的，住在雪山那一边。这是他自己告诉她的。六瑾回到葡萄架下坐下来，喝完了那杯冷茶。有一刻，她似乎听到了水响，但那只不过是幻觉。她一回头，看见自己房里的灯亮了。这是自己先前打开的，还是自动亮的？她先前并没开灯啊，再说那时天还没黑嘛。她不愿意老想这类事了，她感到自己很疲倦。也许，她应该想一些欢乐、明确的事。那么什么是明确的事呢？孟鱼老爹家的美女似乎是，那条大红的裙子是那么艳丽，还有那张精致的、梦一般的脸。那就是美。还有她半夜的歌声，那也是美。喜鹊和张飞鸟都没有出来，院子里静得让人有点发慌。她决定下次遇见阿依时，要问她一些事。阿依这样的女人会让她接近吗？她那么美，根本不像这个世界的人。还有孟鱼老爹院子里那种杀气腾腾的氛围，分明是拒人于千里之外……邻居啊邻居，你们是些什么样的人呢？她又感到疲倦了。房里的灯不那么亮，看上去像蒙着一层纱一样，六瑾知道灯光下总有几只小飞虫，而那只大壁虎大概也出来了。里面，又是一番天地啊。

第二章

胡闪和年思

胡闪和妻子从小石城的汽车站走出来，站在那条长长的水泥马路旁边。他俩一齐做了一个深呼吸，感到自己置身于水晶宫一般的画面中了。略带寒意的空气是如此的清新，高而悠远的钢蓝色天空下，马路显得十分宽广，人行道铺着好看的彩石，榆树和沙棘相间，遮出幽静的林荫道。路当中有几辆人力板车在慢慢行走，车夫们都低头看着地下。那些朴素的平房都离马路较远，房前房后都有一丛丛绿树。胡闪和妻子有点吃惊地站在树下，行李就放在他们脚边。这个边疆小城超出了他们的预想，简直给他们一种世外桃源的印象。一会儿单位的车就来了，也是一辆人力车，不过是用脚踏的三轮车，车夫是个黑胡子大汉。他帮他们将笨重的行李在前部码好，请他俩坐在后面，然后他就慢慢地蹬起来了。他蹬得并不吃力，这是个精力充沛的人，不爱说话。胡闪和妻子感到要是他们说话，就是对车夫不礼貌，所以他们也三缄其口，默默地欣赏着美丽的小城的风貌。似乎是，这个小石城只有一条马路，因为他们始终没看到路边有岔道，当他们的车走完这条笔直的马路时，就上了一条柏油小道。小道的一边是小河，另一边是胡杨树，一路上没有一个人，只有鸟儿在树上叫。拐了几个弯之后，河和胡杨都消失了，眼前是乱石成堆的一个小山岗。那汉子从驾座上下来，说要小便去，就不见了。

　　夫妇俩在那荒凉的岗子上等了又等，后来才觉察出被人骗了。他们没有蹬车的技术，可是弃车走掉呢，又搬不动那些行李。年思蹲在地上，开始叹气了。胡闪暗想，她总是这样，一有事就叹气。他匆匆地在心里估算了一下，从这里到大马路有四五里地，路不好走，又快到傍晚了。唯一的办法就是赶快走，不考虑这些行李了，必须找到接收他们的单位。他是不敢同妻子在边疆的野外过夜的，什么危险都可能发生。他们商量了一下就拉着手走了起来。

　　那条路还真不好走，布满了凸出地面的石头，有几次他们都差点绊倒了。年思是近视眼，走夜路特别困难，只能死死拖住胡闪的手臂，由他带着往前迈步。看来不止四五里，可能竟有十里路呢。当两人终于返回到大马路时，都已经累得说不出话来了。空空的马路奢侈地亮着华灯，他俩靠电杆站在那里等人出现。

　　大约过了半个小时才有人来了，是蹚着河水上来的，身上湿漉漉的。胡闪上前向他打听，他就反问道：

　　"你们难道没有看见我？我一直在河里看你们呢！领导派我

来的,我怕弄错就没叫你们。全院的人都在找你们。"

"可是我们的行李被扔在荒地里了。"

"不要紧,早就有人捡到了。你们是遇上了疯子吧?他和你们开玩笑的呢,这是我们这地方的风气。跟我走,小石城欢迎你们!"

他俩同时抬头看见了青色的天空里那一行大雁,两人都要掉眼泪了。

夜晚特别凉爽,所以走了这么远也不觉得热。这条路上除了他们就没别人走,多么寂静的小城啊。

那天夜里,浑身湿透的中年人将他俩带到了建筑设计院的招待所,一进房间他们就看见了自己的行李。睡在招待所的床上,年思久久不能入梦,她对前途似乎感到恐惧,隔一会儿又在黑暗中嘀咕一句:"我没想到啊。"胡闪觉得妻子在埋怨他,可是他自己心中却很激动,甚至很……光明。他是个喜欢挑战的人。他听到隔壁房里有人在放水,可能是在洗澡,他一直听下去,那水声竟不停了。他想起城外的那条小河,还有站在河里的男人。那人是在捕鱼吗?可是他并没有提着一桶鱼上来啊。也许还有很多其他人在那条河里,他和年思只顾赶路,就没有看见。这么说,他俩的一举一动都在小城人的眼里啊。当时在那个荒凉的山冈上,他俩深深地感到被这个世界遗弃了呢。胡闪回忆起火车上那些日日夜夜时,便觉得年思的内心发生了剧变。因为在车上的时候,她是那么憧憬着小城的生活,信誓旦旦地反复表白,永远也不再回到他们的家乡大城市了。快到目的地时,她还变得神经质起来,指着窗外一个又一个安静的小城问他:"是不是这个样子？是不是这个形式？……你说说看？有不有可能正好是这种，啊？"胡闪答不出，感到很惶惑。他知道妻子的思路总是那么独特，可是此刻，她为什么要说自己没想到？胡闪感到情形应该相反——她什么都想到了。当初他俩看到报纸上的一则小广告，就决心抛弃那座大烟城里的一切，向着一个陌生之地出发了。可以这样行动的人，难道不是将一切都想得十分透彻的人吗？年思到底是怎么啦？这一点小小的挫折竟会令她一蹶不振？不，不，她的嘀咕一定另有含义的。那是什么含义呢？胡闪想道，他一到这个小城，以往生活中被埋得很深的那些东西就钻上来了，徐徐地在他眼前展开。他看不清。就比如下午那汉子用三轮车蹬着他们慢慢出城时，他心里涌出过一股熟悉的情绪，那股情绪他说不上来是什么时候产生过，但肯定同他身上某些前世的东西有关，他有这类经验。这使他怀疑，他们从烟城出走并不是因为看了报纸上的一则广告，也许是经过长久预谋的行动，此后那汉子对他们的抛弃更使他加深了怀疑。窗外的狂风乍起，像要揭走屋顶一样，房里一下子就冷起来了。年思偎在他怀里，他俩将薄薄的被子卷紧。他们听到有人在走廊里高声叫喊，然后是匆匆的脚步声，门一扇接一扇地打开，又关上，似乎都在往外跑。而外面，狂风一阵紧似一阵。后来竟有人吹哨子，像兵营里一样。他俩不敢开灯，也不愿起来看，因为白天累坏了。年思喃喃地说："真是个喧闹的夜晚啊。"他们决心不顾一切地睡觉，后来就真的睡着了。

胡闪一大早就醒了。他到水房里洗漱之后就来到已经风平浪静的大院里。招待所的院子很大,有好几亩地,里头栽着一些灌木,但连一棵古树都没有,只有一些新栽的年轻的冷杉。胡闪想道,要是有古树的话,说不定被昨夜的狂风刮倒了呢。太阳就要出来了,他又闻到了空气中那种特有的清新,昨天这种清新曾使得他和妻子几乎掉泪呢。招待所处的位置很高,放眼望去,居然就看到了雪山。他看得清清楚楚,因为根本就没有雾遮挡,它就那样漠然地立在那里。胡闪轻轻地叹道,啊,雪山居然是这个样子!它并不是全身披雪,只是顶上是白的,大概因为太高的缘故,听说海拔有四千米呢。昨夜送他们来的那位中年人不知为什么站在院子里洗脸,他将脸盆放在一个石磴上,用毛巾在脸上擦了又擦,擦得脸上红通通的。他迎他走过去。

"洗脸是一种运动。"中年人说。

"对啊对啊,你们真幸福。"

胡闪说过这句话之后吃了一惊。他想,自己这句话是什么意思呢?

"您说得对啊,我在沐浴雪山吹来的凉风呢。我每天早上都要站在这里做风浴,倾听山里头的那些鸟啊,雪豹啊,黑熊啊它们发出的叫声。"

"离这么远,您还听得到?"胡闪大吃一惊。

"边疆人的耳朵嘛。"他哈哈笑起来,"所以说,您和您夫人在小石城是丢不了的。您说说看,怎么丢得了,啊?"

胡闪虽然感到他话里头的善意,可还是被他笑得很不舒服。而且这个人说话时手里的毛巾一刻也没停,就那么擦呀擦的,将脸颊擦得像一只发亮的红苹果。在平时,胡闪最讨厌生着这种脸的人了，于是他告辞回房里去，中年人冲着他的背后大喊："可不要将眼前的幸福抛之脑后啊！老胡，您可要三思啊！"

他们房里来了个银发的老妇人，正在同年思嘀咕什么。年思冲他一笑，说老妇人就是院长。胡闪连忙同院长寒暄。院长很平易近人，近距离看上去，胡闪觉得她并不老，她微笑着对胡闪说：

"不要理外面那个人，他脑子有点毛病，是因为失恋。他是这里的清洁工。"

院长的话又让胡闪吃惊了，他感到这里的一切事物都有种倒错的倾向。倒是年思，一副见怪不怪的镇定的样子，似乎同女院长十分投合。

"我考虑到你们刚来，现在首要的事是安下心来，所以呢，我暂时不给你俩安排工作。你们的住房已经安排好了，这段时间，你们爱上哪里就上哪里吧，到处转一转，看一看，体验一下小石城的地理位置。"

她走了之后胡闪琢磨了老半天。"地理位置"是什么意思？是暗示雪山还是暗示边疆呢？还要"体验"！年思看着他直笑，说："你把院长想得太复杂了，其实啊，她是个老妈妈！"胡闪听她这么一说就更觉得奇怪了。为什么年思一下子就融入这个环境里头去了呢？女人的变化令人意想不到啊，她居然说这个古怪的院长是个老妈妈。照这样推理，昨天那个用三轮车拉他俩的疯子也是个好兄弟了？当时他俩站在乱岗上，她是多么的气急败坏啊。他还以为她后悔不该来这里呢，不过才过了一夜，她的态度就变成这样了。

他们被领到一栋三层楼房的顶层，房间很大，是阁楼房，屋顶是斜的，有巨大的玻璃天窗，睡在那张大床上就像进入了太空一样。年思狂喜，立刻就躺在床的正中间不愿动了，胡闪一个人将行李拿出来一一摆放。他们一共有两间房，前面那间做客厅，后面那间是卧室。胡闪来来回回地搬东西时，听到屋顶上"哒、哒、哒……"响个不停，像有人在用木棒叩击似的，而且那声音不是从一个地方发出的，似乎在不断地移动。"年思，你听！""听什么啊，我可是一路听过来的！""会是鸟儿吗？""我看是风。""风怎么会弄出这种响声，像木棒在打。""这里的风恐怕就是这样的。"胡闪说不过她，只好闷头继续清行李。过了一会儿，那叩击声在天窗上响起来了。胡闪站到床上仔细观察，的确没发现有棍子在玻璃上敲。他想，年思的思维方式转变得多么快啊，她就仿佛是这里土生土长的居民！瞧，她竟然幸福地睡着了，还打鼾呢。有人到门口来了，胡闪连忙跳下床来，那人也不敲门就进来了，是失恋的清洁工，他脸上仍是红通通的。不等邀请，他就在客厅的椅子上坐下了。

　　"我需要同人谈谈。"他一边东张西望一边说。

　　"我正忙，您不介意吧？"

　　"哪里哪里，您忙好啦，忙吧，我只是要借您的一只耳朵。夫人睡了？好！我是来说我的个人问题的。我在设计院有一份正式工作，可是我却没有成过家。为什么呢？就因为我心性太高了。我的爱人是个维吾尔族美女，她同家人住在山里。多少年过去了？我记不清了，这种事，谁还去记时间啊。我同她只见过两面，一次是在市场，那时的市场还只是个小小的集市，她同她父亲一块来的。嗯，我知道，这种事，您是不会相信的，没人会相信，除了我自己。胡老师，您在笑我吧？我看见您的胸口在抖动。没关系，我习惯了，我的故事，一说出来别人就要笑。"

清洁工说完这一通话之后，就看着面前的墙壁发呆了。胡闪想，这个人心中珍藏着那种事，所以他生活得那么积极。

"我的名字是启明，您以后叫我老启吧。"他突然又打破沉默。

"我正要问您，这里的风刮在屋顶上怎么像有人在用木棒敲击呢？"

"啊，问得好，边疆的事物就是这样——无形胜有形。我必须工作去了。"

他一起身就出去了。

年思在床上翻了个身，大声喊了一句："我看到了！"胡闪看到她正用手指着天窗呢。她的目光直直的，她醒了没有呢？胡闪在心里暗自感叹：她多么像睡在太空里头啊。以前在内地时，他们的卧室是封闭的，厚厚的窗帘挡住了烟尘也挡住了光线。那时他常开玩笑地将那些深蓝色的天鹅绒窗帘称之为"铁幕"。

胡闪继续清东西，他的手一抖，镜框就掉在地上打碎了。那里面是他和年思的结婚照，现在他俩都成了花脸。那边房里响起年思询问的声音：

"是谁来了啊？"

"没有人来，你睡吧。"

"可是我听到了，是一男一女。"

胡闪藏起镜框，一回头，果然看见一男一女站在房里。看来这里的人都习惯不敲门就进屋。他尴尬地微笑了一下说："你们好。"那两个人也微笑，说："您好。"他们自我介绍说是邻居。还说如果他有什么需要就叫他们，他们的房子在东头，同他隔着三个门。"这三套房空着，可不要随便去推门。"男的补充说。胡闪问："为什么呢？"男的皱着眉想了一想才回答说："没什么，这是我们这里的习惯。可能是怕乱风将门吹坏了吧。"胡闪发现这两人的胸口上都戴着一朵白花。男的注意到了他的目光，就解释道，他们的爱犬得了重病，活不了多久了。胡闪说："可是它还没死啊。"女的回答说："可是它总要死的啊，不是明天就是下个月。"他俩似乎对胡闪这种态度很不满，一齐瞪了他一眼就沉默了。

年思已经穿戴整齐出来了，脖子上挂着那个玉石蟾蜍坠子的项链。她请那两人就座，那一男一女忸怩了半天，最后还是没有坐，告辞了。这时胡闪已经将他们的行李整理摆放得差不多了，可是年思仿佛对这些事完全没感觉，她抱着头在房里走来走去，抱怨头疼。胡闪问她刚才睡觉时看见了什么。她说是一只鹤，从南边飞来的，她从天窗看见它在上面盘旋。"鹤是长寿鸟。"她说。

"我最讨厌虚张声势了。"她突然激昂起来，"戴什么白花呢？生怕别人不知道！没有谁想去死的，对吗？"

"是啊，我也不喜欢这两个人。"胡闪附和道。

胡闪总是很佩服妻子的敏锐。他觉得，哪怕她在梦里头也能感觉某些事情的实质。来的前一天，他们睡在半空被烟雾缭绕的房间里时，她就说听到窗外有只大鸟飞过。那是不是这只鹤？她对长寿的动物有种偏爱，房里还养着一只小乌龟，但是鹤究竟是不是真的长寿啊？

"我想到周围转一转，我们一块下去吧。"她提议。

楼梯口在东头，当他们走到那里时，胡闪朝那张紧闭的房门狠狠地盯了几眼，他瞟见妻子的嘴角有一丝笑意。他们住的房子是被胡杨林包围着的，不远处就是那条小河，但也许不是同一条小河？方向感在胡闪脑子里完全错乱了。年思很镇定地在胡杨下的石板小路上行走，有时又揉一下太阳穴，看来头疼减轻了很多。令胡闪惊讶的是，外面一丝风也没有，他回想起在房里听到的那种奇怪的风，不由得抬起头扫视上面这片钢蓝色的天空。可是年思忽然弯下腰去了，接着她趴到了那块草地上，用一边耳朵贴着地。

"年思，你干什么？"

"有大队人马从雪山那边过来了。胡闪啊，这个小城要被挤破了，我们可要站稳脚跟啊。"

她说话时身躯在地上痛苦地扭动，那种有点奇怪的运动，仿佛被抽去了骨头一样，那些不知名的草被她压倒了一大片。胡闪看着地上的妻子，心里疑团越来越大——难道他们真是看了一则广告才奔赴这个地方的吗？事先她会对这个小城一无所知？如果情形相反，那会是什么样的情形呢？他也在草地上坐下来，但他的臀部刚一接触到地，就感觉到了那种跳动——不，是叩击，如同风叩击屋顶一样。他跳了起来，目瞪口呆。再看年思，她正脸朝下在窃笑呢。

"这里发生了什么啊？"

"我不是告诉过你了嘛，大队人马要过来了。你还不定下心来，你要赶快结束你那种悬空的状态。"

在远处，清洁工老启正站在河里。这个人看来很喜欢在河里搞活动，他也许又在观察他俩呢，也可能是院里派给他的任务。胡闪不知道院里为什么要这样做，到现在为止，他对设计院产生的印象还只是那个白发女院长。年思要他定下心来，怎样才算定下心来呢？他想去看看设计院，那个自己将要在里头工作一生的地方。他觉得它应该就在这附近，于是他朝着站在河里的老启招手。年思问他叫老启干什么。他说让他带路，去设计院看看。年思站起来，一边拍打身上的灰一边嘀咕："哼，性急是吃不了热包子的。"

一会儿老启就来了，胡闪说出自己的请求。

老启满腹狐疑，眼珠子乱转，不知他心里想些什么。后来他忽然笑起来，对胡闪说道：

"胡老师啊，那地方您昨天到过了的，就是疯子将你们扔下的地方啊。"

"可我并没看到附近有设计院啊，那是个乱岗。"

"您没有仔细看，的确就在那不远的地方。门楼是灰色的，所以不显眼。很多人都像您一样找不到呢。要不还是我带您去？"

"啊，不，我不想去了，谢谢，我要考虑一下。"

年思在一旁责备地瞪他，拖着他回家。老启理解地微笑着，说："这就对了。"

他们回到宿舍楼下，可是年思又不进去了，说房子里头"憋气"，还不如在外头随便走走。意外的是，年思说她在乱岗上看见设计院的房子了，都是些灰色的矮楼，一点气派都没有。当时她不知道那是设计院，就没吭声，因为怕再一次上当。事实证明那个时候她的做法是对的，要是直接去了那里面，又没人接待，现在会是什么情况啊？他们在宿舍楼前的那条鹅卵石小路上踱来踱去的，年思始终显得很激动，情绪还有点紧张，仿佛心里藏着一个念头。

"年思，你想什么？"胡闪担忧地问她。

"我在想——啊，胡闪，我在想，四十年以后，小石城里会住着一些什么样的人呢？我想着这些事啊，心潮起伏。"

"你想得真远。你像那些大雁一样，它们从高空看下来，会不会吃惊得飞不动了呢？我只是偶尔想想这类事。"

胡闪却分明感到，年思心里藏着的不是她说出来的念头。那是什么呢？

在楼上，到过他们家的那男子从窗口伸出头来对女的讲话，女的手提一个菜篮子出门了。男的要女的去找一个姓蛇的兽医，女的"哎哎"地答应着，低头疾走，胡闪看见她的衣服上换了一朵更大的白花。经过他们身边时，女的略微一点头，他们发现她眼睛红肿着。虽然胡闪和年思都不喜欢这两个邻居，但他们那种悲哀还是给他们留下了很深的印象。似乎是那两个人终日沉溺在一种丧葬的氛围里头，白花啦，黑衣服啦，年思见了就头疼。年思喜欢想那些高远的事物，喜欢在无边无际的世界里漫游，她把这两个邻居看作她的思维的障碍，这一点，胡闪现在也感觉到了。女的已经走过去了，他们才发觉她的一条腿瘸得厉害。胡闪内心立刻升腾起对她的怜悯，一拍脑袋，说："我竟没看出来！"这时年思也若有所思地从喉咙里发出声音："嗯——"忽然，两人都想上楼了。他们进去的时候，楼里面出来了好几个人，都是低着头疾走。

那男人有些慌乱，匆匆地将什么东西扔到沙发后面去了——因为胡闪也是一推门就进了房。他站直了身子，微红着脸说道："欢迎欢迎，我叫周小里，我妻子叫周小贵，你们可以叫我们小里和小贵。我已经知道你们的名字了，是院长告诉我的。"

胡闪看到了它。它是一只袖珍短毛犬，红棕色，不知为什么身上弄得很脏，一块一块的黑乎乎的油迹。它正伏在地板上张着口出气，眼睛几乎是闭着的。

"它本来是同我们睡在床上的，可是近来它不愿意了，把身上弄得这么脏，还病了，什么东西都不肯吃。你们可不要注意它，你们注意了它，回头它就要同我们闹。"

周小里邀请胡闪和年思到里面去坐，说是怕扰了那只狗。他家那些家具的格局也同他们家是一模一样的，只是那张大床上铺着黑色的褥子，白色的枕头，让人看了很压抑。似乎是自然而然地，他们三个人都走到窗口那里去看外面。

胡闪大吃一惊，因为他看到是同在自己家里看到的完全不同的景色。那是一个小花园，里面生长着棕榈啊，榕树啊，椰树啊等等，还有一些奇花异草，有一名老翁正在园里忙碌。胡闪暗想，他在自家窗口怎么没看到这个花园，他们家的窗户同周小里家的窗户是一个朝向啊。还有，这些南方的植物怎么会在北方长得这么好呢？但是年思一下子就对这两个邻居改变了看法，她变得活跃起来，反复地询问周小里花园里那些植物的名称，口里"啧啧啧"地发出惊叹。胡闪说："我在我们家的窗口怎么看不到这个花园呢？"他的话音一落年思就责备他说："你又在乱说了，胡闪。这样并不好。"胡闪坚持自己的意见，年思就生气了，一跺脚先回家去了。周小里同情地看着胡闪，叹了口气，说："胡闪真是个直爽人啊。你再看看那位园丁，你会发现你其实是认识他的。"胡闪仔细看了看，说没有认出来。周小里就又说："那就不要盯着他看了，看久了他也要生气的。老头来自南方的一个种植园，现在他老守着这个花园不出去，生活在回忆之中呢。"周小里把窗帘拉上了。胡闪看见他们家的暗蓝色窗帘同他自己家以前用的一模一样，心里就想，他们是不是同乡呢？由于他没撑开天窗，房里显得很阴暗，但这种压抑的氛围胡闪又似乎很熟悉。还有眼前这个瘦条个子的男人，以前是不是见过呢？他让胡闪坐在唯一的一把椅子上，自己说起话来。他说话时，胸前那朵大白花在胡闪眼前晃来晃去的。

"小胡啊，我和我妻子来这个设计院一年多了呢，我们在这里看不到前途。当然，我俩并不是到这里来找前途的，我们，只是要找一种氛围，一种可以让我们不断振奋的氛围，这个我们倒是没找错。人生活在这个小石城，总是能感到隐隐的推动力。比如你妻子，我就觉得她已经感到了，她很敏感。你是男人，男人在这方面要稍稍滞后一点。我问你，你能忍受一种看不到前途的生活吗？"

"大概能吧。我不知道，我很困惑。你们的狗是得了什么病？"

"它啊，没有病！"小里站住了，阴影中的两眼闪闪发光，"问题就在这里。小动物什么病都没有，却一心想死，嘿！"

胡闪感到房里有阴风，就缩了缩脖子，他的这个动作被小里注意到了。窗帘遮得严严实实,天窗也关着,风是从哪里来的呢?当胡闪正在苦想这个问题时,小里已经悄悄地上了床,盖上了被子。他那张瘦削的长脸在雪白的枕头的映衬下显得有点脏。他说他不舒服,所以要躺下,他的心脏总是出问题。他请胡闪不要介意。"现在我们就是一家人了。"小里又说。胡闪站起来,轻轻地走到前面房里去看那只小狗。他蹲下来,伸出手想抚摸它,可是它用细弱的呻吟声阻止了他。小里绝望的声音从里面房里传来:"胡闪啊,什么时候才会云开雾散啊!"胡闪一抬头,看见周小贵回来了,苦着脸站在那里。她身边放着菜篮子,篮子里除了小菜以外还有几包用粉色纸包着的东西,也许是兽药。

"老胡啊,您看过花园了吧?"小贵严肃地看着他说。

"看过了啊。这么美的——"

他在想如何形容那仙境般的地方,可是小贵打断了他:

"花园不是供人欣赏的,知道有这么个处所在您鼻子底下就行了。"

胡闪想,她怎么也像年思一样在责备自己呢?女人啊,太难猜透她们的想法了。他又想起躺在床上的小里,怀疑那个男人也许是被她折磨成了那副样子。他有那么严重的心脏病,不知道他是怎么工作的。而且今天又不是休息日,他们夫妇却待在家里不上班,他俩就像长期休假的病人。

小贵将纸包里头的兽药倒进一个小陶碗,用暖瓶里头的水将药化开,端到小狗面前放下。小狗立刻睁开眼睛站起来。它将头伸到碗里,"哒哒哒"的几下就将灰白色的药粉舔光了。小贵轻轻地唤它:"秀梅,秀梅……"小狗昂着头,似乎精神起来了，胡闪觉得它要开始跑动了。可是它闷闷地叫了一声，重又趴在地上，闭上眼，耷拉下耳朵。"秀梅，秀梅……"小贵还在耐心地唤它。它毫无反应。

"这是什么药啊？"胡闪好奇地问。

"您看呢？"小贵用嘲弄的语气反问，"任何药都只治得了病，治不了其他，对吗？"

胡闪听出了她的言外之意，感到很不舒服，觉得自己就像赤身裸体站在这个胸前戴白花的女人面前。他含糊地咕噜着"我要回去了"，就抬脚出了房门。他在走廊里大大地伸了个懒腰，吐出胸中的秽气。有一只很大的白蛾从东头的窗户那里飞进来了。他心里一紧，用两只手抱着头往自己家里冲去，一进门立刻将房门闩紧了。年思在那里笑。

"你已经把它放进来了，它捷足先登，现在是白蛾产卵的季节。"

她用鸡毛掸子指着墙壁上的蛾子，问他：

"你说怎么办？"

还能怎么办，当然是将它弄下来杀死或扔到外面去。胡闪最恨蛾子了，一见就起鸡皮疙瘩，可是他也知道年思不会杀死小动物的。果然，她轻轻地走过去，用一张报纸包住了那个大家伙，将它请出了房间。年思做这类事的时候又认真又灵活，动作中透出妩媚。她到厨房洗完手又出来了，她坐下来，告诉胡闪一件奇事。她的丢了好久好久的日记本居然在旧旅行箱背面的口袋里发现了，那是她少女时代的日记，记录着她从虎口逃生的一个长梦。她说到这里就晃了晃手里那个棕色的旧本子。胡闪希望妻子谈谈那个梦，可是她却说起日记本的遭遇来。

似乎是，这个日记本几次丢失了，后来又重新出现在他们家里。"谁会去动这个东西呢？这里头又没什么了不得的隐私！"年思一脸迷惑。她一点都不屑于谈论那个梦，只是说那是"很幼稚的描写"。她当着胡闪的面将日记本重新放进旅行箱背面的口袋里，叫胡闪同她一块记住，因为"两个人的记忆力总比一个人的要强"。胡闪想了又想，还是记不起自己什么时候见过这个旧本子。这个时候窗户上又响起了敲打声，一下一下地，他又忍不住到窗口去看。他看见的是浓雾，有一个角上雾化开了，显出一株椰树。啊，这不是那个花园吗？但很快，雾又遮住了椰树，什么都看不见了。他对年思说小石城的气候变幻莫测。"所以我才提醒你不要乱下结论嘛。"年思嗔怪地看了他一眼。

这是小两口在边疆小城的第二夜了。虽然夜里有点冷，年思还是坚持要开着天窗。躺在那张宽大的床上，他俩都感到了身下的房屋在摇摆，而上面，有一队大雁飞过，悠悠的叫声令人神往。"是不是地震了？院长告诉我，小石城多发地震。"年思的声音仿佛从远方传来，墙壁发出嗡嗡的回响。往事在胡闪的脑海里拥挤着，他睡不着。他企图将患病的周小里的形象填进自己生活中的某个阶段，但一一失败了。他越想，就越觉得自己同这个男子很熟悉，终于忍不住起身到了窗前。夜里仍然有稀薄的雾，不过那个花园已经隐隐约约地显出了轮廓。胡闪又发现了花园里的亭子，园丁卧在亭子里的地上，身旁还有只黑猫。这个画面给他一种很不真实的感觉。年思在身后说话，声音还是激起嗡嗡的回音。她继续着地震这个话题，要他做好逃离的准备。"跑到花园里去就可以了。"胡闪却觉得她的这个说法有点怪异。他们根本找不到这个花园，又怎么跑到花园里去呢？什么东西猛地一下敲在窗户上，像响了一个炸雷，胡闪吓得转身就跑，扑到床上。惊魂未定中听见年思在告诉他："那是风。"走廊里传来周小里歇斯底里的哭声，真是个喧闹的夜。

"我们要不要帮一帮他们？"年思说着开了灯。

"怎么帮？将死狗挪到我们家来吗？他们不会同意的。"

小里在诉说什么事，声音很清晰，似乎是说那只狗，又似乎是说一些久远的往事，同海洋之类的话题有关。难道他以前是一名海员？胡闪不愿出去劝他，他如果出去的话，夜里就别想睡了。他身上有股奇怪的气味，像檀香又不是檀香，胡闪一同他说话，就感到自己从这个世界退出了，轻飘飘的很难受。现在他需要休息，他让年思关了灯，他们重又躺下。黑暗中，听见哭声变成两个人的了，小贵的哭声尖锐而高亢，小里的却像怒吼，仿佛要反抗压迫似的。并且他哭一会儿又诉说一会儿，诉说之际就提到海。年思钻到胡闪怀里用颤抖的声音说："海吞噬了一个男人的梦想。"他俩紧紧地抱着睡着了，也不知道哭声是什么时候停止的。后来又醒来了，因为双方的手都被压得发麻了。当时只觉得房里超常的黑，过了一会儿才明白是上面的天窗自动地关上了。天窗怎么会自动地关上呢？难道是风搞的鬼？年思说："我们在海底。"胡闪伸手去开灯，糟糕，停电了。他下了床，感到脚步有点踩不到地上，有种鱼儿游动的味道。他游了一圈又回到了床上，因为年思在唤他。

在超常的黑暗里，胡闪向年思说起了自己来这里的决心。他说那简直不算什么决心，而是水到渠成似的，也许这事十年前就决定了吧。他俩被遗弃在乱岗上时，他心里甚至暗暗有种悲壮感呢。他反复地重复这个句子："你说，我怎样才能落到实处呢？"这个明知不会有答案的问题，他还是忍不住要问。"边疆啊边疆。"年思答非所问地说。胡闪开始想象他们住的房子在小石城所处的方位，也就是院长所说的"地理位置"。有一瞬间，他一发力，就好像心里通明透亮了，整个小石城的模型居然出现在脑海里。他们住的房子正处在西北角上，但是这个西北角有点问题，有块乱糟糟黑乎乎的东西，像是沼泽地，那里头有只袖珍小狗在使劲从水洼里往岸边游，它想上来，可就是上不来，不知道什么阻止了它，它反反复复地掉下去。他暗暗着急，不知不觉地说出了声："是小里家的狗吗？"他的声音一响起，幻觉就通通消失了，到处都变得黑洞洞的。也许那两个邻居哭累了，现在也同他们一样，变成了深海底下的鱼？他又想来假设东头房间里的情况，当他开始这样做的时候，那些房间就掉下去了。是的，坠入了虚空，不存在了，只有老园丁在下面的花园里喊些什么，听不清。"那种事常有。"年思轻轻地说，"我们要慢慢适应。"胡闪说："好。"他们决心再睡一会儿，两个人都做了那种努力。黎明前，他们在似睡非睡的状态里挣扎，一同梦见了胡杨——这是醒来才知道的。胡杨是一个象征，因为胡杨的后面有光，胡杨才显出形状来。再后来，两人离得远远的，各自占据大床的一边，睡得死沉沉的。

他俩醒来时已经是到小石城第三天的中午了。他们梳洗完毕就一块去设计院的公共食堂吃饭。走在路上，年思不住地回头，说她看见热带花园里的那位园丁了。但是当胡闪也回头去张望时，却并没有看见园丁。"你总是看见我看不见的东西。""因为你注意力分散嘛。"

上一次来这里就餐的时候，并没有这么多人，现在整个食堂里都挤满了人，买饭菜也要排队，排了好久才买到。胡闪站了一会儿队，就发现了问题。来吃饭的职工全都哭丧着脸，谁也不同谁打招呼，所以大堂里虽然人很多，却像鱼儿一样没有声音。他看见院长从窗口那里买了菜出来了，他想同她打个招呼，正在这时前面那男的往后一退，重重地踩在他的脚上。他"哎哟"了一声，忍着痛轻拍那人的肩，但那人无动于衷，还是踩着他。"你怎么啦？"胡闪生气地说。那人回过头来，胡闪看见一张出过天花的大脸，密密麻麻的坑坑洼洼。他松了脚，挨近胡闪低语道："我没有恶意，我是想提醒您一些事，您难道没感觉到您在这儿是受到注意的吗？"胡闪的气消了，他感到了这个人的友好。看来，他刚才不该生出同院长打招呼的念头。现在院长远远地坐在食堂的后端，一个人坐一张桌子，默默地吃饭呢。也许院长在设计院居于一种十分奇特的地位。可是年思是怎么回事呢？她怎么同那老女人打成了一片的呢？年思已经买好饭了，她坐在一张圆桌旁等他。当他端了菜去到那边时，他看见那张桌子旁没有别的人，而其他的桌子全是挤得满满的。"我看这里井井有条啊。"年思边吃边悄声对他说，她感到很满意。胡闪想，他同年思之间的距离越拉越远了。一直到吃完，也没有人到他们这一桌来,而其他人都挤在一块,甚至还有不少人站着吃呢。院长和他俩,是食堂内被孤立的三个人。

吃饭的时候,窗外飞着很多鸽子,有的飞进来了,有的停在窗台上。飞进来的那些都停在碗柜上,它们一点都不怕人,好奇地看着满食堂的人。有一只身体稍大的灰鸽停在院长的桌子上,正在啄她手上的馒头。院长很高兴,自己咬一口又递给灰鸽啄一口。胡闪呆呆地看着,饭也忘了吃,后来还是年思推他,才醒悟过来。年思说:"我喜欢鸽子。老妈妈真有边疆人的风度!"院长吃完了,起身去洗碗。不知为什么,那只鸽子追着她,攻击她,将她的头发都啄乱了,拍打着翅膀很疯狂的样子。胡闪这才注意到,几乎所有的人都停止了吃饭,注视着这一幕。清洁工老启突然出现,他将碗往他们这一桌一放,鬼头鬼脑地看看周围,说道:

"你们觉得奇怪,对吧?鸽子是来传递信息的。院长的儿子早年在小河里出事了,但是没找到尸体,也有人说他坐一条小船出城了。那一天胡杨林里到处是鸽子,那种野鸽,不过这些全是家鸽。院长年轻时是工作狂,儿子也不管。"

说到这里他感到有些不妥似的,就拿着自己的碗加入到别的桌子上去了。

年思对他的说法嗤之以鼻。一直到他们离开食堂,也没人再过来同他们打招呼。胡闪暗自思忖,如果天天来吃饭时都是这种情形,年思做何感想。以前在烟城时,那些人可比这边的人热情。年思一副满不在乎的样子,催着他快吃完,说要去找找那个热带花园,还说自己心里已经有点把握了,是刚才看到这么多鸽子来了灵感。"就在你眼皮底下,一些东西藏起来了。"她故作轻松地笑了笑,"我看那花园不在宿舍区,在外面。"

他们一走出宿舍区就置身于城外了。眼前零零星星的有些农家小院,但是土地却一律荒废着,大片长着野草的荒地伸向远方。年思在荒地里走着,兴致很高,她说她已经"嗅到"了那个热带花园。忽然,胡闪看见院长坐在路边的农户家里喝茶。这是怎么回事?难道设计院的工作就是喝茶吗?院长也看见了他们,但似乎不愿叫他们进去。那院子里有很多鸡,她一边喝茶一边喂鸡。他俩不情愿地过去了,院长终于没有叫他们。年思坚持认为他们已经靠近那个热带花园了,因为她闻到了花香。"要不院长怎么会坐在这里呢?"她说。就是在这一刻,胡闪深深地感到年思是个有信念的人。但他无论如何想不清楚,为什么在他家窗前看见的花园(那么近),会地处这郊区的荒野之中。那里和这里至少隔了有七八里路啊。一群乌鸦摇摇摆摆地朝他俩走过来,这些乌鸦也像那些鸽子一样,一点都不怕人。也许小石城的鸟类全这样?

"胡闪,你看到园丁了吗?"年思问。

"哪里?"

"就是刚才那农家小院里啊。他在窗前晃了一晃,又缩进去了。我看啊,那个花园是他同院长两个人搞的。他们选择这荒郊野地做实验,是想掩人耳目啊。你看,你看!"

年思脸色泛红,指着远处的天边,她的食指一直在移动,仿佛在追随某种幻象。胡闪想,妻子真是走火入魔了啊。起风了,风夹着雨,周围光秃秃的,没有可以躲避的地方,他俩只好奔向那农家小院。

　　门是虚掩的，屋里空无一人。他们将每个房间都检查了一遍，厨房都没放过，还有后面的猪栏屋。年思说院长这会儿在花园的凉亭里看雨呢，她早看出来院长的心不在设计院。年思一边说话一边从桌子上拿起一个椰子壳放在另一只手握成的拳头上，让它不住地旋转。胡闪感到那椰子壳太像一颗人头了。

　　"那么，院长的心思在哪里呢？"

　　"不知道啊，我正琢磨呢。"

　　说话间外面天一下子暗下来了，看来有大雨。胡闪的心情有几分沮丧，他一点都不想待在这个农家屋里头，他不习惯猪栏里传来的气味。年思似乎没有他这种感觉，她这里看看，那里瞧瞧，碗橱也被她打开了，她还从里头拿出一瓶米酒来喝了几口。她又让胡闪喝，胡闪喝了两口体内立刻升腾起火焰，两人都有点晕晕乎乎的。这时一个炸雷落下来了，年思冲到窗前，高声叫喊道：

　　"快来看，快看！"

　　胡闪看见院长雪白的长发被风吹得飞扬起来，她和园丁在风中狂奔。可是他们的身影只闪现了一下就不见了，他们到哪里去了呢？年思在窗前发着愣，过了好一会儿，才幽幽地说："要找到那个花园。"

　　"胡闪，你在这里等我好吗？我去找找看。"

　　"外面这么黑，要下暴雨了啊。"

　　"不对，雨已经停了。我们都已经到这里来了，我能不去吗？"

　　她说着就到了院子里，她是个说干就干的女人。她消失在院门外时，胡闪听到东边一声巨响，那不是打雷。房里那张大木床上，被子散乱着，像是有人刚睡过一样。也许院长同园丁原来就是夫妻？一个居住在北疆，一个从南边来，在这里建起热带花园……那花园是真有，还是仅仅是大家的幻觉？胡闪往一张木椅上坐下去，可是那看起来很结实的木椅突然变得十分柔软，他慢慢往下塌陷，最后坐到地上去了。他的周围散乱着木棍和木板。他窘迫地从地上爬起来，拍打着身上的灰，一下子感到这房里的东西都是不真实的。连那些鸡的眼神，也是阴阴的，显得很怪。他不敢再坐椅子了，就坐到那张床上去。床倒是很结实，也不像会垮的样子，只是有种嗡嗡声响起来，像什么人睡在那里谈话。胡闪听了一会儿，感到心烦，就站起来向外走去。

乌云已经散了，院子里变得敞亮起来，什么人在外面吹笛子呢。那笛声让人想起鲜花盛开的田野和山冈，胡闪都听呆了。不知怎么，他心里设想这是园丁在吹，他站在院门那里向外张望，看见的却是院长。院长肥胖的身体靠着一棵大槐树，已经不吹了，笛子也被她扔到了地上。她垂着头，那侧影看上去很悲哀。胡闪轻轻地走过去。

"院长，院长！"

"你想干什么呢，胡老师？你们不远万里跑了来，可是此地已经变样了，你们想找的东西早就没有了。你瞧，连我都在找呢！"

她那忧伤的眼睛变得暗淡无光，果敢的嘴角也变得下垂了。

"可是我和年思要找的，同您要找的东西是不一样的。我们只不过是要找那个热带花园罢了。我们在家里看见过一次，正是您安排我们住在那个位置……"

他有点语无伦次，说不下去了。院长没有回答他，她的目光射向天空。胡闪觉得，她的心思已经完全不在这个世界了。她的嘴唇翕动着，不知在默念着一些什么句子。在离她身后五六米远的地方，出现了园丁阴险的脸，他猫着腰在灌木丛里头捡什么东西。胡闪想过去同园丁打招呼，可是老头背转身去不理他。胡闪忽然又觉得这个人不太像那个园丁，那个园丁似乎年纪更大一点，完全是外乡人的派头，这个人却是一个本地人的样子。他直起腰来了，手里抓着一只蜥蜴往农家小院走去。胡闪正准备跟了去，院长在身后开口了：

"不要去，胡老师，他神出鬼没，你追不上他的。他成日里在这野地里抓这些活物，给他的花园输送新鲜血液。"

"花园到底在哪里？"

"到处都可以看到它。可是我，我真难受。"

她顺着树干滑下去，坐在了树下。她抓着胸口又说："我真难受啊。"胡闪问她要不要帮忙。她摇摇头，坐在地上喘气。胡闪捡起那根竹笛看了看，心里纳闷，这么粗糙的小东西，竟吹出那么好听的声音，真是高手啊。她伸出手，让胡闪扶她起来。那双手的寒冷令他打了一个冷噤。他们一块回农家小院。胡闪惦念着年思，所以总东张西望的，但望也没用，她根本就没在这附近了。

"我真想看看老伯的花园。"胡闪鼓起勇气说。

"他不会带你去的。因为他不是这个地方的人。他啊，说一口奇怪的土话，谁都听不懂。我和他是用手势交流。"

说话间他们就进了屋。园丁正坐在屋里默默地抽旱烟,垂着眼不看人。他的毛发很发达,好像满脸都是灰色的胡须。胡闪暗自思忖:明明这个人是个本地人的样子嘛,院长为什么要将他说成一个异地土人呢?院长一进屋就不管不顾地躺到那张大床上面去了,那副派头好像屋里这两个男子都是她的家人。胡闪忽然生出一个念头:或许他自己真是院长的亲人?不然怎么会看了她登出的小广告就不远万里地跑了来呢?还有这个园丁,也有可能是这种情况。园丁抽完了烟就开始打扫房里的卫生,他用抹布抹房里的家具。胡闪发现被他坐垮的那张椅子又恢复了原状,还是显得很结实。他好奇地用两只手压了压椅面,椅子纹丝不动。于是他又小心地坐上去——一点问题都没有。坐了两分钟,胡闪突然又觉得待在房里不合适——万一他俩是夫妇呢?他站起来要走,院长在床上说话了。

"胡老师啊,你别走开,等一会儿年老师会来这里呢。"

"她会来吗?"

"嗯。她找不到就会回来的。"

"她找不到吗?"

"当然。她到哪里去找?她到哪里去找?哈哈哈哈……"

她在床上歇斯底里地大笑起来,完全不像个有病的人,弄得胡闪心里很害怕。院长笑的时候,园丁也在一旁做鬼脸,那是胡闪看过的最丑的脸了。当他将脸皱起来时,乱草一样的灰色胡须将五官遮得全部没有了,看了就恶心。胡闪一下子感到年思和自己都被这两个人愚弄了,他们不知搞了什么手段,搞出一个热带花园的骗局来,而年思,这会儿还怀着痴心妄想在他们撒下的网里乱钻呢。胡闪的脑海里一下子浮现出一件事，那是好多年以前，有一天，年思兴致勃勃地告诉他说，她要去码头接她的姨妈。姨妈住在东北，她和她这个侄女还从来没见过面，所以她带了很多礼物来看她。年思激动得红着脸，将那张照片看了又看，还让他也仔细看清楚。后来海轮靠岸了，稀稀拉拉下来一些乘客，他们连姨妈的影也没见着。他满心的失望，看看旁边的年思，她一点也不在乎，仍然是容光焕发，充满了青春的活力。一路上她都在向他描述东北的大马哈鱼是多么好吃的美味。胡闪对自己在这个时候联想起这件事感到吃惊，难道过去的事同眼下的情况有什么联系吗？"年思啊年思。"他在心里叹道。

院长笑完了，就对着墙壁嘀咕去了。园丁似乎生气了，指着胡闪，口里发出奇怪的声音，他说的话胡闪一句都听不懂。他将自己的手举起来对着自己的脖子做了一个砍的手势，眼里射出凶狠的光。这时胡闪站在窗户边上，心中打不定主意，走还是不走呢。他突然看见了年思，年思也像院长一样披头散发地跑过，好像被什么东西追着呢。她跑到院长待过的大槐树那边去了。一会儿工夫，院子里就响起了年思的呼唤："胡闪！胡闪！"胡闪走出去看见年思背对着他，正在编自己的辫子。他急匆匆地走过去。

年思脸上有好多道血痕，靠嘴角那里都裂开了，流着血。她嘻嘻一笑，牙齿上面也有血，可她满不在乎，她总是这样的。

"我被好几只疯狗围攻，幸亏地上有砖，我就捡起砖投向它们。该死的，把我脸上咬成这个样，我不会得狂犬病吧？也可能不是疯狗，只不过是野狗罢了。啊，胡闪，我看到那个花园了，还有忧郁的园丁，我是从狗的眼睛里看到的。当时它扑上来，它那么大，我一蹲下它就将肥大的前爪架在我肩上……"

年思的眼睛闪着异样的光，脸涨成了紫色。

"那个花园……那个花园怎么会在野狗的眼珠里头？"

她大声喊了出来，她的嗓子哑了。

这时院长和园丁都从房门口探出头来，可是年思的目光直愣愣的，她已经不注意他们了。她可怜巴巴地央求胡闪快点带她回家。

一路上，她用力靠在胡闪身上，就像一个患了重病的小姑娘。不过五六里路，他们走了很久很久，到后来，胡闪都已经搀不动她了。他们只好坐在地上歇一阵，又走一阵。胡闪焦急地想，年思出发时的力气都到哪里去了呢？如果是疯狗的话，她会死吗？一想到疯狗，胡闪一下子生出力气，背起年思就疾走。

终于走到宿舍区，他累得都快趴下了。年思已经在他背上睡着了，脸上还是泛着紫色，胡闪将她放在路边一张长椅上面，打算去向宿舍管理员打听医生在哪里。他刚站起身就看见周小里过来了，他连忙将事情的原委告诉周小里。

"是在农家小院那边吧？周围很荒凉吧？"小里说着就笑起来，"你放心，那不是疯狗。那是——那是我们院长养的狗。院长对那些狗很放任，让它们成日里在荒地里跑，所以看上去像野狗。"

胡闪心里那块石头落了地，他非常感激周小里。但为什么年思脸上涨成了紫色呢？他想不通。

"那是因为你妻子太激动。你想想看,野地里,奔跑,还有奇怪的狗眼。"

"你也知道狗眼的事?"胡闪大吃一惊。

"谁不知道啊。只要你同那些畜生对视——我们院长不是一般的女人。"

这时年思忽然醒了,她说:

"周小里,你可不准说院长的坏话啊!我都听到了。"

当天半夜里,胡闪和年思睡在床上,上面已经关闭的天窗突然自动地撑开了,他们两人都听到了飞过的大雁的叫声,两人都从心里涌出空旷而荒凉的感觉。年思小声说:"边疆真美。"

第三章

启明

启明已经三十九岁了,可是他还丝毫不感到自己老。他没有技术,从青年时代起他就在设计院的招待所做清洁工,这里的每个人都认得他。他有时有点忧郁,但整体来说,很少有人如他这般乐观自信。启明一直都没结婚,住在招待所传达室后面一间小小的平房里头,那么简陋的平房,就好像院领导随便将他塞在里头一般。启明却对自己的家相当满意,他认为物质生活对他这样的人来说等于零。比如说吧,家里没有女人,可他的心中始终涨满了色情的想象。他认为自己一直就是有爱人的,只不过没住在一起而已。正因为有爱人,他的心态才这么年轻嘛。谁会像他这样来爱呢?他的一举一动都是做给心目中的美女看的。他最后一次见到他的维吾尔族美女是多年前了,他仍然认得出她,当然!当年的苗条姑娘已长成了体态很宽的胖大嫂,不过这又有什么关系,启明对她的渴望更为炽烈了。当时,胖大嫂也觉察到了有人在盯她，所以她放下挎包就和同来的大嫂们在林荫道上跳起舞来。启明的眼睛瞪得那么大，他都要发疯了一样，可惜他不会跳舞，只能在一旁干看着。他听见他的偶像的同伴在说他听得懂的话："这个男人长得真可怕，像野人。"偶像大笑起来，叽里呱啦地说了一通，双手挥动着。启明回到家里后，整整一天激动得不能自已，什么事都干不成。好几年过去了，只要回想起那次晤面，他就感到脸上火辣辣的，那画面一点都没褪色，他甚至想象自己紧紧搂着美女旋转呢。那不是维吾尔族舞，是他自己发明的舞。有时候，听到别人称他为老大爷，他就不服气地想，他老了吗？他才不老呢！他的生活才刚开始呢。难道因为自己没有技术就要被称为老大爷吗？他感到自己比任何时候都有活力！哈，他又要做风浴了，破脸盆里装一盆水，迎着山里吹过来的风擦脸，擦完脸又擦上半身。招待所真好，在这个安静的地方，谁也不来对他的这项活动大惊小怪。当凉风一次次将身上的水迹吹干时，启明就回到了他的少年时代。他的家庭是一个很大的家庭，兄弟姐妹共有八个，他们住在南方的海边，靠打鱼为生。那时他才十三岁，就已经同父亲一块出过好几次海了，他喜爱那种自由的生活。他不明白父亲为什么一定要将他送走，他记得那一天家里来了一个干部模样的男人，坐在他们那一贫如洗的小屋里，爹爹说那人是启明的"福星"，然后命令启明同那人走。哥哥妹妹们都用羡慕的眼光目送他离开，而他，就这么糊里糊涂地跟随那人来到了北方这个小城，只因为爹爹的意志是不可违抗的。那时这里真荒凉啊，所谓城市，只不过是荒地里稀稀落落的一些简易房罢了，路也没有，公共设施也没有，有一点点电，但时常停，总要点煤油灯。然而对于启明来说，这算不了什么问题，因为他家里比这还穷呢。开始那几年是在繁重的体力劳动中度过的，当领导问他有什么特长时，他只能说自己做过渔夫，可是此地并没有渔业，于是他做过建筑小工、修路辅工，挖过河沙，当过运煤工，烧过锅炉等等。直到有一天，设计院的女院长看中了他，把他要去做了一名招待所的清洁工，他的生活才安定下来，那年他二十二岁。他也不知道女院长是看中了他什么，只觉得那妇人目光灼灼，很有气魄。在这个安静的地方做了清洁工之后，他才渐渐地懂得了小石城，也悟到了爹爹的苦心。

　　就是那次在外地来参观设计院的客人当中，启明见到了改变他一生命运的维吾尔族美女。女孩来的时候并没有穿民族服装，不知为什么她穿了一套灰不溜秋的制服，然而那身丑陋的灰皮依然挡不住她光芒四射的美丽。启明死死地盯着她，紧随其身后。女孩也很调皮，居然撇开同行的人，带领他躲到了假山背后。他俩坐在假山的一块圆石上，看着小鸟在草地上跳来跳去，看着胡杨的树叶在阳光里跳舞。多么美啊，简直像仙境。可是这位绝世美女不会说他的语言，他只能对她眉目传情，将她纤秀的手儿握在自己手中反复摩挲。终于，参观团要回去了，他们的车就停在门外。当人们经过假山时，女孩像小鹿一样跳出来，加入到队伍中去了。这就是启明那短暂的邂逅，这邂逅决定了他的一生。后来他又在市场见过她一次，那次她是同父亲一块来的，显然她已经不记得他了。他跟踪她，一直跟到很远很远的她家中，在大山那边。他没敢进去，因为门口有好几条大狗。再后来呢，就是多年前的那次见面了。他们在一起，但她已经嫁人了。后来又有过好几次见面，都是当着她的家人，单独相处很少。但是启明并不气馁，这位女性能让他热血沸腾，他还需要什么呢？在那间简陋平房的窄床上，他夜不能寐，度过了多少冥想的时光！他喜欢那种感觉，他觉得自己是一个特别的人，一个注定要在孤独的冥想中度过一生的男人。爹爹多么有远见啊！

　　启明一边做风浴一边想念他的家人时，并没有丝毫的伤感。那是一种神往，贫困的家在这种神往中变得美丽了。他记得他走的时候三个妹妹是那么留恋他，她们眼里都噙着泪花——父亲不准她们哭。她们那粗糙的手被冷水冻得红通通的，家族遗传的扁鼻子使她们显得特别纯朴。当时启明马上扭过头去，因为他自己也要哭了。后来他还同母亲的墓告了别，他将自己那少年的脸贴在那块石头上，一下子就感到了母亲的体温。那个破渔村，那三间难看的土砖房，里面有过多少人间温暖啊。他坐在家门口就可以看见海鸥，的确，每次看海鸥时，心里就隐隐约约地产生出远走高飞的念头。爹爹是怎么知道他的念头的呢？尽管对遥远的家乡感到神往，他却并没有要回去看一看的计划。一方面是他酷爱这种远距离的美感，生怕因为冒失举动破坏了自己的这种精神享受。另外还有一个秘密就是，他当初离家是遵从父亲的意志，而不是自己独自做出的决定。在路上，他心中悲愤，一遍又一遍地发过誓：永不返回。二十多年过去了，启明反省自己当年的事，开始质疑自己的看法。那真的仅仅是父亲的意志吗？如今，他多么喜欢这里的一切，对自己的生活自足又自满。是他那次唯一的迁徙给他带来了这一切！试想，如果他的父亲不是那么敏锐，不将自己委托给那名干部（当然是父亲长久的谋划），他现在的生活还会是这个样吗？

　　新来的年轻夫妻对此地充满了困惑，尤其是那男的。这一点启明看在眼里，因为从前他自己就是这个样子。谁不会为小石城风俗的奇怪而困惑呢？那时，困惑和难受里头又有欣慰，直到使自己转变的那件事到来，就把这里当成家了。启明的"那件事"就是他的维吾尔族美女的出现。在那之前，当他在工地做小工的时候，他时常困惑得班也不愿上了，一连几个小时坐在河边看红柳呢。工头是个和气的半老头，他蹲下来，拍拍启明的背，说："你回不去了啊，孩子。"他让启明抬头看天。启明看了，没看到什么，不过是一只苍鹰。天那么高，天的颜色一点都不温柔，完全不像海边的天。工头又让他再看一次，看清楚，于是他再次抬头。他忽然明白了使他困惑的事，站起来，默默地跟随工头返回工地。多么奇妙的感受啊，工头真了不起。在此之前，他根本没注意过这个老头。他倒是看到过他的家属，那是三个衣衫褴褛的孩子，但那些孩子的目光全都镇静而明亮。他们都同他一样在工地上做小工，他们一点都不困惑，大概因为是本地人吧。经历了这种种的事之后，启明看到胡闪夫妻被疯汉扔在乱岗的一幕，就觉得特别能理解他们的慌乱了。过了没几天，他就感到年思已经有了一些本地人的风度了，也觉得胡闪正在进入角色，虽然他自己还不理解他所成为的角色。胡闪有点急躁，那又有什么关系呢？平静的边疆的风物会让这位青年男子变得沉着起来的。启明之所以会去注意这对夫妻，是因为他们令他回忆起刚刚来到边疆的自己。

那一天他做完了工作后坐在假山的圆石上休息，朦胧中感觉到有一头羊在向他挨近，羊的脖子上还系了一块红布呢。那可是只温驯的羊，闻闻他的手，就在他的身旁蹲下了。当时启明正在渔村同童年的伙伴打架，对方将他摔倒在地，一只脚踏在他胸口，从上面看着他。羊在他身边一蹲下，对手就不见了。他努力睁开眼，看见坐在他身边的是年思。他立刻脸红了，不好意思地站起来，说："嘿，打了一个盹。"年思表情怪怪的，像在同某个看不见的人讨论问题一样，说："嗯，我感到这里啊，很多事情分不清，全夹杂在一块。怎么说呢，这里还是很有吸引力的，你看那只鹰，飞飞停停的……所有的事都悬而未决啊。"启明心里暗想，这位新来的小女人，已经成为小石城的一员了，世事的变化多么迅速啊。听说他们是从烟城来的，被烟裹着的城市会是什么样子啊？年思还是坐在石头上，她那白白嫩嫩的脸在这些天里被这里的风吹红了。她看着他，又好像根本没看他，所以启明拿不定主意要不要同她说话。多少年了，除了他的偶像，他还没有这么近距离地面对一个女子呢，他有点紧张。女人一边沉思一边从身边揪了一些野草，她灵巧地将野草编成一个环，戴在头上。启明的心悸动了一下，有股怀旧的情绪升起，可他一时又想不起对应的画面，于是他竭力去设想烟城的风景。那会不会类似于渔村有雾的早晨呢？那种时候，人们常常面对面地撞在了一起。

"年老师，习惯这里吗？"他有点迟疑地问道。

"启师傅，您刚来的时候，见到过雪豹下山吗？我听人说共有一百多只，在城里走来走去。"

启明不敢同姑娘那异常明亮的眼睛对视，他暗想，烟城里怎么会生长出这样的眼睛来呢？他想走开，可又想听这个女子说话。

"我没有。可是谈论是很多的，有一阵，人人都在谈雪豹下山的事。"

"那么这就是一个传说。"年思肯定地说。

"是传说。"他附和道。

年思说出"传说"这两个字时，脸上显出专注的表情。启明一下子感到这个表情很熟悉，他在什么地方看到过呢？他心情惶惑地偷看她。可是她站起来了，有点失望地取下头顶的草环，说道：

"刚才我看见您在睡梦中很幸福的样子，我就以为您见过雪豹下山呢。您瞧，我是个喜欢瞎推论的人。"

她走了好一会，启明才想出来在什么地方看到过她那种表情。是在镜子里头啊，所以他才这么熟悉嘛。他大吃一惊。

有好长时间启明没有同那对年轻夫妻联系，但他始终关注着他们的活动。那是种本能的关注，为了什么呢，他也说不清。他看见这两个人总在游来游去的，据说是院长没有给他们布置工作。启明在心里暗笑，会有什么工作布置给他们？就让他们去等吧。他还听说，这两夫妇都是工程师，可是这个城市已经建好了，根本用不着搞建筑设计的工程师了，这个设计院也只是个空架子。他自己目睹了小石城的建造过程，而年思他们，却是在建造早就完毕后才来的。他同他们是两代人，怎么会有同样的眼神呢？年思这个姑娘一定不简单，可不能小瞧她。

他刚来设计院那几年，女院长总是过来问寒问暖，像母亲一样关心他，还时常坐在他的小平房的黑暗中同他聊起关于雪山的一些见闻。有的时候竟一上班就来敲他的门，同他一直聊到吃中饭的时候，什么工作也没做。她还安慰他说："没关系的，我是院长。"启明对院长的举动吃惊得不得了，又很兴奋，从心里将她看作自己的引路人。可是后来，院长就不来找他了，也不再关心他的生活，好像根本感觉不到他这个人的存在了。所以过了好多年后，启明还住在那间临时搭建的工棚式简易房里头，而他的同事们，早就搬到舒适的宿舍楼里去了。是他被人忘记了吗？起先启明还觉得委屈，可是越在小平房里住得久，就越觉出这种住处的好处来。一是这种房子同脚下的土地亲近，这一点对他很重要。每天夜里，他都感觉自己是沉睡在地母那深深的怀抱里，这让他休息得很好，第二天醒来总是精神抖擞。二是这种房子像个公共场所，看上去没有任何秘密，他连门都可以不锁，谁都可以进来。可实际上呢，又给人捉摸不透的感觉。比如面前这堵墙，看上去是砖墙，过了中午，它却又变成土墙了。到了第二天早上，它又复原成砖墙。刚来两天他就发现了这个秘密，他将心中的疑惑告诉院长。院长就拍拍他的肩，说："好好干，小伙子，前程无量。"还有简易水泥瓦的屋顶，一会儿千疮百孔，房里照得亮堂堂，一会儿呢，那些孔又不见了，房里黑洞洞。当然绝大部分时候是黑洞洞的，尤其有客人在的时候。年思还来过一次呢，年思的眼睛真厉害，在昏暗里游来游去，什么都看得清。她说话时凑近启明，启明便隐隐地感到了某种沉睡的冲动在体内苏醒。那种时刻，就连维吾尔族姑娘的形象都隐退了。他对她身上散发的热力万分惊异！启明觉得，她一进来就同这间房子融为一体了，真是奇迹。从前，这小两口住在遥远的烟城里，他们是如何过日子的呢？那里有海吗？

年思生女儿的那一天，启明正在招待所前门那里搭葡萄架。他轻轻地对自己嘟哝道："她在这里扎根了。"接着他又看见胡闪行色匆匆地赶往医院，他旁边走着院长。天一会儿就刮冷风了，启明收了工具回到屋里，给自己泡了一杯热茶，坐下来想这件事。时间过得真快啊，他站在小河里捞鱼，小两口迷了路的事就仿佛发生在昨天。启明在心里将他们的女儿（他坚信生的是女儿）称作"边疆的女儿"。他想，等这个继承了母亲的热力的小姑娘长大起来，他要同她讲一讲海的事情。就在昨天他得到信息他爹爹死了，来报信的那个人是一位黄脸汉子，他儿时的玩伴。他别别扭扭地站在他房里，不谈爹爹的情况，专门谈他自己的关节炎，好像他走了几千里来小石城就是专为找启明谈这个来的。他还说他这一来就不回去了，因为他们的渔村已经不存在了，他要赖在设计院。

"我就不怕他们不收留我！哼。"他突然底气很足地嚷道，眼里射出凶光。

启明觉得这个人很好笑，他是不是有点错乱了呢？他对他带来的信息不那么相信了，有可能他是在乱说。

"你说说爹爹临终的情况啊。"他催促他道。

"嗯。他是怪病，睡着了就不醒来了。他睡着以前给了我这个。"

他从衣袋里摸出那只旧怀表,交给启明,那是爹爹不离身的东西。启明拿怀表的手有点颤抖,他对老乡说,不要着急,会有地方收留他的,这小石城,谁都可以来投奔的,尤其像他这种无家可归的人。

"是真的无家可归了。发生了海啸,你没看报纸吗?"

启明记起,他的确是好多年不看报纸了。小石城有种专横的氛围,生活在此地的人都深深地沉浸在这种氛围里头,外界的事一律不管。比如他自己,就连自己的家人都很少去想念了。

"我是爬货车来的。他们把我赶下去,我又爬上去。赶下去,爬上去,反反复复。"

"你怎么知道哪一辆是开往小石城的呢?"

"你是指那些煤车?我一看就知道!"

这个名叫海仔的汉子背着手站在屋当中,眼珠死盯着自己对面的墙。启明忐忑不安地想,他会发现他屋里的墙壁的秘密吗。但是汉子又笑起来,垂下目光去看地下了。他昏头昏脑坐了那么多天的煤车来到这里,怎么一点都不觉得累啊?并且他身上也不脏嘛。启明问海仔要不要在他床上休息。海仔连声拒绝,说自己精神好得很,此刻一心想的就是马上找个工作,最好今天天黑之前就解决,就住进自己的宿舍。他的行李都寄在火车站,搬过来就是。启明灵机一动,对他说,要不他去食堂做杂役吧,那里头好几个人都是死皮赖脸赖在厨房里,先干起工作来再说。反正宿舍里多的是空置房,搬进去住就是。到了月底,院长就会给他开工资,据说院长不管这类琐事,有多少人就开多少人的工资。海仔不动声色地听着,最后说:"我也是打的这个主意。"

启明听了很吃惊。海仔又补充说:"我昨天就来了,在这里转了一大圈,观察地形呢。"启明更吃惊了,这个人,自己儿时的玩伴,怎么说起话来就像小石城的人一样呢?他已经完全失去渔村人的纯朴了。这转变是刚刚发生的,还是早就发生了呢?他还没想清楚这些事海仔就举起手来向他告别了,他的步子显得很轻快,很有定准。这是昨天刚发生的事。

启明记得,海仔的爹是个粗人,一个真正的渔夫,同海和鱼群打成一片的那种人,连字都不认得。启明以前还有点看不起他一家呢,因为启明的爹先前是文化人,是落难后来到渔村的。现在一到小石城,这些差别全都消失了,海仔这样的粗人反而比他显得有心计,并且具有那种真正豁达的气派。想到这里,他有点迷惑地走出房间。外面很静,招待所里只有两个客人坐在沙棘树下,他们在那里下象棋。启明看了好久也没看见他们走一步,他们就只是在那里发呆,眼睛看着空中。启明心里有点好奇,就踱到那边去看看。

那是一男一女,两个人都上了年纪,却原来他们摆着象棋只是做做样子的。两人的手都放在桌子上,那手骨骼粗大,饱经风霜。他们看见启明过来了,就向他打招呼,他们的态度很谦卑。

"我们要在这里住很久呢,我们是特殊的客人。"老太婆说话时嘴一瘪一瘪的,显得很费力,"院长邀我们来的。"

"我们欢迎客人,我们欢迎。"启明说。

老头用手杖敲着地面,大声说:

"别听她乱说。什么院长邀请,我们只不过是看了报上的一则小广告就来了。那广告上写着你们女院长的大名,说她邀请所有的人来这里旅游!我们在周围走了一走,这里真荒凉啊。"

他站起来了,显得有点激动,抬头看看天,又看看地,然后突然转过身拿起硕大的象棋子,"砰"的一声放下,说:"将!"

老太婆皱巴巴的脸上显出微笑,显然也很激动,但尽量抑制着,也移动了一颗棋子。她动作那么出其不意,启明没看清她动的是哪颗棋子。然后她也站起来了,凑近启明问道:

"所有的客人来这里住都免费吗?"

启明吓了一跳,变得结结巴巴起来。他说他不清楚,这类事不归他管。老头也凑拢来了,耳语似的对启明说:

"你们这里有个园丁是我们家乡人。从前啊,他专门在园子里养罂粟花,后来还被判过刑呢。我昨天看到这人了,这些年他可没怎么老。为什么这地方的人都这么年轻,啊?你看,他过来了!"

可是启明只看到风吹得小树在摇摆。他感到这两个人令他烦躁难耐,就向他们告别走开去。有好些年了,启明注意到一个现象,那就是凡来小石城的人身上都呈现某种特点,就好像他们本来就是这里的人一样。有的人,开始不完全像,过了几天之后就用这里的人的口气说话了。他也有内心脆弱的时候,那种时候,他也想用少年时代的那种语言向一个家乡人倾诉一点感情,比如他刚看见海仔时就有这个念头。可是这个海仔,除了他的名字以外,身上已经没有任何地方可以令他想起家乡了。说实话,他比他自己更像小石城的人呢,怎么回事?也许人只要离开家,就会变成另外一个人,当年他也体会过这一点。

他跟随那个干部搭汽车，坐火车，折腾了几轮之后，心就渐渐地硬了。启明最佩服的人是院长，那是种说不上理由来的佩服，虽然她将他安排在这个工棚似的房子里头之后就再也不管他了，他还是对她心怀感激。每一天，他都感到有种看不见的关怀从院长那里传达过来。所以每当这个空头设计院又增加了人员，他就在心底赞叹院长的博大胸怀。她还亲自同胡闪去医院看望年思和新生儿！多么了不起的女人啊！

两位老人已经走了，但是象棋却扔在石桌上，也许他们等会儿还要来下的。年思生女儿的喜讯让这地方充满了活力，风不断地吹啊吹，都是雪山那边刮过来的，多么凉爽，多么惬意！他的宝贝偶像此刻在干什么呢？在收葡萄吗？启明将怀表拿出来听，嗨，那表走得那么有力，简直像在示威，不知道是怎么回事。可能这只表就是他爹爹吧，现在爹爹终于同他在一起了。

海仔一连好多天都没有露面，也没有去食堂帮工，启明惦记着他。他想，也许这家伙去了城建维修队，那地方最好混，谁都可以去。

然而有一天，胡闪从医院回来却专门来问他这个事了。胡闪说，他坐在病房里休息一下，海仔就来了，他自我介绍说自己是启明的老乡，到小石城来才几天，在医院干活。胡闪问他干什么工作，他回答说："在太平间帮忙。"他还主动告诉胡闪说，此地的死人同内地的沿海的死人大不一样，一点都不僵硬，很好搬运，他比较喜欢这个工作，因为工资也高。海仔说着话院长就来了，海仔一见她就像见了鬼似的，赶紧溜掉了。难道他原来就认识院长？于是胡闪就问院长是否认识这个人。院长冷笑了一声，说："当然认识。"她陷入回忆之中，告诉胡闪，几年前她在内地出了车祸，被送进一家医院，诊断为死亡，可是在太平间待了一天之后她又活过来了。她被移进普通病房，有一位年轻人天天来她床前陪她聊一会儿天。聊着聊着，院长就感到自己在什么地方见过他，但她始终想不起那是哪里。年轻人说自己是流浪人，四海为家，现在的工作是在医院帮工。一直到了院长出院那天，他才亮出底牌，说自己在太平间同她聊过一夜，差点冻坏了呢。院长突然对这位青年非常厌恶，而他，也就知趣地离开了。出院后好久，院长都摆脱不了消沉，后来才逐渐在日常工作中解脱。

"院长最近同我成了无话不谈的好朋友呢。"胡闪感动地说。

启明被这个故事震惊了。他沉思了一会儿，问胡闪：

"院长透露了她在太平间同海仔聊过些什么吗？"

"院长说，她无论如何也想不起来了。这几年里头，她一直都在为这个问题苦恼。"

启明的思绪飘到了很远很远，他想到了爹爹。爹爹临死时的情形是什么样的呢？那同院长在太平间的情况一样吗？海仔同他聊了些什么呢？他脑海里一下子就出现了在暴风雨里头飘摇的渔村，他有点颓废，有点暗淡，不过那都只是短暂的情绪。他还是希望有一天找到海仔，同他谈话。

他去医院找海仔的时候，年思已经带着孩子回去了。太平间同病房隔开一点，门口栽着各种花卉，有一个守门人坐在门口晒太阳。启明说明来意。

"啊,您是说那位义工啊,他说他今天要休息一天。他呀,是我们的及时雨!要知道眼下很少人愿意干这种活。"那人竖起大拇指夸海仔。

"他难道是义工吗?"

"这正是最值得人尊敬的地方。他对我们说,他只做义工,不要工资,同我们一块吃饭就可以了。这么好的人上哪里找去?您进来参观一下吗?"

启明感到这个贼头贼脑的中年人总在打量自己,心里很厌恶,连忙谢绝了他的邀请。走出医院好远了,他还感到身上有很浓的来苏水的味道。他怀疑刚才海仔就在太平间里头,一想到他在太平间做义工的事,他就不禁哑然失笑。看来他挑选这个工作的目的就是为了同死人谈话,可是这种沟通应该是非常艰难的啊,只有像院长那种假死,他才有可能达到目的。启明记得这个儿时的朋友是一个倔头倔脑的人,认死理,脑筋不转弯,那时他几乎将村里的所有人都得罪了。想到他也许在全国走了很多地方,一直在从事这种见不得人的活动,启明陷入了某种黑沉沉的回忆。这是近来他新产生的一个习惯——回忆自己从未经历过的生活。他一边走一边想那种事,越想身上越冷。走到招待所门口时,全身都在发抖了。他打算回家赶快躺下,使自己缓过神来。

"老启,老启,你没事吧?"传达室的孙二抓住他的臂膀使劲摇晃。

"不要——不要担心。"他费力地说。

孙二不知为什么"咯咯"地笑了起来。启明挣脱他,尽管

081

眼前黑蒙蒙的，他还是尽力摸索着进了屋，脱鞋上了床。

他刚一躺好，回忆就自动地出现了。那是一个下雨的夜晚，他在雨声中本来睡得很安，可是他被墙上的敲击声惊醒了。难道是小偷吗？这么大的雨还出来作案，真够可怜的。慢慢地，他就感到有某种光线透进房里来，到底怎么回事呢？那时没电灯，他坐起来将放在床边的煤油灯点燃。他划了一根火柴，没燃，再划第二根时，就有人捉住了他的手不让他点灯。这时，启明看见那道光线正在变宽，越来越宽。啊，一面墙被移走了，野草灌木的气息扑面而来，他身处荒郊野外了吗？那个捉他手的人说话了，声音像从一个坛子里发出来的一样，听了很难受。

"我想在此地建一个热带花园，你看合不合适呢，小伙子？我试过了，热带植物在这里成活不了，但是我们可以建空中温室的。你看看这地方就知道了，无遮无拦的，正是建那种花园的理想处所。我是南方人，在此地居无定所，你听出我的口音来了吗？"

在启明听来，那就是本地口音，只不过"嗡嗡嗡"的听了难受而已。

"可是我的家，原来并不是建在无遮无拦的荒野里啊。"他抗议道。

"你要忘记那种事，小伙子！在我们这个地方生活，就得具有灵活性。哼。你真的听不出我的外地口音吗？我可是最南边的人。"

启明觉得自己有些话想问他，可光线突然消失了，也许是那面墙重又合拢了，面前的人影也消失在黑暗里。第二天早上雨还在下，他完全忘记了这回事。

现在他想将那事看作一个梦，可那根本不是一个梦，只是一件他彻底忘记了的事。他当时同他谈话，自己非常清醒，有点像身处另外的空间。那么，那个人是设计院的园丁吗？启明以为自己还从未同园丁说过话呢。园丁沉默寡言，还有点傲慢。当然那个人就是他，他已经同他说过话了。他遵循自己的理想在这里建起了热带花园，启明已经听好几个人谈论过他的花园了，只是他自己还没有见到过。他想，园丁同海仔以前就认识吗？他们之间是一种什么关系呢？海仔为什么说园丁也是渔村的人？还有，这么些年他都没有同这位沉默的家伙接近过，海仔一来，提起他，自己才记起自己在某个雨夜同他谈过话，话题是那个他至今没见到过的花园。那是什么样的花园呢？他听几个人说起过，可是那几个人提供的地址都不同，有的说在东边，有的说在南边；有的说就在设计院里头，有的说在设计院前方的乱岗上；还有一个人，说园丁的热带花园在雪山的半山腰。启明后来又观察过园丁，但园丁目光冷冷的，丝毫也没有透露出认识他的迹象。

从记起园丁同自己之间的短暂交流以来，又一个星期过去了，启明一天夜里真的梦见了那个热带花园。花园的外围长着很多罂粟，一棵巨型榕树几乎将整个花园都占据了。那榕树不像树，倒像个妖魔。他在密不透风的气根里头转来转去，觉得自己永远也走不出去了。他还觉得那些气根变成了无数只冷冰冰的手，在他身上抓抓捏捏的。

早上起来，他站在杨树下做风浴时，看见年思抱着婴儿出现在他的视野里，那婴儿的头发又多又黑。那种头发不像婴儿头发，倒像发育良好的四五岁的小姑娘的头发，启明脑海里又一次浮出"边疆的女儿"这几个字。产后的年思显得步态轻盈，启明觉得诧异，刚生了孩子，怎么就可以四处游走了啊？他想起那一回，自己差一点就对年思讲出维吾尔族美女的事来了。年思消失了，启明望着雪山做了一次深呼吸。

上午他在打扫会议室，他爬上窗台去擦玻璃，擦了一会儿，往下面一看，心里很吃惊，他看到海仔睡在下面的草地上。他跳下窗台就往楼下跑。

"你怎么在这里睡？"

"有人追我，死人同活人争地盘。"

他拍着身上的灰轻轻松松地站了起来，启明发现他右手的虎口在流血。他将伤口放到口里吸吮了一会儿，脸上的神情很迷醉。启明问他怎么回事，他说睡着了自己咬的，还说他这样做是为了保持警惕性。启明突然冒出一个念头：会不会是眼前这个汉子将父亲杀了？他感到微微有点恶心。他邀他到自己的小屋里去，可是海仔不肯去，说自己不喜欢这种样式的房子，太闷，而且他也不喜欢设计院了，他有了更感兴趣的地方可去。

"是医院太平间吗？"启明问。

"不不不，那是个幌子。"

他戴上帽子说要走了。启明故意逗他说：

"我们院长有意接受你来工作呢。"

"谢谢她的好意，可是我已经有工作了。这个城市很漂亮，我想以后在这里养老。你没想到我们会见面吧？"

启明看着他的背影在心里感叹："真是个无忧无虑的流浪者啊。"

他再回到会议室时，却看见院长坐在空空的房间里翻看一本笔记本。她对他做了一个手势，示意他坐在她旁边。她低着头，用钢笔在本子上做了好多记号。启明忐忑不安，不知道院长找自己有什么事，是不是同海仔有关。刚才他还对海仔吹牛皮呢，院长应该听不到他说的话，她又没有顺风耳！

过了好一会儿，院长终于合上了笔记本，她几乎令人觉察不到地叹了一口气。启明注意到院长的白发近来变稀了，她胖胖的脸上似乎又添了些皱纹。她正用一只手遮着自己的脸，反复说自己"老了"。启明记起这个会议室已经很久没使用过了，莫非院长完全不管院里的日常工作了？这时她抬起了脸，有点悲伤地说：

"启明啊，我真是活得很困难啊，你看我被逼得这么紧。如果世界上有人对你所有的秘密心事，以及你将来要干的事全了解得一清二楚，比你自己还心中有数——因为你自己对自己将来要干什么并不那么清楚——你活着还有什么兴趣呢？假如这个人在很远的地方倒也罢了，可是他在你眼前钻来钻去，以这种方式不断提醒你他在这里，怎么办呢？"

"院长，您是说海仔吗？我去同他谈，要他走，他是我小时候的伙伴。"

启明觉得一股豪气从心底升起，就这样对院长说了。可是院长摇着头，很不赞成他的介入。她显得更愁眉苦脸了。

"你这是怎么回事啊,启明,你怎么糊涂起来了呢?他是你小时候的伙伴,这同现在的事有什么关系啊,他已经完全变成另外一个人啦!你可不要赶他走啊,那对我一点好处都没有。唉,唉,谁能理解我的心?"

启明茫然地坐在那里,想不起要说什么话了。他感到自己确实还太嫩,离理解院长还有很长的距离。这时院长突然话题一转,问他关于维吾尔族美女的事。

"自从那次看过她在马路边跳舞之后,就没见到她了。不过我去过雪山那边两次,我站在坡上眺望过她的家,她的儿女都长大了。"他老老实实地回答。

"启明啊,你真幸福,你从来没走过弯路。你喜欢住这间屋子吗?"

"喜欢,喜欢!我在这里看见过奇迹。有一天夜里,一面墙壁……"

可是院长转过脸去了,她在看东边的那扇窗,有一双粗壮的男人的手在抓着窗框,那人马上要爬上来了。启明想起身去看个究竟,可是院长不让,她将他按到座位上。他们等了又等,下面那个人始终不露出他的面孔。启明感到院长是知道这个人的身份的,可是这个人干吗要吊在窗户上呢?以这种方式向院长求爱吗?启明很好奇,又不敢问院长。院长目不转睛,直到那双手消失了为止。启明想,真是一场恶作剧。院长精疲力竭地伏在前排椅子的椅背上,放在膝头的笔记本也掉到了地下。启明帮她捡起来时瞄了一眼,看见里面有一页彩页,上面画着一支利箭。院长抬起头来谢谢他。她哭过了,脸颊还是湿的呢。她像小女孩一样噘着嘴，然后掏出手绢来擦脸。

"启明啊，你不会认为我关心你不够吧？我这个人就这样，事情很多，不过我记得你。这么些年了，你走出自己的路来了。我呢，反正半截已经入土了，我想将自己的生活尽量简单化。刚才那个人你也看到了，他啊，是个走极端的人，他要彻底从这世界上消失呢，你说这可能吗？哼。"

启明暗自认定吊在窗台上的那人是园丁。难道他在飞檐走壁？他那么傲慢，一定伤了院长的心了。启明心里升腾起对他的怨恨，因为院长是多么好的人啊。

启明和院长来到外面时，看见年思又抱着婴儿出现在新栽的冷杉树下了。他觉得这位女子有点不对头，怎么会刚生了孩子就在外面到处走呢。

"院长，你看她们多么美，那孩子的头发长得真好。"

"一方水土养一方人嘛。"院长笑起来，"她是小石城的后代。"

启明看见院长的脸变得生动了，她又恢复了精神。

启明回到会议室去把卫生做完。他从窗口朝底下看了好几次，每次都看见院长还在同年思谈话，那怀里的孩子不哭也不闹。大门那里站着胡闪，他不到妻子面前去，只是站在那里看她们。启明觉得胡闪一下子变得又成熟又稳重了，瞧他那副心事重重的样子！这是扎根的一代人啊。那么，他自己算不算已经在此扎根了呢？启明拿不准。在这里，他没有后代也没有亲属，只有一些缥缈的思绪。但这里的人不都这样吗？人人都为一些抓不住的东西忙碌，所以只要一开口就都明白。听说郊外的院部要迁到城里来，原因是那里的职工在抱怨，说他们长年住在那种荒凉的地方，脱离了生活，他们要住到人多的地方来。启明完全能够理解他们的心情，人多，信息就多，某种微妙的好东西就是通过人群来传播的，尤其在小石城是这样。这里的人说话时，每个人都透露出那种东西，哪怕他们说的时候完全不自觉，启明也能捕捉到，这也是他在城里面过得很惬意的原因。住在荒凉的郊外会是什么情况呢？启明闭上眼睛努力设想那种情境，觉得有点类似于他从前在渔村过的生活。当然，住在封闭的小地方的人总想往外跳，海仔和他不都到边疆来了吗？

夜里，启明也有睡不着的时候，那种时候，他并不感到孤单。他在小城里游来游去，歇息在一个又一个温暖黑暗的巢穴里头。那种时候，他总是想，啊，他多么幸运！他感激他的爹爹，可是又并不想回去看望爹爹，他只愿意保持对爹爹的空想。有时候，整整游历了一夜，到天明才睡一会，第二天工作起来照旧有精神。偶尔，他也会在夜深之际起床，到招待所里的花坛边上坐一坐，看着星空想念他的美人。北方的星星特别亮，当他凝视它们时，自己的心竟会久久地颤抖，仿佛自己里面的东西都被敞开了似的。他自言自语道："住在小城里的人们多么幸福啊！"他沉浸在那种情绪里头，这时往往有股凉风从雪山那边吹过来，那风将他的激情推向了高潮。有很多小孩在灌木那边跑动，口里叫喊着："阿依古丽！阿依古丽！"阿依古丽是他的美人的名字。再回到小屋里时，他就会睡得很踏实了。而在梦里，小石城和渔村是混在一起的，他也同自己的儿童时代混在一起。那风景里头有一些门，但那些门不通到任何地方。他会情不自禁地跑到门框里面去站着，他就那样发着呆，想着自己的人生故事。

他自己的身影在故事里头是模糊的,有时像一个儿童,有时又像一个老人。而背景里头呢,总是有雪莲花和波斯菊,却没有海。他在梦中发问:海到哪里去了呢?

一个无梦的夜晚,启明被婴儿的哭声吵醒了。开始他还以为是猫儿叫春,后来越听越像婴儿。婴儿就在他的门边!他连忙下床打开房门,他看见了月光里头的那个红花襁褓。他对直望出去,看见年思幽幽地坐在花坛边上呢。

"年老师!"

"她老哭,老哭,怎么办啊?胡闪买药去了。"她的声音完全是哭腔。

女婴闹得更厉害了,启明将她抱起来,举向空中,口里吆喝着,一连举了三次。但是没有用,她还是哭。

"医生也看过,医生说她没病。可为什么哭?我想是对我不满吧。"

年思双手抱头蹲到了地上。

"年老师,多好的宝宝啊,哭声多么响亮!雪山那边也听得到。哭吧,哭吧,我喜欢听!"

启明又将婴儿向上举了五六次,婴儿终于止了哭,笑了起来。

年思一下子跳起来,说:

"啊,她喜欢你!这个小妖魔喜欢你!天哪,谁也拿她没办法!"

"她当然喜欢我,她是我们边疆的孩子,对吧?年老师,您立了大功了。这下好了，她睡着了，您也回去好好休息吧。"

她俩离开了好久，启明还在激动。他从来没抱过婴儿，刚才那会儿他简直被一种陌生的感情冲昏了头！婴儿的笑脸历历在目，有种东西在他里头生长，他感到有点痛，是那种满怀期待和疑惑的痛。他对自己说："这是一个人，一个新人，刚生出来不久的，我的天……"刚才他将她向上举之际，他在她的小脸上看到了海，同一瞬间，沙漠鸟在附近"滴滴滴"地叫个不停。他从未料到一个新的生命会令他如此震撼，是因为她是年思的女儿吗？母亲的热力传到了婴儿身上吗？这样的深夜，这母女俩就这样出现在他门口，仿佛是再自然不过的事——这是如何发生的呢？那婴儿真像她母亲，热烘烘的一团，啊……启明想得眼睛都发了直。

他躺在黑暗中，在他脑海里旋转着的，不是美人阿依古丽，却是瘦瘦的年思和她手里抱着的婴儿。他极力想赶开这个形象，他反复对自己说："这个女人是一只候鸟。"可是婴儿呢？婴儿和母亲不太相同，她俩之间的冲突已经出现了。刚来小石城时，他渴望融入此地。因了这渴望，他甚至故意把自己弄伤过，那时他认为受伤可以加深情感呢。那么婴儿不停地哭，也是为了加深某种东西？他翻了个身，手碰到了放在枕边的怀表。他握住怀表，一会儿就看见了海，也看见了婴儿的脸。"滴滴滴……"他脸热心跳，对自己的急剧变化感到害怕。

"海仔啊，你到底是如何跑出来的？"

"我没有跑，我在水下走啊走啊，出水面时就已经到了另一个省。"

启明同海仔说话的地方在劳改队的工棚里,这是一支外省的劳改队,他们来协助小石城的绿化工作的。工棚里很脏,到处扔着臭袜子和脏内衣,海仔在这种地方很自在,他悠闲地抽着纸烟。启明告诉他自己去过医院太平间找他。海仔说,要不是碰见院长,他也许就在那里做下去了。他离开医院倒不是为了自己,是为了院长啊。"谁愿意让别人看见自己死后的样子呢?"

有一位青年劳改犯进来了,这人头发竖起,目光很凶,一进来就摔东摔西的,很显然对启明坐在那里感到不满。启明有点想走,但海仔按着他的膝头不让他起身。突然,那人捡起一块砖头朝他的背上摔过来,启明被砸得滚到了地铺上,口里"哎哟哎哟"叫了两声。幸亏砸得不够重。

"这里的人很鲁莽的。"海仔在他上面说。

"为什么你不让我走啊?"启明委屈地抱怨,"都是因为你!"

"傻瓜,你只要来了就走不脱。你越跑,他越追,就会送命。这样反倒好,受点皮肉之苦你就安全了。"

海仔笑起来。启明一点都不觉得好笑。他听到了工棚外面那些沉重而迟疑的脚步声,有好几个人在门口走来走去,似乎想进来。启明的神经绷得紧紧的。海仔抽完纸烟,说自己要去劳动了,要启明同他一块去,说着就递给他一把铁铲。启明背上很疼,伸不直腰,就将铁铲当拐杖。

出得门来,看见那些劳改犯都站在门的两旁盯着他们看。启明害怕他们又要砸砖,就缩头缩脑的,这时海仔就命令他:"昂起头来!"启明抬起头一看,发现那些人都背对着他们了。

到了胡杨公园里,启明问海仔是不是要挖洞。海仔说不挖,还说带上劳动工具只是为了掩人耳目。他找了一块草地躺了下来,后脑枕着双手,眼睛瞪着天。启明问他:

"刚才那些人是不是要害我啊?"

海仔哈哈一笑,不予回答。

"那么,这就是你找到的工作吗?你是做义工吗?"启明又问。

"是啊。你爹爹临死时有个最大的心愿,你猜得出来吗?"

"你说说看。"

"我也猜不出。我看着他的眼睛,就是猜不出。我知道他有重大心事,后来呢,他就给了我那块表。"

"啊,怀表!我有点猜到了。"启明大声说。

他一下子就想起了黑夜里"滴滴滴"的声音,那声音总激起他莫名的兴奋。他注意到海仔的目光已经变得很柔和了,甚至有点多情,这个流浪汉就这样看着灰蓝的天空想心事。启明从上衣口袋里拿出那块敝旧的怀表来端详。这是块好表,虽然表面镀的铜都已脱落了,里面的指针移动起来仍然铮铮有力。启明小的时候,爹爹自杀过一次。那时他还不太懂得家里发生了什么事,只觉得家人异常的沉默,走路都是跷着脚。脖子上缠着绷带的爹爹平静地躺在床上,让启明每天给他读一段家谱。启明记得家谱里记录了这只怀表,据说是爷爷在战场上从一个战死的俘虏身上取下来的。当时那些俘虏都没有得到掩埋,就在露天里腐烂了。爹爹那次在床上躺了两个月,他总是将怀表拿出来打量,脸上显出高傲的表情。有时候,爹爹摸着他的头说:"孩子啊,要用力去想那些模糊不清的往事啊。"启明当然听不懂,但爹爹将这句话重复了又重复，他就记住了。爹爹七十岁才死，这个年龄在海边渔村里那种地方也算长寿了。他后来竟然活了那么长！那么早年那一次，他是不是真的想结束自己的生命呢？如果是真的，又怎么会没有成功呢？他可不是个优柔寡断的人啊，爹爹是启明见过的人里头最有决断力的。想到这里，启明便问海仔：

"我爹爹合眼的时候痛苦吗？"

"哪里的话！我觉得老人家很平静，无疾而终嘛。他并没得怪病。"

"我也这样想。但我还是忍不住要向你证实一下。"

启明举起那只怀表，在怀表所指的空中出现了一只大鸟。当他移动手臂时，那只大鸟也随着他移动。他转过身用怀表指向相反的方向，很快地，那只鸟也飞到了那个方向。他将表收进衣袋，那只鸟就钻进高空的云层里头不见了。他听见海仔在下面说话，声音低沉，听不清楚。

那天他俩饿着肚子在胡杨公园里待到很晚。分手的时候海仔有点伤感，他对启明说，今后见面恐怕很难了，因为他的劳改队要转到另外一个城市去了。他还说本来他是要留在医院的，可是院长死心眼不让他留，他只好放弃自己的计划了。一开始他觉得小石城最适合自己待，可是这里是院长的地盘，他不能同她争，只能躲开。"今生今世，她是容不了我的。"

海仔垂头丧气地背着两把铁铲回去了。启明又在那些花坛间转了转，他出园子时，看门的老头把他叫住了。老头问他海仔是他的什么人。启明看老头一脸严肃，就告诉了他。老头喝

了一口茶,慢吞吞地说:

"那人脑子有毛病啊。其实呢,他每天都来公园,装作来干活的样子,来了就躺在草地上。过不多久,一个老女人也来了。两人说着话就吵起来,老女人对他拳打脚踢,他呢,双手抱着头也不回手。每回老女人打完就走了,他还要蹲在原地发好久的呆。近几日,那老女人不来了,他一个人还是来。但是我感到,今天是他最后一次来了。你觉得他脑子怎么样?"

启明心里想,这个老头哪里是个看门的呢,简直是个特务嘛。于是大声对他说:"他可是有点疯的,您老要小心啊。"他边说边走。

"疯子!哈哈,疯子!公园里又来疯子了!从前来过!"

他从窗口伸出上半身,对着启明背后大喊大叫。他还回转身叫他老婆也出来看,于是老妇人也挤到窗口来看启明,他们一齐朝他挥拳示威。

启明小跑起来,他急于将噩梦甩在身后。回到招待所时已经跑出了一身大汗,只觉得浑身很虚弱。

第四章

石淼

老石的名字是石淼。他是个孤儿，在内地的福利院长大。当他觉得自己有足够的力气了时，就从福利院出走了。他走了好多地方，最后才在边疆安顿下来，雪山那边的一户殷实人家将他收为义子，他成了那家人的一员。后来，他又上了中等技术学校，学纺织。书没念完他就参加工作了，不是在纺织部门工作，却是在小石城园林管理处管理档案。那是个吊儿郎当的工作，上不上班也没人管，所以老石就常待在家里。老石和妻子女儿住在园林处的宿舍里，那排房子一共有两层，质量很差，他们住二楼，每年屋顶都漏雨。

老石的妻子是一名园艺工，现在仍然漂亮，年轻时活泼又伶俐，能歌善舞。那一天六瑾看见老石同她争吵，以为她是个年轻女子，其实她已经快四十岁了。女儿生下后没多久，他们的争吵就开始了。老石的妻子将家里弄得硝烟弥漫，老石躲也没地方躲。有一天,他从外面回来,开始他没推门,从窗口望进去,看见妻子坐在清贫的家中痛苦地呻吟,一声接一声的。老石被深深震动了,连忙推门进去,可是妻子没容他发问就站起来了。她沉着地干着家务,好像什么都没发生过。老石试探地问她:

"你刚才不舒服吗?"

"没有啊。我好得很。"

她昂着头进了厨房,边干活边随着哗哗的自来水声唱山歌。

老石感到妻子是个不可捉摸的女人,她不是一般的怪,她的大多数想法老石都猜不着。活得越久,老石越感到要了解她是不可能的。然而多年前的那个夏天,他在她姑姑家看了她一眼,立刻就神魂颠倒起来。去年年初他们的女儿就搬出去另过了,所以家里更是成了地狱。现在老石很少待在家里了。

不待在家里到哪里去呢?档案室是不能待的,因为有几个年轻人总到里头去聊天、喝茶抽烟,他们将他的办公室当休息室。老石喜欢隐藏在人群里头,所以不知从哪一天起,他就开始常去市场了。他并不买东西,就只是逛一逛,以此来消磨时间。在市场里,他领略到了人群情绪的瞬息万变。这些互不相识的人一旦为某件共同的事所激发,就会变得十分暴烈,甚至野蛮。而平时,各人装着各人的心事,没人会想到要同周围的陌生人交谈。当老石在拥挤的人群中穿来穿去时,他总是在喧闹之中听到一种细弱的呻吟声,那声音似乎无处不在,时断时续。有时,老石在休息处的椅子上坐一下,集中注意力去听。他往往越听越迷惑,因为那种时候,他觉得每个人都在呻吟,但每个人又极力地抑制这种声音,不让它发出来。老石抬起头来打量这些人的脸，但从这些脸上并不能看出这件事。

同六瑾的结交是很意外的。当时他抚摸着那些家织土布，就忍不住同她谈及了染布的事。年轻女人很少说话，但她注意听他说。他俩站在布匹旁边时，市场里的嘈杂声就全部消失了，老石在短时间内看到了悬崖上的鹰。他在心里对自己说："她的父母应该不是本地人。"有次在姑娘的小院里（多么清爽美丽的小院），他问她听到市场里的哭声了没有。她回答说，那并不是哭，是在同某个巨大的事物较劲时发出的呻吟。"那种事物，就像猛虎下山。"她说这话时还诡秘地眨了眨眼。这个姑娘同他妻子相比是另一类型的人，她也神秘，但并不拒斥人，老石被她迷住了。他将青蛙放进她的小院里之前谋划过好长时间，可是后来，在下雨天里，他并没有听到一片蛙鸣，那些蛙从院子里消失了。当时他想，六瑾的意志真可怕！那么，她究竟是欢迎他还是拒斥他呢？从表面看应该是前者，老石却感到事情不那么简单。所以他虽喜欢这个女人，但某些事情还是令他踌躇不前。

他不愿回家的时候，经常同宋废原一起去那片胡杨林里头坐着，有时坐到天黑也不出来，像两个流浪汉一样。废原的内心很暴烈，有时会用头去撞胡杨的树身，撞得头破血流。当老石旁观他那种凶暴的举动时，心里有种痛快感。是为了这个，他才老同他待在一起的吧。他的确没料到六瑾会出现在那种地方。年轻女人的行动有点疯狂，她如入无物之境，到处乱闯，似乎在蔑视什么东西。眼看她就要摔跤，他忍不住提醒她。他的提醒没有用，女人我行我素，直到摔得躺在地上不能动为止。后来她又忽然跳起来跑掉了，像有鬼魂在后面追她一样。他还记得在昏沉沉的月光下，宋废原哑着嗓子说："又来了一个。"他觉得废原的评价很怪，他刚刚认识六瑾不久，拿不准他的话是什么意思。难道废原认为六瑾是由于同样的原因夜间到胡杨林来的吗？然而后来，他们再没碰到过六瑾。

在家里，老石常在心里用"蜥蜴的舌头"来形容妻子的思想。她从来不停留在某一点上，她的所有的念头都不是单纯的一个念头，而是里面蕴含了许多其他的念头。老石知道她不是有意要这样，而是出自某种本能。多年以来，他同她的关系并非冷淡，只不过是愁闷。老石常对自己说："我的妻子是我头上的一座大山。"同六瑾意念上的相通使老石恢复了活力，他同她谈话时，会感到有沉默的雪豹在他们之间穿行，那时他的近视眼在黑暗中也能看清马兰花。有时同六瑾说着话，他会忽然一下明白了妻子的某个念头。他想，女人的思维里头都有很多暗道。

他同妻子仍然睡在一张床上。当夜变得深沉起来时，他们就会不由自主地交合，彼此将对方箍得紧紧的，仿佛要融化到对方的身体里头去似的。然而天一亮，妻子就用盔甲将自己武装起来了。起先老石还尽力去猜测她的念头，后来就死了心，变得有点麻木了。然而他做不到同她"形同陌路"，所以才总感到她在发作，感到家中弥漫着硝烟，女儿离家之后更是这样。有一天夜里，在交合的时候，老石突然冷得发抖，马上退出来了。整整一夜他都在冰窟里挣扎，他叫妻子的名字"元青"，叫了好几遍，妻子都不回答他。第二天他才知道是屋顶漏雨了，整个床上全湿透了，他对自己在上面睡了一夜感到惊讶。妻子说："你不肯下床，我就一个人到那边房里睡了。"那次修屋顶，沥青的毒烟将他熏倒了，他躺在家里，觉得自己要死了。他没法睁眼，周围的一切都在急速地旋转，他处在晃动的白光之中。意外的是他听到妻子在叫"老石"，这令他有点欣慰。当他身体恢复时，妻子也恢复了原样。老石从床上看着她的背影，心里想，是不是因为她也是一名孤儿，有着昏暗的难以言说的历史，他们的关系才发展成了今天这个样子？可是当初，他听她说自己也是孤儿，他竟会欣喜若狂！那时他还相信物以类聚这种事。唉，童年，难道每个人都要由那种浑浑噩噩的时光来决定今后的一切？老石想冷静下来，但是不行，偶尔仍会有激烈的争吵。他们之间没有推心置腹的长谈，两个人都没有这种习惯。老石不善于口头表达，而元青，虽然能歌善舞，却从来也没有正正经经地说出过自己的念头。

宋废原是卖烤羊肉的小贩，老石同他结识已经有些年头了。这个汉子也不爱说话，但老石同他在一块时彼此心存默契。

"老石啊老石，我们今天怎么过呢？"他总这样对他说。

然后他们就一块去胡杨林了。春、夏、秋三季都这样，冬季则到小酒馆去喝酒。宋废原是唯一同老石合得来的本地人，老石常感叹，这个人是多么真实啊。他就住在六瑾家所在的那条大街的街尾，他的店子则开在另外一条小街上。好长时间里头，老石从未注意过那里住着六瑾。他常看见他从那垮掉了一边的土砖平房里走出来，站在街边茫然四顾，像个无助的小孩一样。他的生意要傍晚才开始，所以白天一天他都同老石在外面闲荡。老石一叫"废原"，他脸上就豁然开朗，像找到了生活的意义一样。

他不喜欢别人到他那个破败的家里去，但老石见过他的两个孩子和妻子，印象中他们老是悄悄地行动，像土拨鼠一样。老石由此断定他在家里是没人同他吵架的。是因为这个，他才发狠推倒平房的一面墙吗？

在那胡杨树的尸体旁边，废原对老石说，他儿时的理想是当一名士兵。

"那时总手持一根木棍在屋前屋后冲杀，我妈总是鼓励我，幸亏她老人家死得早，要不她看见我成了卖烤羊肉串的小贩，会生气的。"

"烤羊肉串有什么不好？好得很嘛！"

老石笑出声来，废原也跟着笑了。他们很少这么高兴过。为了什么高兴呢？说不出。两人一齐看天，他们都喜欢边疆的天，有时一看就是半个小时，什么话都不说。天上有时有一只苍鹰，有时什么都没有。

如果时间充裕，他俩就绕着小石城走一圈，走完那一圈天都黑了。他们坐在茶馆里休息时，老石的神思变得恍惚起来，他觉得像是在内地流浪呢。在路上时，他摘了眼镜，雪山就到了面前，那里头的豹啊，熊啊，一一显现出来了。他瞟眼看废原，看见他只一个劲闷头走路。于是他让他看看雪山，废原说没什么好看的，他夜夜都在那里头钻来钻去，对那里的情况熟得不能再熟了。老石就尽力去设想"夜夜都在那里头钻来钻去"的情景，直想得脑袋发晕。在每次的环城行走中都有那个小插曲，即一名老汉占着路，在路当中燃起一堆篝火。那火烧得闷闷的，尽是浓烟，十分呛人。他们俩只好绕一个圈子走到田野里去，但又忍不住回首打量那人。那是一名很老的老汉，行走时弓着背，头部都差点要碰地了。那人茫然地站在浓烟当中，有悠扬的笛声从他身后传来呢。由于总碰见这个人，老石就忍不住开口了：

"大爷，您就住在这附近吗？"

"是啊，就在这里。"他用手指了一下身后的荒地，"附近野狗不少，二位要小心啊，荒郊野外就这样。"

废原告诉老石，这个人放烟幕，是为了遮住他身后的一个花园，笛子的声音就是从那里传出来的。老石想去看那个花园，废原又不愿意了，说那个花园看着离得近，真的朝它走去却怎么也走不到的，很久以前他就做过这样的实验。老石又问野狗是怎么回事，废原回答说："什么野狗啊，是他养的恶狗！"那一路上老石都在纳闷，自己为什么没见到有什么花园呢？下一次遇见老汉，他透过烟雾仔仔细细辨认，还是什么都没看到。废原笑他"白费心思"。他问废原为什么，废原只是说："有些人，看不到。"这件事令他很郁闷。但是他又相信废原说的是实话，于是在心里感叹：小石城真是无奇不有啊。他记得他刚来边疆不久时，养父带他到小石城逛风景。那时已是深秋，天气很冷，但却有不少男人裸着上身站在胡杨树下，面朝雪山，让风吹在身上。养父告诉他说这些人是在做风浴，据说可以延年益寿，小石城的人们最喜欢的竞赛就是看谁活得久。由此老石又想到，小石城人口不多，但没有一块真正隐蔽的地方。你想找荒凉的地方散心透气，但那里已经有人了，比如这名老汉。他长年累月在这荒郊野地搞的活动，老石连看都看不清。他用奇怪的烟幕遮住了一切。

废原总是在店里工作到深夜。其实夜里生意很清淡，但他喜欢在夜里做事。一次老石在他店里陪他，夜深了，伙计们都回家了，这时一个穿红衣的老女人推门进来，坐在一张桌旁。废原压低声音对老石说，这个人患了绝症，不能吃羊肉串，她是来找他聊天的。于是他和老石一块坐到她的对面。

"今天是我来这里三十周年的纪念日，我年轻时在海轮上工作。"

老女人说话很随和，她脸上气色也很好。

"海轮！"废原有点吃惊，"那您如何计算日子呢？"

"不好计算。日出日落，太单调了，想要记也记不住，日历是没用的。"

"啊，啊……"废原张着嘴，说不出话来了。

不知怎么，老石感到他和废原在这个老女人面前就像傻瓜，尤其他自己，根本就不知道应该对她说些什么才好。

"您的这位朋友，他也在计算日子吗？"

她亲切地问废原，可废原心里一阵慌乱，变得结结巴巴了。

"我不清楚。也许，是的？不是，不，不对，应该说，是的……"

老女人起身告辞的时候，店里的那只黑猫烦躁不安地冲着她叫。

"我看她死不了。"老石说道。

"嗯——"废原沉思了一会儿，说，"刚才她哭了，她总是深夜来我这里哭。她到小石城来的那天，提着小皮箱，眯缝着一对大眼看天。那个时候，我还在做着士兵的梦呢。嗨，就像昨天的事。"

老石想,他根本就没见到她哭嘛。废原在建议他们到街边坐一坐,然后他就熄了店里的灯,将椅子搬出去。这个时候外面已经没有行人了,这条小街进入了睡眠之中。呼吸着夜气,废原的身影似乎在变小,他的声音从遥远的处所传来。

"老石啊,你计算过了吗?"

一阵瞌睡向老石袭来,老石挣扎着说出声来:

"我还没有。可是我会的!"

他们分手的时候,露水都已经降下来了。老石摸黑走进家,尽量不弄出声音来。床上是空的,他躺下时,听到了一种奇怪的声音。那声音含糊不清,令人恐怖。很久以前,他站在海底躲避福利院的院长时听到过它。他打开灯爬起来,并没有发现房里有什么异样。他看见妻子元青睡在另一间房里了,他们女儿原来住那间房。妻子睡得很沉,有轻柔的鼾声传来。

老石穿好衣服,到厨房为两人煮好了面。

"你上哪里鬼混去了,我一夜没睡,好可怕。"她垂着眼皮说。

"咦,你怕什么啊?"

"你难道没听到,这屋里有奇怪的声音!"

她气愤地跺脚,饭也不吃就去上班了。老石起身将门关紧,坐下来吃饭。

这时那种声音又可以听得到了,不过是隐隐约约的,要是不凝神就忽略过去了。老石到窗口朝楼下看,看见一群大孩子在跳绳,绳子甩得发出呼呼的响声。那么,他听到的是这个声音吗?不,也不是。

元青走后他继续睡，就让那种声音伴着他睡，白天里，毕竟没有那么可怕。睡到恍惚的状态时，猛地一惊醒，一个念头冒了出来：这就是老女人说的计算时间吗？看来他同她是相反的，从前他站在海水底下躲避福利院的搜寻时，他是计算了时间的，一上岸就忘了。这就是说，当你记起这种声音时，这种声音才出现。也许妻子元青是精于此道的，所以她才那么气愤啊。他对自己说："石淼啊，石淼，你荒废得太久了啊。"他就带着这种悔意入睡了。

醒来之后仍然记着这桩事，所以他到了下午又去找废原了。

"她走了。昨天夜里在肿瘤医院。她这个病，并不痛苦。"

"她真美。"老石由衷地感叹。

"是啊，小石城里美女多。她来的时候样子倒普普通通，脸膛黑黑的，只有眼睛很有特色。越在这里待得久，就越美。唉，这些妇女啊。"

废原的话触动了老石，他想起来妻子也是很美的，还有六瑾。他对自己能否顺利地同六瑾交往下去没有把握。

下午的阳光照在废原的脸上，他那清瘦的黑脸异常生动。老石觉得他身上流淌着古代将士的血液。

在废原的小店里吃完饭，顾客们就陆续来了，老石坐在一旁帮他穿羊肉片。当老石聚精会神地工作时，他又听到了那种声音，他抬头看废原，废原愣在那里，如一尊石像被淡蓝色的烟雾包裹着。过了好一会，"石像"才活动起来，但动作很僵硬。老石想，这就是那种声音的干扰。

废原悄悄地对老石说，左边第三个座位坐的是老女人的儿子,他像母亲一样并不是来吃羊肉串的。但他也不是来聊天的,他要了一杯清茶,然后就看玻璃窗的外面。老石觉得那中年男子很镇定,似乎在思考问题,完全不像刚死了母亲的人。他吸了一口烟,然后吐出来,那些烟将他的脸拉得很长。"他钻到海底的岩缝里去了。"废原又说。老石轻轻地问废原:"他在哪里工作?""还能在哪里呢?也是海轮上,子承母业,他在这里待了一个月了。"

一直到夜里,没有几个客人了,那男子还坐在那里,他始终在看外面。

"您和您母亲从不一块上这儿来。"废原对他说。

"啊。"他说,"这些年,她是将这里当作海底的城市呢,前两天她告诉我的。我对她说我退了休也来这里住,可是她说:'不要,不要,哪里都一样。'我坐在这里,总觉得她随时会进来。"

男子脸上的神情变得很陶醉,他站起来时身体有点摇晃。老石想,也许他是在水中?等他出门后,废原对老石说:

"他的双脚真的脱离了地面。多么孤独的汉子!"

这时老石便深深感到废原是个极会生活的人,所以才选择了开一个这种小店。他甚至想自己退休后也来开一个。当他穿过这条小街,走在回家的路上时,月光和灯光忽然消失了,他的双脚居然也在短时间脱离了地面。不过那只是一瞬间,然后双脚就"哒、哒"两声落了地。他仰面一看,看见自家房里亮了灯,妻子和女儿的身影在窗户上晃动。他在黑暗中撞着了一个人,听声音,那人居然是那位死了母亲的儿子!

"我要到你们楼里头去。"他轻声说。

"啊！我很想邀你去我家住，可是我家房间太小了。"老石有点焦虑。

"不，我不习惯去别人家里，我想在楼梯下坐一夜。这么晚了，在外面走不是很危险吗？昨天妈妈还说附近有鲨鱼呢。"

老石几乎是冲进了屋里。母女俩吃惊地将脸转向他。

"有人在我们楼下。"他说。他随即又对自己的话感到吃惊了。

没想到母女俩异口同声地问：

"是那海员吗？"

"是啊，你们早知道了吗？"

"是我刚才告诉妈妈的。"女儿小叶子说，"我认识他好久了，他是个可怜的人，他在哪里都不自在。"

元青不知为了什么事有点紧张，她催促着小叶子，然后两人一块到那边房里睡觉去了。她们关上了卧室的门，但房里始终亮着一盏小灯。

老石躺下的时候，那种奇怪的声音又响起来了，这一次似乎特别真切，就在前面的餐室里头。伴随着那种声音，还有女儿小叶子挣扎呼救的声音。老石跳了起来，赤脚跑到她们卧室门口去敲门。

"小叶子！小叶子！"

他这一敲，她们卧室里的灯反而灭了。小叶子睡意沉沉的声音传出来：

"不要叫我，爸爸。不要弄出声……"

老石羞愧地退回自己房里。黑暗里，他想起鲨鱼。难道是鲨鱼弄出的那种声音？楼下那人还在吗？他如何挨过这样的夜晚呢？他的女儿小叶子是多么成熟啊，当年他将她抱在怀里时，她总是用那双漂亮的黑眼睛直瞪瞪地看着他，从来也不哭。她的眼睛不像元青，也没有近视，她到底像谁？

最近老石的办公室里来了个无精打采的青年，他一来就躲在档案柜后面的阴影里休息，累坏了一样。约莫打半个小时的瞌睡，又跳起来回去工作。据说他是新来的电工，"被往事压得喘不过气来"的人。这是小赵告诉老石的。他从不加入办公室里这些青年们的恶作剧，档案柜后面那把椅子成了他的专座。

"麻哥儿，你身体不好吗？"老石关切地问他。

"不，石叔，我好得很，就只是累。"他不好意思地笑笑，"我啊，有时睁着眼睛都很费力。"

老石又去问小赵"被往事压得喘不过气来"是怎么回事。小赵告诉老石说，麻哥儿有奇异的幻觉，认为自己已经变成了另外一个人。他从家中搬出去，不再理家人了，就好像完全不认识他们一样。原来他还有个女朋友，后来他也不认她了，那女孩为这个事都有些疯疯癫癫了。麻哥儿自己并非完全不知道自己闯的祸，他也有清醒的时候。那种时候他便穿上奇怪的服装，戴上红色的假发和墨镜出门，走在外面谁也认不出他了。小赵识破了他的伪装，走上去同他搭话，而他，竟然冒充从外国归来的侨民，他还说自己在小石城只作短暂停留。当小赵提起他的女朋友时，他就会蹲下去号啕大哭，哭完后擦干眼泪，说自己要回荷兰去了。

麻哥儿一来，老石的心就变得沉重了，每次都盼他快离开。

老石想到这个问题：人究竟有没有可能在睡眠中将自己变成另外一个人呢？半个小时里头，小伙子睡得很深，张着嘴打鼾呢。老石也不知道自己为什么而心情沉重，是为自身的无法变幻吗？房子中间，青年们将木夹子夹在耳朵上，跪在地上爬来爬去，但不知出于什么原因，他们都不打扰睡眠中的麻哥儿。小赵爬到老石面前，哀哀地诉说，他说自己也想去荷兰那种地方，可是荷兰在哪里，他想都想不出来。所以他，还有他们，只好在地上爬啊，爬啊的，看起来像娱乐，其实是为了解除压抑。老石听到"解除压抑"几个字从他嘴里说出来，又瞟几眼地上这几个人，忍不住笑出声来。后来他很严肃地问麻哥儿荷兰是怎么回事，麻哥儿说，从前他家特别穷，当他还是婴儿时一名荷兰妇女收养了他，将他带到荷兰。可是他一满三岁，养母又将他送回了家。据说是他在那边闯了祸，养母不愿意要他了。

"荷兰国是什么样子啊？"老石问道。

"不知道。我天天都在回忆，一点印象都没有。这是不应该的，我在那里住了三年啊。真该死，我就像从未到过那种地方一样。"

废原也知道麻哥儿的事，他很鄙视麻哥儿，将他称之为"白眼狼"。他还说他的养母是看穿了他才送他回来的。他的结论是："这个人很危险。"

"那么，我不应该同他交往，对吧？"老石问。

"你说交往？这是另外一回事了。交往吧，对你有好处。"

然而他的女儿小叶子居然上他的办公室找麻哥儿来了。他俩亲密无间地坐在档案柜后面的暗处说话时，老石有点像热锅上的蚂蚁。他听不清他们说些什么，他想走开呢又觉得不合适。

那一天，青年们偏偏都没来，只有他们三个在房里，而他女儿一点都不忌讳他的在场。

他在回家的路上对小叶子说：

"有人说他是白眼狼。"

"是啊，我也听到了！我喜欢这种，这种，很合我的意！爸啊，我同他好，以后就会很少回家了，就是回家心也不在家里。您看见麻哥儿坐在您那里，没想过为什么吗？那是我叫他去您那儿的啊。每次他说园林处太吵，我就建议他上您办公室去休息。嘘，瞧那海员！"

海员挡在宿舍大门那里，将身体伸展成一个"大"字。每当有人进去，他就立刻闪到一边，等到没人了，他又立刻还原成那个"大"字挡在那里。小叶子笑起来，说："他在模仿门帘。"老石也觉得那人的勾当很有趣。不过他又想，要是长时间没人经过，他可就辛苦了，人是不可能将这种姿势保持很长时间的，也许他是想补救自己在海上生活时受到的损失吧。

他们经过时，海员一动不动，小叶子一低头从他胁下钻进去了。

"今天感觉怎么样啊，小伙子？"老石开玩笑地说。

"你们这里很好，很有激情。"他认真地回答。

然后他叹了一口气，垂下了手臂。

"我必须走了，茫茫大海在召唤着我。迷路的孩子在外面耽搁得太久了。"

才几天工夫，老石就看见他脸上布满了刀刻般的竖纹。是失水所致吗？如果先前没见过他，会以为他是一名老翁呢。而且他的衣服也变得那么旧了，蒙着一层灰。他母亲却是一位穿着精致的、高雅的妇女。老石脑子里闪过一个念头：此地是他母亲的海域，不是他的，他待得再久也是白费劲。小叶子在楼上叫老石，好像有什么急事要他解决。

"我和麻哥儿，我们决定改行搞园艺了。"她专注地看着老石的眼睛说。

"好啊。年轻人，多搞几个行当好。"

"我们去向老园丁学艺，短时间您见不到我们了。嗨，那种园艺，我没法向您形容，见过一次就……"

她边说边走出房间，下楼去了。老石倒进躺椅里头，脑子里出现了篝火，还有满天的浓烟。他又一次深深地感到小城生活是多么的奇妙，他没有去做的事，女儿却抢先去做了。

小叶子和麻哥儿从单位辞职后就失踪了。老石和元青一块去过她住的出租屋，房东说早就搬走了。回去时元青很后悔，说不该去找她，"有什么好找的呢？"老石就觉得元青是了解底细的。

他决心同废原去找那个老园丁谈谈，一方面是对小叶子不放心，另一方面也是由于好奇。他想让废原继续上次关于花园的话题，他心里不服气。

他到废原那里时，正赶上废原的小店进货，于是他也去帮忙。将羊肉都收好之后已经是下午四点钟了。废原有点犹豫，仔细打量着老石的脸问道：

"你现在还要去吗？"

"当然要去，她是我女儿啊。"老石嗔怪地说。

"对啊对啊,我倒忘了,我们这就走吧。"

他俩来到那老头所在的地方时,却没看见篝火。当时已是傍晚,有雾,放眼望去,前方影影绰绰的有些东西,像房屋又不是房屋。待走到跟前,发现是一些大木箱,这些大木箱沿一条小河安放着。上几次他们来这里时怎么没看见这条河呢?老石将头伸进一个木箱去张望,看见里头有被褥,还有几个碗。这时他听到废原在叫他。

"老园丁在第六个箱子里头。他生病了,我实在不愿打扰他,你想想看,他都九十岁了啊。"

"也许我们可以帮他?"

"谁能帮他啊,这荒郊野地里!你不要胡思乱想了。"

废原的语气里充满了沮丧,分明是埋怨老石。他说得赶紧到路上去,不然天黑了会迷路。老石还想看一看那些箱子,可是那么黑,他伸进头去看,什么都看不见。虽然心有不甘,还是只好离开。走了一会,回头一望,看见了河边的人影,是不是小叶子呢?啊,不止一个,又出来了一些,都在那里排成一排。那条小河黑黑的,有点脏,老石先前就注意到了,它不像边疆的河。

废原走到前面去了,他在催老石快走,说天已经快完全黑了,再等一会儿连那条路都会找不到了。老石想了一想,对废原说:"要不我留下来算了,我不怕迷路,我还顾忌些什么呢?"他说了这话心里就轻松了。废原咕噜着什么走远了,老石掉头走回河边。

现在除了河水的反光,几乎什么都看不见了。老石摸着向河边慢慢走。他记得那里有些胡杨,那些箱子就摆在离胡杨不远的地方。他伸出手去,摸到了树干,一棵,两棵,好!

"小叶子!小叶子!"

他叫起来,他听出了自己声音里头的惶惑。没有人回答他。有一堆篝火烧起来了,像先前的篝火一样烧得闷闷的,尽是烟。老石掏出手帕捂住鼻子,朝那暗红的一点走过去。走了几步,他就被木箱撞了一下,差点撞倒在地。他摸到箱子前面的开口,弯腰钻进去。里面的木板上也垫着褥子,他还摸到一个硬东西,是一支手电筒。他将电筒捣弄了几下,发现已经没电了。有老人的呻吟响了起来——啊,有一个人!篝火的烟随着一阵风涌进来,两人都被那辛辣味刺激得猛打喷嚏。老人向外探出身子看了看,说:"好啊,好!"

"老大爷,您是园丁吗?"

"不要问这样的问题,你刚才来的时候,狗没叫吗?你身上一定有熟人的气味,所以它们不叫。你听,那条大鱼又游过来了。"

老石也清晰地听到了鱼的游动。奇怪,鱼并没有弄出响声,他自己是如何听到的呢?可他就是听到了,大鱼缓缓地游着,仿佛是检阅。老石听着那条鱼,心里有异样的温暖的东西生出来。一团毛茸茸的东西挨过来,是狗,这狗还不小呢。

"大爷,您的狗来了。"

"你闻到臭味了吗?它又吃死人了。"

狗在老石身上反复地嗅,从头到脚嗅得那么仔细。老石想,它是不是拿不定主意从哪里下嘴来咬他呢?

"我身上有死人味吗?"他问大爷。

"嗯,有那么一点吧。"

说话间那狗忽然跃出去了,因为外面有喊叫声。老石欠起身看外面,看见有一堆篝火烧成了很大的明火,河水都被照亮了。虽有喊叫声,却看不到人,那些人好像在河里,又好像在某个洞穴里头。老石爬出木箱,朝那堆篝火走去。火堆看着近,走了好久才到跟前。但是他被脚下的东西绊倒了,那是一个人趴在地上,同他一起的还有另外三个人,都趴着呢。那人叫老石也学他们的样子趴下。他说:"不然啊,大火就会将你烧成灰烬。"老石趴下后,问那人有没有见过小叶子。那人格格地笑了一阵后,说老石是"老朽"。

风向突然就变了,火舌朝着他们舔过来。老石看见他们都将脸贴着地面,就学他们的样子做了。一会儿工夫,大火就将乱草烧完了,烧到他们前面去了。老石只不过感到有一点点热,还有就是他的一双橡胶鞋被烧出了臭味。旁边那人站了起来,另外三个人也站了起来。他们用手挡着烟,似乎在看星星,但天上并没有星星。除了火,到处都黑。那位年长的老汉说:"我们该回去了。"老石问旁边那人他们回哪里,那人说:

"回哪里?回家嘛。这里的人都住在小石城的心脏里头。你看看天上那些流星,我们打算将此地取名为'流星花园'呢。"

但是老石根本没看到流星,倒是听见他说"花园"两个字,老石便产生了联想。他们几个都钻进了河边的木箱,留下老石一个人站在那里看火。火慢慢小了,有好几只狗过来了,在他腿上嗅啊嗅的,却不咬他。"狗啊狗,难道我快死了吗?"他反复说这句话。

他沿着河走过来走过去，听那条大鱼的游动。天亮时才听见小叶子在叫他，她同麻哥儿风尘仆仆地从河堤那头走过来。

"小叶子，你们夜里在哪里？"

"哈，爸爸啊，我们在侍弄那些榴梿呢。我们生平第一次看到这种果树，激动得啊……"

忽然一条很脏的狗扑到她身上，她"哎哟"了一声就倒下了。她的一双眼睛直直地瞪着，像死人一样。麻哥儿不住地喊她，轻拍她的脸，老石也在边上唤她。过了一会儿，她终于缓过气来了，脸上也泛出了红色。

"咬着哪里没有？"老石连忙问。

"没有。那哪里是狗，那是，那是我的姨妈啊。"

"谁是你的姨妈？你没有姨妈！"老石严厉地说。

小叶子哈哈笑起来，说：

"我刚才忘了。妈妈和您都是孤儿。孤儿是怎么回事？麻哥儿知道吗？"

麻哥儿茫然地摇头，翻眼，显得很苦恼。老石问他们可不可以带他去看花园，两人都摆手说不行，因为"天都大亮了"。

"原来那花园见不得光啊。"老石说，故意做出不屑的样子。

"不对不对，"小叶子说，"花园里到处是阳光，只不过天一亮就找不到它了。您想想看，榴梿啊，香蕉啊，都不是属于边疆的果树嘛。"

"可我见过园丁了。"

"是吗？那其实不是他的花园，同他一点关系都没有，他是一厢情愿。爸爸啊，您怎么还不回家？这里没有您休息的地方。

白天里，人人都在睡大觉。您快回去吧。"

老石觉得女儿是因为他妨碍了她才催他走，她要干什么呢？她不告诉他，她和麻哥儿两个人将他推到那条路上，然后就一转身跑回去了。老石累得眼睛都睁不开了，只好回家。

他在家中醒来已是下午。元青回来了，她很不高兴地问老石他对楼下那海员说了些什么，因为那人在讥笑她，不让她过路，她往挎包里放了一把菜刀才冲破了他的封锁。她责怪老石和小叶子只顾自己，不给她留后路。还说那人如果再拦着她，她就要同他拼命。

"我根本没对他说什么。他神经坏了，以为自己是一幅门帘。他不光拦着你，任何人他都拦。"老石辩解道。

元青冷笑了一声。这时有一只鸟从窗口飞进来，摔在地上。老石弯腰捡起来一看，不是鸟，是一只小公鸡，已经死了。公鸡竟能飞这么高！

"看到了吧，我们都会像这只鸡一样。还是小叶子厉害，自寻出路去了。"

妻子说话时，老石在想，原来小叶子和她妈商量好了啊。

"昨夜又漏雨了，根本没修好。我干脆在房里搭了个油布篷。"

老石刚才已经看到油布篷了，心里有点不自在。

后来两人默默地吃了饭。老石要出去，元青拦住他，要他把那海员赶走，老石答应了。

可他在楼下到处找，根本没看到那人。邻居告诉他说，海员回船上去了，走之前同楼里很多人道了别，还要他们转告老石，说明年再来看他。"你家元青砍伤了他的手，她怨气怎么这么大？"

邻居盯着老石的脸说。老石脸红了,他注意到邻居不说"脾气",偏说"怨气"。老石设想着元青用菜刀砍人的样子,眼皮一跳一跳的,她在家里连买来的小母鸡都不敢杀。

他回到楼上,问元青:

"你真的用刀砍人啦?"

"我是砍了,因为我没法进屋。可是我每一刀都砍在空气里头,眼里明明看着是他,砍下去却不是他。世上怎么有这种人,你说说看?"

她说到后来成了尖叫,像同老石吵架一样。老石连忙捂了耳朵下楼去了。

砍手事件过去好久了,老石都差点忘了这事的时候,他又见到了海员。

海员瘦得不成样子,灰白色的头发胡子老长,坐在六瑾的园子里喝茶。老石一眼看见他在那里就想走掉,可是六瑾大声喊他过去喝茶。

他见海员目光呆滞,端着茶杯在想心事。

"他明天就走了,我陪他去过他母亲的坟上了。"六瑾说,"他是不可能像妈妈一样在这里生活的,他自己也实验过了。"

六瑾的脸在树荫里头显得很清瘦,老石看着她,觉得有点陌生。这些日子她在干什么?她称海员为"阿祥",看来两人认识很久了。当六瑾说"实验过了"的时候,老石就想起这个人在宿舍楼下充当门帘的事。

奇怪,虽然是三个人坐在那里,老石还是像过去一样感到有只雪豹在桌子下面走来走去。

"东边雪山下的工程有什么进展吗?"老石问六瑾。

"他们说那边已经建起了新城,同我们这里连成一片了。真难以想象。"

六瑾说话时缩着脖子,仿佛感到了从雪山吹过来的风。老石心里嘀咕,那只鸟怎么没出来呢?老石的目光落到海员的手腕上,看见了那道疤。一只很大的手表遮住它,可还是显出刀痕之深。元青这样做究竟是为了什么呢?她怕的又是什么?老石觉得这个人其实是很温和的,绝对不至于要用刀来对付。那么,元青一定是发狂了。元青为什么事情害怕得发狂呢?老石的脑海里出现妻子手执菜刀,猛地砍向眼前的男人的画面。这时海员瞥了老石一眼,老石感到自己居然有点发抖。突然,一声巨大的蛙鸣响了起来,但仅仅只有一声,而且也摸不清来自哪个方向,难道是幻觉?

"阿祥养不养动物?比如乌龟啊,荷兰小猪啊,白鼠啊这一类,在海里的时候,它们会有点像报时钟呢。"六瑾说道。

海员听了这话后,散乱的目光聚拢了,陷入遐想之中。老石想道,六瑾真会说话啊,六瑾是无价之宝,他这样一想就微笑起来了。那只雪豹蹲在他的脚边,令他的脚背感到了温暖。他没听清海员说了些什么,因为他的声音很含糊,他说过之后就站起身来告辞,走出了院门。

"老石究竟住在什么地方啊?这个城市并不大,可是我怎么感觉你住得很远很远。比如说,雪山的那一边?"

六瑾一边说话一边倾听,老石想,她在听蛙鸣吗?

"我住得是有点远。我的房间屋顶漏雨，补了多次都补不好。不过海员阿祥让我看到了希望，连我都想去送他呢。"

"明天是休息日，我们一块去吧。"六瑾说。

"好，不过你别等我，如果过了九点我还没来，你就走吧。"

六瑾觉得老石真是很怪。她的确是在倾听蛙鸣，她仅仅找到一只，于是在马兰花丛那边挖了条水沟让它蹲在里头。

老石边走边思考，快到废原的小店时他已经在心里做出了决定，这就是他不同六瑾一块去送海员。因为要是他去了，他就会羞愧得无地自容。此刻他忽然明白了元青的狂妄举动，海员是扮演他和元青过不去的那道坎啊，所以元青才会带菜刀，她算有勇气。但又只是从他和元青的角度来看是如此，至于海员自身，那或许是有另外一种含意的。啊，啊！那么多的网纠结在一起！那么六瑾呢？六瑾好像没有过不去的坎，她是女英雄。

一进废原的小店老石就愣住了，因为海员坐在第三张桌子那里，脸朝玻璃窗。本来他应该看见老石了，但是因为他目不转睛地盯着某个处所，所以就没有看见。老石闪身进了后面厨房。

废原愁眉苦脸，用手指了指外面轻轻地说：

"他要走了，可是我真担心他出事。我不愿意他从我这里出去就出事，像上次他母亲一样。他还这么年轻。"

老石将烤好的羊肉串放在盘子里，端出去送给顾客。他看见海员在用两只手赶开什么东西。老石觉得他是在驱赶小鱼们，或许它们挡住了他的视线？或许他母亲就在对面的黑角落里？废原在"阿祥，阿祥"地叫他，他张开嘴，露出两排雪白的牙齿，老石第一次注意到他的牙齿是那么尖利！一个人，怎么会生着这种牙齿？难道他去牙科医院将自己的牙齿打磨成了这种形状？老石一紧张，手里的盘子都差点掉到了地上。

"你看见他的牙齿了吧，"废原皱着眉头说，"这就是问题的症结所在啊。我老觉得自己对不起他母亲，我胸口这里痛。"

"他母亲不会怪你的。"

"当然不会。可是我……可是我……"

废原张着嘴，吃惊地看着对面。在那边，阿祥高举着一只流血的手。就是老石看见过的那个伤口在流血，他是怎么弄的啊。

老石拿着废原给他的绷带赶过去帮他包扎。缠绷带时，他伏在桌子上全身发抖。老石问他明天走得了吗。他用力点头。老石想，他是有意弄伤自己的，为了什么？为了记起元青砍他的那一刀吗？

他撑起上身看着老石，欲言又止的样子。老石请他说出心里的事。

"您能送我回旅馆吗？"他有点羞怯地说。

他就倚在老石身上，拖着步子向外走去，像喝醉了一样。

他的房间在旅馆的地下室，他说他待得太久，钱都花光了，只能住这种地方了。还说这一回去凶多吉少，船长会要他的命。"直接将人扔进海里。"他这样形容船长。那个黑蒙蒙的房间里很臭，里面还住了一名汉子，现在那人正在另一张床上打鼾。阿祥请老石坐在靠椅上，自己半躺在床上抽烟。

黑暗中有一点红光在墙角一闪一闪的，将屋里的氛围弄得很紧张。阿祥说，那是一个微型报警器，他买了打算带到船上去的。"能够起到提醒自己的作用。它只发光，没有声音，正合我的意。"

"生活在茫茫大海中，你的神经都已经麻木了，什么事都丧失了意义，如果再不想法子提醒自己，就会很危险的。"

他欠起身指着另外那张床上的汉子告诉老石说，那人已经睡了三天三夜，他也是个海员，看样子已经垮掉了。阿祥还说他明天早上上船，可他最大的心事是不知道船长还要不要他。船长不会告诉他的，他爱搞突然袭击。如果突然被扔进海里喂鲨鱼，那就是九死一生。他有个船上的同事有这样的经历，那人设法重新爬上了船，现在是炊事员。阿祥还记得炊事员爬上来时的样子，当时他在流血，他的左脚的脚掌被鲨鱼咬去了三分之一。

"我母亲也是在这条船上工作过，我接她的班。我在大陆上长到二十二岁才去那艘海轮上的。那之前我要照顾患病的父亲，所以不能上船。上船是我毕生的理想啊，那种渴望，您能够理解吗？"

屋角的警灯灭了，老石听到走廊里有窒息的呼救声。他起身去门口，可是摸索了好久，总没找到门，门到哪里去了呢？他失落地靠着墙站稳，轻声唤道："阿祥，阿祥！"

阿祥不见了。老石将那张空空的床摸了个遍。对面床上的汉子坐起来了，他在吃东西。

"这位老兄，你不要找他了，他上夜班去了。他骗你说他是海员吧，他平时总是这样对我说的。其实呢，他就在这后面的蔬菜公司上班。他一年四季穿着那套旧海员制服。人各有志啊。"

老石站起来问那人说，为什么他找不到门了呢。那人笑了：

"这房里四通八达，你只要一抬脚就到了外面。"

老石试着按他说的做，果然就走到了外面。在他的身后，报警器狂响起来。他回头一望，整个建筑物里面都在闹腾，不断有人跑出来。老石快步走到街上，却看到阿祥笑盈盈地朝他过来了。

"我去买火车票去了。老石啊，我们要永别了，您不能去送我吗？"

他身上有点脏，可是却飘荡出一股青草和花香混合的味道。老石不由自主地做了个深呼吸，将那股味儿吸进肺里头。"永别"是什么意思？

老石想，六瑾是不是这个人的情人呢？明天她一个人去送他，会是什么情景呢？他顿感前景有点暗淡，心里有点轻微的恶心。不知怎么搞的，他踩了一个路人的脚，那人骂了他一句。

老石醒来好久了，可是他不愿起来。他感到有很多叫叫嚷嚷的小东西在空中飞舞，他听见风吹得窗户嘎嘎作响，这一切让他很害怕。他问自己道："我怕什么呢？"可他一发声心里就发虚。难道他病了吗？活到这个岁数，他从来没有生过病呢。他听到元青在那边房里和同事说话，起先"嗡嗡嗡"的听不清，后来忽然蹦出来一句：

"我家小叶子可不是一般的姑娘啊！"

元青显得活力旺盛，和她的同事一边说着话一边出门去了。

老石现在清清楚楚地记起了福利院的院长对他说过的话。当时他坐在床上想心事，院长来查铺。院长的脸在月光下很像老猴子。"石淼，石淼，如果你逃跑了，就永远不要回来了啊。"

他说了这话之后在门口站立良久,然后才不放心地离开,此刻这句话回荡在老石耳边,使他全身发冷。看来,他真的病了,他甚至闻到了自己口中的馊气。他累了,那时从福利院跑到此地,都没有这么累过。

昏昏沉沉之中,他看见一只灰蓝色的小鸟从窗口跳到桌上,还发出叫声。啊,张飞鸟!他在发热,他头重脚轻地走到前面房里去喝水,那只鸟也跟着他。老石想,要是余生都同这只鸟儿在一块有多好!鸟儿能有多长的寿呢?当他要入睡时,鸟儿就一声接一声地叫,于是他心怀感激地睡着了。

在宿舍楼下,元青向她同事描述小叶子的情况,双手比比画画地,却说不清楚。同事惊异地瞪大了眼睛。

"她是随遇而安的孩子,我告诉你这一点了吗?她啊,什么地方都敢去,在什么地方都一样,比我过得好多了,比如说那些鬼魅出入的地方。"

她发出尖利的笑声,笑完之后又挽着同事的手臂在楼前踱步,她俩是密友,所以无话不谈。

"你是说,小叶子钻到河边去了?那里是乞丐成群的黑社会啊。"

"也可以是河边,也可以是山里,有什么区别呢?这个孩子,同我,同我家老石都不一样。我说不上来,反正不一样。"

她停住了脚步,紧盯那只从楼道里跑出来的小鸟儿。这种鸟,她见过好几次了。她想不通它为什么总是一溜小跑,而不飞起来。

第五章

婴儿

启明又将婴儿向空中举了三次，女婴咧开嘴笑出了声。

一大早启明就看到婴儿被放在草地上。他将她抱起来时，发现襁褓都已经弄湿了，不知道是婴儿的尿还是地上的露水弄的。启明在心里埋怨着年思，一点也想不通女人怎么会这么狠心，然而一抬头，竟看见她抱头在小径上踱步呢。她那种样子痛苦不堪。

"宝宝叫什么名字啊？"

"六瑾。"

"哈，美！让人想起小石城。年老师，她湿了呢。"

"我知道，我知道！啊，我的头要裂开了，我会不会死？"

她一边说话一边径自走开了。启明只好自己抱着小孩。

后来，他将婴儿送到他们家去了。胡闪开了门，很吃惊的样子。

"啊，老启老启，我多么感激你啊。是她将她扔了吗？她终于将她扔了！刚才我就不放心，正准备去找她们呢。"

他手忙脚乱地给婴儿换褓褓。那婴儿也怪，乖乖的一声不吭。

启明走出那栋楼时，被一股阴风刮得身子斜向了一边，接着他就听到了婴儿嘹亮的哭声。哭声那么有力，像是个大孩子。在婴儿的哭声中，启明眼前出现了雪山，还有同姑娘蹲在树下的雪豹。那姑娘的面容看不清楚，头发是黑的。启明这个时候还没料到，这个女婴在很长一段时间里会令他魂牵梦萦。往回走的时候，他感到自己有点失魂落魄。

远远地，他看见年思了。年思正在和院长说话，很高兴的样子。她是病好了还是根本没病？她将婴儿丢给他，居然一点愧疚都没有。或许她对他启明极其信任？启明绕了个弯，避开她俩，他今天的工作很多，可是婴儿的事把他心里搅得很乱。由于一连好几次这类事发生，启明对这婴儿已经产生出了一种近于父爱的感情，他还注意到，年思一和婴儿在一起就特别苦恼。她心里一定有什么疙瘩解不开，要不这么好看又健康的婴儿谁不喜欢啊。启明有点遗憾，这么温暖的一个女人却不爱孩子。

然而启明清理垃圾的时候又听到了年思在讲话，她和院长站在花园中间的小亭子里。似乎是，院长怂恿她去上班，她还没拿定主意。

"我生她的时候看见了那座花园，榕树离得很近，我一伸手就抓住了那些气根。我觉得我会害死这个孩子，可是一离开她，我的脚又发软。"

"你需要工作。宝贝，你需要的只是工作。然后一切都会好。"

院长像母亲一样抚着年思瘦瘦的肩头。

她俩说话的声音都很高,所以启明听得清清楚楚。他还看到一只极其艳丽的长尾鸟落在小亭子的栏杆上,那鸟一点都不怕她们。在招待所住了这么久,启明还从来没见过这么美丽的鸟儿呢,也许是从雪山飞来的。年思也很美啊,不过她的美同他的心上人完全不同,她的美是有气味的,而启明的心上人呢,只有色彩和形体,像墙上的画。

启明一边劳动一边听她们说话。最后,年思终于同意了去上班。院长说,上班的地方离得远,她就用不着天天回家了,一星期回家一次就行了。她俩相拥着走出亭子,启明注意到年思在哭。他听到的最后一句话是年思说的:

"她是我从家乡带来的一缕青烟。"

启明心里想,她竟这样看待自己的女儿,真可怕。这么说,她是从婴儿身上看到了从前的自己,难道她真的要脱胎换骨?花园收拾完了,他准备去弄后院的下水道,那里有一处被落叶堵住了。他拿着工具去干活时,幽灵一样的周小贵提着一个纸袋过来了,她边走边东张西望。到了启明身边,她用力拖了他一把,让他同她一块在灌木那里蹲下。启明很不高兴。她打开纸袋,托出里面的小纸盒,告诉启明说那纸盒里是她的狗,她要将它埋在花园里。她还说这种事不能让院里的人知道。

"知道了我就没命了。"她一边用小铁耙子刨坑一边说。

"有这么严重吗?您怎么不避开我呢?"

"老启啊,谁又能避得开你?你是这块地方的鹰啊。"

她将小纸盒放进坑,轻轻地哭了一阵,就用泥土盖上了。

启明觉得，她的魂魄也随着宠物钻进泥土中去了。

"周老师，您可要保重身体啊。"

启明皱起眉头看着这瘦骨伶仃的女人。

"我的身体并不重要。老启啊，我问你一个问题：如果你的居住空间变得越来越小，小得连放一口棺材都放不下了，你怎么办？"

"怎么回事呢，您？"启明茫然。

"我是说那婴儿啊。她日日夜夜啼哭，我家周小里一个星期没下床了，这次发病特别厉害。世上怎么会有这样的婴儿？就在周小里发病时，小狗死了。小狗很害怕那婴儿，我看得出来。"

"啊，婴儿，那是个非常可爱的婴儿。"

启明看见周小里进了招待所的大门，男人一脸苍白，头发蓬乱，衣服好像也挂破了。他也东张西望的。启明回头一看，周小贵将挖开的泥土复原得丝毫不留痕迹。启明还在仔细辨认，周小里已经到了他面前。

"老启，你看今夜会不会有暴风雪啊？"

周小里往地下一坐，好像再也走不动了。他还用一只手捂着左边的胸口，他说他要躺在这里吹一吹雪山的风，他说这话时目光暗淡，像患了绝症的人。然后他就躺下去了，可却是面朝下躺着，脸贴着草地。启明问他要不要帮助，他说不用。他又说："我在听狗叫呢。"

启明因为还有很多工作，就离开他去招待所了。

周小里吹了好久的风还不想起来，可是一大群乌鸦来了，跳来跳去的，还在他脑袋旁边拉了一摊屎，将草地弄得乱糟糟的。在乌鸦到来的同时,一个参观团也来了。他听到有老太太和老大爷朝他走来,口里发出诧异的叫声。他知道自己趴在地上引起了误会,连忙坐了起来。他们都在问"要不要帮忙"。周小里疲倦地摇头,他们还是缠着他问了又问。最后,他不耐烦了,冲动地破口而出:"那花园沉到地底去了,只能听,不能看!"

"什么?只能听?那我们看不到了吗?"

"我们白来了一趟吗?"

"明明写的'空中花园'嘛……"

那些老人都在七嘴八舌地发问,却没人回答他们。后来他们又从包里掏出面包来吃,一边吃一边抱怨不该来,吃完后纷纷将包面包的纸扔到周小里身上。周小里站起身来想离开,他们又拉住他,问他花园到底在哪里,要他说出来再走。被他们这样一推一拉,周小里身上冒出冷汗,眼睛都快看不见东西了。他虚弱地说:"我会发病的。"

他们异口同声地问:"会吗?"

他们当中有个人说他看见空中花园了,于是老头老太太都扔下小里往那人指示的方向走。现在小里真的看不见东西了,他蹲了下来,用手臂撑住身体。一会儿他就听到胡闪在说话,还有婴儿的哭声。他就是为了躲避那婴儿才到花园里来的嘛,他还听见老头老太们都围着胡闪和婴儿,啧啧地称赞着。他们说出这样一些词:玫瑰花,柠檬,金橘,夜来香,榴梿,银杏等等。周小里想,表面上他们是在用这些词形容婴儿,但实际上心里到底想的什么呢?莫非他们在把女婴当作空中花园?他开始回想他在家里时,胡闪的婴儿给他带来的精神上的折磨。刚回忆了一会，就感到病好多了，眼睛也看得见了。他看到那一群人走到大门外去了，当他回转身时，他的额头便碰到了榕树的气根，他用手挡了一下。空中荡漾着植物的异香，他一下子就有精神了。那个亭子就在榕树后面，有人站在亭子里向外张望。

"老启！"他拼尽全力喊道。

但是他一点都听不到自己的声音，反而只听到那婴儿的哭声。他又打手势，老启却背转身去了。再一看，那小小的亭子好像悬空了。他又发现自己看不见脚下的草地了，虽然他走动几步，还是可以感到自己在踩着地面。他决心走到楼里面去同老启会面，将一些事问清楚一下。当他朝那个方向走时，招待所的小楼就朝后退缩了。他停下来，左右环顾，可是周围白茫茫的，自己好像站在了虚空之中。有一种奇怪的鸟，发出的声音就好像钻子一样扎人，小里死死捂上自己的耳朵还是听得见。

启明站在招待所会议厅的窗前对周小贵说："您看，您丈夫还是很有精神的嘛。"在那下面，小里站在灌木丛中，似乎在傻笑。他站的地方正是小贵埋狗的地方。小贵紧张地盯着丈夫，回答启明说："他的精神很不稳定。"她的话音一落，就有一只壁虎出现在窗台上。周小贵尖叫起来，她感觉自己右手的虎口被蛇咬了一口。但她定睛一看，又没有发现蛇，只有那只壁虎，壁虎离她有两尺远呢。

"周老师，您不舒服吗？"启明问，他也看见了壁虎。

"我觉得我丈夫走投无路了。启师傅，你觉得呢？"

"我看您过虑了，您丈夫不会走投无路的。边疆多么辽阔。

您听,长寿鸟,一只,两只!哈,小里老师也听到了!"

周小贵也看见了那两只灰绿色的小个子鸟儿,她还是第一次听见这种鸟被称为"长寿鸟"呢!她觉得启明很风趣。她想,她和小里戴了这么久的白花,小狗终于死了。如果小狗是一只长寿狗,情形又会如何呢?

"城里很多长寿的东西,对吗?"

"是啊。所以您不用担心小里老师,他的寿还远远未到呢。我听到小里老师在轻轻地哭,是因为欢喜。"

远方传来隆隆的炮声,是有人在雪山那边放炮。小贵伤感地说:"他们要开发雪山。这一来,我夜里就没处可躲了。"

年思已经在办公室里坐了三天了,就只是看看资料,因为院里没给她安排具体的工作。她的办公室位于二楼,从窗口望出去是围墙外面的那个乱岗,乱岗上有一丛一丛的蒿草,一种不知名的黑色小鸟在草里跳进跳出的,发出尖利的叫声,像水泥地上砸碎了瓷盘一样。有时也有一两个人从岗上经过,是拾荒的。如果是太阳落山的时刻,拾荒者就变得脚步匆匆,惊慌失措,仿佛走到了世界的尽头。年思听隔壁科室的人说这个乱岗有个名字:鬼门关。她回想自己和胡闪在这里迷路的事,至今仍觉得很怪异。当时她的确看见了设计院,但她一点都不认为那是设计院,还以为是一些废弃的民房呢。那天傍晚,在夕阳中,这些房子显得特别破旧,年思看了心中就生出恐惧,所以她才没对胡闪提起。现在时刻对着这个乱岗,年思心潮起伏,一些奇怪的念头先后冒了出来。

首先是院长，年思觉得自己来小石城之前曾一度同院长很熟，只不过后来忘了这事而已。也许院长曾在学校做过她的老师，也许她是自己某个同事的母亲，她认定她和她之间从前有过一段相处的时光。年思为自己的彻底遗忘感到沮丧。当黄昏降临，那些黑色小鸟全部回到乱岗上的草丛里时，这种感觉就特别强烈。她分明看见了自己人生中那一段一段的空白，那些空白都是由最不可思议的事演化而来的。

接着是她的宝贝女儿六瑾，她之所以逃避六瑾，将她扔给胡闪，自己躲到这里来，除了受不了婴儿的哭声以外，还因为婴儿的目光。她的女儿确实不太像一个婴儿，那么小，就有那么明亮的目光。年思是在烟城长大的，习惯了人们那种蒙眬的眼神。所以当她同女儿对视之际，她就感到体内全部空掉了，似乎要发狂。女儿的哭闹也有点奇怪，好像不是因为身体不舒服，哭的节奏里头有种示威的味道。胡闪总是耐心耐烦地伺候女儿，从不违背小家伙的意志，在房里奔过来奔过去的，这一点也使得年思对他有所不满。不满上涨到一定的时候，年思就会故意将女儿抱出去，放在地上。女儿灵得很，开始还哭，后来只要一接触地面就安静了。年思发现她那双大眼睛甚至能追随天上的鸟儿了，真是个早熟的婴儿啊。坐在办公室里想念女儿之际，她一下子感到这个婴儿是一个深渊，一块沼泽，她自己正在一步步陷进去，每陷进去一点，就有灭顶之灾的预感。她给女儿取了这么好听的名字，是不是想压压邪气呢？

她对丈夫也有奇怪的感觉。先前在烟城时，她同他离得很近，思想上有频繁的接触。来这里的第一天，就是在这个乱岗上，她感到丈夫的思维正在变得迟钝，他好像长出了一层壳，将自己包裹起来了。当疯子将他俩扔在乱岗上时，她蹲在地上叹气，并不是因为懊悔来这里，只是因为心里涌出的那种孤独感。而胡闪，以为是前者。她也知道胡闪的思维并没有停滞，只是她自己触不到他的底蕴了而已。此刻，她看见这些黑色小鸟从乱草丛中飞出，没入云层中不见踪影，她心里很惆怅，对一件事很拿不定主意——丢下还是婴儿的女儿，究竟会不会有报应？她又安慰自己，反正还有胡闪，他们父女俩维系着她同女儿的间接关系。在这个透明的城市里，人和人之间的关系最好是间接的。

想到这里，年思无意中一仰头，看见了靠近天花板处的大壁虎。这里的壁虎真大！看来它一动不动地停留在那里有几个小时了。

"年老师，下班时间到了。"

是黑人在说话，他还笑了一笑，露出闪闪发亮的牙齿。年思刚来时被他吓了一跳，因为她万万没想到设计院里会有非洲的黑人，而且说着她自己的语言。黑人的名字叫樱，清瘦的身材，英俊的面貌，大约三十岁左右。他每天来年思的办公室好几次，像一个报时的人。一会儿说："离下班还差一小时十五分。"一会儿又说："你看，多么快，我们工作两小时了。"年思感到很难弄清他这样做的真实意图。一次年思到了他的办公室，她看见空中有好多绳子系着的骷髅，一律从天花板上吊下来。樱拉上了窗帘，房里暗暗的，有点恐怖。他正就着一盏台灯的微弱光线绘图。他的面相有点凶，像一只黑豹，可是他一抬头看见年思就笑开了，和善而亲切。

食堂离办公的地方还有一段路，他俩一块走在小路上。樱老是弯下腰去采野花。他告诉年思说，他在八岁前一直住在非洲，在好几个国家里流浪。是院长的父亲收养了他，还将他带到了这里，可惜老人很快就去世了。

"一来到小石城我就对学习产生了狂热的兴趣，我学啊，学啊，就变成了今天这个样子。谁会想到我先前是个流浪儿呢？"

樱还说，每天夜里是他最难熬的时光。他觉得自己那黑黑的身体完全消失了，然而还可以听到非洲古老大地上的鼓声不断传来。时常，他出门来到旷野里，像野兽一样面朝月亮叫那么四五声。

"你的名字是谁取的啊？"年思问。

"是老人家。我很喜欢这个名字。很美，是吗？"

"嗯。我在设想身体消失的感觉呢。"

年思睡在办公室旁边的小房间里。她开始失眠了。她走到灯光微弱的过道里，听到办公室里都在发出"咔嚓咔嚓"的响声。她将耳朵贴到那些紧闭的房门上头听了听，觉得很像骷髅相碰发出的响声。她只去过黑人的办公室，难道每个办公室里面都悬挂着骷髅？有小动物在抓她的脚背，她低头一看，是一只烟色小猫。她将猫儿抱起来，猫儿就响亮地叫了一声。那叫声像极了她的女儿。她连忙将它放走了，心里怦怦直跳。她想起了院长的叮嘱："不要走出屋子。"这种夜里，她感到建在乱岗上的设计院就像一个大墓穴。她甚至发现了一些老鼠，老鼠们的口里都叼着肉类一样的东西，沿墙根很快地跑过。她回到房里，刚一坐下就又听到女儿的哭叫。啊，原来是另外一只小猫，黑色的，朝她张开血红的嘴。年思的脑子里一片空白，她用颤抖的手推开房门，放走了那只小猫。

在设计院做的梦特别深沉，人就像在通往地心的岩洞里行走，而且那种行走是无法返回出发地的。时常走着走着，年思就会停下来想一想：她的一意孤行就是为了深入到这种地方来吗？岩洞里没有小动物，她连自己的脚步声都听不到，然而远方却有朦朦胧胧的光。光斑一共有三个，忽上忽下的，像在跳舞。往前走的时候，她心里有种畅快——啊，终于摆脱了！终于摆脱了！

一天下午，她站在岗子上吹风，忽然发现胡闪立在远处的一蓬茅草里头，怀里抱着六瑾。六瑾一下子长大了很多，还扎着小辫呢。他为什么不过来呢？她迎着他们跑过去，她跑的时候，风就吹得紧了。

"年思年思，你不要过来，宝宝会哭！"胡闪冲她大喊。

紧接着，尖利的哭声就响起来，年思的腿像被打断了一样，她跪到了地上。然后，她眼看着胡闪离开了。

自从年思将宝宝抛下不管，胡闪独自承担哺育的重任以来，他的生活节奏全部改变了。除了每天出去买东西时将女儿交给周小贵照看片刻，其他时候他寸步不离地守着她。他发现周小贵其实很害怕婴儿，就好像婴儿不是婴儿，而是咬人的小兽一样。可是胡闪管不了那么多了，他将女儿往小贵身旁的坐栏里一放，自己就赶紧跑下楼。他买东西时忐忑不安，老担心性格阴沉的小贵要虐待女儿。还好，并未发生那种事。但是小贵绝对不愿抱一抱他女儿。

六瑾以惊人的速度生长着，才三个月，她就和大人一样吃东西了。胡闪将肉和蔬菜剁成碎末，煮在稀饭里头喂她。她吃得很欢，食量也很大。女儿很少睡觉，所以他就总是在忙。他同她几乎是同时入梦同时醒来。渐渐地，女儿哭得少了，胡闪心里也不像从前那么发紧了。但他同这双过分清澈的眼睛对视之际仍然是紧张的，那目光里头有种责备的意味。有一天早上两人醒来，六瑾指着拉上的窗帘一声接一声地尖叫，像个大孩子一样。胡闪走过去拉开帘子，看见外面天地都在旋转，他都差点晕倒了。

他无法看清女儿身上储存的记忆，他想冷静地观察，可是做不到，他的生活变得浑浑噩噩一团糟。

有一天，他将自己的脸贴着女儿的脸，对她讲起了自己的经历。当他讲述的时候，女儿也在咿咿呀呀地附和，也许不是附和，是她也在讲。胡闪用的不是一般的讲故事的语气，而是用另一个人的语气来讲他自己的事，那个人是一个虚幻缥缈的少年人，喜欢坐在屋顶放鸽子。风又在击打着天窗的玻璃，他用尖细的声音说呀说的，女儿也说呀说的，这几个声音会合到一起就有点像催眠曲了。但女儿总是那么亢奋，大概谁也无法对她进行催眠。胡闪想，也许年思孕育宝宝好多年了，也许他们还在烟城时就有了她呢。她完全不像一般的宝宝，她甚至还会讲述，要是他听得懂女儿的讲述就好了，那样的话，他看她的眼睛时就不会紧张了。胡闪在自己的故事里将自己变成少年人之后，就感到一些结解开了，他的生活又有了盼头，他还看到了同女儿沟通的可能性。他的手脚变得麻利起来，他快快安顿好家务，将六瑾的小身体洗得清清爽爽，就来继续讲他的故事了。

婴儿现在有了快乐时光。只要胡闪弯下腰，做出要抱她讲故事的样子，她就在摇篮里欢快地踢起小脚来，父女俩就这样脸贴着脸地咕噜个不停。从婴儿口中吐出的仍然是一些音节，但越来越清晰，越来越有魅力了。这些断断续续的音节刺激着胡闪的思维，胡闪觉得自己渐渐控制不了自己的故事了——故事里头的空白场景越来越多了。他也迷上了这种新奇的讲述，这些充满了空白的，既简约又有点难解的故事。在以前，他还从来不知道自己会这样来讲故事呢。所以后来，即使是烦琐的家务缠身，他仍然可以边干活边回味，并由此生出快乐的心情来。他终于体会到女儿是他的无价之宝，当然他也知道，女儿终究会长大，会获取自己的语言，到了那个时候，他同她的沟通会是什么样子呢？

胡闪要清理摇篮，就将婴儿放到了床上。过了一会儿，他就听到她在床上用力踢，口里喊道："巴古！巴古！……"胡闪回头一看，看见天窗不知什么时候敞开了，蓝天里尽是鸟的影子。他也激动起来，因为他从未见过这种景象！他又跑到窗前，发现无数鸟儿已经将整个天窗都遮暗了。房里弥漫着鸟的气味，女儿更不安了，踢个不停，小脸都涨红了。胡闪将她抱起来，用自己的脸贴着她的脸，忽然听到她清晰地说："妈妈。"这时胡闪才记起，年思已经离开十天了。他有点伤感，同时他也有点明白了，年思留下的不是女儿，是她自己，一个过去的她自己。而他，正通过哺育进入妻子过去的历史。天上的鸟儿慢慢散开了，婴儿安静下来,瞪着那双严肃的大眼睛。

"胡老师,我见过年老师了,她向您问好。"小里在门口注视着他。

"啊,她好吗?"

"看上去气色不错。她说她不能出设计院的大门。要是我啊……"

胡闪想,他要说什么呢?这个小里,他的日子多么难熬啊,他怎能将自己与年思比呢?年思是很健康的,只不过有点神经质。虽然胡闪这样看他,但小里一点都没觉察的样子。他观察了一会儿天窗外的天空,对胡闪说:

"这些全是留鸟,鸟巢都在河边的胡杨林里。它们的集结是有规律的,那种莫名的冲动。我睡不着的时候,就来设想它们的生活习性,在脑子里绘出一幅幅画。那岗子上也有很多鸟,不过是另外一种,黑色的,大概年老师天天看见它们。我们小石城的鸟儿很多,这是好事还是坏事?"

胡闪感到小里的精神好起来了,他一下子说了这么多。难道这同他们的宠物狗死了有关?小狗同这个家庭是一种什么样的关系呢?婴儿踢了踢他的胸口,又说:"巴古。"

"您的女儿能说话了,谁会料得到啊?她现在真乖,她适应了我们这里了。胡老师,我等会儿要去设计院那边,您有什么话要带给年老师吗?"

"您就告诉她我们很好,让她保重自己。"

胡闪说这话时又被踢了一脚,女儿似乎在给他信心,在赞赏他的举动。也许竟是年思在赞赏自己?胡闪想到这里脸上便容光焕发起来。他再次拉开窗帘时，看见了明净的蓝天，鸟儿们无影无踪了。如果不是房里滞留了它们的气味，这事就被忘却了。东头房间里，传来小里引吭高歌的声音，这个人多么奇怪啊。胡闪记起了在他家看见热带花园的事。从昨夜开始，胡闪就有种自己住在世界中心的感觉，现在这种感觉更强烈了。难道一切事物竟是围绕着自己发生的？"胡闪"究竟是个什么样的人呢？模模糊糊听见小里歌声里提到乌龟，胡闪又震动了一下。他觉得住在小石城的人实在是有太多的共同之处，经常，大家心里都怀着类似的念头。在胡闪视野的尽头，有一些隐隐约约的轮廓，也许那是雪山？那山，在白天里他总听人说起，也总是隔得远远地观望过，但一次也没去过。那是一个他完全不了解的所在，或许会同他女儿的人生发生关系？在小里的歌声里，乌龟死掉了，胡闪高昂的情绪随之平息下来。

很久很久以前，他和年思站在那座铁桥上设想过他们的未来，那时的生活是很简单的，所有的计划都是从眼前出发。虽然当时对眼前的状况也大为不满，可是笼罩在那重重烟雾中，事物的轮廓便柔和了好多。那烟，造成了多少假象啊。当然，年思也不可能一开始就是清晰的。"我心里有些往事的疙瘩没解开。"年思常说这句话。现在，他听见女儿在怀里叽里咕噜的，便有些明白了年思那句话的意思。他说："那个人一推开窗啊，烟就涌进了房里。他呢，他听到下面的人都在跑啊，喊啊……他住的这栋楼在摇晃。怎么会有这样的事？嘿，还就有。宝贝，这一下他可头晕了，他想起了铁桥，一想，又晕得更厉害了。"他说了后，堵塞的内心就通畅起来。女儿则一直在说一个单音节：

"扑，扑，扑……"

他抱着女儿去过设计院外面的山冈，是老启踩三轮车送他们去的。一路上，女儿的沉默甚至使得他害怕起来，想要打道回府了。他注意到连她的目光都变得迟钝了，不再像大孩子的目光，似乎退回了婴儿的状态。难道她知道这是要去见妈妈？他不知道年思在哪栋办公楼，他站在乱岗上犹豫不决。老启走过来告诉他，应该是第三栋。

"您到这里来，她会伤心的。"老启又说。

老启一路上沉默不语，现在居然说出这种话来。胡闪开始后悔了，他对老启说他要回去了。老启微微笑着，请他上车，正在这时，一个拾荒的老女人朝胡闪冲过来，手中挥舞着一根树枝，口里喊着口号。胡闪连忙躲避，女人冲过去了。胡闪听到老启在他旁边说："我看见年思了。"胡闪问他年思在哪里，老启回答说他也说不清楚在哪里，反正他看见了，这乱岗上的事就这样。

傍晚时分胡闪抱着女儿百感交集地回到了家中，他打定主意不再去年思工作的地方了。在回家的路上，老启也告诉他说，这种安排大概是院长的意思。他还说，院长总是为大家好的，这世上没有比院长更关心别人的人了，所以对于她的安排，只要服从就可以了。日子长了，总会尝到甜头。胡闪听他这样一说，就回忆起院长初次在他和年思面前谈及老启时的情景，当时院长称他为"失恋的清洁工"。于是他也深感院长妙不可言。

他去市场买面条时，看见了狼，千真万确。那匹狼很大，差不多有一匹矮种马那么大，就待在那些大白菜旁边。人们从那里走过，没有谁特别注意它，好像将它当作一幅画一样。它当然不是画，它的头部不时转动，它傲视全场，还不时张开大口，露出獠牙呢。难道是一只被驯化了的狼？胡闪还从未见过、听说过狼可以被驯化呢。胡闪不敢盯着那只狼看，担心万一被它觉察到。他绕到卖百货的那边去，那里有个出口。有个老女人一直同他并排走，这时对他说起话来。

"狼在春天里就来过几次了，可像这样蹲在市场还是第一回呢。"

"你们都不怕吗？"胡闪问道。

"怎么会不怕？有些事，怕是没有用的，人人都明白吧。我的腿子也发抖，我有什么办法，难道跑得过狼。它是特大型号的。"

"它好像并不想吃人。"

胡闪的这句话说得没有把握，老女人没有回答就走掉了。

出了市场好远，胡闪还在回头看。他还在心里反驳老女人——这些人难道不能不去市场，到别的小商店购物？城里还有好几家呢。但他隐隐感到自己的反驳是软弱无力的，狼的威风说明了一切。

刚走到宿舍楼下就听到女儿在哭，他三步并作两步跑上去。

"我以为您出事了呢。"周小贵拉长了脸说。

"怎么会呢，我好好的啊。"他一边抱起女儿一边回答。

回到自己家女儿才停了哭。胡闪沉浸在关于狼的想象中，他很想告诉女儿这件事。女儿呢，睁着大眼看着他，也像有什么事要告诉他。会不会他俩要说的是同一件事？胡闪脑子里出现了昏暗的乱岗，那上面有巨大的狼的背影。周小贵很可能知道他见了狼,所以才那样说。"乖乖,狼。乖乖,狼。"他对女儿念叨着。然后他将她放进摇篮,开始做饭了。

那天夜里,有三只鸟在他家窗台上吵,叫出三种不同的声音。胡闪将它们称为"时间鸟"。他不能关灯,只要灯一黑女儿就哭,他只好让灯亮了一整夜。中途醒来,赫然看见墙上那狼的剪影,而女儿,正盯着那影子看呢。他一弄出点响声那剪影就消失了。"时间鸟"在外面唱得欢,那一只被他称作"未来"的鸟儿更是将叫声拖得长长的,逗引着胡闪去看它。胡闪拉开窗帘时,它们又飞走了。

周小贵坐在房里心情郁闷地织毛衣。那个婴儿的哭声对小里的刺激太大了,本来她还以为他挺不过去了呢。他的心脏病那么严重。现在事情反而好转了,她丈夫不但挺过来了,连病都减轻了。小贵为什么还不高兴呢?她自己也弄不太清楚。不知怎么,她隐隐感到丈夫眼下的好转像回光返照。她是对他的病最清楚的人,她知道这是种不可痊愈的病,也知道他的心脏的实际情况。还在蜜月期间他就发过病,他这个病有二十多年了。

狗死的那天夜里胡闪家的婴儿正好哭得很凶。小里将抽屉里的救心丸都吃完了,捂着胸口半躺在床上呻吟。小贵催他去医院,他却老摇头。当时小贵想,难道他打算同小狗一块举行葬礼?由她一个人来举行?但是黎明前,婴儿的哭声突然止住了,小里进入昏睡之中。他那一觉睡得特别长,到第二天夜里才醒来。他起床后大吃了一顿,就摸黑到外面去了。小贵自己由于沉浸在丧狗的悲伤之中,就没去管丈夫的事。她只记得他在外边逛了一夜，早上回来时身上的衣服尽是泥灰。那是破天荒的，他很少夜里出去，因为怕跌倒。

"婴儿的哭声传到了城市最远的角落，我就为做实验出去的。那里有一栋石屋，两层楼的，屋里存放着很多棺材，我就待在棺材当中。小贵，你说说看，为什么我们身边诞生的生命会对我们有这么大的刺激？我感到那个女婴激活了我里面的很多东西呢。"

小里大发感慨之际，小贵正站在窗前，从那个位置对直望出去，是一棵老榆树，树上有好几个鸟窝。灿烂的阳光照在茂盛的绿叶上面，树下长满了红色的野花，她家窗外的景色生机勃勃。小贵感到了扑面而来的生命潮，她出于本能地避闪了一下，退到窗帘边上的阴影里。

现在她坐在围椅里头织毛衣，想起了这件事。她想，边疆地区的一个最大特征就是，屋外的景色总是对人的情绪有巨大的压迫。每当她生活中出现一种变故，周围的风景就充满了那种变故的暗示，而且分外强烈，这是从前在内地时很少有过的情形。婴儿哭闹的那些夜晚，外面狂风大作，她半夜开灯坐起来，总看见一些枯干的树枝穿过窗帘戳进来，一直伸到床头。她感到无处可躲，而小里，一动不动，身体发僵，像死了一样。

虽然有这些难受之处，整体来说她还是喜欢这里的风景。原先她和小里都是很忧郁的人，对于生活期望很高，但总是目光暗淡。边疆的空气和水就像给他俩的心灵进行了洗涤，这种洗涤既刺激了欲望，也提高了境界。时常，小贵走着路忽然就站住了，她倾听着各式鸟儿发出悦耳的歌唱，觉得自己正身处一个从未到过的奇境。这里的鸟儿真多啊。小贵陷入奇奇怪怪的回忆之中。

原先她和小里住在南边的城市里,后来每隔几年,他们就往北边走一段路,定居到一个城市。这么走走停停的,经过了十几年,才下定决心坐火车来到了最北边的小石城。回想那动荡的十几年,还有她所定居过的那几个城市,周小贵感到有某种东西在操纵她和小里。有一天夜里,是在内陆的城市里,他俩走在坏了路灯的小街上,小里对她说:"为什么我们总是往北方移居啊?"当时,在漆黑之中,小贵凝视着天上的几颗星星,脑子里一下子出现了寂静的冰川地带。小里又说:"我觉得世界上最神奇的动物是企鹅。"小贵听了,吃惊得一句话也答不出来。是什么东西使得他俩的思路朝同一个方向伸展?然而,他们终究到不了极地,他们在这个边疆城市定居了。这里有长长的寒冷的冬天,但房间里头有暖气,所以感受不到冰川的风味。周小里的心脏病在这里得到了大大的缓解,周小贵不止一次地想,小石城就是他俩的最后归宿了。别的地方不可能有这种空气,这种寂静,这是他们在这个国家能选择到的最佳居住地了。也许就是从这个念头出发,小里才从市场抱回了一只袖珍小狗。在那之前,他们既没有养过动物,也没有种过植物。小狗刚刚到来时,小贵对自己能否担负起饲养它的责任这件事没有信心,她的心情很矛盾。过了一段时间,她才将它看作了家庭的成员,但是小狗在他们的小家庭里长得并不好,总是出现"命悬一线"的情形。不知不觉地,她对它的态度就从冷淡慢慢转为了休戚相关。她心里整天挂记着它,为它操劳。结果是它狠狠地嘲笑了这两个人，过早地赴了黄泉，并给他们留下了很多恐怖的记忆——它曾多次发病，每一次都是进入激烈的全身抽搐，口吐白沫。

关于他们居住过的几个城市，对每一个小贵都有一些鲜明的记忆。比如钟城，是那些狭长的、行人稀少的街道，路边的商店常年关闭，只有酒店门前的天篷下，坐着几个醉醺醺的汉子，那是睡城。而山城，是建在山坡上的，住在里头几乎每天都需要登高爬坡，这对小里的心脏病很不利，几次差点要了他的命。然而，坐在十层顶楼的旋转餐厅里眺望这座山城，沉睡在心底的欲望便会一一复活。还有星城，在桂花盛开的时节，令人窒息的花香让人整夜烦躁。棉花城，城里看不到棉花，到处是钢结构的建筑物……可这些能说明什么呢？飘荡的记忆抓不住也看不透。越往北走，周小贵从镜子里头看到的那张脸就越难以忍受，完全不是自己想要的模样。后来她就麻木了，根本不管自己是什么模样了。有一回她的哥哥来看她，说："小贵小贵，你怎么还是这么年轻？"她年轻吗？她不知道，镜子里的那张脸处处显露出衰败。她梦到过自己居住过的火柴城，她居然迷失在方方正正的地盘里头，当她去问路的时候，才发现当地的方言她再也听不懂了，那就好像是穷乡僻壤的方言，几乎一个字都不懂。小石城给她的是另外一些记忆，有些是从前某个谜的答案，大部分却是更加看不透的黑洞。就比如袖珍小狗的事，难道不是她和小里生活中的黑洞吗？病弱的他是出于什么目的买了那只小狗的呢？她回忆到这里时，忽然听到走廊上响起婴儿的笑声。多么古怪的婴儿，像大孩子一样笑！

"小贵，您今天显得容光焕发啊。"胡闪乐呵呵地说。

"我怎么没觉得？宝宝带得这么好，年老师肯定很放心。"

胡闪的目光马上变得迷惘了，他觉得女人话中有话。他回到家里时还在揣测她的话。

启明看见胡闪抱着婴儿出现在花坛那边时，一股热流从他的心脏冲向脸部，握着扫帚的手都有些发抖了。

他到自来水龙头那里洗干净手，整理了一下衣服，向胡闪和婴儿走去。

"宝宝又长大了一些。这双眼睛啊，让我想起家乡那些海螺。"

胡闪将女儿递给他，他就将她举过了头顶。婴儿发出很响亮的笑声，那么响，站在招待所门外的马路上都听得到。她的小身体已经很硬扎、很有力气了——她举起了两只小手臂。

"我听说你一抱她她就笑起来。"胡闪满意地说。

"胡老师，宝宝同我有缘呢。"

幸福的降临是如此突然，启明怀抱婴儿绕花坛走了好几圈，不断地将她举向蓝天，满花园都是她的欢笑声。

最后，启明意犹未尽地甚至有点痛苦地将她还给了胡闪。

"你就做她的干爸爸算了。"胡闪说。

"她真是精力充沛的宝宝啊。"

启明用袖子擦着溢出眼角的泪，发出由衷的感慨。刚才，当他将婴儿举向蓝天时，他分明看到了帆和桅杆，看不见船身的渔船驶进了云层。

"多少年已经过去了？"他像是问胡闪，又像是问自己。

胡闪却回答他说："我已经体会到了院长对我的好。"

胡闪和婴儿离开了好久，启明还沉浸在幸福的伤感之中。他已经在心中暗暗打定了主意，以后要常去胡闪那里探望这个孩子。

启明想，院长让年思同自己的孩子分开，是不是对她寄予了更大的期望？在那栋旧兮兮的、有点阴森的大楼里头，面对窗外的荒坡，女人的性情一定会发生变化，她会变得更像小石城的人。看来，从他们来到小石城那天起，他的生活就同他们缠在一起了。当时他站在小河里，对路上那两个磕磕绊绊前行的青年觉得特别好奇。启明一边扫地一边想着这些心事，扫完了这些走道之后，他像往常一样拄着扫帚瞭望远方的雪山，于是记起，他已经有很长时间没有像从前那样狂热地思念自己心中的偶像了。有一些杂质掺入到他纯净的想象中来了。他一时判断不了自己的变化。

他回到小屋，打了一盆冷水出来，又开始做风浴了。

"启明啊，你想过回家乡看看吗？"海仔不知从哪里钻出来了。

"没有。我觉得不可能。再说不是发生了海啸吗？"

"嗯。村子是没有了，可是土里是留下了痕迹的。我想，那些痕迹在这里也可以找到，所以我们不妨找一找。"

海仔做着鬼脸。启明问他这回是否不走了，要在小石城养老了。海仔没有回答他的问题，左右环顾了一下，问他可不可以在床上休息一会儿。

他脱了鞋就上床，说自己累坏了，一定要好好休息一下，然后带启明去看看家乡。他说着话就突然打起了鼾。启明想，他说的"家乡"大概离此地不远吧。

启明将房门锁上往街上走去,他害怕院长看见海仔,他知道她会不高兴。他买了鸡蛋和葱,还买了面粉,打算摊饼让海仔好好吃一顿。可是院长偏偏迎面过来了,她看了看他手上拿的东西,笑了一下,说道:

"深渊里爬出的魔鬼是赶不走的,我们好自为之吧。"

院长跟随启明来到他家里。他俩进去后,看见海仔还在打呼噜。院长弯下腰,仔细看了看海仔的脸,转过身来,坐在启明放在她身边的小竹椅上。忽然,她埋下头去,用双手蒙住了脸。启明大吃了一惊,他想,一向精明、有魄力的,受人尊敬的院长,怎么变得像小女孩一样了?

过了好一会,院长才抬起头来,启明看到了一张迷惘的脸。

"启明,你还认得我吗?"她问道。

"当然认得,您是我们的院长嘛。"启明的心噗噗地跳,声音发抖。

"这就好,我以为你认不出我了呢。刚才我又返回了内地那家医院,我躺在手术室,窗外黄沙滚滚,医生帮我换了脸。"

她疲惫地揉着双眼,然后仰着脸,要启明将手放到她额头上。

那额头像冰一样冷,启明差点叫了出来,连忙用手捂住了嘴巴。

院长的声音仿佛是从墙缝里发出来的一样,她说:

"你很吃惊,对吧,我只要一想过去的事就会变成这副样子。"

她的话音刚一落，外面就响起了嘹亮的小孩的哭声。启明随手打开房门，屋里一下子变得敞亮，他看见血色又回到了院长的脸上。胡闪正抱着女儿从花坛的前面走过。院长站起来了，双眼射出坚毅的光，整个人又变得灵活起来。她快步朝胡闪父女走过去。

房子里面，海仔醒来了。

"我的独轮车轧死了一个小女孩。山路那么滑，避都避不开。"

他拥被坐在床上，眼睛痴痴地盯着那堵墙。后来他要求启明关上门，因为光线使得他要"暴跳"。"我不习惯太透明的环境。"他说。

他猫着腰，沿墙走了一圈，用鼻子在墙上嗅来嗅去的。启明不理他，开始做饭。他每烙好一张饼，海仔就拿过来吃得精光，边吃边说自己饿坏了。"这些天我忽视了自己的肉体。"最后，启明将面粉全部烙完了，他却还没有吃饱。启明的手艺很好，小屋内飘荡着葱和鸡蛋的香味。

"睡也睡了，吃也吃了，哈！是谁在讲故事呢？"海仔抹着嘴巴说。

他说有人在门外的花园里讲故事，他断断续续听到了一些，好像是关于大雁南飞的故事，他问启明听到没有。启明打开房门看了一下外面，回转身来说，外面一个人都没有，花园里只有两只鸟。海仔还是坚持说，是有人在讲故事，也许是那带小孩的男人，他的话头有很浓的思乡情绪。海仔说着又用鼻子到墙上去嗅，很苦恼的样子。

"你嗅什么啊，海仔？"

"故乡的味道。你这堵墙很特别吧。"

"是啊，会变幻，到了夜里还会移开。"

海仔在竹椅上坐下来，告诉启明说，他走遍了大半个国家，最后才到了这里，他觉得自己是真正回到家乡了，难道不是吗？启明说他也有这个感觉，所以才待在小城里，哪里都不愿去啊。启明这样说了之后，马上想起了他的偶像，他此刻很想和海仔谈谈他的美女，可又感到无从谈起，于是只好一遍又一遍地重复着一句蠢话：

"边疆的妇女真美啊，真美啊，真美啊，你到哪里去找……"

夜里，他俩又一次来到了胡杨林公园，是翻过矮墙进去的。他们跳下去时惊动了一些鸟儿。启明心里庆幸传达老头没被惊醒。

海仔趴到草地上，他要启明也趴下来。启明一趴下去，就听到了人说话的声音。那些人全是南方口音，好像在为什么事争吵。声音从地下传出，如果将耳朵贴着地面，就听得更清楚。海仔轻声告诉启明说，这是传达老头一家人，他一来这里就感觉到了，这个公园是属于他们一家的。也就是说，白天属于游人，夜里属于他家。"到了十二点之后，他们就回到南方那个小山包了，那是他们家的茶山，一年中大半时间处在雾中。"这时，远处昏黄的路灯下面出现了兽，是体积较大的，一只，两只，三只……海仔说那是华南虎，并不伤人的，所以用不着害怕。启明问："为什么不伤人呢？它们在家乡时可是伤人的！"海仔就笑起来，笑得很响，惊动了那些虎，它们全都停下来了。启明全身抖得很厉害。与此同时，那家人在地底下吵得更厉害了，似乎华南虎也听到了，它们好像打不定主意要往哪边走。后来，它们就向启明他们这边走过来了，大约有六只以上，走在草地上一点声音都没有。海仔嘱咐启明趴着不要动，最好闭上眼，免得心烦。要在平时，启明是不会听他的，可是这回鬼使神差一般，他还当真闭上了眼。一会儿，华南虎的爪子就踩在了他的身体上，虽然很沉重，倒也没要他的命。他还数了数，大概有三只是踩着他的身体走过去的，它们消失在围墙那头。地底下响起老传达一家的哭声，启明突然听到自己父亲的声音夹在哭声当中。父亲虽然是提高了嗓门在说，但无论如何也听不明白他说些什么，到后来启明都不耐烦听了。

"启明，启明，你安静些！"海仔说，"你老喊你爹干什么？"

"我没有出声嘛，怎么回事？"

"哼。你把虎又招来了，幸亏虎在这里不吃人。"

启明看见它们又出现在路灯下时，吃惊得张大了嘴。现在他敢于观察它们了，以前启明从未见过虎。离他最近的那一只正朝他看呢，那眼神像极了年思的宝宝。启明想，要是它叫起来，声音会不会同宝宝一样呢？在虎的注视下，启明的身体开始发热了。他听见旁边趴着的海仔在同刚才听见的父亲吵嘴，父亲的语气强硬，海仔的声音绝望。但具体争吵的是什么，仍然很难听清。启明用力掐自己的脸，想保持清醒。爹爹好像提到了怀表，他责备海仔将怀表弄丢了。海仔哭起来，申辩说，自己将表埋在一个最安全的地点了，那地方在海底，谁也到不了的一条海沟里头。启明听得心惊肉跳，摸摸胸前衣袋，怀表还在。接下去又听不清了，不知他俩在争什么。抬眼看虎，虎的眼神成了两点绿火，也许是因为它从路灯下走到了胡杨的阴影里。而它身后的那些虎，全都不见了。那是多么美的一双眼睛啊，为什么年思不爱这样的眼睛？启明开始出汗，全身的衣服都湿透了。他转过脸去不再看虎，嘟哝道："我要回家……"他的含糊的声音像一个炸雷，海仔立刻就跳起来了，他大声责问：

"深更半夜的，谁将婴儿弄到这种地方来了？"

启明也站起来了。两人肩并肩循着隐约的婴儿哭声向前走，穿过草地，穿过花坛，穿过胡杨林，又穿过黑黝黝的灌木丛，这时，他俩眼前又出现了一望无际的草地，婴儿的哭声仍在前方响起。

"老传达的王国真是广阔无边啊！"启明感叹道。

"嘘，不要出声，该死的！"

随着海仔的诅咒，他们眼前便冒出了围墙，婴儿的哭声也消失了。围墙那边有张铁门，是公园的后门。出了门，海仔低头朝另一个方向走了，启明独自回家。他经过空无一人的文化广场时，听见那面钟在乱响，简直停不下来了。可是深更半夜的，除了他，谁也没听到。

第六章

六瑾和蕊

这个夏天六瑾的生活有点乱，她想，这是不是同雪山旅馆的被拆除有关系呢？时常，坐在房里好好的，关于那座旅馆的回忆会一下子震撼她，她在心里为那旅馆取了个名字叫"古墓"。偶尔，她也会设想一下自己同老石未来关系的发展，她认为这个关系不会再同雪山旅馆有牵连了。那个时候她多么年轻，那旅馆留给她的记忆又是多么鲜明，就像阳光下的树叶……而现在，同老石这种含含糊糊没有头绪的关系，不论从哪个方面想都无所依附，如空气中的游丝。长长的夏天快要过完了，那只张飞鸟有三天没出现了，它一定是去了另一个地方游玩吧，可能是邻家院子。那个院子里栽了很多沙棘，六瑾路过时，听到里头鸟声喧哗，便停下脚步，心里头升起一股落寞情绪。从心底里，六瑾还是害怕同这个底细不明的人有某种确定的关系。那一回，他将那么多的青蛙放进自己的院子里，可是青蛙们却消失得无影无踪,这事她一想起就不太舒服。

黑暗中,六瑾的脑袋在枕头上转动了几次,她听到了从雪山那边传来的沉闷的炮声。她想,雪豹一定满山乱跑了吧。那种惨状使得她悲伤地闭紧了双目,但疯狂的想象并不能停止。就在昨夜,她问孟鱼老伯:

"四十年前的小石城是什么模样呢?"

老人停下手里的活计,仰面看了看天,然后指了指她的胸口,又低下头去继续搓他的绳子了。六瑾虽满腹狐疑,但还是有一点模糊的感悟。站在夜幕里头,她想了又想,一些往事便清晰起来,她觉得眼看就要找出答案了。

那时也是这样的夜晚,失眠的爹爹像平常一样将藤躺椅搬出来放在树下,躺在那里看天。六瑾在睡梦中听到兽的叫声,一声比一声凄厉,她就被惊醒了。她摸黑走出卧室,穿过客厅来到外面,朝院子里一瞧,看见有五只黑乎乎的兽围绕着躺椅上的爹爹。月光异常明亮,她爹爹的头部歪向一边,他睡着了。六瑾一下子感到恐惧无助——爹爹会不会已经死了呢?她发出尖叫:"爹——爹!"那几只兽(好像是熊)全都转过身来朝她看,六瑾连忙退到门后,随时准备关门。还好,野兽们没有过来,过来的是妈妈。妈妈赤着一双白晃晃的脚,连拖鞋也没穿,她问六瑾肚子饿不饿。"不饿。妈妈,你看爹爹!"她说。妈妈牵着她的小手,将她牵回她的卧房。她一边将六瑾按到床上一边说:"我女儿长大了啊。"她替她掖好被子就出去了。六瑾瞪着墙上晃动的树影,又听到了那种兽叫,她脑海里浮现出爹爹被咬断脖子的情景。过了好久她才睡着。

"爹爹，您脖子疼吗？"

"嗯，有一点，睡在藤椅里，什么东西老压着脖子。是什么呢？"

那一年，六瑾正好是十岁。

六瑾盯着孟鱼老伯粗壮有力的双手，便联想起了那些黑夜里的兽。那么，小石城里的兽到底是雪山里跑下来的，还是地下钻出来的呢？成年以后，她在那个雪山旅馆里头也多次遇到过各种各样的兽，慢慢地，她就将它们看作家乡理所当然的特产了。忽然，阿侬又在街对面唱起来了，歌声很激越。孟鱼老伯低头做他的活计，没有任何反应。也许，唱歌的女子不再是阿侬了，因为声音里头有男性化的成分，听久了竟会分不出是男是女。

六瑾的园子里很少有鸟了，她注意到杨树上的鸟巢也已经被废弃了。以前，只要一下班回来就看到这些小生灵们迎接自己，哪怕到了夜间，还有一两只在花丛间或树下跳来跳去的。后来，就只剩下了这只张飞鸟。而现在，不但张飞鸟消失了，连壁虎也不见了。

"孟鱼老伯，我觉得啊，您就是本地人。"

老人的手停顿了一会——长长的一会，然后他又继续搓了。六瑾就走开去，她在围墙的阴影里撞着了一个人，那人搂住了她的双腿。六瑾弯下腰，认出了那对大眼睛，是穿树叶的男孩。他凑到她脸面前说：

"六瑾姐姐，我是溜进来的，门口坐的老头不欢迎我啊。你陪我在这里坐五分钟好吗？"

六瑾同他一块坐在围墙下的草地上，男孩将她的一只胳膊抱在怀中，很激动的样子，但是他不说话。六瑾摸了摸他的圆圆的头。

"你像刺猬。"

他吃吃地笑起来。

"你那件树叶编成的衣裳呢？"

他还是不说话，只是将脸贴着六瑾的胳膊，好像要睡着了一样。六瑾坐了一会儿，抽出自己的胳膊，站起身，说：

"我要进去了。你呢？你也进屋吧，你今夜没地方待，对吧？我让你睡在我家厨房的灶台上，好不好？"

男孩坐着不动。六瑾只好自己进屋。她走到台阶上回转身，看见孟鱼老伯出了院子。她没关大门，让客厅的灯亮着，她觉得那男孩也许要进来，那样的话，他就可以睡在沙发上。她刚要进卧室，男孩就到客厅里来了。他熄掉灯，爬到窗台上坐下来。六瑾靠近他时，听到了溪水流动的声音。六瑾问他这是什么声音，他说是他的肠子蠕动发出的响声。

"我叫蕊，这是我为自己取的名字。我在家里时有另外一个名字。"

"蕊，你夜里还要工作吗？"六瑾抚摸着男孩的肩头问。

"对啊，我是上夜班的工人。我没有具体工作，我给自己规定的工作是观察那些路人的眼睛。城里面深夜到处人来人往，我嘛，就在他们之间游走。我一个挨一个地看着他们的眼睛发问：'你看见我了吗？'他们都没有看见我。可是我还是要问，这是我的工作嘛。"

六瑾轻轻地叹着气，她想起了那只张飞鸟，男孩的这番话让她流下了热泪。这是谁家的孩子呢？她透过蒙眬的泪眼看着他的手，他有两个指甲发出白色的荧光——右手的食指和中指。

"越是黑暗的地方，你看得越清楚，对吗？"

"是这样。六瑾姐姐，我是练出来的。我原来和家里人住在山洞里面，我爹爹是猎人，我们生活得很富裕。爹爹不准我们点灯，要我们苦练自己的眼力，我就那样练出来了。刚才我看见你哭了。"

"那么这两个指甲是怎么回事？"六瑾拿起他的手来看。

"我不知道。原来没有，后来就有了。"

这时六瑾听到了鸟儿拍动翅膀的声音。难道张飞鸟回来了？她问蕊是不是看见了一只鸟，蕊回答说是他肚子里发出的声音。

"我要睡了。蕊，你要在窗台上坐一夜吗？"

"我上夜班，等一会儿还要出去呢。六瑾姐姐，你屋里人很多！"

蕊是下半夜从六瑾屋里走出去的。六瑾被门的那一声轻响惊醒了，连忙穿上轻便鞋，追到外面，她远远地追随着他。在大路上走了一段路之后，蕊就拐弯往车站方向走去了。他个子高，走得快，六瑾要小跑才跟得上他。

车站里头亮着灯，一个人也没有，静寂而有点阴森。蕊走到月台的尽头，举起双臂，口里大声呼喊。六瑾一直躲在方形的柱子后面观察他。大约是他喊到七八声的时候，六瑾听到了隐约的隆隆声。她以为是错觉，因为她记得这里并没有半夜的车次。那声音很快就消失了，六瑾想，果然是错觉。蕊还在喊，声嘶力竭，隆隆声又响起来了，是真的。几秒钟后，汽笛声响起，车头在蒸汽里头冲过来了。六瑾看到蕊好像站不稳似的摇晃了一下，几乎要掉下月台，她的心往下一沉。还好，没事，客车慢慢停下了。车厢里涌出来那么多的人，这是六瑾没料到的，难道因为今天是休息日吗？整个长长的月台全是人，蕊被人们推来推去的，那些人都目标明确，只有他是个闲人，老挡着人们的路。六瑾看见他不屈不挠地待在月台上，伸长了脖子打量那些低头行路的旅客，时常被他们粗暴地推开。六瑾喊了他几声，可是她的声音被喧闹淹没了。虽然她紧贴方柱站着，匆匆走过的旅客们还是挤着了她，弄得她很难受。这些人简直在横冲直撞！他们都有急事吗？她终于被推倒了，推她的居然是个老太婆，她手里的皮箱还砸在她的腰上，分明是袭击她了。六瑾倒下去的时候以为自己这下也许要被踩死了，但又没人来踩她，那些人都跨过她的身体过去了。六瑾再一次感到诧异——车厢里怎么会容得下这么多的人啊？

好久好久，她才听见蕊在她耳边说话，这时月台上的人已经稀少下来了。蕊蹲在她身旁，脖子上挂了一个很大的花环。

"六瑾姐姐，你受伤了吗？"

"蕊，你告诉我，你是怎么将火车招来的？"六瑾很严肃地问。

"我不知道。"蕊说这话时眯缝着眼望着空中。

"你常来车站，对吗？"

"是啊。六瑾姐姐。他们都没有认出我来，我真沮丧。可是今天，他们给了我这个花环。你看，这是马兰花。"

"谁给你的啊？"

"我不知道。我被推倒一次,再站起来时就有了这个了。"

这时月台已经变得空空荡荡的了,蕊搀扶着六瑾往出口方向走。月台外面异常黑暗,连那列客车都融化在黑暗里头看不见了。六瑾想,天大概快要亮了吧,这个男孩,白天会在什么地方栖身呢?

"我睡在公园里的。"蕊就像听到了她的思想一样回答。

"胡杨公园?"

"正是胡杨公园。那里没人来赶我,传达老爷爷同我已经熟了。"

候车大厅里没有灯,两人摸索着出去。当他们终于摸到了大门外时,他们背后的黑暗中发出"哐啷"一声巨响,仿佛另一个世界的门被关上了,这时他们发现自己已经被明亮的街灯照耀着。六瑾吃惊地看到蕊身上的那只花环全部枯萎了,就仿佛那是两天前采集的花儿一般。她指着花朵问蕊是怎么回事,蕊有点茫然地笑了笑,说:

"大概是被我身上的火烤成这样了。在黑地方,我拍一拍胸膛啊,就会爆出火星来。"

"你在公园里休息得好吗?"

"好。太阳暖融融的。老爷爷有九十多岁了,总来陪我,他很寂寞。"

因为所去的方向相反,他们在车站门口分手了。六瑾站在灯柱下,直到男孩那细长的身影被黑暗吞噬。六瑾发现自己在心里呼唤他,她并没有有意识地这样做,可是走了好远,她还在不由自主地呼唤:"蕊,蕊!"他对她的冲击太大了,她想,世上怎么会有这样的人呢?

"你见过这个孩子吗?"六瑾问老石。

"没有,刚才你讲这件事的时候,我一直在寻思。这个男孩,这个蕊,他是不是来自那个热带花园?"

"啊,花园!我知道你指的是什么,我的父母告诉过我,那是最最虚幻的,男孩蕊,却是实实在在的人啊。"

"嗯。也许虚构的东西正悄悄地进入我们的日常生活,我感到没有把握。我去过河边了,很脏的河。你父母告诉你的事在那里可以看到。"

虽然老石稳稳地坐在那张藤椅里头喝茶,六瑾却感到了他的心在乱跳。是他们的话题使然。不知为什么,六瑾心中对这个男人的渴望正在落潮。她东张西望的,她在用目光寻那只鸟呢,但是她又隐隐地知道鸟儿不会再出现了。她有点遗憾,又有点释然。风儿凉凉的,带着雪山的味道,六瑾用力吸了一口气,想起了雪豹之谜。她不知不觉地将自己的思想说了出来:

"蕊的事情就是雪豹之谜。"

老石听了她的话,脸上的表情显得有点慌乱。这是个什么样的女人?他终究还是没有弄明白,也许永远弄不明白了。只有一点是肯定的,他俩正为同一件事感到困惑。夜空里的星太美了,又美又大,这是在内地见不到的景观。面对这种夜空,任何讨论都是进行不下去的。虽然双方都沉默着,可是都听见了对方的无声叹息。

"我小的时候,因为喜欢乱动乱跑,福利院的厨师就将我放在那个高高的灶台上，两腿悬空。我就是这样长大的，你看有多么糟糕。"

六瑾看见孟鱼老伯提前来到院子里头了，他坐在门口的石凳上，手里没有拿编织物，这是从来没有过的。老石站起来告别了，他说："六瑾，我真想永远在这里坐下去啊。坐在你这里就像坐在雪山的半山腰！"

六瑾将他送到院门口。她注意到两个男人相互打量了一秒钟，孟鱼老伯的脸在暗处，老石的脸在明处。

老石离开之后，孟鱼老伯从怀里拿出了一只小巧的鸟笼，他将鸟笼放在地上，六瑾看见了那只张飞鸟。是她的张飞鸟吗？她蹲下去，打开笼子的门，小鸟跑了出来。但它并不跑远，就在他们身旁走来走去的。

"他心里充满了死的念头。"他突然很清晰地说。

六瑾吓了一大跳，她从未听过老人发出这么清晰的声音，她觉得这声音和语调很熟悉，充满了过去时代的遗风，令她想起她的父母。

"您说谁？"

"哼，还会有谁！"

虽然还是温暖的夏末，六瑾全身都变得冰冷了，她的牙齿在格格作响，她感到自己犹如置身于雪山顶上。她低头一看，小鸟居然自己钻进了笼子。这只鸟一定就是她的那一只，它居然被老人驯化了。她对老人说自己要进去了，因为感到身上冷。老人没说话，只是从暗处看着她。

六瑾回到房里后，就从柜子里拿出冬天穿的厚睡衣来披上。

她从窗口向外张望，看见孟鱼老伯正弯下腰去拿那只鸟笼，他将鸟笼放进了自己那宽大的外衣里面。她低下头，拉开抽屉，里面躺着母亲新来的信，白天里读过一次了的。母亲在信里告诉她，父亲的失眠症还和从前一样，最近他生出了一个新的爱好，就是下半夜下楼去那条烟雾沉沉的大街上溜达，一直溜达到天亮才回来睡觉。早晨他进门时，手里往往拿着一件东西，他将那东西往桌上一放就睡觉去了。母亲认出那些东西都是他们家很久以前的用具——他俩还未去边疆时的那个家。一个台灯罩啦，一只鞋拔子啦，一把尺子啦，一座微型盆景啦，甚至还有个铜风铃。母亲问父亲是哪里找到的，父亲说，在烟雾最浓的地方，用手在空中抓几下，就会抓到一样东西。抓到一样东西之后，他就可以睡得着了。如果什么都没抓到呢，那可就惨了，因为没睡觉会时时刻刻有自杀的冲动。"我的意志力一天比一天薄弱。"他说。

　　六瑾重读这封信时，像从前好多次一样，心里又一次感到有点欣慰。她记得从前父亲在这里时，有时连续一个星期根本没法睡觉呢。而现在，怀旧的记忆竟能将他带往梦乡，这是一件很好的事。看完信，夜已深了，老人早就走了。没有任何小动物出入的家给六瑾一种阴沉的感觉，她不由自主地用手在空中抓了几下，但什么也没有。她对孟鱼老伯有点怨恨，他为什么要带走她的鸟儿呢？他是有意要将她的院子里弄得很荒凉吗？最近阿依越来越漂亮了，是种咄咄逼人的美，六瑾感到她的黑眼睛在向外喷火。在市场的那个院子里，她藏在羊群当中一声不响，不知为什么，六瑾觉得她身上带着匕首。看来她是一个意志力极为坚强的女人。那么，她同孟鱼老爹和孟鱼老伯的关系现在已经演变成什么样子了呢？六瑾设想不出。对面房子里面的人的活动对她来说，现在更加显得神神鬼鬼的了。

本来她已经上了床熄了灯，然而回想起孟鱼老伯的那句话又睡不着了，越想越焦虑，于是披上衣服走到院门外面去。

老石坐在街边的路灯下，正看自己的手。他将左手凑到自己的近视眼跟前，然后又移远一点，又凑近，又移开，反反复复。

"老石，你在哭啊？"

六瑾挨着他坐下来，老石顺手搂着她的肩头。一瞬间，六瑾对于自己体内完全没有升腾起欲望感到吃惊，这是怎么啦？

"我没有哭，六瑾，是我里面的东西在哭。我看见了他，他是一个白色的，他，拦在我的路上！六瑾你看，全都黑了，只有我们坐的这一小块是亮的！可是这里也在慢慢变黑啊。"

老石松开她，站起来，头也不回地、有点蹒跚地向前走去。

六瑾回到房里，这一夜竟然睡得很死。她醒来时，看见了坐在窗台上的蕊。蕊正在喝她的水壶里的水，就对着壶嘴喝。六瑾看了心一动，很快就穿好了衣，铺好了床。外面阳光很灿烂。

他将一壶水全部喝完了，抹一抹嘴，说：

"六瑾姐姐，昨天，我觉得有一个人认出我了，可是他犹豫不决。"

"什么样的人？"

"他是这样的，很高，那么高，我都看不到他的眼睛。他弯下身，我就看到了。后来他又直起了身子。我觉得他有两层楼高。本来他在那些人当中走，我是看不到他的。唉唉，我错过机会了啊。"

六瑾将他叫到厨房坐下,给他端上羊奶和煎饼。他吃得很快,吃饭的样子像小动物。喝茶时,六瑾问他每天在哪里洗澡,他说在小河里。他有两套衣服轮换着穿,他可爱清洁啦。他凑近六瑾问道:

"我身上有臭味吗?"

"没有。只有豹子皮毛的味儿。我觉得,在你睡着了的时候,你身上的皮肤可能显出过豹皮的花纹吧。"六瑾微笑着说。

"真的吗?真的吗?一醒来就没有了吗?我真想看一看!"

他从桌旁站起来,提起放在门后的那把浇花的壶,高高举起,让喷壶里的水洒向六瑾。六瑾闪开,跑进客厅,顺手操起鸡毛掸子去追打他。后来追上了,蕊就蹲下来,双手抱头,任她抽打。六瑾打累了,扔了鸡毛掸子坐下来,问他:

"小家伙,你见过热带花园了吗?"

"我不明白你说什么,六瑾姐姐。"

"我说榕树,榴梿,荔枝,杧果。"

"嗯,那些是有的。还有一只绿色的鸟。"

"在哪里呢?"

"在我里面。我睡着了的时候,这些东西可能也会在皮肤上呈现吧。"

六瑾很想听他说一说这些事,可是他站起来,说自己要走了,因为他今天还有工作要做呢。他还说,如果她想去找他,就去胡杨公园找,他每天上午都睡在树下晒太阳,如果下雨呢,他就睡到公园的传达室里面去了。

他走进阳光里面去了，六瑾看着他的背影，看了好久。

蕊走进市场之际，市场里的人就都站在原地一动不动了。在蕊眼里看起来，这些人就像海里的珊瑚树一样。他迷迷糊糊地绕过这些珊瑚，来到后面的院子里。院子里挤满了绵羊，绵羊们很不安，涌动着，涌动着，蕊感到一阵头晕，差点跌倒。

"小家伙，你闯到这里来了啊。"

穿红裙子的女人从羊群里冒出来，一把抓住他的臂膀。

"不要动！这里很危险的。你再看看，这些是羊吗？"她的声音很严厉。

蕊定睛一看，果然它们不是羊，是一些雪豹，它们正急急地从那张门进入市场。

"你只要不动就不会有事。"

一会儿工夫，院子里就变得空空的了，只剩下一头豹子。蕊看见红裙女郎手执一把匕首同那豹子对峙。雪豹朝她扑过去时，她灵巧地躲开了，在那野兽的侧腹划出一条长长的血口子。受伤的豹咆哮着从那张门冲出去了，地上洒了很多血，蕊站在那里看呆了。

"那些人都一动不动，"她用手指指市场说道，"他们习惯了这种事。你要是不闯到这里来，就看不见今天的事了。"

她用一块布仔细擦去刀子上的血迹，将刀子放进挂在腰上的皮套里。

蕊终于可以同女郎对视了，他迟疑地问：

"你，你知道我是谁吗？"

"怎么会不知道,你一进来我就闻出来了。现在你想干什么?"

"我想要更多的人认识我。"

"倔头倔脑的小家伙。你就不怕吗?"

"不怕。"

"那你伸出手来!"

他伸出左手,女郎阿依掏出匕首,在他掌心划了一道,血涌了出来,他却不感到疼。阿依蹲下来,捧着他的手掌吸吮了一会儿,血就止住了。她抬起头来,蕊看见她满嘴都是鲜血,不由得有点恶心。

"你怕了。"阿依说。

"我没有怕。"

他走出那张门的时候,有点头重脚轻。他看见市场里先前的那些珊瑚全都移动起来了,他在他们当中穿行时,被他们扯着挂着,好几次差点跌倒,却又被他们扶起来了。"我是蕊!我是蕊!"他边喊边磕磕绊绊地前行。

在市场的大门口外面站着老石,老石喊道:"蕊!蕊!我认识你!"

蕊挤到了门边,在他眼里,老石是一个衣裳破烂、两眼血红的乞丐。他将自己的左手伸给老石,老石仔细地盯着掌心的伤口看了几秒钟,又去看蕊的脸。老石这样做的时候,始终皱着眉头在回忆什么。

"你从前是不是在桥墩下面睡觉的啊,蕊?"

"没有,我还没有见过真正的大桥。我从家里跑出来之后,到处乱睡。"

老石连声说"怪",还说:"我看你很像睡在桥墩下的那个男孩嘛。"

"你弄错了。"

老石沮丧地垂下目光,看着自己的脚,他很羞愧。这时蕊已经恢复了精神,他迈开长腿,走进街上的人流之中。他举着那只受伤的手,不断地凑近各式各样的人,希望更多的人认出自己,同自己谈话。奇怪的是,手上被割了那道口子以后,似乎很多人都认出他了。大家都向他点头,招手。可是还是没人愿与他交谈,他一开口,对方就闪开了。

蕊发现,有一个老头,站在路边看他。当蕊注意到他时,他就做手势要蕊到他跟前去。老人的胡须很多很长,雪白的,有一只灰蓝色的小鸟从胡须里伸出头来,朝着蕊叫了两声。蕊看着那只小鸟的时候,眼泪就掉下来了。他对老人说:

"爷爷,小鸟儿要到哪里去啊?我认得这只鸟儿呀。"

老人将鸟儿拿出来,让它站在自己的掌上。鸟儿飞到半空,又稳稳地落在他的掌上了。这时老人从衣裳里头掏出一个小巧的鸟笼,小鸟就飞了进去。

老人做了个手势,将鸟儿交给了蕊。

当蕊揣着鸟笼往公园走去时,他脑子里涌动着一些新的念头。今天他一下子就认识了三个人,真是不平常的一天啊。到了公园,他将鸟笼挂在一株小树上面,鸟儿就叫起来了,一连叫了十几声,有点凄凉的味道。蕊呆呆地站在那里,又开始掉眼泪。

"这是一只鸟王。"传达老头在他耳边说,"我在很多场所见过它。"

"我忘记了的事情,它都记得。"蕊用衣袖擦着眼泪,这样说。

鸟笼的门始终是开着的,鸟儿蹲在里头一声不响了。蕊依稀记得六瑾家客厅的模样,他想,那么多的人挤在里头,会不会一不留神踩死了小鸟儿?

"它就是鸟王。它进入了我们人类的生活,它啊……"

传达老头边说边走远了,蕊目送着他进了传达室的那间小屋,从那小屋的窗口,有一面红色三角小旗伸出来,被风吹得飘扬着。蕊自言自语地叨念着老头的名字:"菩爷啊,菩爷……"他抬起头来再看鸟儿,鸟儿好像睡着了,它一点儿都不在乎风吹在身上,它把风当作一种享受。

每天夜里,公园里面都有一些流动的人影。蕊知道他们当中有些人是像他自己一样来自外地,他从他们的形态看出了他们焦灼的内心。他没有上前去同他们搭讪,他不愿打破公园的这种寂静,菩爷同他一块待在黑暗中时也不太说话。那种时候,蕊举起指甲发荧光的那只手在空中划来划去,起先他以为菩爷也同他一样有那种超人的眼力,可是菩爷告诉他,他什么都看不见,他夜里是凭听觉分辨事物的。想着这些温暖的事,蕊的内心平静下来了。他觉得自己的思绪正同那只张飞鸟的思绪混在一块,朝那黑而又黑的深处延伸,与此同时,夕阳在另一个世界里头发光。

"阿依,你的羊会在一夜之间变成豹子吗?"

"有时会的,六瑾。"

六瑾看见阿侬迷惘的眼里有好几种颜色在交替变幻。

"你的男孩,他来找过我了。"

"你是说蕊。他是我的男孩?"

"他很像你的小弟,看起来不像,但是有什么东西很像,那到底是什么东西呢?自从那天我看见他从你院里走出来,我就一直在想这件事。"

六瑾穿过市场的人流时,还在回忆女郎的话。想到人家这样看待她和蕊的关系,她心里涌出一股暖流。老板站在布匹柜那里同人争论,他一看见六瑾就撇下那人过来了。他告诉六瑾说市场里有盗贼,布匹一匹接一匹地失踪。这几夜他都在柜上守夜,却没发现任何异样,可是到了早上一清点,还是丢失了布匹。"到底是什么在入侵我们,六瑾你说说看?"

六瑾很尴尬,她心里有所触动,但又不敢轻易讲出自己的推测,因为那就像无稽之谈。并且老板也不是真的想听她的意见,她看出来,他只是被一个顽固的念头死死地纠缠罢了。她没有回答老板,放下自己的皮包就开始清理柜台。她听见老板还在背后唠叨,似乎他并不为失窃的事焦虑,仅仅只是迷惑。倒是六瑾有点焦虑,她怕丢失这份工作——她干了十多年了啊。她可不想成为一个失业的人,小石城很少有失业者。老板总不会怀疑她在干偷窃的勾当吧,他不是亲自守夜了吗?六瑾的真实想法是,有一种力量,能够使世俗的物质完全消失,比如老石放在她院子里的青蛙就是这样一个例子。六瑾好奇地转过身打量老板的背影。老板在喝茶,那背影显得无比的孤独,六瑾仿佛看到了他守夜的样子。

六瑾将布匹码好之后，意外地看见阿依站在市场的边门那里，她好像踮着脚在同什么人打招呼。过了一会儿，六瑾又看到了在人群中穿行的蕊。蕊的个子几乎比所有的人都高，所以六瑾的目光能够一直追随他。却原来阿依是在同蕊打招呼啊。终于，男孩走到柜台前来了。老板立刻凑了过来。

"是你偷了我的布吗？"老板直统统地问蕊。

六瑾气得一脸通红，蕊却很平静。他说：

"我没有。"

"你是个好男孩。不要老上市场来，这里有凶险。"

蕊低下头去嗅那些布匹，他的样子比老石显得更为陶醉，红着脸，眯缝着眼，好像喝了几大碗米酒一样。老板则在一旁叨念着："傻小子，真傻啊，是谁家的孩子呢？"

"我从家里出走了，"蕊说，"我是出来看世界的。我有的时候也会偷东西，不过我不偷布。"

六瑾的视线穿过人群，看见阿依在边门那里挥舞着闪闪发光的匕首。她在同什么人搏斗？看上去似乎有一股无形的气浪将她冲得向后倒。

"我要兰花图案的那一匹。"一个眼熟的顾客说。

六瑾量完布，看见蕊已经走远了。老板过来告诉六瑾说，蕊不会离开市场，因为这个时候市场里正在发生一些事。"他就如苍蝇嗅到了血。"老板用了这样一个下流的比喻，六瑾的脸又涨红了。老板端着茶杯到后面的账房里去休息时，忽然惊叫了一声，跌倒在地。六瑾连忙赶过去，却什么也没发现。倒在地上的老板嘴唇泛出紫色。六瑾问他哪里不舒服，他吃力地说："买兰花图案布的顾客……要小心。"

那一天，六瑾一直在问自己："发生了什么？发生了什么？"市场里并没有乱糟糟，也没有野兽穿行，只是有些奇怪的兆头。阿依啦，老板啦，蕊啦，都像在做某种演习，她看不见那是什么样的演习。到了下班的时候老石来了，老石的样子又憔悴又老。他伸出手来摸布，六瑾看见连那只手都变得颇有些干瘪了。他抱歉似的对六瑾说："我的感觉好像失灵了。"六瑾感到他的内心很紧张，有什么东西一触即发。

老石手里提着一个空提篮，出市场时六瑾问他怎么什么都没买，他回答说，他感到今天市场里的东西都不能带回家，不然就会有麻烦。说到这里他又回转身扫了一眼空荡荡的大厅，这才继续往前走。六瑾就是这个时候听到脚步声的。它们杂乱，响亮，是很多人在市场里面行走。六瑾记起老板说的关于蕊的话，就停下了脚步。

"是等那只豹出来吗？"老石问。

"嗯。"

虽然两人并肩站在那里，老石还是一下子感到孤单向他袭来。

"我先走了，六瑾，我太不争气了。再说太阳也落山了，到处都很冷。你好自为之吧，六瑾。"

老石说完这一通话就沿着右边的小道走远了。六瑾站在那里，心里有点诧异——老石这是怎么啦？难道他看见什么了吗？她可是什么都没看见啊。再回头看看，市场里还是空空荡荡的，既没有蕊，也没有豹。然而有脚步声，杂乱的，响亮的。人们在那里头格斗吗？

"阿依！阿依！"六瑾朝那空空的大厅叫道。

没有人答应，只有回音在荡漾开去。

六瑾一直走过了广场，蕊才从身后气喘吁吁地追上来。

"六瑾姐姐，我杀死了豹子！"

"你用什么杀的？"

"用那人给的匕首。我将匕首扔在大厅里了，那种东西，我不敢带出来。你瞧，我身上溅了血……啊！"

他发出一声怪叫，可是六瑾并没有见到他身上有血。她想，他正处在一种强烈的幻觉之中。多少年了，这个人来人往的市场总是引发人的幻觉，也许这就是她不愿离开这个地方、不愿失去她的工作的原因？在他俩的前方，阿依的身影晃了一下就消失了，她进了街边的一家理发店。蕊告诉六瑾说，他好几次看见阿依将匕首刺向她自己，居然没有事。他俩走走停停的，引得路人侧目。蕊说路上空空荡荡的，他害怕，他习惯了在人流中穿行。他这样说时，六瑾就安慰他，拉着他的手不停地说："我在这儿呢，我在这儿呢。"然而他的目光只是短暂地落在六瑾的脸上，很快又移开了——那种目光完全是散乱的。六瑾想把他带到家里去，可是他不肯，他信步乱走，六瑾跟着他来到了蔬菜市场。有一个脸色苍白的汉子正在关菜市场的大门，蕊凑近那人，低下头问那人是否认出了他。汉子抬头看了他一眼，说：

"你不就是阿祥的同事吗？阿祥已经出走了。"

六瑾回想起她送阿祥离开时的情景。当时候车大厅里头挤得水泄不通，阿祥对她说，他出去买点水果，然后就消失在人群中。六瑾等啊等，等了一个多小时，后来连列车都开走了他仍未出现。六瑾相信他乘火车离开了。

汉子敌意地打量着蕊和六瑾，又说：

"自从阿祥走后，很多人来打听他的下落，有什么可打听的呢？在一起的日子又不珍惜，等到人走了才来后悔，这种生活态度真幼稚。"

他恶狠狠地将那把铜锁锁上，还用力拉了拉门，弄出"轰隆"一声响。

他撇下他俩走了。实际上，六瑾是认识这名汉子的，她常在他那里买蔬菜。不过从前她并不知道他同阿祥也熟，因为阿祥常说自己在城里没有任何可信任的朋友。这个时候蕊好像苏醒过来了，他主动提出到六瑾家去吃晚饭。他说他累了，不光眼睛累，胃里头也空了。于是两人一块从菜市场侧边的小路插过去，回到那条大路。天色已晚，路灯亮起来了，这时两人都发现对方在做深呼吸，两人就都窃笑起来。蕊说路边的树丛里有奇怪的声音，问六瑾听见没有。六瑾的目光随着他的手指望过去，看到那边有些烟雾。他凑近六瑾说："我有鸟王了，在公园里，就是你的那一只。"他说话之际，六瑾的眼前就出现了胡杨树的尸身，那么黑，那么刺眼，顽固地指向天空。六瑾打了个冷噤。

在六瑾家里，两人喝了奶茶，吃了酥饼。坐在厨房的桌边，蕊显出昏昏欲睡的样子。他请求六瑾将厨房的灯关掉，六瑾照办了。黑暗中，他将两只手都举起来，他所有的指甲都在发出荧光。六瑾将他的手拉过来贴着自己的脸，那手冰凉冰凉的。

"小家伙，你把我的鸟儿弄到哪里去了？"

"笼子在哪里，它就在哪里。它现在在公园里呢。"

他突然站起来，将身体贴着墙往前移动。

"六瑾姐姐，我被这些东西挤得喘不过气来了啊。"

六瑾看见蕊的全身都在发光了，他每走一步，身体就亮一下。

"蕊，蕊！你难受吗？"

"我难受。不，不是！你不要过来，我真舒服！"

六瑾伸出手，往他身上摸了一下，却摸到一些黏黏糊糊的东西。蕊说那是从他体内涌出的垃圾，就是这些垃圾在发光。他还说每次发光之后，他就要洗澡洗衣服。不然就会太臭了。现在他要回公园去了，因为他的换洗衣服都放在传达老头的家里。

他消失在院门那里时，六瑾失魂落魄地喝了一杯茶又喝一杯。现在她的院子里是无比的寂静了，她感到某种亲切熟悉的东西正在离她远去，而且越来越远。桌上有一封信，是母亲写来的。

"……我们见到了长寿鸟，就是从前我和你爸爸在小石城的公园见过的那只。它的羽毛是绿色的，尾巴很长。平时我们很少爬到这栋楼的顶楼上去，可是昨天天气特别好，没有风，烟也小些，我们就坐电梯上去了。我们站在平台上眺望远方，你爸爸说他可以看见你那里的雪山！然后它就飞来了，它是从北边来的，落在我们脚下。我们翻看它的羽毛，很快找到了那个记号。我和你爸爸都在用力地思索这件事。这意味着什么呢？鸟儿一点都不显得老，我们人的眼睛看不出它的年龄，其实它比你还要大。

它飞走时，你爸爸对我说，我们的时代过去了，新的时代开始了。什么是新时代？他指的是六瑾的时代吗？那时你这个小不点彻夜不停地哭，雪山也为之动容……"

母亲在信纸的下面画了那只鸟的形状，但她画的不是信中描述的长寿鸟，而是一只灰蓝色的小巧的张飞鸟！六瑾凑近去将那只鸟看了又看，有股恐惧从心底升起来。她的父母爬到那么高的地方去，大概不会是为了看风景。他俩并不算老，同小石城那些老人比起来，他们还算年轻的呢。可是那只鸟意味着什么呢？仅仅意味着他们的时代过去了吗？六瑾的记忆里有一些古怪的故事，是父亲说给她的。可是她无论如何也回忆不出父亲是在什么场合对她说了这些故事。比如说，她记得父亲用沙哑的声音说到过一只袖珍狗，那只狗很特殊，无论谁见了它都会产生厌世的念头。父亲还说过一名男子的故事，他说那人老是站在小河里捞鱼，可他捞上来的不是鱼，是他儿时玩过的玩具，他还将那些玩具送给六瑾呢。那都是些特殊的玩具，旧伞骨啦，诱蝇笼啦，旧拖鞋啦等，还有一只活物，是一只老龟。六瑾想起这些往事，又一次沉浸在爹爹的世界里。她从很小的时候起就知道那是一个日夜不安的世界，那里头的芭蕉树她只在图画书上见到过。可是爹爹世界里的那些芭蕉树下的荫凉处并不意味着休息，反而是产生鬼魅的处所。她还没有见过像她爹爹那样几乎大部分夜里都彻夜思索的人，他是生来如此还是六瑾自己生下来之后他才变成这样的？当六瑾穿着小拖鞋睡意蒙眬地走到院子里头去时，爹爹总是拍拍她的头，说："嘘！"他站在杨树的树影里头，六瑾知道他在思索——这是无数夜晚的经验告诉她的。似乎是从一开始她就为爹爹担忧,因为她觉得那个世界里面有很多危险的事。

现在看见这只画在信纸上的鸟,六瑾感到自己久违了的担忧又复活了,就像父母仍然住在这栋屋子里一样。六瑾自己做不到彻夜思索,她想某件事,想着想着就进入了梦乡。她觉得这是因为自己缺乏父亲那种铁的逻辑。

六瑾将画着鸟儿的信纸涂上胶水,贴在书桌前的墙上了。她想,说不定哪一天,长寿鸟还会飞回来呢。

第七章

周小里和周小贵

小里和小贵比年思和胡闪早一年来到设计院。他们在南方的山城里也看了那种小广告，可是他们并不是因为广告的吸引才来到小石城的。在那之前好久，这对夫妻就有了从他们的生活里再次出走的愿望。因为患过小儿麻痹症，小贵的一条腿有点瘸，可是她天生的有着钢铁一般的意志，一旦决定了要做某件事，就决不回头。而且她性格中的悲观是牢不可破的，似乎是，她一生都在用灵敏的嗅觉追逐那些没有希望的事物。也许就是由于这种性情，她才选择了身患心脏病的小里做自己的丈夫吧。是她先从报纸上看到小石城设计院的招聘广告的，她将这事告诉小里，夫妻俩商量了一下，便决定北上了。

他们只带了随身换洗的几件衣服，就像是去旅游一样，锁上家里的房门就去火车站了。那一天，站在火车车厢的过道上，小里觉得自己身体里头长出了很多新东西，那些东西压迫着内脏，使他更虚弱了，他甚至怀疑自己会不会死在半路上。然而随着火车的前行，另外一种类似气体的东西开始在他胸膛里游走，因为这股"气"的作用，压迫一点一点地松弛下来。他甚至生出久违的好奇心，还有点多愁善感了——生的意志在逐渐加强。第三天，小里透过车窗的玻璃看到了雪山，小贵则看到了山半腰的墓群（小里不知道她是如何能看清的），两人都感到了目的地逼近带来的那种震动。小里开始眩晕，他连忙闭眼躺下了。

"小里啊，"小贵在他耳边说，"前面的车厢已经着火了啊。车子停不下来，幸亏我们是坐在车尾。你听到爆炸声了吗？"

他没有听到，眩晕使他不敢睁眼，他恶心，冷得发抖。

"什么人把窗子打开了？这是雪山刮来的寒风啊。"小贵还在嘟哝。

他听到人们走动的脚步声，搬行李的声音，还有低沉的咒骂声。他们要干什么呢？也许，人们会逃脱，而他和小贵会在这里送命？他想说话，可是他的嘴唇颤抖得厉害，说不出来。原先体内长出的那些东西都变成了冰块，挤压着他的内脏，他开始张开口喘气了。

"小里小里，你可要硬挺啊。"

小贵握住了他的一只手，小里感到她的手比自己的还要冷，就像一把冰钳子一样夹着自己的手。他抖动的幅度越来越大，他想，这是不是垂死挣扎呢？突然，他感到那把冰钳子夹住了自己的脖子。列车猛地一震动，差点将他从卧铺上抛到了地下，他一下子清醒了。

列车停下来了，车厢里浓烟滚滚，人都走空了。小贵牵着他，摸索着往门那里走去。找到门后,她就拖着他往下一跳,两人一块摔倒在铁轨旁,好久都不能动挪。小里看见列车前段的火已经小下来了,那里既没有旅客也没有救火队员,车子就像被遗弃了一样。而他和小贵躺在高高的野草丛中,根本就没人来理睬他们。这个地方既不是车站也没有人烟,司机也没有踪影了。他试着动了动身体,不由得痛得哼出了声,会不会骨折了呢?小贵也在旁边哼,还老唠叨:"雪山的风真冷啊。"

"列车停下的那一刻,你们俩在什么地方?"有个穿铁路巡警制服的人在他俩上方粗声粗气地说话,还用一根棍子来拨弄小里。

"我们在车厢里。然后跳车了,受伤了。"小里听见小贵在说。

"你们起来,跟我去一个地方。车上发生了失窃事件。"

小贵已经站起来了,小里感觉自己动不了,就向巡警求援。巡警弯下腰,猛地一把将他拉起来。小里眼前一黑,痛得几乎晕了过去。

"哼,我们已经搜查过你们在南方的家了。有这样旅行的吗?什么行李都不带,把门一锁,就这样出来了?"

他推着小里往车头方向走,小贵在旁边反复说"真冷啊,真冷啊"的。

小里和小贵昏头昏脑地走了好长一段路,后来又被那人送进了一间黑房间。那人叫他们坐在一张破沙发上面等,就锁上房门走了。

小贵对小里说:"这里倒好,雪山的风吹不进来了。"她拍打着放在自己肚子上的那个包袱,似乎有点高兴。包袱里头装着他俩的换洗衣服。小里感到很诧异：在这样的情况下，她居然还没有扔掉那个包袱！他的腿痛得厉害，就在沙发上躺下，将头枕在小贵腿上。

小贵用手指梳着小里出汗的头发，喃喃低语："真好啊，真好啊……"

"什么真好？"小里问道。

"我们已经到达目的地了。雪山，风，前面就是小石城！"

"可是我们被锁在这里了。"

"你这个傻瓜，人是不可能被锁在一个地方的。"

她小心翼翼地将他的脑袋放在包袱上，起身来到门旁，用力一推，门就开了。光线刺得小里睁不开眼，外面出大太阳了。这时小贵也不知一下哪里来的那么大的力气，一手挽包袱，一手扶着小里，瘸着腿很快地往外走去。小里记得他们穿过了候车室的大厅，穿过了小卖部（那些营业员都瞪着眼看着他俩），最后来到一个茶室。小贵说口渴了，要在那里喝茶。

茶室里已经坐了好几个男女，那些人都穿着黑衣服，低着头坐在桌旁，用北方的方言在小声交谈。他们一见小里和小贵进来，就都住了口。老板娘用一把很大的长嘴茶壶将滚烫的茶水注入他们的杯子里。他俩坐在一个隐蔽的角落里，那里有一张小方桌，桌子前面有一个屏风，屏风的玻璃上画着一只长尾怪鸟，写着"长寿鸟"三个字。他们一坐下来就发现玻璃屏风将他们遮得严严实实，外面根本看不到他们了，但是小贵还是很紧张。她起身打量了一下外面，回到座位，又叫小里也去看。小里探身一望，吓坏了，因为巡警正好站在门口，手里还握着一把手枪呢。但是小贵似乎很不在乎，她喝茶时故意弄出很大的响声，小里听了心惊肉跳的。小里悄声说话，让小贵轻一点。老板娘过来续茶水了。

"那又怎么啦？"小贵提高了嗓门说，"难道我们不是已经到了小石城？"

胖胖的老板娘抬了抬眉毛，朝着小贵赞赏地点点头，拖长声音应道：

"是——啊！小石城欢迎你们！"

那一刻，小里觉得老板娘的北方话特别悦耳。小里又起身去看巡警，这时巡警已经坐在那几个人当中了，他的手枪就放在茶桌上。小贵凑近小里的耳朵低语道："你现在已经解放了。"她这样一说，小里就感到身上的疼痛消失了，难道是茶水的作用吗？还有，胸膛里的气体也活跃起来，他的器官开始变得舒展，他居然伸了一个懒腰呢。

"小里小里，我们要在新地方安家了，出了这张门，我们就要用自己的脚走进我们的新家了。"

小贵的声音里头竟然出现了哽咽，小里有点意外。

"小里，你说，我们……还是我们吗？"

"我不明白。"

"最好永远不要明白。小里，你真有福气。你再去看看那些人吧。"

小里又起身去看屏风外面，他看见那些人都被捆起来了，他们靠墙站成一排，低头看着自己的脚。巡警提着那把手枪来回走动，不时用枪对着某一个人的脑袋发出威胁。一个女孩，

可能是店里的工人,她走近小里,捅了捅他,说:

"您不要太吃惊,这里天天都发生这种事。这些都是从外国跑过来的非法移民。"

忽然,巡警将枪筒塞进了一个老头的口里,小里分明看到他扳动了枪栓,却没听到响声,也没见那老头倒下,他们就那样僵持在那里。

女孩推着小里,要他回到自己的座位上去。她的力气出奇的大,小里差点被她推得跌倒了。他听到她在他背后小声说:"外地佬,什么都好奇,什么都要管。"小里笑出了声。这时女孩正色道:

"您可不要笑啊,这不是什么有面子的事!"

小里莫明其妙地脸红了,然后昏头昏脑地回到了座位上。他吃惊地看到小贵已经伏在桌上睡着了。小里想,小贵这些天的确是累坏了,自己对她的拖累真是太大太大。此刻他特别担心小贵的身体,他觉得万一她垮掉了,或出了意外,自己的末日也就不远了。多少年了,他是因为她才活下来的。她虽然瘸了一条腿,可是她的能量大得不可估量,随时都可以造出奇迹来。先前有一次他俩在街上走,被一辆失控的大卡车撞倒,是她死死地按住他,他们才在轮子之间的空隙里得救的。事后小里问她为什么这么冷静,她说她不知道,她这样做只不过是将自己的本能调动起来了而已。小里喝着茶胡思乱想时,小贵已经醒了,她在偷偷地笑呢。

"小贵你笑什么啊?"

"笑你慌张胆怯的样子啊。我们都已经到达目的地了,你还慌什么？"

小贵站起来，拿着包袱，挽着小里往外走。经过巡警和那些被绑的人面前时，小贵高傲地昂着头，一瘸一瘸地走得起劲。穿过一个很大的煤栈后，他们就来到了那条街上。

"多么高啊！多么炫目啊！"

"小贵，你是说雪山吗？"

"嗯，我是说我们没有回头路可走了，就像从前在车轮下一样。"

小里虽然很累，但还是兴致勃勃地东瞧瞧西看看，因为这是他多日来第一次呼吸到自由的空气。他们要找设计院的招待所，听说就在城里。有一个人给他们指点了一下，他俩便顺着胡杨间的小路往前走。走了两里多远，还没看到招待所。他们来到一个建筑工地旁，那里搭了一个油布篷，有人坐在长条凳上喝茶。小里和小贵也走进去坐下，一来休息一下，二来打听。这时一个头发包在棕色头巾里头的妇女告诉他们，此地正在修建的就是设计院招待所。

"我们早就听说了二位要来，院长还叫我们为二位准备了铺盖呢，瞧，这有多么舒适！真嫉妒你们啊。"

妇女拍拍油布篷角落里的一张木床，这样说道。小里注意到床上的被褥是黑白两色的新平纹布，图案是环形的，让他产生一些不好的联想。小贵立刻就将包袱放在床上，在床边坐下了。她显得很兴奋，口里不住地念叨着："瞧，瞧，这就是新家！哈……"妇女问小贵还有什么要求没有，小贵说没有，因为她觉得一切都安排得太好了。妇女说，既然这样，那她就先走了，以后有问题可以找她。这时小贵就冲着她的背影说:"不会有事的!"

小里埋怨小贵说,这里连个洗澡的地方都没有,身上都臭了。小贵吃惊地反问他说,难道没看到小河?有胡杨的地方就有河嘛。

后来他们就打开包袱,拿了衣服去河里洗澡。河里的水有点冷,但顾不得那么多了,必须把身上洗干净。两人正洗着,有人在岸上叫他们的名字了,那人很焦急的样子,是谁呢?他俩胡乱洗完了,赶快躲到隐蔽处去擦干身子,换上衣服。这时那人已到了跟前。

"我是老启,院长叫我来接你们去招待所的,你们跟我走吧。"

周小里感到这个人浑身散发出朝气。他脸上红通通的,年纪虽已不小,目光还像儿童一般活泼。他很纳闷,院长怎么认识他们的呢?招待所又是怎么回事呢?他想,也许等会儿就会水落石出的吧。

他们拿了那个包袱,随着那汉子走到工地上,然后穿过工地,来到一片幽静的树林。小里看见小贵眼里充满渴望的样子。招待所在树林的尽头,一会儿他们就进了大门。里面静悄悄的,汉子带着他们绕过那些花坛和灌木,来到一座楼里面,上到二楼,进了一个房间。房里没有其他家具,只在房中央有一张床,床上的被褥同他们在油布篷里那张床上看见的一模一样,也是黑白两色的平纹布,也是环形图案。小里看了那种图案就有点头晕,但是小贵还是很喜欢,抚摸着被褥反复说:"好!好!⋯⋯"有人在外面走廊里叫老启,老启出去了。

"我就像回到了老家一样。"小贵说,"其实呢,我只是从妈妈口里听说过老家,从来没有去过那里。"

她又说她很喜欢被子上面的那种图案,她还将被子打开,将自己的脸贴着那种图案。这时老启又回到了房里,他看着小贵,很感动的样子。他说:

"刚才是院长叫我,院长让我照顾好你们。这里很美,对吗?"

"美极了!"小贵响亮地说。

小里却在想,院长为什么不露面呢?

"我们的院长是个女人,她关心每一个来投奔她的人。不过有时候也有照顾不周的事情发生,那时她就会叫我去帮忙。比如刚才,工地上就有人来捣乱。当然,这种事一发生,就有人报告了院长,院长就派我来了。工地上的那些人是些乌合之众,他们想将你们引上邪路。那个地方俗不可耐,成天吵吵闹闹的,你们如果陷进去就出不来了。这里是不一样的,院长希望你们待在这里。刚才院长没有进来,因为她头痛又犯了,头顶放了一个冰袋,样子不雅观。她老是在头上放一个冰袋,她真是个坚强的女人。"

小里略微想象了一下头上放一个冰袋的老妇人的形象,立刻就全身抖得像筛糠了。小贵问他怎么回事,他说冷。老启还在说话。

"我的名字叫启明,可能我是启明星变的,哈哈!"

院长又在走廊里"启明、启明"地叫,启明就起身道别了。他出去以后,小贵就奔到门口去张望,她看到了全身罩在一件黑袍子里头的院长。院长一边走一边对启明说着什么，很亲密的样子。

小贵回到床边，坐在褥子上。

"没想到啊。"她说，眼睛一下发了直。

"什么没想到？"小里心有余悸地问，他身体抖得不那么厉害了。

"我们一直在那老女人手心里。"小贵的语气无比沮丧。

但仅仅只过了一会儿她就振作起来了。她铺好床，让小里躺下，说她要出去一会儿，要他先休息。可能是因为太累，小里一躺下就睡着了。

小贵来到了新修的花坛中间，坐在石凳上吹风。这是个高地，她向前望去，她的视线居然顺利地到达了雪山。她看到山半腰的墓群在蠢蠢欲动，像一些苏醒过来的兽。她回想起这些天的劳累，不由得百感交集。是啊，这里就是她和小里的归宿了，她还要什么呢？她的腿在隐隐作痛，可是心里涌动着希望。她想，也许院长一直就掌握着所有人的动向吧。这并不是一件坏事，说明她和小里是有人照顾着的。先前从火车上跳下来，躺在那片乱草中的时候，她就感到了这个地方的空气对小里的心脏极为有利。后来巡警出现了，她不但不害怕，心里还有点高兴。她一下就将那张门推开了，后来又昂着头从巡警的面前走过去，她觉得自己没有什么事做不到！想到这里，她站起来将四周观察了一下。招待所处的地势确实很高，往下看去，看到那条马路时，她产生了悬浮的感觉。也许这里原先是个小山包，将山包铲平后修了这几栋房子吧。

"周小贵老师,您对小石城习惯吗?"启明走过来问道。

"对不起,老启,我想问您一下,您是怎么知道我们的名字的?"

"哈,这个问题问得好!您仔细回忆一下,买车票时,不是要交验证件吗?一个人的行动,总有某种途径泄露风声的啊!"

小贵脸上变得红一块白一块,愠怒使她一时说不出话来。她觉得这个男子简直就是一副流氓嘴脸!然而她马上又想到,也许他说的是实话呢?如果他说的是实话,那就是有一张无形的网,她和小里无意中触网了。不,并不是无意中,一切都可说是深思熟虑的啊。她息怒了,微笑着说:

"这里的空气真好啊。我喜欢小石城。"

"那么,您不计较我们迎接客人的形式了?"

"不计较。只要事情本身是好的,形式有什么关系呢?"

她的眼睛更明亮了,她一下子就看到远处石墓上的那只鸟。

"启师傅,我想再问问您,您是本地人吗?如果不是的话,是因为什么到此地来的呢?对不起,您要是不愿回答就不要回答。"

"我很愿意回答,小贵老师。我是因为追求爱情才来到小石城的,我得到了我想要的东西,所以我就在这里定居了。"

小贵感到很意外,她看着这个红脸膛的粗俗的汉子,心里想,小石城的事物多么矛盾啊。于是她说:

"那么,您的爱人一定很不寻常。"

"嗯。她是一位绝世美女,就住在那座山下。"

"啊!"

"小贵老师,如果你们在这里有什么困难,就向我提出来吧。现在我要去工作了。"

小贵从后面看着启明那略嫌笨拙的背影时,有点神思恍惚,她感到这个花坛,这个招待所的地底下有什么东西在涌动着。当她往石凳上坐下去时,石凳似乎正在微微下沉。

他们俩从崭新的被子下面醒过来时,都被刺目的光线弄得睁不开眼。小贵夜里忘了拉上窗帘了。她走到窗前向外一瞧,看到天空是那么的明净,那么亮!太阳刚露半边脸,天边的那一线朝霞金光闪闪。那座山虽然隔得还比较远,但是看起来就像在眼前一样,真是奇怪。

"我夜里梦见了人熊。看背影像熊,却又说人话。"小里说。

"也许不是做梦,也许是启明进来过了。"小贵回转身来对他说。

听妻子这样说,小里就打了一个寒噤。这个老启会是一只棕熊吗?整整一夜,他都在绕着小里转悠。似乎是,小里自己站在亭子里,启明一会儿出现在远处的胡杨林里,一会儿又来到假山后面。小里要走出亭子时,他又在客房部那边向他招手了。小里走到花坛边,躺在草地上看天,启明就站在那里低头对他讲话。小里听不清他的话,隐约听见他老是说起"长寿鸟"三个字。困难在于,小里明明看见他是一只熊,可心里又认定了他就是招待所的老启。而现在小贵也说是启明来过了。这样的事情,要如何来理解呢?小里心存疑惑,他走到窗前,做了几个深呼吸,外面的景色令他久已尘封的心激动起来了。

"这里的事物，看起来是一个东西，其实又是另一个东西。"

他说了这话后，看见小贵扬了扬左边的眉毛，若有所思的样子。

"你觉得这像不像我们身体里的疾病呢？"她反问道。

"你是说我们里面的这个，和我们外面的这个，是同一个？"小里很迷惑。

"小里小里，我们终于远走高飞了！"

小贵黑黑的脸上显出薄薄的一层红晕，像喝醉了一样。这时他俩听到走廊里有个女人在叫启明，难道又是院长？小贵连忙拉上窗帘，回转身将床上的被子铺好。他俩死死地盯着房门。院长在走廊里和启明大声说话，却没有打算进来的样子。小里想，这位院长，她是不是有洁癖呢？她打算对他和小贵做出什么样的安排呢？昨天晚上她请他们夫妇吃饭，饭菜很丰盛，还点了蜡烛。启明和另外两个勤杂工都来了。启明说院长一会儿就来，于是他们默默地就餐，有点沉闷，而院长一直到最后都没有出现。启明悄悄地对小里说，院长"有心灵的创伤"，她又去疗伤去了。小里问他院长是如何疗伤的，启明回答说，疗伤就是在空房间里站着睡觉。还说小里如果有兴趣的话，可以同他一块去那里看看，和院长说说话。这时小贵就极力怂恿小里去。

那间房是在盥洗室的隔壁，启明走在前面，小里紧随。黑暗中，启明熟门熟路地摸着黑进了房。小里看见一个白色的人影贴在墙上，启明说"这就是院长"。启明让小里伸出手摸摸院长的衣服，说这样心里会踏实，小里在那件白衣服上面摸了几下，心里却并不感到踏实。

"她睡着了,您有什么问题就向她提出来吧。"

小里想,他的问题是关于院长本人的。于是他凑近院长说:"院长,您为什么老不肯见我和小贵啊?"

院长发出奇怪的笑声,小里吓得后退了好几步。这时启明就抱怨小里,说他不该用这种问题来为难院长,因为院长病还没好,头上还戴着一个不小的冰袋,不宜于见生人。虽然刚才院长没有醒,可是她在梦里也分得出骚扰人的问题和不骚扰人的问题,她认为小里的问题骚扰了她,所以才笑。启明说了这一通之后,又叫小里去摸院长的白衣服,说这样做是为了让院长睡得更踏实。还说院长睡得越踏实,越对她的心灵创伤有利。小里于是又在那衣服上摸了几下,心里感到这种做法很怪异。

"您也有心灵创伤吗,小里老师?"启明冷不防问小里。

"我?我不知道。也许吧,我有严重心脏病。"小里有点慌。

启明说时间到了,他们必须离开。他们又摸黑走出了那栋房。有一只恶鸟在灌木丛里冲着他们叫,叫得小里身上起鸡皮疙瘩。由于刚才看到了院长睡觉的奇特姿势,小里心中对院长的敬畏一下子减小了好多,他对这个处在苦难中的老女人生出了同情。

小贵在黑咕隆咚的拐弯处等小里,她一把抓住小里的手臂,急煎煎地问小里,院长怎么样了,有没有危险。小里回答说,根据他看到的来判断,院长是不会有危险的。小贵听了就"哦"了一声,好像很失望的样子。隔了一会儿,小贵又对小里说,她认为院长睡觉的那种状态应该叫作"僵虫"状态。她说话时,小里感到阴风吹在脸上。接着小贵就弯下腰去抓什么东西,抓了几下才抓着。她将手中的东西举到亮处去瞧,小里看到那是一只黑色的小鸟。小贵一松手，鸟儿就飞走了。

"这是张飞鸟，张飞鸟是命运鸟，人不注意时，它就来了，人一注意它，它就躲起来了。"

小里问她，她是怎么知道的，因为以前他们并未见过这种小鸟啊。小贵不回答他的问题。他们走到月光满地的草坪上时，小里看到有十几只这种鸟在那里跑动。他们一走拢，那些鸟儿就飞到灌木丛里头去了。

"我同这种鸟儿打过很久的交道，那是我认识你之前。"

小里听小贵这样一说，就紧紧握住她那只冰凉的手，好像他一松手，小贵就会溜进某个黑洞里不出来了一样。他思维混沌，口中咕噜道："我们一齐来对付……"

"你要是以为它们在灌木里头，那就错了。"

小贵冲到灌木边，用脚踢那些小树，踢了好一会，并没有小鸟飞出来。她转回来，同小里一块在草地上坐下了。她抱怨道：

"这里的东西总这样，一旦消失，就再也找不到，我已经试过好几次了呢。我总觉得这里的鸟啊，花啊，全是道具。"

小里心里想，小贵怎么情绪低落起来了呢？但是小贵并没有情绪低落，她只不过在沉思，她又一次想到院长的"僵虫"状态，觉得那种状态真是意味无穷。她打算下次见到启明时，一定要问问他有关院长这方面的情况。

"你能确定你摸到的只是院长的衣服吗？"她问。

"千真万确。是白府绸布呢。"

"不知怎么，我觉得那并不是她。不，那应该是她。"

小里想，小贵到底想说什么呢？这时灌木丛里头又喧闹起来了,小鸟们一声接一声地叫,小贵起身走近灌木丛,站在那里倾听了好久。小里注视着月光下她那瘦削的侧影,便想起她在山城那些蜿蜒曲折的路上寻寻觅觅的往事。大自然里头蕴藏着一种召唤,他自己听不到,只有小贵可以听得到。小贵很喜欢风,因为风会给她带来信息。

在离这对夫妇不远的地方坐着启明,启明在执行院长交给他的任务,即关注这两个新来的人。院长说的只是"关注",因为她既没有给他们安排工作,对他们也没有任何要求,就好像真的把他们当客人一样。因为是院长的客人,所以还是要"关注"。启明看见小贵观察鸟儿的神态,心里有些感动。

"啊,我听出来了,那是她。"小贵说。

"谁?"小里吃了一惊。

"院长啊。你刚才见到的人,正是她。我听着这些鸟儿说话,就明白了。院长是这样的,她在我们当中,其实呢,她又在老家的地里割麦子。哈!"

"小贵小贵,你真会说话啊。我们回房间去吧。"

他俩手牵手,来到客房部的那栋楼,楼道里有一盏小灯昏昏地照着,上楼时两人都感到头重脚轻。不知谁在二楼的楼梯口放了一只梯子,小里被重重地绊了一下,差点跌倒。小里站稳之后抬头一看,梯子上头悬着一大块白色的东西。啊,是一个人!

"院长站在梯子上。"小贵凑近小里耳语道,"你看她有多么美。轻点,轻点,我们不要惊动了她。"

他们绕过梯子,小心翼翼地往房里走。黑暗中,小里怕撞上东西，始终伸着手臂摸索着。

"谁？"小里惊跳起来。

"是我啊，老启。二位晚安。"

小里一进屋就跌坐在床上，他受了惊，差点要发病了。

他躺在那里，想叫小贵给他倒杯水，可是小贵已经不见了。门开着，走廊里微弱的光线照着门口那一小块地方，其他的地方全是黑乎乎的。一些黑色的小动物涌进来了，很像那种小鸟。啊，一只又一只，怎么那么多。它们一进屋就好像消失了一样。小里颤动着嘴唇费力地说：

"小——贵，小——贵。"

他发不出声音，又因为这发不出声音而害怕起来。他想："难道我已经到了弥留之际？"心脏还在胸腔里跳，但节奏乱了，跳几下，停一会儿。他从上衣袋里掏出药，吃了几粒。过了一会儿，症状就渐渐减轻了，身体的知觉和体力也在恢复。他开始思考刚才所受到的惊吓，他对老启和院长的古怪举动感到惊讶不已。这个老启，他到底在干什么，院长又交给了他什么样的任务啊？也许小贵明白，也许她并不完全明白，正处于辨别当中……

小贵出现在床头，她正弯下腰来看小里。小里伸出一只手，她就握住那只手。她将一些沙粒状的东西放在小里的掌心了。她告诉小里说这是鸟食，她在市场上买来的。

"你也可以试试喂它们，这样它们就离不开你了。"

"可是我并不想要它们老在我身边，我会紧张的。"

"习惯了就不会再紧张了。小里，相信我。把这些鸟食撒出去吧。"

小里将掌心的鸟食往床边一撒，就听到鸟儿们啄食的声音。这时小贵冲到窗前，将上半身尽量往外伸，好像要飞出去一样，小里因为担忧而撑起了上半身。小贵回转身来，她的声音像从岩洞里发出来的一样，震响着小小的房间。

"我看到空中有一棵大榕树，南国之树啊。"

小里暗自思忖，为什么这些奇怪的小鸟会同榕树有关系呢？他又感到了那股气体在胸腔里回荡，他张开口，响亮地说："啊——"他觉得自己已经完全恢复了，他甚至下了床。小贵连忙过来搀住他，他俩一块走到窗前，面对那棵发着荧光的大榕树。他们听到榕树的气根在空中碰出"格格"的响声，满树都是张飞鸟在叫。

"小里，这就是刚才你喂食的那些鸟儿啊。"

"可我并没有看到它们飞出去呢。"

"它们无处不在，有时隐身，有时现身。"

小贵说这些话的时候，榕树就变得模糊了，然后就一点一点地消失不见了。有月亮的夜空似乎在逼问他俩什么事情，那到底是什么事情呢？小里将这个问题说出声来了，小贵就说，她正在深入地思考啊，也可能这是一件不可能想到底的事情。世上就有这样的事，比如卡车轮子下面逃生那一回，也有很多不能解释的疑点嘛。小里想开灯来寻找房里那些小鸟，小贵阻止了他，强调说："一开灯就是另外一个世界了。"于是两人摸黑上了床。

很长时间他们都没睡着。在小里，是因为他要倾听那些鸟儿，他认为它们其实还在房里；在小贵，则是因为要回忆起她在钟城的商店里发生的一个奇遇，她想了又想，怎么也想不起来了，只知道那是一个奇遇。"餐具为什么会在空中飞翔呢？"她脑子里出现了这个句子。这时走廊里的梯子轰然倒塌，小里和小贵都从床上跳了起来，他们冲向走廊。

在楼梯口那里，梯子已经散了架，院长扑倒在水泥地上，朦胧中那一团白色的光线分外刺眼。待两人弯下腰伸手去拨弄，才看出那不是一个人，只是一块白布。多么大的讽刺啊。"不是发生过梦想成真的事吗？"小贵嘀咕道。小里则认为这是启明的诡计。他想达到一个什么样的目的呢？他们听到有人下楼去了，脚步声很响，有挑衅的意味。小贵朝楼梯下面喊道：

"老启啊老启，留条路给我们啊！"

她的声音回荡在楼梯间，阴森森的。墙的高处响起翅膀的扑打声，是那些鸟儿！两人都感到了凶险，抱着头跑回房里。

待闩上门重新睡下时，夜变得越发冗长了。小里感到小贵体内的黑暗正朝自己蔓延过来，好像要包裹自己，又好像将自己隔在外面。那是新的、他所不熟悉的黑暗。他对自己说："小贵这样的女人啊。"有一刻，于昏沉里，他感到自己同小贵变成了一个人；到了下一刻，冰山又将他们隔开了。小贵独自守着自己的黑影待在山的另一边，他呢，总在雪里面跋涉，裤腿全弄湿了。从前在山城的时候，小贵总是搀着他上坡，几乎时刻在他身边。难道来到这里，她就要独自行动了吗？这对他来说，是不是前景暗淡的兆头呢？像这种黑色的张飞鸟，他以前是没有见到过的，这个地方到处都是它们，有点太过分了。小贵似乎想深入了解它们的生活习性，可他感到它们令他呼吸困难。

那个人的脚步声还在楼梯间响，也许那不是启明，是招待所值班的工人?似乎他总在往下走,没个完。小里觉得,他不是下到一楼,而是下到一个无底洞下面去。按说走远了传来的声音就小了,但传来的总是均匀的响声,离得不太近也不太远。他问小贵,小贵就说那是他自己的心跳的响声,连她都听到了呢。小里就又爬起来,将耳朵贴到门上,说,那里的确有个人嘛,哪里会是他自己的心跳呢。听了一会儿,老是那同一种声音,他只好又无可奈何地躺下了。

在经历了招待所那个冗长的夜晚之后,小里对于小石城的一切事物都放不下心来了。当他走在油石小路上时,往往走几步,又停下来跺一跺脚,看看脚下的那块地是否可靠。他俩很快就搬进了宿舍,那栋宿舍楼里只住着他们夫妇,其他房间全空着。他们去市场买菜买食品,有时也到公共食堂吃饭。在宿舍安顿下来之后,小里的身体明显好转了,边疆纯净的空气不仅让他呼吸自由,心脏功能得到改善,也使他行动的范围扩大了。现在,他时常独自一人外出,有时还滞留在外很久。他对小贵的依赖没有那么严重了。如果小贵不在,而他又发了病,他就不慌不忙地服药,躺下去,等待恢复。他这样做了好几次,都很成功。

卧房位于三楼,是顶层,顶是斜的。起先他们整天打开天窗,后来小里发生了眩晕,他们就将天窗关起来,钉死了。是小贵先看见那个花园的。那是清晨,她赤脚下了床,走到窗口那里,拉开厚厚的窗帘,一下就看见了。那是一个微型花园,在远方的半空,热带植物迎风招展。它慢慢地移近,一直移到她眼前。

小贵连着"啊"了好几声,目瞪口呆地站在那里。

"小贵,你怎么了?你看见什么了?"小里坐起来问。

"那里是我没去过的云城的风景,最最南边,我的天!"

他俩并排站在那里,相互搂着,两人都是又兴奋又紧张。这近在眼前的热带景色,使他们那本来不够踏实的生活变得更虚幻了。然而两人都感到了生的欲望的跃动比以往任何时候都剧烈!小里的眼角溢出了泪,他反复喃喃地说:"小贵小贵,我们是怎么走到这里来的?"小贵目不转睛地盯着棕榈,心脏都要停止跳动了一样。她于恍惚中听见小里在唤她,她一遍遍答应,并将手指抠进他肉里头去。他却没有听到,也没有感觉到。后来他挣脱小贵的手臂,转过身走出房门,走到走廊里去了。小贵有点愁闷地拉上窗帘,回到床上躺下。她听到小里在同人说话,好像那个人是启明,其间还夹杂了女人的声音,难道是院长?

一会儿小里就回来了。小里说他见到院长了,院长嘱咐他俩"好好观察自己所处的地理位置"呢,真是个深奥的女人啊。小里也回到床上躺下了,刚才那一幕使他俩太疲倦了。小贵开玩笑说,现在他俩就像躺在大棺材里头的两具尸体了,这副棺材真大,裹尸布尤其别致呢。她握着小里的手,小里惊奇地感到,她一向冷冰冰的手居然发热了,连指尖都热了。两人都睡不着,又探起身子来看被子上黑白两色的花纹。小贵说,院长发给他们这种图案的被褥,肯定是隐藏了某种期望的,只是那期望是什么,她一时猜不出。小里接口说,他就更猜不出了,他已经觉出了院长的好,也觉出了院长对他俩有个培养计划,但那种计划的实质他是绝对把握不了的。他想,只要按院长说的去做就不会错，如果连院长说的是什么也摸不清，就按自己的理解去做好了。两人就这样讨论着，虽然没讨论出什么结果来，精神却慢慢好起来了。他们起了床，决定以后再不随便拉开窗帘看那种风景，如果哪一天想看了，一定要有充分的思想准备。他们现在明白窗帘为什么会那么厚，而且是双层的、上面还安了一个滚轮了，那是为了挡住幻影的入侵啊。他们还从来没有使用过这么高级的窗帘装置呢。小贵想，这栋楼里还有无数秘密需要他俩慢慢探索。也许他们只要保持好节奏，过好每一天，无形中就会实现院长对他俩的期望吧。看来她要寻找的是某种定力。是不是她已经找到了这个定力，她已经获得了它，只是自己还不知道呢？

"小里你听，外面有很多东西撞在窗户上，像是飞鸟。"

小里早就听到了，心里一阵一阵地激动。他将窗帘撩开一条缝，看见了刺目的阳光，他连忙又放下了窗帘。他向小贵提议将整栋楼侦察一下，完成院长布置给他们的任务。

他俩到了走廊里，捅开隔壁房间的门，一股灰雾呛得他们连打了好多个喷嚏。待尘埃落定之后他们才看清，这间房里也是摆了一张一模一样的床，床上的被褥也是那种黑白两色的古怪图案，被子上落了一层灰。小里走到窗前，想去拉开窗帘，但那滑轮是坏的，窗帘拉不开。这样，外面出太阳，屋里却像半夜。因为拉窗帘，灰雾又腾起来了，小里实在忍无可忍，就逃了出来。他站在门边，听到窗外传来悠扬的笛声，看到小贵站在灰雾里一动不动。

"小贵？"他喊道。

小贵还是不动。屋里那么黑，那些尘埃却呈现一种粉红色，这使得小里更感到窒息。他想，小贵是如何呼吸的呢？

"小贵？"他又喊。

笛声停止了，小贵慢慢走出来，一脸疲惫的样子。

"不，我们不要看其他那些空房间了。我们已经搞清了。"她说。

"你弄清了什么呢？"

"我还说不出来，你慢慢会知道的。你再看看右边这套房子的房门，那上面有那么大一个蛛网，可是老蜘蛛已经走了。你会明白的。"

他们一块下到二楼去。小里观察着小贵，发现她一尘不染，于是诧异——她刚才不是在灰雾里头站了那么久吗？这时小贵又捅开了西头那间房的房门，他们走了进去。这套房有三间房间，全是空的，地上的灰也很厚，从气味来判断应该是从未住过人。因为是并排相通的三间房，又没有光源，所以更黑，需要摸索着行动。他俩都觉得踩着了一些软软的东西，但又看不清是什么，所以两人都心惊肉跳的，担心灾祸临头。

小贵腿一软，坐在了地上。她双手撑地，然后一手抓起了一个毛乎乎的小东西，显然是死鸟。看来这里满屋子都是死鸟。她看见小里贴着墙站在那一头，害怕踩着它们。啊，他贴着墙移动了，想要退出去呢。小贵在心里说："懦夫，懦夫。"但小里终于退出去了。小贵躺下了。从上面不断有死鸟掉下来，她虽看不清，却可以闻到新鲜的血腥味。她在这股味道里头开始了回忆，她记起了儿时被她称为外婆的老女人，也许那并不是她的亲外婆？外婆抽着纸烟，衣服口袋里总放着一只小龟。小贵要看小龟,外婆就将它掏出来放到她手里,嘱咐她说:"它可是会咬人的啊。"终于有一天,她的手掌被咬了,血淋淋的,肉都翻出来了。她哭着,外婆为她裹好伤,口里不住地说:"我不是告诉过你了吗?我不是告诉过你了吗?……"小贵掌上至今有一个疤。外婆躺在棺材里时,他们将那只活龟也放进了棺材,就放在她的衣袋里。后来好久小贵还在想那个问题:小龟靠吃外婆的肉能在地底下撑多久呢?小贵想到这里就摸了摸肚子,肚子上有三只死鸟,黏糊糊的。她将它们拂下去,又有两只落在她胸口上,还有一只打着了她的额头。她听到小里在门口叫她,可是她不想动,鸟的血腥气让她回到了童年的谜语里头,她并不想解谜,只想惬意地躺在黑暗中回忆。一会儿启明也来了,也在叫她,她躺不成了。她向门口走去时,腿瘸得特别厉害,差点扑倒在地了。

"小贵老师,您的脸色怎么这么苍白啊?"启明问。

启明手里拿着一幅很大的照片,那上面是院长的一个背影,穿着白衣服,白发飘飘。小贵没有回答启明的问题,瞟着那幅照片,显得很不自在。启明就说,他要将照片装进镜框,挂在走廊里头。小里好奇地将照片高高举起,凑到有光线的地方去看。他口里吃惊地"啊"了一声。

"这里面隐藏着一些鸟儿。"小里说。

"您的眼睛真厉害。"启明笑了起来,"我将她挂在这里,你们就什么都不用害怕了。院长保护每一个人。"

启明蹲在地上将照片装进镜框,爬到梯子上去悬挂。小里和小贵则搀扶着下了楼。小里问小贵说:"你喜欢让院长保护吗？"小贵回答道："喜欢啊，你怎么啦？"小贵有点嗔怪的味道。

小里的脚踩在油石路上时，便觉得土地在浮动；他弯腰捡起树叶时，又怀疑那不是真正的树叶；他在胡杨的树干上靠一靠，则感到那树干在自己的背后迸散。他忍不住问小贵，院长对他俩的保护有些什么样的内容呢。他这样一问，小贵就陷入了沉思。他俩偎依着坐在胡杨下的一张长椅上，一时都沉默了。来小石城之后发生的奇事一幕一幕地出现在脑海里，令他俩感慨万千。可是呢，两人一时都找不到这件事与那件事之间的联系。

地上到处盛开着野花，除了欢跳的小鸟儿以外，还有一种鼠不像鼠，兔不像兔的动物不时出现在路上。启明说过，这种动物就叫"三不像"。"三不像"是黄色皮毛的小动物，有时会在油石路上停下来注视小里，它们那黑色的眼珠里头射出一种古怪的光。每回小里同这种动物对视，心里就分外踏实，仿佛自己同深深的地下矿藏连为了一体似的。小贵也说，"三不像"的身体里头藏着金矿。胡杨林边上那条小河里，鱼儿在跳水，它们一条一条地腾出水面，这种壮观在内地很少见到。小里想，就连这里的鱼儿都这么率性有冲力。小贵还在思索，她忽然说：

"将一件事想透，所有的事就都跟着透了，对吧？小里，昨天夜里我梦见金矿了，可是我一醒来又忘了，直到——直到刚才看到'三不像'的眼睛，才又想起来。你看，小里，那种花儿叫'一串红'，旁边那种是波斯菊。哈，我们其实就住在花园里头，从家里的窗口还可以看到雪山。这些都是因为院长的保护，对吧？"

小里想回答"是的"，可又觉得不是，他拿不准。但是坐在胡杨树下，将小贵的手放在自己的手心，感受边疆的风情，的确是一种不错的享受。然而他听到隐隐约约传来了狗叫，是一大群狗，叫得很凶恶。过了一会儿。就看见启明狂奔而来，那些野狗在后面追击。他忽然扑倒在地，两只大狗各叼了他脚上的一只鞋跑掉了，其他的狗一哄而散，很快就不见踪影了。启明赤着一双脚，狼狈不堪地朝他们走来，眼神却显得若有所思。小里不明白那些狗干吗要弄走他的鞋子，他想问启明，启明却先开口了：

"哈，它们以为那是我的两只脚！你们说怪不怪？"

"啊，这些狗真恶，真可怕！"

小里说完这句话后就被雪山刮来的冷风吹得缩起了脖子。他听见小贵在一旁说些莫名其妙的话：

"启师傅，你看见的是狗，我看见的呢，是一些落叶！我，还有小里，我们必须在这里站稳，对吧，启师傅？"

启明没有回答，他的魂好像不在这个世界上了，他转身往招待所走去。小里盯着他的赤脚，每当那双脚踩在落叶上，落叶就悄无声息地化为粉末，一脚一脚地那么和谐，小里想象地底的矿藏正和着他的脚步跳舞。"三不像"跳到了他俩的脚前，他俩脸红心跳，都不敢看那小动物，小动物抓了抓他俩的脚又跑开了。钢蓝色的天空在叶缝间向他俩透露着某种信息，他们从心的深处领悟了，但是说不出来那是什么，他们只能一遍又一遍地在心里感叹："小石城啊，啊，边疆啊……"

胡杨的叶子变为金黄时，小里和小贵进入了地下的矿藏。

那是在下半夜，穿黑衣的女子出现在卧房里，他们就跟她走了。小里一边在隧道里摸索前行，一边充满疑惑地想："这是小贵吗？她正同我做同一个梦？这是可能的吗？"走着走着，黑衣女子的脚步就消失了，他俩只听见自己的脚步在响。脚底下坑坑洼洼的，每一步都得高抬腿，小里想不出小贵是如何能走稳的。他想说话，试了试，说不出来，看来真是在做梦啊。后来他拉了拉小贵，小贵就和他一同坐下来了。小里感到小贵在说些什么，虽然听不清，他脑子里却出现了一些残缺的句子，那些句子都同某种石英矿有关。小里伸手摸了摸洞壁，确定自己摸到的是石英石，他心里异常激动，也有点害怕。同小贵一块做梦多么好啊，为什么从前没有过呢？不过他又担心着隧道会发生坍塌，将他俩闷在里头闷死。在寂静中，小里只要听到一点响声就会惊跳起来。这种时候，小贵就会用力拉他重新坐下。小贵是那么镇静，小里觉得她在冥想，在同周围的石英石发生交流。小里虽心中激动，但一点都不能同周围事物交流，他摸着硬硬的矿石，任凭奇异的激情在胸中沸腾，他的激情好像是没来由的。他感到妻子说了一句奇怪的话："你可以沉睡。"

那么他现在是醒着的吗？小里不知道。什么地方又响了一下，在上面，是石英矿的爆裂声。可以明显地感到地在慢慢下沉，过了一会儿，下沉的速度越来越快了。小里起先想用手抠住身旁的洞壁，但根本就抠不住，他的手打滑，他的神志也迷糊了。这时他忽然又记起刚才小贵说的"你可以沉睡"这句话，他连忙闭上了眼。他在某个黑色的坑道里看见了几个光斑。

小贵拉不住小里，她眼睁睁地看着他掉下去了。后来她想，这是不是小里的福气呢？她坐下来，吐出一口气。她用发烧的脸紧贴那些坚硬的石头，眼睛警惕地瞪着隧道深处。在那里，有几个细长的人影，发着微光，游移不定。她无声地咳了几下，又跺了跺脚。她这样做时，竟然感到从地底传来回应。小贵陶醉了，思绪如千军万马朝一个方向奔腾，她在滚滚的黄尘中睁大眼，仔细辨认那几个飘忽的影子。她这样做时，竟然连着好几次看见了自己在襁褓中的形象。她又无声地呼唤小里，她走到那个深坑的边缘，将那条病脚伸下去试探。她这样做时，竟然记起了小里在卡车轮子之间凑在她耳边说的那句话："我们不死。"那句话当时她就忘了，这些年也从来没有记起过，现在却出现在脑海里。

"是我啊，小贵老师！"启明的声音在洞中响起，"我们的上面，是那座雪山，您没想到吧？到了早晨，我们就吹着从雪山刮来的风。"

小贵想，老启的声音里头有那么多的沧桑。

第八章

六瑾和父母,以及黑人

六瑾十岁那年，设计院给他们家分配了一套带小院子的平房。一个星期天，他们一家欢欢喜喜地搬了进去。院子里长着两株年轻的杨树，乱草有半人深。开始的时候，六瑾并不喜欢他们的新家，因为蚊子很多，夜里又总有奇怪的动物的叫声。天一黑她就缩在房间里不敢出去，隔着玻璃窗，她看见有一些可疑的黑影在乱草中穿行，有点像狐，又有点像鸟。她听见父亲和母亲在隔壁房里轻轻地走动，谈论着什么。她觉得他俩对新家十分满意，他们似乎盼望这件事盼望了好久。

胡闪非常能干，只花了两个休息日就将院子收拾好了。除了草，弄出了几块花圃，靠墙栽了藤类植物。蚊子立刻就少了，虽然仍有怪鸟在夜里发出叫声，但已经远没有那么恐怖了。六瑾慌乱的心渐渐沉静下来，她开始考察自己的新家了。院子很大，后院那里居然有一口古井。六瑾伸长脖子朝着井口看下去，全身立刻起了鸡皮疙瘩。听人说，井里的水是不能饮用的。她是在大门边的红砖墙上看见壁虎的。壁虎看上去那么寂寞，仿佛已经活了一千年。六瑾用手指去触它，它却一动不动。有一刻，六瑾怀疑它已经死了，但是过了一会儿，它开始爬动了，很缓慢，从墙上爬到地上，然后爬进屋里去了。到了房里，它又上了墙，一直爬到靠天花板的角上，停在那里。六瑾觉得它毫不关心周围环境的变动，只专注于自己的想法。

"六瑾六瑾，你还不做作业啊？"

母亲在窗外对她说话。六瑾想，妈妈的脸变形了，又短又宽，有点像一把茶炊，一定是光线搞的鬼。六瑾一边做功课一边注意那只鸟，那会是什么鸟呢？听叫声不是猫头鹰，更不是乌鸦。它就在前面那棵杨树上，也许是同一只，也许不是。唉唉，她多么想弄清这种事啊。六瑾觉得母亲一点都不多愁善感，她是那种意志坚定的女性，总是按照自己的某种奇怪原则行事。从前住在三层顶楼上时，她从不对某种大鸟在天窗上弄出的声音大惊小怪，现在她仍是这样，她似乎认为生活中的怪现象全是稀松平常的。六瑾虽年幼，却早觉察到了这一点，她很佩服母亲这个方面的能耐。

虽然草已经被除掉了，院子里还是有动物的黑影穿行。六瑾从窗帘的缝里窥视着那只寂寞的小动物，一颗心在小胸膛里"咚咚"地跳着。她想，它到哪里去睡觉呢？如果不睡觉，是不是从这家院子走到那家院子，最后走到大马路上去了呢？也许它一边走还一边可以睡觉？六瑾想着这些事，觉得后颈窝那里凉气森森，就仿佛后面有一个恶鬼拿着一把刀，要从上面砍下来一样。

她收拾好作业本,将书包挂到衣架上。这时她听到院门响了一下,揭开窗帘一看,是父亲,父亲弯着腰,沿着篱笆找什么东西。后来他似乎找到了,一只手高高地举起一个东西,喊了一句什么。

"你说什么?"母亲在她房里的窗口那里高声问道。

"是壁虎啊。它又溜出来了,它应该待在里面嘛。"

六瑾认为父亲的想法真古怪,再想想,又觉得有道理,这个家本来就是属于壁虎的嘛,是他们一家人侵占了它的家。门又响了一下,是父亲进屋了,他一定将壁虎放到房里了。六瑾走到客厅里去,客厅里没开灯,她叫了几声"爹爹",没人答应。再看父母的卧房里,也是黑黑的。她觉得他们不可能这么快就睡了,刚才还在说话嘛。出于好奇她推开了父母卧房的门,就着朦胧的月光,她看见床上的被子叠得好好的。母亲躺在藤靠椅上,歪着头,好像已经睡着了。

"妈妈!"六瑾喊道。

"咦,你没睡?想什么呢?"年思沙哑着嗓子问。

"爹爹在哪里?"

"他到厨房去了。那里墙根有个洞,不知道是不是狐狸打的洞。"

六瑾摸到厨房,厨房里也没开灯,父亲坐在小靠椅上。

"反正我失眠,就在这里守一守,看有没有什么东西从这个洞里钻出去。"

"爹爹,您是说钻进来吧。"

"不,我是说钻出去。这屋里总有些什么东西,我拿不准是什么。"

六瑾也坐在小凳上，父女俩都在想心事。外面刮风了，风从那个洞里灌进来。他们移了移位置，避开风头。

"这样的夜晚，大概没有它们的活动场所了。"父亲说。

胡闪看着坐在身边的女儿，神情有点恍惚。女儿越长大，性格越安静，太安静了。有时他会诧异起来：从前她身上的那种躁动真的消失了吗？看着看着，女儿的身影就开始游移，分成了几瓣。再用力一定睛，又聚拢成了人形。在黑暗中，六瑾的身体可以分裂（也许只是他的幻觉），这种事他经历好几次了，每一次都很吃惊。很久以前那些彻夜啼哭是为了什么呢？害怕吗？胡闪的失眠在渐渐加重。不知从哪一天开始，六瑾发现了爹爹的夜间活动，便开始来陪伴他了。胡闪感叹：还是女儿贴心啊，要是儿子的话，会有这么细致吗？

"爹爹，我们小石城到底有多大呢？"

"我们不是绕着它走过一回了吗？"

胡闪想，六瑾的心事太重了，她是不那么容易被说服的。比如现在，她就对他的回答不满，她有点生气。她沉默了一会儿之后，就回房睡觉去了。城市到底有多大呢？难道带她绕城一圈，她就会确信了？胡闪对女儿没有把握，他曾两次看见她卧在井边，将耳朵紧贴花岗岩的井口倾听，她还一连半个小时坐在井沿看着深深的井底发呆。

夏天里，胡闪兑现诺言带六瑾去了雪山，他们是坐汽车上去的。小姑娘完全被震住了，几乎神志失常了，她麻木地站在那里一动不动。胡闪连忙将她带出冰封地带，走进下面的针叶林。她的反应超出了胡闪的预料。一路上，她对于那些在面前跳来跳去的小动物再也没有感觉了，只有在天上盘旋的那两只鹰还能吸引她的注意力，因为她害怕鹰要把她叼走。就是在半山腰，她问了他那个关于雪豹的问题。她在胡闪前面走，胡闪望着她那瘦削的背影，反复在心里默念："女儿，女儿……"一直念到心里疼痛起来还在念。一路上，他感到雪山的神秘消失了一大半，是因为六瑾的缘故吗？多么难以理解的小家伙啊。

女儿离开厨房后，胡闪打开窗户朝街对面望去，他看到那盏灯还是亮着。那户人家是本地的老住户，他们有一个怪癖，夜里几乎从不熄灯，即使停电，也亮着一盏煤油灯。也许他们在夜里干活？最近为了节省能源，街灯总是黑的，所以那盏灯成了这一大片唯一的光源，令胡闪想入非非。那家人是贩羊的，夫妇俩从外地买了羊来，然后拉到市场去宰杀。胡闪从未见过比那男的更不动声色的人，有一天胡闪看见他过马路，他走到路当中，一辆中型卡车冲过来，可他照旧慢吞吞地移动脚步，像聋子一样。那车停下时发出疯狂的锐叫，几乎抵着了他的身子。目睹了这一幕的胡闪一连好多天有严重的失重感，走起路来总像要摔倒一样。风在外面呼呼地吹着，仿佛是小石城在发泄某种暴怒。胡闪想到这屋子里的那两个人，回忆着她们的睡相，一时竟有些伤感了。亮着灯的那栋房子里面的人，对于这一阵紧似一阵的乱风，是什么样的感觉呢？自从他失眠以来，年思反倒睡得很沉了。时常，她就在睡梦中和他说一两句话，她虽听不见胡闪的回应，却一直在某个深谷里同他对话。胡闪因此常沉浸在感动之中。白天里他问年思，年思就说，她并没有睡着，她是醒着的，她觉得自己一百年没有睡过了。胡闪想到这里，就看见了面前的小身影。

"我们搬到平房里来之后,风刮得更厉害了,是因为周围没有遮掩吗?"

"六瑾,你不要想这些事,你明天还得上学呢。"

"我没有故意去想,爹爹。我睡在那里,听见风,马上惊醒了。您说说看,我要不要用头巾包住脸去上学呢?"

"傻瓜,天亮前风就停了,每次都这样。"

六瑾"哦"了一声,似乎放了心,她回房里去了。

他没有去看那个洞,但他感觉到了这屋里有些影子不像影子、鼠不像鼠的东西在往外窜。他给窜出洞去的那些小东西取了个名字叫"老住民",他认为它们同那只壁虎是一类。什么是真正的睡眠呢?住在这种屋子里,有没有可能获得真正的睡眠呢?年思很为六瑾的健康担心,主要是睡觉的问题,他俩都觉得无法可想。但看上去,六瑾还是健康的,也许她的睡眠比一般人深?她常说:"睡下去就和死了一样。"她说这话时面不改色,同她的年龄不相称。

直到风渐渐平息下来时,胡闪才回房里去睡。此前他躺在客厅的躺椅上,隔一会儿又到窗前去张望一下。院子里是那些中型动物的影子在潜行,默默地,孤独地。很可能那仅仅是一些影子,不过胡闪愿意将它们想成有实体的动物。他不愿开门去看,他尝试过,一开门它们就全消失了。

六瑾从窗口向外看去,看见父亲站在杨树下同一位身材魁梧的小老头说话。那人似乎觉察到了有人在窥视他,就退到杨树树干的后面,这样六瑾就看不见他的脸了。六瑾觉得他脸上很脏,风尘仆仆的。胡闪回到屋里时六瑾就问他刚才是谁,胡闪说是一名流浪汉,来他们家讨钱的,他给了他两元钱。胡闪说话时不看六瑾,看前面的墙,还不安地走动着。

"不会是流浪汉吧?我看他同您很熟啊。"

胡闪对二十三岁的女儿的敏锐感到吃惊,但是他不想谈论这个问题,于是他沉默了。六瑾对父亲很不满,因为她觉得那人有些面熟,可又怎么也想不起在哪里见过。

"有些人,有些事,忘记了就再也想不起来了。"她向年思抱怨道。

"怎么会忘记?忘不了的。"年思说。

年思对六瑾越来越有信心了,她想,这些年虽然吃了那么多的苦,来边疆还是来对了,六瑾真是不折不扣的边疆的孩子啊。

六瑾对母亲的回答很高兴,她提了喷壶去给花儿浇水。她走到院子里,突然发现那流浪汉还没离开,他从树干后面走出来,瞪了六瑾一眼,六瑾害怕地愣在原地,但他很快就出了院门。六瑾追到门口,看见他上了一辆破旧的小卡车,一溜烟开走了。六瑾浇花时不知不觉地叨念着母亲说过的那句话:"怎么会忘记?忘不了的……"她吃了一惊,意识到自己说话的口气同母亲一模一样。怎么回事呢?她一直觉得自己的性格一点都不像母亲,有时还觉得正好相反呢。

"我看见他了,哼。"她对爹爹说。

"我不清楚。可能他是来看你的?"胡闪有点窘。

"您说呢?您不知道吗?"

"真的不知道啊。"

六瑾恨恨地看着窗外。后来她视野里出现了那只老黑猫,她脸上的表情就柔和起来。那只猫一跳就上了窗台,六瑾连忙去找干鱼。待她找了干鱼回到窗前,便看见爹爹出门了。黑猫很庄重地吃着干鱼,它是一只从不撒野的猫。

"妈妈,他是谁啊?"

"我没看到,我想,有可能是我们家的老朋友,失踪了的那个。"

"啊?"

"当年他不辞而别。"

六瑾期待母亲说出点信息,可是母亲走开了。难道有难言之隐?她坐在窗前,凑近黑猫闻它身上的味道。那味道总是会令她想起森林,还有动物的洞穴。猫的眼是杏黄色的,毛色很好,六瑾估计它也是属于这栋房子的。她有点苦恼,因为想不起在哪里见过那小老头。他站在那里,一只手扶着树干,对父亲说了很多话,六瑾只隐约听清他重复的那几个字:"玫瑰……玫瑰……"难道他是在说他们院子里的玫瑰吗?多年前,她刚出生时,小石城里来过很多黑人,后来他们又离开了,她听母亲说起过这件事,可是这个人并不是黑人啊。父亲将厨房里的那个洞堵上了,即使这样,六瑾夜里站在厨房里还是感到风吹着她的脚,寒气从脚底升起。

她走到后院,趴在井沿看井里头。这口井真深,城里有好多口井,都没有这口深。有一阵,六瑾怀疑夜间潜行的那些动物是从这里头出来的呢。当然,她没有证据。母亲在叫她,她赌气不回答，今天的事让她想不通。她朝着井下叫了一声，回响之大，令她害怕得赶紧后退，闭上了眼。再睁开眼时，就看见黑猫，黑猫悄无声息地消失在院墙那一头了。这时她看见母亲在东张西望的，就赶紧站出来，大声说：

"妈妈，我的玩具小鸭还在吗？"

"你说什么，六瑾？"

"先前我有个玩具小鸭，可以浮在水面的呀。"

"啊！你倒记得，可能早就扔了。屋里的东西不能存得太多。"

六瑾想，妈妈明明是在找她。可是她又装得不是在找她的样子。

"那个人说'玫瑰，玫瑰'的，我就听清这两个字。"

"嗯。"

她们一块进去了。年思叫六瑾选干净绿豆里面的沙子，六瑾选着选着眼又花了，怎么也集中不了注意力。六瑾将绿豆选好，洗净之后，就溜到了街上。她信步走了一会儿就拐入那条岔路，来到河边。天气真好，河水又清又亮。六瑾做了两个深呼吸，忽然就怔住了。就在前方不远的地方，父亲和那流浪汉肩并肩地站在小河里说话，那老头还手执一根柳条扑打着水面呢。从后面看，六瑾觉得这两个人的关系极为密切。

"爹——爹！"

胡闪吃惊地转过身来，看见了六瑾。他抛下那老头，蹚水上了岸。六瑾看到那人还是站在河里，仰头望天，十分陶醉的样子。胡闪坐在草地上穿鞋袜，他沉着一张脸不看六瑾，心里很生气。

"妈妈说这个人可能是我们家老朋友。"

"你不该老跟着我。"

"我没有，爹爹。我明明看见他坐卡车走了，怎么又在这里。"

"他那是避人耳目的做法。"胡闪突然笑了起来。

那人还在望天。六瑾想，天上既没有云，也没有鹰，他看什么呢？不过这个季节的天倒是那种最温柔的蓝色，大概是有点湿气的缘故？这是个什么样的人呢？六瑾希望父亲自己说出来，因为她已经是个大人了，有什么事不能告诉她啊。

胡闪显然在犹豫，但终于开口了。

"他是你妈妈的崇拜者。后来有一天，他离开了我们。"

"那他同妈妈，有情人关系吗？"六瑾的表情变得严肃了。

"我不清楚，也许有吧。一个人，不可能完全知道另一个人心里的事。"

"爹爹，我要回去了。"

"我同六瑾一块走吧。"

"不，您留下吧。瞧，他在等您过去呢。"

六瑾头也不回地快走，爹爹没有追上来。她满心沮丧，因为自己没能回忆起与那个人接触的点滴，她用力想，可就是想不起来。她看见那只黑猫也出现在河边，嘴里叼着一只麻雀，血淋淋的，这是她看到的最丑恶的画面了。她觉得自己不该问爹爹那些话，但是她却像一个傻女孩一样问了。

每天，六瑾也像其他孩子一样去学校上课，在那里学到各种各样的知识。可不知为什么，她对于学校的生活没有兴趣，也没有留下什么印象。虽然她的知识在慢慢地增长，同学校里的老师和同学也慢慢地熟悉起来，可是她的内心同学校的联系还是那么单一，胡杨林尽头那所学校在她心里所占的比重是很小的。她更喜欢在自家院子里劳动，去郊外步行，看别人在小河里捕鱼。还有，她喜欢同爹爹在一起。那一次，他俩坐车到了戈壁滩，那种经历铭刻在六瑾的心底，使她在那个暑假忽然就老成了好多。

戈壁滩边上的那个中型旅馆里面似乎拥有一种操纵人的情绪的东西。早上起来，父女俩在凉风习习的餐厅就餐，一边倾听着玻璃窗外鸟儿的歌唱，好像置身于世外桃源。然后是外出游玩。有时中午回来，有时傍晚回来。中午回来时，旅馆里头暴热，所有的客人都躺在走廊的竹躺椅上喘气，服务员身上汗如雨下，用白毛巾包着头走来走去。如果谁失手打破一个盘子或撞倒一辆推车，大家都会暴跳如雷。六瑾亲眼看到一个女服务员用一把餐叉插进另一个女人的后腰，当时她吓得躲在父亲身后不敢出声。她和父亲轮流去洗澡间冲凉，冲完后就换上旅馆发的黑袍子，然后也同那些客人一样躺到走廊上去了。六瑾是随遇而安的女孩，一会儿就在炎热中入梦了。旅馆的夜晚却冷得像冰窖，虽然有很厚的被子和棉袍，连拖鞋也是棉花铺得很厚，两人还是感到冷得难以忍受。在漫长的寒夜里，女人的哭声从远方传来，哭哭停停的要延续一整夜。挣扎着，挣扎着，终于睡着了，有好几次六瑾梦见自己冻僵了。虽然在同一个房间里，她还是不知道父亲是否入睡了，她看见他在那张床上一动不动地躺着。有一夜，他突发奇想，带着六瑾走到了院子里。他俩都穿着黑棉袍、戴着黑棉帽，六瑾看着他们自己投在地上的影子，觉得他们就像两个鬼。她的嘴冻木了，说不出话来，她盼望快点回房间去。可是爹爹似乎在找某个人。后来他找到了，就同那人站在花坛边说了好久。那人的脸蒙在黑棉帽里头，六瑾看不见。回去时她差点丧失知觉了，爹爹从后面推着她走。

后来，从戈壁滩回来好久了，六瑾还是不能回到现实生活当中。大白天里，她常问自己："我不是在做梦吧？"她时常忘了做家庭作业。在课堂上，老师批评她，大家都看着她，她却在想别的事。

她问爹爹旅馆里那个看不见脸的人是谁，爹爹说是旅馆的老板。那人先前也是南方人，同他共过事，后来家庭出了问题，就抛下一切到了戈壁滩。他开的这家旅馆全国闻名，是一家特色旅馆，人们从远方赶来住在这里，享受奇妙的风情。

"戈壁滩里面有一个地方，人只要一走近就被灼伤了。旅馆走廊上躺的那些人，都是受了伤的，老板用一种草药油膏帮助他们迅速地恢复。"胡闪说道。

六瑾说，为什么他们没去那个地方，那一定是非常有趣啊。胡闪回答说："因为你还小。"六瑾就想，那种地方为什么小孩不能去？接着她向胡闪提出她不愿上学了，她想待在家里。胡闪听了这话愣了一下，马上劝她还是要上学。"你可以同时在学校又在另一个地方的，人不应该孤独，那没什么好处。"胡闪说了这样的话，自己却并没有多大的把握，因为他也不知道哪样做更好。后来这事不了了之，六瑾也没有再提退学的事。她慢慢学会了"在学校又在另一个地方"。她的那几位老师也好像在怂恿她这种倾向，他们的讲课越来越枯燥，有时一堂课讲到末尾，变成翻来覆去地重复两三个句子。六瑾听着听着便恍然大悟，于是她的思绪飞向了某个遥远的南方城市，她学会了在密集的人群中思索。这样，老师们机械的教学成了催生她的想象的动力。

有一天黄昏，壁虎从门框上掉下，落在六瑾的脚边。六瑾捡起它放到墙根，回过头来对年思说：

"它也在找什么东西吗？"

"是啊。你呢？"

"我？我觉得我还小。"

年思笑了起来，打着手势要她注意父亲。六瑾看见父亲坐在玫瑰花丛中，用手支着头，他的脑袋显得分外沉重。"你爹爹正在那条大河边看轮船。"年思凑到女儿耳边轻声说。六瑾觉得爹爹的表情里有种紧急的成分，她自己也感到了那种紧急，可那是什么呢？年思拍拍她的肩，指了指头顶。在那里，壁虎粘在天花板上一动不动，也许它是在守候蚊虫。六瑾觉得这小动物的心里也有紧迫感，一定有。

六瑾去过一次设计院院部，在里头待了一天，印象很不好，后来她就再也不愿意去了。那一天学校放假，六瑾上午在院子里清除杂草。她正在集中注意力干活时，有一位女子进了院子。她不说话，站在一旁观察六瑾，脸上透出赞许的表情。六瑾心里很疑惑：难道这个人是自家的亲戚？她朝石凳上坐下去，慢悠悠地说：

"你这个院子很好，里面什么东西都有。你没想过出去看看？"

"去哪里?"六瑾迷惘地问道。

"你父母工作的地方啊。那种地方才有意思呢。"

"你说说看?"

"哈!好。那里是一片荒原,数不清的小黑鸟落在野草丛里。那种鸟,来来去去,铺天盖地。面目狰狞的黑人从办公楼里走出来,他们其实性情温良。黑人每天都要在荒原里迷路,夕阳将他们的身影拉得长长的,他们惊慌地乱窜。"

"您说设计院在荒原上?可我知道那里并不远,我可以坐班车去的。"

古怪的女子离开之后,六瑾就换了衣服,走出门搭班车去了。

她在设计院门口下了车,可是她并不想马上进门,那些灰色的楼房引不起她的兴趣。她在长满荒草的乱岗上信步走去,发现了绿蛇和那种黑色小鸟,可是鸟儿的数量并不像那位女子说的那么多。沿着下坡一直走,她来到了平地,站在那里向上望去,眼里尽是一栋一栋的黑色楼房。楼房怎么变成了黑色的呢?再看脚下的草,全部都是枯草,那些黑色小鸟身上的羽毛也像被烧焦了一样。疲乏向六瑾全身袭来,她突然想回家了。

中年黑人从坡上走下来的时候,六瑾正弯下腰系自己的鞋带。她一抬头就看见了他,她以前从未见过这么黑的人,不免有点紧张。黑人笑起来,牙齿非常好看。

"这里的鸟儿一年比一年少了,都是因为火灾啊。你看这些枯草,每隔几个月就自燃一次,荒地里就这样。你妈让你快回家。"

六瑾心里想,到了傍晚,这个黑人也会乱窜吗?他看上去多么镇定啊！妈妈是怎么知道她来这里的呢？那古怪女子告诉她的吗？

"可我现在又不那么想回家了。我想到处看看。您说说看，为什么从下面往上看，这些楼房就成了黑色的了呢？"

"楼房就是黑色的。从前，这些楼刚盖起来时，我们称它们为'黑楼'。后来风吹日晒的，慢慢转成了灰色。可是从山坡下面看，它们又显出了原来的底色。"

六瑾将那些"黑楼"看了又看，心底有寒意生了出来。黑人在她旁边走，边走边用脚踢那些灌木丛，他说那里头藏着剧毒的蛇，多踢几下它们就跑掉了。他问六瑾怕不怕毒蛇，六瑾说怕啊，被咬了不是会死吗。

"如果怕的话，就要多同它们打交道。"他郑重地说，"我的名字叫樱，这原先是一条蛇的名字呢，哈！"

不知不觉地，他们又来到了设计院大门口，六瑾看见那些楼房又还原成了深灰色，天空也是那种灰色。六瑾觉得父母上班的地方很凄凉，那些窗户全关闭着，也没见有人从那些楼里走出来。如果说上班时不准乱走，那么樱为什么在外面？

班车来了，樱问她坐不坐车回去。樱的样子很热切。他干吗急着要她走？

"我要对你的人身安全负责。"樱说。

六瑾说自己还要在周围遛一遛。她赌气似的加快脚步往一个方向走去，樱连忙跟了上来。六瑾问他老跟着自己干什么，他的回答令六瑾有点吃惊，他说是为了她母亲。

"十来年里头，我和你妈妈一直在谈论你，我知道只有这一个话题是她喜欢的,她啊,她可是一位少见的慈母!"

六瑾觉得这位黑人的话太好笑了,因为她自己从来也不觉得自己的母亲是慈母,她反而觉得自己从小比较疏远她。凭什么说她是慈母?就凭她的谈论?也许母亲在自吹?六瑾皱着眉头坐在一蓬草上头,她想不通母亲为什么要谈论她。她在此地看到的景物令她很沮丧,现在这个怪怪的黑人又提起一个令她讨厌的话题,她真的有点生气了。黑色的小鸟成群地飞回来,落在那些高高的蒿草丛里。六瑾还从未见过住在草丛里的鸟儿呢,难道这就是人们常说的"草鸡"?冬天来了之后,它们藏到哪里去呢?这附近连树都很稀少啊。那条蛇就是这个时候出来的,它口里咬着一只黑色小鸟,小鸟惨叫着。奇怪的是过了一会儿,它就将鸟儿吐出来了。受伤的小鸟躺在地上,喘息着,蛇又回到它的洞里去了。黑人樱同六瑾一块蹲在地上看那只鸟,他从上衣口袋里掏出一粒细小的药丸,喂给鸟儿吃了,然后将鸟儿放回蒿草丛中。他对六瑾说他总是带着这种治蛇伤的药丸,他又要六瑾往山冈的下方看。六瑾看见那里雾蒙蒙的,有一个头上包白头巾的人正从雾中走出来。黑人说,那是一名拾荒者,十多年来绕着他们的办公楼转。

"办公楼外面有什么东西可以拾的呢?"六瑾问。

"为了不让她饿死,我们总往窗外扔点东西。有一回,我还扔下一面铜镜呢,我想给她一个惊喜。拾荒者就是绝望者。"

那人快到面前了,樱带着六瑾到灌木丛那边蹲下,以免被她看见。他们看见她用一根棍在草里头拨弄了好久,后来就同一条蛇干起来了。她下手又准又狠,三下两下,那条蛇就不能动了。六瑾看清了，这个人的样子像一名农妇，青筋凸起的双手骨骼粗大，眼里目光浑浊。她踩着那条蛇站了一会儿，又继续前行。

待她走远了，樱和六瑾才从藏身之处出来，去看那条蛇。蛇没有死，过了一会儿就缓缓移动着溜到草丛里去了。樱用视线追随着它，说："哪里死得了呢？这里的动物都有九条命。"六瑾问樱，刚才那人为什么要打蛇呢。樱回答说："因为她心里绝望。"还说不是每天都有铜镜捡，所以日子难熬。六瑾听了这话发起呆来，她抬头看见了鹰。鹰已经飞了很长很长时间了，肯定已经疲惫不堪了，或许，鹰也因为找不到落脚的地方而绝望？

"那么我妈妈，她也绝望了吗？"

"我想不会，她从来不绝望，你就像是她，你这个小姑娘真像妈妈。"

又一辆班车来了，六瑾决定上车回家了。她告别樱的时候，樱的样子很伤感，就好像六瑾是去赴死一样。六瑾很气愤，一扭头不理他了。

黑人跟在汽车后面跑，挥着手，口里高喊着：

"六瑾，你可要再来啊！"

六瑾心里涌动着对这个黑人的复杂感情，在她幼稚的想象中，黑人是这个世界上最古怪的人种。樱的样子让她想起太爷爷，她从未见过太爷爷，她将他想成站在帘子后面的一位古人，只将一双脚露出来。

下了班车，走进自家小院，这才看到母亲已经回来了，正在厨房里洗黄豆呢。

"妈妈,我去设计院了。"

"哈,那种地方,很没意思吧?一般来说小孩去过一次就不想去了。"

"妈,我觉得樱长得像我家太爷爷。"

"他呀,他是设计院的卫士!"

六瑾提着喷壶给花儿浇水时,又一次想起了乱岗上的那些鸟儿和蛇,她的心因为怜悯而发痛。下雪的时候,鸟儿怎么办呢?也许可以到办公楼里头去避寒?她觉得这种深奥的问题是她所不能胜任的,所以她就想忘掉看到的景象。

太阳落山了,房子里头很闷热,六瑾坐在井沿休息一会儿,这时她听到了水响。她朝井里一看,看见井水在下面翻滚着,溅起了水花。她想,那种地方是多么的不安啊。即使隔了这么远,她还能感到微微的震颤。她一回头看见了爹爹,爹爹已经在她身后站了好久了。她指着井口让爹爹过去看。胡闪笑着说:

"我早看到了,这口井同我女儿一样不安。卫生局的人来过好几次了,说要将这口井填死。这事恐怕逃不脱了。"

胡闪的话让六瑾失去了观察的兴趣,她沮丧地站起来,走到院里去。年思已在院里摆上了小方桌,他们开始吃饭了。他们三个人似乎都在想心事,没人提起白天的事。虽然点了蚊香,蚊子还是很凶猛地进攻,六瑾腿上被咬了几个小包。胡闪忽然端着饭碗站起来了,年思和六瑾顺着他的视线望过去,却什么也没看到。

"怎么了?"年思问道。

"我弄错了,我以为是院长呢,其实是那拾荒的。拾荒人其实同我们一样都住在城里,他们是老住民,我今天才听说的。"

胡闪的一席话又将六瑾的思绪拉回了那个乱岗,她禁不住又满心激动地想起了那条挨打的青蛇,还有那些黑色的办公楼。刚才听母亲说,樱是住在楼里头的。那么,樱是对那里的一切都了如指掌的了。寒冬到来之际,他会让鸟儿进楼吗?蛇就不用操心了,它们肯定都待在下面的地洞里。

夜里,失眠的父亲站在六瑾卧室的窗前同人谈话,他和那人一来一去的好像有说不完的话题。六瑾时而入梦时而醒来,每次醒来都听到他们用压抑的声音说呀说的,那么热切。后来,她终于忍不住了,就走到窗前掀开帘子去看,她看见了黑人樱。樱的身体在没有月光的夜色中成了淡淡的影子,只有头部是实实在在地浮动在空中。六瑾想,他多么轻灵啊,做一个黑人真好!樱在说服父亲什么事,父亲始终摇头,似乎对这个没有实体的黑人不敢信任。六瑾看见樱在情急之下捶着自己的头,张开口露出雪白的牙齿。但是父亲还是沉痛地摇头,六瑾听到他在诉说自己的失眠症状,说:"已经有这么多年了,好不了了。"六瑾不知道樱看见自己没有,他的脸一直是向着自己的,只不过她听不清他的话。

兽是从古井那边来的,一共五只,它们悄无声息地停留在这两个人的身后,一字儿排开,六瑾觉得它们有点像小狼。樱在向父亲告别,父亲垂下头一声不响,然后樱就转过身离去。那五只小兽跟在他身后,随着他出了院门。难道它们是樱带到这里来的?现在,六瑾的心里对樱充满了崇敬!她穿着拖鞋向外面追去,一直追到马路上。她向着远方的细长的黑影高喊:

"樱！樱！"

樱停了一停，但没有回头。那五只小兽发出六瑾从未听到过的叫声，就像几个小孩在那里笑。樱又继续走了——他去的方向是设计院的所在地。

"六瑾，我们回去吧。"胡闪出现在路灯下，他的声音很伤感。

"那个人，同我们不是一条道上的啊。"

六瑾看着父亲，不明白他的话。她想，他是多么疲惫啊。也许，只有樱这样的怪人才会一点瞌睡都没有？

"爹爹，这个人要您离开家吗？"

"你真聪明，他就是这样说的。他要我同他去戈壁滩边上租房子，到那里找金矿。我想，那是他的工作，不是我的。"

"啊？"

"樱这个人，同他的家乡非洲有着千丝万缕的联系啊。"

胡闪背着手在院子里走动，虽然满脸憔悴，却不愿去房里休息，为什么呢？夜是昏暗的，只有窗口射出的灯光偶尔照亮父亲，六瑾看着他，禁不住产生一种心碎的感觉。她想，她的爹爹还不老，怎么就坠入了这种地狱般的生活呢？胡闪催着六瑾进屋去，说自己马上也要进去了。

六瑾在卧房里躺下后，一直在听，可始终没听到爹爹开大门的声音。天刚亮，她就惊醒了，脑子里立刻充满了不祥的预兆。她跑出去，一眼看见父亲背靠杨树坐在地上，头歪在一边，难道他已经睡着了吗？

"爹！爹！"六瑾喊道。

"啊，天亮了吗？我一直在考虑樱的建议，你母亲，她也在考虑……后来，我们就各自睡着了。你瞧，这个樱有多么了不起，他是我们家十几年的老朋友。"

六瑾看见爹爹的额头上有些斑纹，像是蝴蝶又像是树叶，令她想入非非。可是他打了一个哈欠，那些斑纹就消失了。本来，如果爹爹不提樱，六瑾就已经忘了设计院的那些风景。他却偏要提，六瑾的表情就变得阴沉了。这时胡闪站了起来，拍打着身上的灰，神情诡秘地问六瑾母亲到哪里去了。六瑾说母亲在家里啊，胡闪就要六瑾去瞧瞧。六瑾跑到母亲房里，母亲果然不在，床上的被子叠得好好的。胡闪在背后嘿嘿地笑着。

"你的母亲啊，这会儿在一个花园里劳动！"

六瑾问爹爹那花园在哪里，胡闪说，具体很难说清，到了那里才知道。又说她要是兴趣很大，可以去问院长。

"那种花园啊，人的一生中会看见多次。以前我们住楼房时，常去那位邻居家中。我们在他们卧室里拉开厚厚的窗帘，就看到了那个空中花园。你妈妈念念不忘。"

这时房里的窗帘抖了一抖，六瑾吓得尖叫起来。胡闪冲过去一把拉开帘子，那只黑猫出现在他俩眼前。六瑾不好意思地笑起来。

"我们要去戈壁滩边上找金矿，它呢，就在这里找金矿。"胡闪讽刺地说。

天已经大亮了，胡闪感到光线刺得眼睛都睁不开，忍不住嘀咕："真亮啊。"

六瑾一个人坐在房里时，就想起樱，想起非洲。在黄昏，如果那些细高个的黑人的身体都融化了，只剩下一些头部浮在空中跳舞，鼓声响起，非洲狮屹立在远方，那是多么美的风景啊。如果樱是在那种无遮无拦的地方出生的，他是怎么会不想家的呢？六瑾听母亲说好多年以前樱就在设计院了，是院长的父亲将他带到这里来的。六瑾好奇地设想，如果她是樱，设计院楼房那边的凄凉风景会刺激自己的脑子，自己会想起非洲大地的风景吗？如果会，这很可能就是樱待在那个地方不离开的主要原因了。

黑猫又来到窗台上了，它的毛色是那么黑，这也让六瑾想起非洲。她将脸颊紧贴它的皮毛，迷醉在那股兽的味道里面。那天夜间，跟随在樱身后的五只小兽是她没见过的，那到底是什么动物？多么有意思的人啊，樱！他有点像个国王，在马路上高视阔步，后面跟着五只珍奇动物。她听见院长在前面客厅里同她母亲说话，两人似乎有一点小小的争执。六瑾不太喜欢院长，这位头发雪白的老妇人赢得了每个人的尊敬，这正是六瑾所不喜欢的。对于这个父母的上司，据说还是恩人，六瑾从来拿不定主意要取一种什么样的态度。她曾在路上单独碰见过她两次，老女人拍拍她的头，目光很迷惑，也很吃惊，这使六瑾很生气。

"小姑娘，小姑娘，我给你带礼物来了！"院长在叫她呢。

六瑾跑到客厅，看见院长高举着一个曲颈玻璃瓶，瓶子里面有很多鱼苗，其中一些因为缺氧已经死了。院长将瓶子往桌上一放，里面的水震荡了一下，又有一些鱼苗昏过去了，六瑾发现死的比活的还要多了。她飞跑进厨房打了一盆水出来，将瓶里的鱼苗倒进盆里。有一些鱼苗慢慢活了过来。六瑾对院长用曲颈瓶装鱼苗表示不理解，院长解释说她在尝试一项死刑执行的改革。年思在一旁笑眯眯地看着，不加评论。院长离开一会儿，鱼苗就全部死了，年思解释说可能是因为自来水里头放了漂白粉的缘故。六瑾盯着死鱼苗，心里生出对院长的怨恨。

她回到自己房里时，脑子里跳出一个念头：樱是不是被院长判了无期徒刑？她越想越兴奋，还为樱做了各种逃离的设想。

"爹爹，黑人是真的邀你去找金矿吗？"

"当然不是。他只是怂恿我去而已。他自己嘛，我看他哪里都不想去，只愿意'坐守'，也就是守着设计院那块土地。"

"啊？"

六瑾的心一沉，有种暗无天日的感觉。所有的事情都在同她的想法作对，都让她摸不着头脑。她并不想亲自去看非洲，可是她愿意借樱这个人来想象非洲。好久以来，她就觉得设计院的老院长是一个隐藏的暴君，当她拍她的头时，她真想大吼一声呢。设计院里头的人和事，六瑾从来搞不清楚。从她懂事以来，她就只是倾听和观察。有时爹爹会给她解释一下，爹爹的解释往往将她引进更深更复杂也更黑暗的纠缠。他好像乐于这种讲述，可是六瑾想不通，就放弃，就不去想了。比如这个樱就是这样的，他给六瑾一种非常亲近的感觉。尤其那天夜里，她看见五只小兽跟在他身后时，简直如醉如痴。然而今天爹爹却说樱只是在履行职责。这个院里的每个人要履行一些什么样的职责？爹爹和妈妈每天也在履行职责吗？院长杀死那些鱼苗的时候，心情是多么的轻松啊！

胡闪打量着六瑾的后脑勺，心里想，女儿虽瘦，头发是多么的浓密啊!

二人无言地来到院子里,胡闪将那只死鸟放进挖好的深洞的底部,打算以后在上面栽一株葡萄。那只鸟大概是猫头鹰,不知怎么死的,他们在围墙下面看到尸体时,那上面已经爬满了蚂蚁。胡闪说起有人在周围用气枪打鸟的事,那些人不光射鸟,还射猫狗呢。

"他们是夜里干这种事吗?"六瑾问。

"是啊。他们都是些神枪手。我转过身,就感觉到他们在瞄准我的后脑勺。嘿嘿,这些个家伙!"

胡闪平好土,坐在石凳上,陷入了思考。屋子里头,年思正在煮碗豆粥,香气四溢。他看见妻子的身影在房门口晃了一下又进去了,也许她是到门口来拿那张小板凳的,她要择菜了。这个时候胡闪听见屋里传出清晰的说话声。

"去年的大蒜球挂在门背后。"那个声音说。

胡闪赶紧问六瑾听没听到那个声音,六瑾摇摇头,说只听到了猫叫,那只可爱的黑猫在屋里头。然后她忽然说:

"我可不想子承父业。"

胡闪微笑着答道:

"可是你还是边疆的女儿嘛。"

"哼。"

六瑾赌气到井沿上去躺着了。井已经被填死了,可是六瑾还是可以听到地底深处的水响,她一凝神就听到了。填井的那天,她在学校里,她一回到家就感到异样。院里静悄悄的,屋子里没人,空气中弥漫着新鲜泥土的腥味。在客厅的墙上,新挂了一个镜框，里面是老外公的照片。那照片六瑾看见过一次，是被夹在一本专业书里头的，已经发黄的、过去生活的遗物。古井被填和老外公的照片被悬挂出来这两件事同时发生，给六瑾一种很怪的感觉。

六瑾感到井口的那些土在动，她大吃一惊，连忙跳了起来。哈，原来是穿山甲！这丑东西是被误埋的，还是自己钻进去的呢？它一出来就飞快地逃走了。六瑾凑近井口，看着那个黑黑的小圆洞发呆。她又想到一种可能，那井下本来就是这个丑东西的家。她以前不是怀疑过这件事吗？有多少动物在这下面呢？

"没有人要求你子承父业。"胡闪在她身后说道。

六瑾迷惑地笑了笑，不知道说什么好。近来她同爹爹正在疏远。她记得小的时候，她同爹爹是多么亲密啊，就连在外面上公共厕所她都要爹爹在门口等她！六瑾看出爹爹有些冷淡，有些灰溜溜的，也许他在思考一些切身的紧急事，也许他有意疏远自己是为了某个计划？六瑾每次想到这事心里就微微发冷。

"老院长是你们的老朋友吗？"

"嗯。好像你妈妈小的时候，她是她那所学校的校长吧。但是这件事，你妈妈自己也记不得了。这很重要吗？"

"我不知道。我随便问问呢。"

这时六瑾又去看井口，奇怪，刚才穿山甲钻出的那个洞已经不见了。胡闪告诉六瑾说，这大概是由于这里的泥土黏性好，过于柔软，才会出现这种现象。他这样说时，六瑾心存疑惑地看着他，看得他有点不好意思了。

"其实，我也不清楚为什么会这样。"他发窘地说。

有个女的在马路上唱歌,那种悲悲凄凄的歌。胡闪告诉六瑾说那个人是他们从前的邻居,她死了丈夫之后时而清醒时而疯癫,她总是唱她丈夫从前唱过的歌。表面看,她似乎很可怜,其实未必。

"为什么呢?"六瑾问。

"她是那种自满自足的人,过得很潇洒。"

"我明白了。您告诉过我他们从前养过一只狗。"

六瑾也想跑到马路上去唱歌,甚至跑到山上去,但是她一次也没有这样做过。她坐在房里想樱的事,一会儿就听到隐隐的雷声从东边滚过来。

年思对胡闪说:

"她的主意大得很,她从小就这样。我对她倒没什么不放心的。"

胡闪打量着年思的侧影,回想起从前在三楼那些哺育的日子,心里嘀咕着:"伤口是如何长好的呢?"他觉得母女俩一直很默契。

他和年思也讨论过回内地去看看的事,胡闪在烟城还有个叔叔。一讨论便感到旅途的艰辛,感到下决心的不可能。其实除了旅途,还有一个最大的障碍,就是六瑾。在一个成日里烟雾缭绕的工业城市里头,六瑾那双明亮的眼睛,还有她的气管,会不会出问题呢?他俩都觉得这种事没有把握。女儿是在明净的小石城长大的,这里的空气没有污染,所以她虽多思敏感,却也没患过什么大病。要是忽然去到一个连眼睛都睁不开的地方,她的身体会发生什么变化，夫妻俩都觉得难以预料。讨论了几次没有结果之后，这事也就放下了。胡闪心里隐约感到，年思是有更大的计划的，那计划是什么，他猜不出，但随着时间的推移，一定会露出蛛丝马迹来的。有那样一些瞬间，不知为什么，胡闪自己也盼望某些隐藏在生活内面的东西显露出来，但明亮的小石城就是不说话。

年思说出"我对她倒没什么不放心的"这句话之后，看出胡闪的表情有点不悦。一瞬间，她脑海里出现了"狼外婆"的形象。十几年来她同六瑾的关系上，她扮演的是狼外婆的角色吗？也许没到那地步，也许六瑾不会记仇，所以虽然有点淡淡的，六瑾和她的关系基本上看不出什么裂痕。这个女孩太善于理解人了，也太有独立性了，年思觉得在这方面连自己都比不上她。当她还是一个婴儿时，年思好几次将她扔在草地上不管，后来被别人捡到送回家里。前几年，胡闪在开玩笑时还把这件事说出来了，六瑾听了之后也跟着笑，好像她爹爹在讲别人的故事一样。六瑾的镇静令年思吃惊，她太不像一个小孩了，她的思绪早早地深入到了复杂的成人世界，有时就像那种经历了沧桑的人。现在年思已经可以坦然看着女儿的眼睛了，因为这双眼睛已经不再像小时候那么亮得扎人了，它们里头出现了一些朦朦胧胧的东西，这些东西使眼光变得柔和了一些。不过年思有时又怀疑，会不会是因为自己在边疆住得久了，已经适应了此地的明亮和强烈呢？六瑾啊六瑾，年思叹道。

胡闪没有猜错，年思确实有某种朦朦胧胧的"计划"，那到底是什么，一时还不清楚。当她做完工作或家务静下来，注视着房里少女的身影时，脑子里就会跳出一些画面。那些画面都是同一个背景，即一间阴暗的大房间，一个三十来岁的女人在角落里的一盏昏灯下坐着，手里拿着绣花绷子绣蝴蝶。难道那女人就是六瑾？年思背上发冷，不敢想下去了。有一次她唤六瑾到跟前来，问她学过绣花没有。六瑾说在学校里同人学过，没有学会，绣得很差。六瑾回答她时好像看透了她的心思，所以她就无法问下去了。后来她还特意买了一盒丝线放在家里，很贵的那种，六瑾却根本没去动它。

胡闪失眠的时候，六瑾也常常夜里不睡。年思只要一醒来，就到窗前去看那一大一小的两个身影。通常他们并不说话，就只是坐在院里，也许在各想各的心事。起先年思还担心六瑾也会患上失眠症，后来发现她睡眠很好才放了心。年思一直感到愧对女儿，一直认为女儿同她父亲是亲密无间的。可是最近，一种骨子里的孤僻在胡闪身上蔓延开来，他连女儿的事也不怎么过问了。在这种情况下，年思的注意力就放在女儿身上多一点了，但六瑾对她的态度还同原来一样。

"妈妈，刮大风的时候，烟城里的烟会被吹跑吗？"

"吹不掉的。那些烟啊，不光是从烟囱里面出来的，它们就是烟城的空气本身。不论什么天气，不论走到哪里，都是朦朦胧胧的。"

年思这样说的时候，六瑾就想起那些猫，因为爹爹说过烟城的猫特别多。她想，大概只有那些猫的视力不会受烟雾的影响？六瑾一直认为猫的视力是个谜，那忽大忽小的瞳孔，黑暗中的绿火，似乎可以看透一切物体内的东西。爹爹还给她讲过一只猫穿过大厅里的大理石柱子的事，那个故事她从小就听熟了的。

年思打量着垂下头剥花生的女儿，内心被她所提出的问题震动了。一瞬间，她感到自己的身体很肮脏，毛孔里在不停地渗出馊汗来。十几年都过去了，一切仍没有结束。那种骨子里头的排斥，那种略带恶意的摒弃，全都还在那里，而自己无处可逃。她像困兽一样在屋内走来走去，流着汗，对自己厌恶到了极点。

"花生长在地底下，谁也不知道。"六瑾抬起头来说，她举起一颗大花生。

"六瑾六瑾，我是知道的。我给你说，小姑娘啊，我是知道的。"

她的身体被架在半空中，脚尖踩不到地。她用力回忆那一天在设计院招待所的事，她是在哪里跌倒的呢？她还记得雪山的风吹得她的脸很痛，她一直在流泪，想止都止不住。胡闪……胡闪当时没有扶她起来，却同她一块躺在地上了。关于女儿，她真的什么都知道吗？有时她这样确信，有时却又完全丧失了把握。那个时候，夜半的婴儿哭声震昏了她的脑袋，所以她才将她扔在了地上。多少个夜里，她跑啊，跑啊，跑了那么久停下来一看，还在原地。

第九章

小叶子和麻哥儿

那些木箱都摆在那条乌黑的河岸上，很长的一排。小叶子他们的箱子是其中最大的一只，木板发黑，已经有些年代了，他们在箱子的四个角上插上了玫瑰。那些玫瑰也怪，经过了一天又一天的日晒仍然生气勃勃，就好像是长在土里一样。清晨，有人在河对岸喊：

"小叶子！小——叶——子……"

小叶子和麻哥儿睡眼蒙眬地从木箱里头爬出来。待他们清醒过来朝对岸看去时，却看到那边空无一人。麻哥儿说那是从荷兰国来的人，来鼓动他回荷兰去，因为那人知道他不会同意，才喊小叶子的。

河边的夜晚是很恐怖的，狂风好像随时会将木箱吹到河里去，风中还夹着狼嗥，有许许多多的狼，他俩已经习惯了这种环境。麻哥儿有时还点上一支蜡烛，看着摇曳的火花给小叶子讲荷兰的故事。"妈妈啊……"他常发出这样的感叹。小叶子远不如麻哥儿镇定,她的身体会随着狼嗥声的时远时近而发抖。讲述时,她无法捕捉麻哥儿的视线,她为这个而苦恼。烛光之下,麻哥儿虽睁着眼,那眼睛却没有瞳孔。

他俩白天在河边的一家餐馆帮工,那家餐馆很大,去吃饭的都是像他们这样的"盲流",其中有一部分也是住在河边的箱子里头的。小叶子做女侍,麻哥儿做杂活。活是很累的,但在餐馆里可以见到一些能激起他俩共同兴趣的人和事。有一位身材粗壮的老男人每天都来吃饭,小叶子打量他之后,断定他超过了七十岁,但这个人的眼睛显得特别年轻,看上去很清亮。他吃得很少,一小碗面食就够了。也有的时候,他什么都不吃,只要一杯水。那种时候他就抱歉地对小叶子说:

"我太老了,吃的东西就会在身体里头积存下来兴风作浪。"

麻哥儿告诉小叶子说这个人不是住在河边的,他住在通往雪山的马路的路边,他自己在路边的白桦树林里搭了一间木板房,从前麻哥儿还找他借过宿呢。麻哥儿还说老头在伐木厂做临时工。"他是哪里人?我从前好像见过这个人。"麻哥儿说这话时显得特别苦恼。小叶子就怀疑老人会不会同他的生活有过什么纠缠。

还有一位年长的妇女常来。她全身穿黑,头上也包着黑头巾,她在餐桌前坐下来时几乎没有声响。她每次要一碗汤和一小碗米饭,悄悄地就吃完了。吃完饭后她并不急着走,而是要坐好一会儿,想心事。有一回,小叶子正在收拾邻桌的盘子,那女人忽然说话了。

"大厅里面缺少一面钟啊。"她说，还扬起一只手挡住灯光。

"啊，我要去同老板说。不过也许他是有意的？如今人人都戴手表，嘿，正是这样，人人……"小叶子感到自己在胡言乱语了。

老女人刺耳地干笑了两声，猛地收住，站起身来去看那面墙上的画。镜框里头是一幅很粗糙的油画，画的好像是帆，又好像是粉蝶，小叶子从来没弄清楚过。她凑近老女人，同她一道观看。小叶子听到她轻声说："这就是钟嘛。"

从那回以后小叶子总注意着这位女人，与此同时她也注意起那幅油画来了。她觉得原来看起来不起眼的油画里头，现在不断地发出骚动的信息。而且每次她从油画下面走过就听到嘀嗒声，果然很像时钟发出的声音。同这幅画隔开四五米远的墙上是另外一幅画，很平庸的照片复制品，一株沙棘，既没有活力，色彩也不好，病恹恹的像要死了一样。整个饭厅里就是这两幅画。小叶子从沙棘下面走过，什么声音都听不到，也感觉不到任何骚动。但她还是忍不住多看几眼。为什么呢？油画下面的桌子是老女人的，她总坐在两张桌子当中的一张旁边。有一回老女人露出了她的手表，那是一块巨大的航海表，厚度也少见，戴在她手腕上给人一种戴了手铐的感觉。小叶子当时吃惊地想，她戴着手表，可还埋怨大厅里头没有钟！她想问她是不是在海轮上工作，又没有勇气问。倒是她自己后来谈起了这事，她说她以前在海轮上工作过，退休下来到了小石城后，她就产生了幻觉，觉得先前海轮上的她已经得癌症死了。于是她穿起了丧服，搬到河边的一间旧房子里住下了。她说话时有点冲动，还一把抓住小叶子的手,直到说完她的故事才放开。那一天,时钟的嘀嗒声响得特别清晰,油画上的沙棘都透出了色彩,变得生气勃勃的。

老男人和老女人看上去毫不相干,可是麻哥儿不知为什么坚持说他俩是熟人。小叶子问他为什么,他就说从前在荷兰,他见过这两人出现在一个咖啡馆里。"那时他们还没有这么老。"

餐馆里发生过一次骚乱,是因为狗。一名奇瘦的男子领着一群狗径直冲进来了。他要了酒菜坐在那里吃饭,那些样子很凶的狗就在饭厅里走来走去。变了色的顾客一个接一个地悄悄地溜走,女招待们则躲到了门外。后来那些狗又跳上桌子,将客人们留下的菜肴大吃一顿,盘子也被它们打碎了好多,弄得一片狼藉。麻哥儿和小叶子那天很兴奋,他们以前见过这些狗,觉得这些狗像老朋友一样。这两个人在大厅里走来走去,心里怀着莫名的渴望。

突然,一只身体很大的狼狗将麻哥儿扑倒了。其实他是自动地、乐意地倒下去的。麻哥儿抱着狗的脖子,狗踩在他胸口上同他对视着。麻哥儿一边喘气一边焦急地从狗眼里找什么东西。那奇瘦的男子过来了,口里呵斥着,一把将狼狗拖开,照着狗屁股踢了一脚。狗摇着尾巴看了看主人,不情愿地离开了。麻哥儿爬起来后,就同那男子扭打起来。男子开始还回了两下手,后来就不回手了,说:"我要死了。"他的脸变得像纸一样白,冷汗淋淋的。麻哥儿很害怕,就扶他靠墙坐下。过了好一会男子又说:

"我是遗腹子,我有严重先天性心脏病啊。"

"你不会死吧？"

"我要死了，可是狗怎么办，它们是属于……属于……啊！"

他翻着白眼，挣扎了几下，却又渐渐地缓过来了。

"你是谁？"他用虚弱的声音问麻哥儿。

"我是那条荷兰狗。"

这时饭厅里已经没有狗了，外面也没有，不知道它们跑到哪里去了。小叶子慌慌张张地跑来说，后厨那边发生了失窃的事，一大块牛肉从眼皮底下飞走了，老板已经报了警。男子一听报了警，立刻站起身来，跌跌撞撞地向外走去。

虽然他走得很不稳，但他一点也没有要停下来的意思，就那么从大家的视线里消失了。老板说：

"我认识他，他一直为这些狗所累。这就是生活啊。"

一天，休息的时候，坐在厨房里，小叶子和麻哥儿看见了那个粗壮的老男人。老人正在那片荒地里栽种什么东西，他用手里的耙子在地上挖一个洞，从口袋里掏出一粒种子放进洞里埋好，然后往前走几步，又挖一个洞……那片荒地是一片沙土，盛不住水，所以土里几乎没长什么植物。老头栽的是什么？"是人身上掉下来的东西。"他后来告诉麻哥儿。可是他俩明明看见他掏出的东西是种子的形状，小小的、圆圆的、灰蓝色的东西，人身上怎么会掉下那种东西来呢？后来那老女人也来了，帮着他栽，两人忙乎了好久。麻哥儿对小叶子说：

"我说了这两个人是一伙的吧？他们来餐厅里各就各的餐，好像不认识一样，其实他们之间总在交流的。"

过了一天那两人又出现了。结果是，那一大片荒地都被他们栽满了那种东西。他俩搀扶着站在那里打量自己的劳动成果。他们的表情并不高兴，好像还有种哀婉之情。穿丧服的老女人用双手蒙住脸，不知道是不是在哭。小叶子的好奇心越来越上涨，她想过去看，麻哥儿拉住了她。麻哥儿认为，以前在荷兰，他们相互之间欠了很多债，现在他们是在还债。麻哥儿什么都懂。

一个月夜，趁着麻哥儿不在，小叶子一个人跑到荒地里，用耙子耙开一个洞，找了很久才找出了那粒灰蓝色的种子。她就着月光看呀看的，无论怎么看那也是一粒石头，圆溜溜，硬邦邦的，上面还有几道纹路。她将它埋好，又去耙开另一个洞，也找到了类似的一粒石头，只不过扁一点，带点儿褐色。这么大的石头，不可能是人体内的结石，他为什么要说是人身上掉下来的呢？小叶子埋好第二粒石头后，突然恐慌起来。她一路跑回了自己的住地，回到她和麻哥儿的木箱时，发现有几个人从那边木箱里伸出头来看她。麻哥儿痛心疾首地说：

"你真是任性啊。"

深夜，小叶子狂叫起来，因为她真真切切地感到自己的身体散了架，散成了好多小块，只有头部是完整的。而她的嘴居然还能叫出声来。她的头浮在空中，她看见麻哥儿在木箱里忙乎着，举着蜡烛，将那些小块（不知为什么没有出血）捡到一处放着。他做这事很认真，仔仔细细地检查，生怕遗漏了什么。

"麻哥儿？"

"啊，宝贝，我在呢。"

小叶子在担忧，麻哥儿会不会将这些小块拿去埋在地里头呢？麻哥儿催她快睡觉，小叶子就在空中闭上了眼。她却怎么也睡不着，她于蒙眬中又看见麻哥儿在忙忙碌碌。报时鸟在什么地方叫唤，已经是下半夜了。她不知道麻哥儿走来走去的忙些什么，只是她猛地一下就感觉到了自己的手，那手软绵绵的，像婴儿的手一样，她想握住桌上的一只杯子，却没有成功。她听见麻哥儿在说话。

"我回家没看见你，就知道你去地里翻了那些种子了。这样，你就要重返那人的经历了。我刚刚搞清，报时鸟是老园丁养着的。你看，这里的东西差不多都是他养的，他养的那些月季花，都开得像脸盆那么大了。"

后来蜡烛烧完了，麻哥儿仍在一片漆黑之中忙碌，小叶子觉得他好像是在做缝合。那么，是缝合那些碎块？如果他将几小块东西拿出去埋了，会发生什么情况呢？她听见他说："这是荷兰边界。"他的声音有点阴森。

一直到黎明的光线射进木箱，小叶子才睡着了。那一天她没有去餐馆，就在木箱里头沉睡。那一天邻居看到有两个上了年纪的陌生人围着她和麻哥儿的木箱转了好几个圈，细细打量。邻居还看见那老女人将一只很大的手表举起来，对着太阳上发条。邻居很纳闷：上发条为什么要对着太阳呢？那只手表是黑色的。

小叶子休息了一天之后就去上班了，她感到自己完全恢复了。她进大门时，老板正坐在门口抽水烟，他皮笑肉不笑地说：

"病这么快就好了啊？是真的好了吗？"

"哪里，我没生病，只不过是睡过头了，真的……"她慌乱了。

"睡过头了？没问题，人人都会这样。"

客人还没来,她先在厅里头做清洁工作,她觉得餐馆有点冷清。工作了好一会,将每张桌子都布置好了,老板才过来对她说,今天餐馆不营业,因为昨天刚举行了免费招待会,客人们都来大吃了一顿。

"这是全体新生的大喜日子啊。"他说。

小叶子抬头一看,墙上那幅"帆"不见了,挂画的地方挂着一个鸟笼。再一看,另外一幅画也不见了,墙上留下一个稍白一点的画框痕迹。小叶子呆呆地站在那里沉思了好久。周围的寂静好像在提醒她某件事,那是什么事呢?她来到厨房,又来到储藏室,她在找麻哥儿。储藏室后面有张门,通到荒地里,小叶子站在门口向外一看,看见了麻哥儿。麻哥儿正弯着腰用耙子耙那些洞。

"你在搞破坏工作吗?"小叶子笑着问道。

她发现他已经将大部分洞里的"种子"都刨出来了。不知为什么那些灰蓝色的小石头在明晃晃的阳光下全都变成了黑色,而且也不再是圆形,全都成了不规则形状,同一般的石头没什么区别了。这是不是老人原来栽下的那些"种子"呢?麻哥儿还在起劲地刨,他说他要找那粒"荷兰豆"。小叶子问他荷兰豆是什么东西,他回答说:"就是人的心嘛。"他翻了又翻,找出来的都是那种黑石头。他流着汗,心里很郁闷。小叶子看出他念念不忘他的荷兰往事,而对于她本人来说,那种往事像一条细长昏暗的小巷,说不清通往什么地方。小叶子隐隐感到了威胁。

终于,他刨出了那粒小圆石,它比其他石头稍大一点,在阳光下仍然保持了灰蓝色。当麻哥儿将它举起来看时,小叶子

听到了空中放电的细微响声。麻哥儿的脸变得苍白了,一瞬间他又变成了另外一个人。他对小叶子说:

"我在荷兰还有笔不动产没有处理,明天回去同税务部门那些家伙打交道。他们啊,满世界追寻我的踪迹。我已经买了火车票了,明天出发。"

小叶子忍住笑问他说:

"你是侨民吗?"

"是啊。连我自己都奇怪,我怎么在这个国家待了这么久。"

他扔下手中的圆石和耙子,目光散乱地看着前方,然后一咬牙,不管不顾地走掉了。小叶子看见他是朝城里走去,也许,他又去找人诉说去了?小叶子绕着那一大片荒地行走,脑子里不断闪现出先前她同麻哥儿一块待在园林档案室里时的那些温馨片断。老板出现在储藏室门口,他在抽水烟,喷出的烟将他整个脸部都遮住了。小叶子想,他在观察她。她向他走去。

老板向小叶子提议一块去河边坐坐,解解闷。小叶子同意了。他们沿着一条煤渣小路来到河边的胡杨树下,他们刚一坐下来,小叶子就看见一位穿红裙的美女和一头羊从河里上来了。那一红一白的色彩对比十分悦目。

"那是谁啊?"小叶子问老板。

"她呀,同在我们屋后开荒的老汉有亲戚关系。我见过她好几次了,每次她都是赶一头羊来这里,然后就将羊杀死了。还有一回,我看见她伏在死羊身上睡着了呢。真是个倔强的女孩!"

那一红一白走远了,小叶子还沉浸在赞叹的心情中。

"您见过她杀羊吗?"

"见过。又快又利落。那羊也怪,急煎煎地将脖子向她伸过来。"

"啊!"

小叶子将忧伤的目光转向黑色的河流,麻哥儿的事又开始烦扰她了。

她问老板有没有这样一种可能:当一个人从心理上变成另外一个人之后,他就再也变不回来了。老板问她是不是指河里的那个人。这时小叶子就看见了驶过来的小木船和船上的人。那是一名很老的、渔夫模样的人,寂寞地驾着小船。小叶子以前从来没见过这个白胡子老人。

"只有他,才是变不回来的人。"老板的声音在空中嗞嗞作响。

"我在这里这么久,怎么从来没见过他?"

"他啊,他总在这条河里,可并不是人想见他就见得到。"

小叶子觉得今天很奇怪,一下子就看见了两件怪事,这两件怪事是不是同麻哥儿的变态有关系呢?一瞬间,她感到了这条黑色的河流的魅力。那是一个要将她吸进去的、摇曳多姿的世界。她做了一个深呼吸,眼里盈满了泪。老渔夫驶过去了,一阵风吹来陌生的香味,她一下子就想起了热带花园。

"园丁?"她疑惑地看着老板说。

"是啊,"老板使劲点了点头,"他就是。这条河,你看着黑,其实呢,像水晶一样透明。你见过水晶吗?它就是像水晶。"

小叶子告别老板默默地往住地走。走了一会儿,又看见老汉的木船过来了,这回是逆水,他在划船。小叶子近距离地打量他之后,觉得他并不像刚才看见的那么老。虽然头发胡子都是白的,他的双目还炯炯有神,手臂上还有匀称的肌肉。她不相信这个人是园丁,因为老园丁就住在那边的木箱里头,已经老得连走路都东倒西歪的。不过再细细看一下,又觉得河里这位老人同住在木箱里的园丁在相貌上有点像,莫非是那个人的亲戚?

就这样,她在岸上,他在河里,他俩以同样的速度前行。小叶子回到她的木箱时,老人也正在将船靠岸,系在一棵树上。看着他冲他自己的木箱走去,小叶子终于相信了:这个就是那个。那么,他是传说中的那种长生不老的人吗?河面上有一个太阳,刺得小叶子的眼睛很痛。她钻进木箱,看见了睡在地铺上的麻哥儿。

麻哥儿在暗处对小叶子说:

"我怎么还在这里啊?"

小叶子听了笑起来,回答他道:

"老板告诉我,只有老园丁才是变不回来的人呢。不过他可以变年轻,我今天亲眼看到了,他还可以驾船,简直像年轻人。"

"可是我,已经买了火车票了,明天出发。"

小叶子不理他,弯腰拿了蒜和青菜,还有餐馆带回的熟肉去外面棚子里做饭。

她在灶上做饭时,听到麻哥儿隔一阵又喊一句:

"我是侨民啊!难道你们都不知道?"

小叶子听到有人在棚子外弄出窸窸窣窣的声音,她掀开门帘一看,是老园丁。他还是那个样,驼着背,眼里长着一层白膜。他含糊地说着什么,用力打手势,一挥一挥的。小叶子终于弄明白了他是想讨一碗饭吃。小叶子给了他饭，他就坐在外面的石头上吃。他没有牙，所以吃得很慢，闭上眼咀嚼，像要睡着了一样。后来麻哥儿也来了，他们三个人都坐在那块大石头上吃饭。阳光照在他们身上，他们各想各的心事。不知怎么，小叶子神情有点恍惚，她感到在此时此地，自己成了一名古代的仕女，正在宣纸上作画呢。一眼望去，又看见河里驶来了龙船。

在气候恶劣的夜里，小叶子和麻哥儿在交合中同时看见了那条鱼。那是一条巨型的淡水鱼，卧在河底一动不动。据说，这条黑水河里早就没有鱼了，这条大鱼是真实的吗？小叶子和麻哥儿通夜都在想同鱼有关的事，越想越感到那条鱼离得很近很近。中途，两人也曾起床提着马灯到外面去看了一通。河水黑黑的，没有丝毫动静。

"也可能是别的地方游来的。"小叶子说。

"我看它是土生土长的。"麻哥儿脸上的表情有点沉痛。

他们等了好久，大鱼并没有像他们希望的那样游上来。他俩在河风中紧抱着对方，簌簌发抖。一眼望去，那些木箱里头都有了动静，纷纷亮起了灯。莫非大家都知道了这条鱼的事？他俩回到木箱里重新躺下。鱼还在那里，但不在同一个地方了。他俩出去的这会儿大鱼也游动了一小段路程。

第二天夜里，他们一熄灯又看见了它。这一回，它的形象有点模糊了。麻哥儿称它为"荷兰鱼"，他认为它是从黑暗的往事里游出来的。他给小叶子讲了一件事，他说他两岁多时养母带他到海边玩，后来她将他送到一艘大渔船上面。船上的人将他关在一个很小的舱里，舱里黑得不见五指。当他听到海水在下面汩汩流过时，他就真切地感到自己在游动。小叶子觉得麻哥儿的这件往事很可怕，就请求他不要再说下去了。

休息日里，他们弄了一只船，坐在上面顺水漂流。

"小叶子，麻哥儿，你们在干什么？"

那些邻居都面露恐慌之色，这样问他们。此地没有谁做这种事，也许除了老园丁。他们都知道这条河不是一般的河。

"我们玩玩。"麻哥儿回答，"我们去荷兰。"

隔得远远的，小叶子看见了餐馆老板，他坐在大门口抽水烟，整个身体都被烟雾遮盖起来了。他的身旁有一只体形很大的狗，也被烟雾遮盖着。小叶子诧异地想，老板怎么会吐出那么多的烟来？她听见麻哥儿在问她有没有见过老板的妻子，她说没有见过。麻哥儿说他倒是见过一次，那女人成日里坐在地窖里织毛衣。"那个女人，听不得任何噪音。"

一会儿他们就驶离了他们的住地，河道开始转弯，两岸变得开阔了。

有一只样子怪怪的鸟落在他们船头，麻哥儿说是鱼鹰。小叶子想，河里并没有鱼啊。可那鸟儿就那样警惕地立在船头，小叶子觉得它是入错了河流，因为这是一条死河，两岸都是荒地，连鸟儿都少见，零零落落的几株柳树上各有一只在寂寞地叫着。这是远郊，小叶子还没来过这里呢。

他们上岸时，小叶子问船怎么办，麻哥儿说不用管了，他不知道这条船是谁的，先前他看见船在河里漂，就将它拽到河边来了。接着麻哥儿又说，他这就去荷兰，他让小叶子一个人回家。他说着就独自沿着荒地边的小路走远了。小叶子愣了一下，就蹲在地上哭起来。待她哭完抬起头来，天上忽然下小雨了。这在这个季节是很反常的。小叶子在雨中往回走，她的头发和衣服一会儿就湿透了。堤岸上一个人都没有，天黑黑的，她觉得自己像在夜里行走一样。就是在这个时候，她看到了最奇特的景象：有一位细条个子的年轻人在用那种竹框渔网捕鱼。那人站在岸上，网浸在河里，隔一会他就将渔网抬起来一次。小叶子站在一旁，看着他将渔网扳起来两次，当然是一条鱼都没有。

"你是新来的吗？"小叶子问他。

"不，我是老手了，扳鱼的老手。"

"可这是一条死河，哪会有鱼啊。"

"嗯，我知道。人各有志啊。再说又是这种雨天，我连你的样子都看不清。"

小叶子觉得他的话很费解。他看上去那么年轻，怎么会这样说话呢？她又发现他身边没有装鱼的篓子。一瞬间，小叶子感到自己的思维活跃起来了，她仿佛从绝境里看见了一条朦胧的出路。虽然她说不清那是什么，但先前的沮丧消失了。她还想继续观察下去，可是青年对她说，有人在旁边，他就不能专心工作。

"我们还会见面的，我常来，我的名字叫蕊。"他说。

她走一阵又回头看一下，走了好远还看见那细长的身影，那渔网。她觉得他的确是在聚精会神地做他的工作。雨不知是什么时候停的，天还是很暗，小叶子的脚步不再沉重了。她眼前的景色仍是那么压抑，可是她心上的石头已经卸去了。此刻她很想快快回到住地，因为她有点饿了。

麻哥儿离开好几天了，小叶子觉得他暂时不会再回来了，虽然木箱里头依然弥漫着他的气息，小叶子却很少想起他了。

在餐馆里，粗壮的老男人坐在穿黑丧服的老女人的对面，两人都是要的咖喱饭。小叶子将饭摆上桌子后，老女人就握住她的一只手。

"姑娘，你丢了东西吗？"她说话时眼里含着笑意。

"我？"小叶子紧张起来。

"我觉得你是丢了一样东西，才这么愁眉苦脸的。"

"可我并没有愁眉苦脸。"

"那就好，那就好。"她放开她的手。

小叶子侍候完别的客人再回到这一桌时，两位老人都不见了，椅子上放着一个胀鼓鼓的皮包。小叶子拿起皮包，很沉，里面好像装的石头。老板过来了，小叶子将皮包举起来给他看。老板说："你听一听。"小叶子就将耳朵贴到皮包上。她听到了那种嘀嗒的响声，很杂乱，像是里面有很多机械手表或小钟。

"你打开它嘛。"老板垂着眼又说。

小叶子拉开拉链，看见里面全是普通的石头。

"那女人并不像病入膏肓的样子。小叶子，你说呢？"

"我也这样觉得。她没有病，她的病是妄想出来的。"

"嗯，有没有病很难界定。"

老板将皮包收进去了。小叶子使劲回想，怎么也想不出自己丢了什么东西。她走到外面，看着明晃晃的蓝天发呆。有一

位离去的客人的背影很像她的父亲,像极了。她跑到他前面,回头一看,却并不是。老板笑盈盈地看着她说:

"那两位又要开荒了,广种薄收啊。"

老板劝她回家一趟,小叶子同意了。好久以来,她第一次记起了那漏雨的宿舍楼,记起了父母之间无休无止的争吵。曾经有段时间她想弄清这两个孤儿是如何结合起来的,但她很快就放弃了这个企图。现在她的生活态度已经改变了,她不再刻意去弄清什么,而只是保持警觉。

小叶子走之前,老板找她谈话:

"小叶子,你的爹爹是什么样的人啊?"

"他是我们家里的小丑,不过他是个意志坚强的人。我小的时候,老看见他在我们面前演戏,他心里很苦。"

"你有这样的爹爹,才会到河边来定居的吧?"

"嗯。"

她想,最多在家里待一天就回来。

她在离宿舍还有两三里路的地方碰见了爹爹。爹爹无所事事地坐在马路治安员的遮阳伞下面,他目光犹疑,额头上添了皱纹。小叶子一时竟打不定主意要不要喊他。

"是小叶子啊。"老石一抬头看见了女儿。

"爹爹,爹爹!"

"我好好的嘛。一起回家吧。"

小叶子感到爹爹在为什么事羞愧,他的样子显得很自卑,无论她问他关于家里的什么事,他都是一副难以启齿的表情。

他们一块儿走着，爹爹好像故意落后一点，不愿同她挨得太近，所以她和他说话就只好扭过头去，这使她很别扭。

快到家的时候，有很多人在路上跑动，其中一个人的公文包掉在地上了，老石捡起来交给他。小叶子问爹爹这些人为什么要跑，老石回答说是因为内心有紧迫感，还说现在的人越来越神经过敏了。老石说着这些话就停住脚步，在路旁的野花丛中蹲下去了。他仔细地端详着一朵小红花，沉浸在回忆之中。小叶子也蹲下来了，她一下子就记起了从前的情景。那时她刚学会走路不久，爹爹将她放在野草野花里头，那些草同她一样高，她必须踏倒它们才能迈步，她看不到前方的路，就哭了。

"我也有紧迫感。"她说。

"好。我家的小叶子成长了。"

父女俩蹲在花丛中，两颗心贴得很近很近。

"你妈妈去花园做义工去了。"

"是空中花园吗？"

"哈，你一下就猜中了，正是那里。你瞧，这是刺玫瑰啊。"

小叶子想，河边也有玫瑰，更大，更美的。

他们推开房门时，小叶子吃了一惊。桌上放着一个镜框，里面是老人的画像，框边包着黑绸子。老石对小叶子说这是爷爷，前天去世的。

"我没有爷爷。"小叶子说。

"当然有。要不我是从哪里来的呢？"

小叶子觉得爹爹说得有理，因为她被他说话的语气迷住了。她走到窗前，凝视着远方的雪山轮廓，开始想象她爷爷家里的情形。从前她也知道自己有爷爷奶奶,可是他们一次也没在她的生活里出现过,她也就没当回事。她常常在父母的争吵声中这样想:她家里一个亲戚都没有。真的,爹爹正是从雪山那边的那个家走出来,来到小城,建起了这个破烂的、他自己的家啊。爷爷的家应该是建在树林里的木板房,没有电灯也没有自来水的那种。爷爷的工作是守山还是伐木?有什么飞鸟撞到小叶子的脸上,然后掉在屋里的地板上了。啊,绿色的长寿鸟,好像受了伤!

他们两人都蹲下来看鸟,鸟儿也看他们——它并不惊恐。

"它伤在哪里啊?"小叶子问。

"伤在心里。"

老石找来一个大纸盒,他将鸟儿放进纸盒,将纸盒推到床底下的暗处。他一边做这些一边说:"它现在需要的只是时间。"

小叶子打量爹爹,觉得爹爹已经大变样了。他剃着光头,穿着一件灰不灰蓝不蓝的袍子,根本不像个要上班的人。还有他的目光,远比从前逼人,好像他体内在发烧一样。小叶子对爹爹的这种转变有点害怕,为了转移自己的注意力,她就走到厨房去做饭。她将菜一样一样拿出来,打好米,然后去清洗洗碗池。她朝洗碗池一看就愣住了——一只很大的河蟹趴在里头。蟹微微动了一下,又不动了。

老石过来了,拍拍小叶子的背,说:

"它现在也需要时间。你别忙了,我们去废原叔叔那里吃饭吧。"

他们来到废原店里,发现店里冷冷清清,废原一个人坐在那里下象棋。

"石淼，石淼啊，他们都走了，我也心灰意懒了。我想要我大儿子来接这个店，我呢，到外面去走走看看。"

他们简单地吃了冷面，还有啤酒和花生米。吃饭时废原问小叶子有没有见过一个老女人，手上戴着一只巨大的航海手表。小叶子说见过。

"她欺骗了我们啊。"

废原面如土色，拿筷子的手抖个不停。他索性放下筷子，站起身，开始在桌子与桌子的间隙里来回踱步。小叶子觉得他心里有什么事要发作了，一直盯着他看。老石显得很迟钝，也可能他早就习惯了废原这种情况，他在看窗外。小叶子顺着爹爹的视线望出去，看见有两个人站在外面朝店里窥探，她不由得有点惊讶。她听到爹爹在低声说话，声音不太真实：

"我们这里是康复中心，也可说是中转地。你废原叔想不通这事。"

小叶子就想，废原叔一定是因为留不住某些东西而觉得沮丧吧。以前她来店里时，这里闹哄哄的，废原叔的情绪总是很高，现在却变成了这样。

厨房里发出很大的响动，废原解释说是老鼠，还说他是有意放任那些老鼠，"要不就太冷清了"。废原又问小叶子有没有见过海轮驶进那条河里。

"没有。不太可能吧，那么小的河。"

废原说这种事是有可能的，只不过人们没有注意到而已。小叶子从他肩头望出去，看见外面那两个人伏在玻璃窗上，踮

起脚朝里看。老石看着外面那两个人,脸上浮出笑意,后来他真的笑起来,笑得都喷饭了。笑完之后他说:

"我早说了,这里就是康复中心。废原,你让我来接手这个店吧。"

"好。"废原机械地回答。

吃完饭,老石就带着小叶子告别废原。他显得很慌乱,很窘,不断地说:

"小叶子这么快就走啊,叔叔没给你做好吃的,失职了啊。你看我有多么潦倒,我这一生……"他用拳头打自己的前额。

小叶子看见外面那两个人离开了。那条街上一个人都没有,出奇的安静。小叶子记得从前并不是这样的,那时来吃羊肉串的人每天都有好几百。老石边走边说:"康复中心是一个黑洞。"一股怪风将他的袍子吹得扬起来,他后退了两步。小叶子站在原地想了想,临时决定马上同爹爹分手。老石拍了拍袍子上的灰,眼睛看着地上,对她说道:

"如今你在这边也好,在那边也好,都是一样了。我会告诉你妈的。"

麻哥儿来到了边境线上。这里他以前来过一次,现在还依稀记得。长长的边境线上没有巡逻兵,却有一个村子。这是一个很不景气的村子,十来栋土砖房屋东倒西歪,门口闪亮着污水形成的水洼,几个小孩拿着竹竿在那里打水。边境线的那一边是大片的沙漠,麻哥儿必须绕着沙漠的外围走。天快黑了,他必须在村子里面借宿。那些小孩看见了他,就叫起来:"麻哥儿！麻哥儿！"麻哥儿吃了一惊，因为他是两年前来的，他们还记得他！他打量了一下那些房屋，选了一栋看上去像样一点的去敲门。他敲了好一阵屋里都没有反应。后来一个小孩凑过来了，告诉他说："这屋里啊，没有人的。"说着他就将门推开了。麻哥儿一个人进到屋里，将里面的三间房都看了一遍，屋里的陈设同一般农村家庭一样简陋，每间房里都有一个巨大的地灶，是用来冬天取暖的。地灶的旁边就是床，又窄又小的木床，勉强能睡下一个人。房里采光很差。

麻哥儿累坏了，放下行李就在床上躺下来，衣服也没脱就打起了鼾。不知睡了多久，听见有人进来了。那人划了三根火柴才将油灯点上放在桌子上，可他自己坐在暗处，看不见他的脸。麻哥儿听见他在说：

"有家不能归啊。"

麻哥儿坐起来，对他说：

"对不起啊，我进来了，我是来借宿的。我要到荷兰去。"

"荷兰吗？好！这里人人都要到荷兰去，可是他们走不了啊。"

他猫着腰在暗处走动，像是在找什么东西。麻哥儿正在揣测他找什么东西，没想到他打开衣橱，钻进下面那一层，然后关上了门。

麻哥儿举着油灯来到厨房，看见锅里有一些土豆，大概是那人煮的。他一边吃土豆一边思考。从小小的窗户望出去，看见有几个人举着松明火把在走动。

在这寂静的夜里，麻哥儿一下子听到了海涛声。可是海并

265

不在附近，附近是沙漠，他记得很清楚。当他走到屋子外面时，海涛声就更清晰了，多么奇怪啊！他迎着那三个举着火把的人走去，那些人看见他就站住了。

"你要出海吗？请从右边绕过去。"他们当中的一个说。

"难道海在这里吗？我从前不知道。是的，我要出海。"

他回到房子里面去拿行李，那三个人也跟了进来。麻哥儿听见这几个汉子称房主人为"老邵"，他们在议论他，说他是老狐狸。

"上一次海啸发生时，他也是将自己锁在木橱里头，将脑袋从木橱背后的洞里伸出来，结果他漂到了岸边。他的衣橱是特制的。"

麻哥儿就问他们，这个老邵，每天都是这样睡觉的吗。

"是啊。他是个很有毅力的人，常说自己不愿糊里糊涂地丧命。"

他们走出房子时，听到身后的房里一阵乱响。麻哥儿听他们说这是老邵在同蛇搏斗，通常他至少要在衣橱里头放两条毒蛇。"为了保持一种激情。"那个年长的人这样说，"要知道海可是喜怒无常的。"麻哥儿暗想，他们是在送自己出海吗？他们往右边走了一段，海涛的声音就离得远了，这三个人的沉默令麻哥儿感到毛骨悚然。他们手里的松明已经灭了，麻哥儿觉得自己正在朝地狱里走。前方好像是一个深坑，又好像是悬崖。他不甘心，他要发出自己的声音：

"我是要去荷兰的。我的养母还在那边。那条街上有一个制水果糖的作坊，生产手工水果糖就像变魔术。"

他说了这些之后，那三个人就停下来了。麻哥儿有种末日来临的感觉——他们会不会马上动手呢？过了好一会，那位年长的才开口：

"嗯，小伙子，你到边境线了。"

他们一个接一个地跳下去，发出惨烈的叫声。麻哥儿腿发软，就坐下去了。他想，老邵是多么有智慧的人啊！这时海涛声又近了，在深坑或悬崖的下面拍击着石壁。他一下子明白过来：原来自己所处的，是最安全的地方啊。他努力回忆自己先前来此地时的情景，但那回忆化为了空白。有一个人提着马灯在晃来晃去的，他慢慢地朝麻哥儿这边过来了。他走到麻哥儿面前，将马灯挂在小树上，也坐了下来。麻哥儿以为他要同自己谈话，可是他一言不发。

坐累了，麻哥儿站起来伸伸懒腰，那个人也站起来伸懒腰。

"老乡，前面是海吗？"麻哥儿指着黑乎乎的深坑问他。

"哪里是什么海，一条小河罢了。来，你同我从桥上过河吧。"

他说着就取下马灯提着，抓住麻哥儿的手臂将他往那深坑里推。麻哥儿竟没有挣扎，他同那人一起一脚朝着虚空踏下去。

他踩在木头上面了，果然是一座桥，马灯照着桥面，桥窄窄的，麻哥儿在前，那人在后。这时那人才自我介绍说他就是老邵，刚才麻哥儿到过他家了。

"谁到过我家里，谁就是我的亲戚。"他这样说。

当他们走在桥上时，麻哥儿就听不到海涛声了。那桥很长，走了好久也没走到头。麻哥儿想，一条小河怎么会架一座这么长的桥呢？这时老邵要他停下来，麻哥儿问他为什么停，他说不为什么，就为这沁人心脾的河风。于是他俩就在桥上坐下来了。麻哥儿朝下看，还是怎么也看不到河水，也听不到水响。这是条什么样的河啊？老邵劝他不要张望了，还说："这里已经是荷兰境内，你还要找什么东西呢？不要不知足啊。"于是麻哥儿就缩回脖子，静下心来想荷兰的事。

有一个人从桥的对面往这边走，也是提着马灯。但是麻哥儿等了又等，那人还是没到面前。他问老邵这是怎么回事，老邵就责备他说他不该将荷兰的事都忘光了，因为在荷兰，事情就是这样的嘛。麻哥儿又问，如果那人花整整一夜时间会不会走到他们面前。老邵冷笑一声，说：

"天一亮他就消失了，桥面上只留下一只马灯的灯罩。"

老邵称麻哥儿为"表弟"，还说："你的养母就是我的养母，我能理解你的困惑。"接着他又举起那盏马灯，问麻哥儿看到马灯想起些什么没有。麻哥儿说想起了很多事，只是说不出来。老邵马上接口说：

"是啊，今生情未了。"

麻哥儿觉得这句话很别扭，就问老邵对他有什么看法。

"我是来监视你的，这里可是国境线以外。"他说，"说到看法嘛，我对你的看法很好，人一到了荷兰，就都变得很好了。"

过了一会儿他就建议麻哥儿回他家去，因为"荷兰这种地方不是可以久待的"。

于是两人往回走。走到村子边上，麻哥儿看见很多拿着松明火把的人，老邵告诉他这些都是村里的人。"边境线上彻夜不眠啊。"他说。

麻哥儿听见呻吟声从四面八方传来，回头一望，老邵已经不见了。他朝左边的一个亮点走过去，看见那人捂着胸口在一棵树下大声哼哼，还扯自己的头发。麻哥儿看不下去，就想走开，那人却说话了。

"你这种人我见得多了，你看不惯就走开，你既然这样，就不要来！"

麻哥儿只好站住不动。那人发出更大的呻吟声，还扔了松明，在地上打滚。麻哥儿看见离得不远的草丛中还有另外一个人也在打滚。在呻吟声中，麻哥儿觉得自己的头也痛起来了，而且越来越痛，于是他也抱着头打起滚来。滚了几下，听见那人在他上面说话。

"这就对了。如今这样的时代，就要注意风从哪边刮来。"

麻哥儿痛得要发疯了，他猛地跃起，一边敲打自己的头部一边往老邵家跑。

老邵正站在房里，他的力气大得惊人，一把抓住麻哥儿，将他塞到那张衣橱下面那一格，然后将衣橱从外面锁上了。这一挤一压，麻哥儿觉得自己要死了。可是突然，他的脑袋伸出去了，原来是衣橱的背板上有一个大洞。麻哥儿开始大口喘粗气，头痛减轻了好多。他听见老邵还在房里，就大声问他海啸什么时候来。老邵说这就是海啸，发生在地底下，所以大家才会头痛。还说麻哥儿来得不巧，现在正是海啸发生的季节。

麻哥儿的大腿上被什么东西咬了一口，他马上记起来了，是那条蛇。他在伤口的微痛中昏过去，看见小叶子笑盈盈地朝他走来。

269

第十章

院长和年思

院长走到了她生命的尽头。多年以后，内地那次车祸的后遗症终于全部显露出来了。院长躺在医院的床上，她的身体体验着从前那个疑问。她费力地转动着干涩的眼珠，将目光停留在窗前的那几片黄叶上头。在内心，她在审视自己多年里头征服的那些疆域，以及那些藏在隐蔽角落里，还未来得及展开的事件。她希望她的去世只是肉体的悄悄消失，而实际上，她仍然是这个庞大的空头设计院的院长。她的下属们能习惯这种新形势吗？她有很多下属，她认得他们每一个人，他们个人的特殊经历化为种种的通道，同她那硕大的脑部相连。

她并不是从基层爬上来，干到院长这个职位的，她觉得自己的命运有点奇怪。从前她不过是一家花店的老板，花店开在南方城市的一条小街上。有一天，她的父亲从国外回来，他带着几个客人，他们在后面房里商量什么事情，商量了好长时间。

客人们离去后，她爹爹对她说，这几位朋友参加了北方边疆的开发建设工作，他们在那边一个新城里组建了一个设计院，想请她去做领导工作。一开始听到这种事，她极力推脱，但爹爹锲而不舍地说服她，摆出种种理由。按他的说法，她不会有任何业务上的障碍，因为一切都有专人负责，她只要同她的下属建立起合理的隶属关系，就能保证机构的正常运转。"人，才是你要对付的。因为你有这方面的天赋，弄得清那种事。"爹爹说着话就暧昧地笑了起来。她注意到爹爹说话时外面有个黑人小孩站在那里，还不时地往店里头探望。她问爹爹知不知道那小孩是谁，爹爹说是他的养子。

那天的晚餐氛围有点忧伤。她，爹爹，黑孩子，她的女助手，共四个人坐在花店后面的厨房里吃饭。她的耳边始终响着一种隆隆的声音，她对爹爹说，她的耳朵好像出了毛病，爹爹却说他也听到了那个声音，并说，那声音是从地底传来的。这时黑孩子突然开口说那是雪山化雪的声音。爹爹很高兴，拍着黑孩子的头说他是好样的，他称那黑孩子"樱"。饭吃到一半，她吃不下去了，放下筷子，只觉得前途茫茫。吃饭时还来了一个顾客，将她店里所有的花全买走了。他说："留着也没用了。"爹爹和黑孩子一离开她就开始清理行装。

尽管爹爹嘱咐她什么都不要带走，她还是忙忙碌碌地清理了一整夜。

她快上火车时爹爹带着黑孩子赶来送她。爹爹开玩笑地说："我的女儿成了统帅了。你可不能有厌战情绪啊。"

她记得火车很快就开出了市区，进入一望无际的平原。天是灰色的，平原上看不到人烟，稀稀拉拉的柳树和樟树毫无生气。要过好久好久，视野里才会出现一只野狗，那狗仿佛是因为害怕而奔跑。院长看了一会儿窗外，就感到了疲倦，她叹着气在卧铺上躺下了。餐车正在送盒饭，她不想吃。不知为什么，车内没开灯，她看着光线一点点地暗下去，车内的人变成了一些影子，这些影子都镶着红色的边，他们一走动就有微弱的红光一闪一闪。有一个影子靠近她，弯下身来轻轻地对她说："雪山啊……"她脑子里立刻出现了黑暗的平原，那么黑，既看不见狗，也看不见树。她坐起来，想对他说点什么，可是他走开了。

列车走走停停的，天亮了又黑了，一些人上来了，一些人下去了。院长记得一共走了四天四夜，比原来规定的时间多了一天。随着边疆的临近，一座雪山的轮廓在脑子里占据了中心地位，是一座很高的山，只有山顶覆盖着白雪，下面则是密密的松林。起先她没有看见这座山，只是想象，她的思维随着雪豹的脚步踏雪前行。后来，雪山忽然真的到了眼前，不知为什么她感觉它有点虚假，有点像幻灯片里头的山，山顶的部分因为是白色，和天色接近，便时而隐匿时而显露。

"院长您好，我就是那天晚上对您说话的人。"

她抬起头来，看见一个农民模样的人。他咧嘴笑着，露出黄黄的牙齿，问她还记不记得他。她说记得，是出发的那天他对她说过话。那人听她这样一说，笑得更欢了，竖起大拇指夸她记性好。

"您父亲派我来给您引路的。最近边疆来了大批的狼，很危险。"

她觉得他的北方口音特别好听，如果不看他这张丑陋的脸，她会以为他是一位美男子呢。她想开口问他关于边疆的一些情况，她扫了一眼周围，发现有五六个人在警惕地盯着自己，于是她又将话咽回了肚子里。

"我们要从一条小路进城。您不用担心，您的父亲……"

他似乎想起了什么，表情变得暧昧起来，东张西望。突然，他向着朝他围拢来的那几个人猛力一冲，撞翻了其中一个，急速地跑到另外的车厢去了。

啊，那一天，院长已经想不起那一天其他的事了。她只记得自己跟在那位农民的身后钻进地道，然后她就一直机械地迈动脚步，因为黑暗消除了她的任何方向感。

她糊里糊涂地就成了一家大型设计院的院长。在那个阴沉沉的会议室里，影子般的人在她眼前走来走去，她认为他们就是她在火车上看见的那些人影，因为他们也镶着同样的红边。她听见了一阵拍手声，人们在欢迎她讲话。一开始她不知道要说什么才好，犹豫了一阵之后才断断续续地说起了南方的雨，说起了她的花店，说起了她的漫长寂寞的等待，也说起了那条街上的小贩，以及那些花农心中的惶惑。她沉浸在自己的情绪里轻轻地诉说，会议室里头鸦雀无声。她说了很久，最后她疲倦了。她从未像那样疲倦过，所以她竟然伏在讲台上睡着了。

她在陌生的房间里醒来，误认为自己还在家乡。可是她走进客厅，便看见了那个农民。农民站起来自我介绍说他是花农，也是从她的家乡城市来的。

"您昨天的演讲太精彩了！"他说。

她怀疑地打量他，对他的北方口音感到不解。他说他要开始工作了，就走出门下楼去了。

后来他失踪了好长一段时间，到院长再次见到他时，他已经建起了那个"无形胜有形"的热带花园，自己充当了花园的园丁。

园丁第一次带她去他的花园时，她不知怎么就昏迷过去了，是长寿鸟的尖锐叫声使她苏醒过来的。虽然她感到待在花园里令她窒息，感到那些奇花异草都像在逼问她什么问题，但她还是愿意待在里头。她和园丁在亭子里面谈话，一直谈到太阳落山。她走出花园回住处时，外面有很多小孩在唱歌。她回转身看园丁，园丁已经不见了，大概藏身在那些芭蕉树后面了。

院长回忆到这里时，看见小护士在外面探了一下头。她高声叫嚷，那小护士只好站出来了。院长问她怎么回事，她说外面有一对夫妇要见她，但是护士长不让见。院长一声不响地穿好鞋，然后往外走。

隔得远远地她就看到了年思那影子一般的侧面，她立在黄昏暗淡下来的光线里，似乎要融化了一样，旁边那清晰一点的身影是胡闪。

"院长，我们想念您，就来了。我们昨天也来过。"年思说。

"啊，该死的护士长。年思，你头上有几根白发了。"

有一大群麻雀散落在草地上，院长神思恍惚地看看周围的景色，又看看这两个人，仿佛置身于多年前的某个场景。这时胡闪突然说：

"院长，您要离开我们吗？"

"我不知道。我想，有可能吧。刚才我看见你俩，就想起你们初来小石城的情景。我就是那个时候开始有病的。护士长来了。"

院长往回走，当她消失在那张门背后时，胡闪看见年思满脸都是眼泪。

"那是个魔鬼，刚才我看见她的手背上全是长毛。"年思抽泣着说。

"你是说护士长？"

"嗯。"

他们手牵手离开医院，一路上，他俩都在回忆院长同他们的交往。在街灯柔和的光线里，那些回忆飘荡在他们周围，显得特别虚幻。有一个重大的问题他俩讨论了很久：那一天，就是他俩刚到这里的第三天，在郊外的农家院子外头，院长对胡闪说，他和年思想找的东西早就没有了，这话是什么意思？然而他俩的讨论没有结果。年思伤感地说：

"现在只有我自己了。我自己。"

胡闪紧握了一下她的手，好像要暗示她："还有我呢。"年思感激地望他一眼，摇摇头，苦笑了一下。胡闪顿时感到自己在年思的心目中是取代不了院长的。他听见年思又在说，说得很快，听不清。后来他听清了几个字："她多么美……"

"年思，是小石城因我们而美，还是我们因小石城而美？"胡闪大声说。

年思没有回答。在那边的小河里，有人在弄得水响。那是不是启明呢？两人看了又看，还是看不清。年思附到胡闪耳边悄声说：

"那是一个幽灵。"

年思暗想，她还要来医院，一个人来，背着胡闪来。这时她听见胡闪口里在嚼什么东西，有点像是嚼骨头。胡闪说他在吃路边沙棘树上的沙枣，他连枣核也嚼碎了，所以有响声。年思并没看见他停下来去摘那些沙枣，她认为他在说谎。他的脸藏在暗影里，他正将自己的左手伸向嘴边。年思逼真地看到了他在嚼自己的指头，她发出一声惊叫，蹲下身来，她的胃里头在翻腾。胡闪也蹲下来了，他一边将沙枣的核放到年思手里一边说：

"我们回家，我们回家。"

年思将那些沙枣核凑到路灯灯光下看了好久，每一颗都是完整的，并没有被嚼碎，胡闪为什么要说嚼碎了呢？就因为院长说了他俩要找的东西不存在吗？一瞬间，她感到丈夫的顽强超出了她自己。

年思和胡闪来过之后，护士长对院长管得更紧了，因为院长在他俩走后有过一次发作，一天一夜不省人事。照顾她的小护士被护士长撤换了，现在是两名男护士为院长护理，他们就坐在院长病房对面的值班室里，一刻都不离开。

院长的目光还是盯着窗外那棵树，树上已经没有黄叶，光秃秃的树枝苍劲有力地指向空中。有一天早上，她看见树上出现了一个少年。她想，那是不是她的儿子呢？她儿子以前是很爱爬树的。她在病床上向他做手势，他看到了，很严肃地摇头。

他摇头的样子不太像她失踪的儿子，可她还是很激动。这时男护士想去拉上窗帘，可是护士长阻止了他，院长听见护士长说："让她去看，这对她的病有好处。"他们悄悄地退出去了，与此同时，那男孩也溜下了树。

她从来没有看清楚过护士长的脸，因为护士长总是戴着口罩。有一次，她来探她的脉搏，院长注意到她的手瘦得皮包骨头，就忍不住问她：

"您的身体怎么样，护士长？"

"啊，您的问题难住了我。我不知道。"

她竟这样回答院长，院长感到很新奇。院长想，她是不是一个丑女人呢？可是口罩上面那双冷漠的眼睛有着少见的形式之美，每次她都忍不住多看几眼。

昨天下午，院长做梦了，她梦见自己在小河里溺水了，就用力扑打，用力叫喊。睁眼一看，护士长正用她那鸡爪一样的手扼住自己的脖子。护士长见她醒了就松了手，悻悻地对她说道：

"刚才我在协助您呼吸呢。您总不肯好好地配合。原先有个病人也同您一样顽固，后来因窒息而死。"

院长绝望地盯着天花板，低声下气地问护士长，能不能让她到医院周围遛遛，因为她心烦。她还说病房里安了纱窗，连个小虫儿都飞不进来。

"您可以去，您去啊，大门是敞开的嘛！"

护士长说这话时看着自己的手指头。院长瞥了那几根精瘦的指头一眼，恍然间觉得指头上有血迹。她忽然咧嘴一笑，院长被她的笑容吓了一跳。

待她出去后，院长就换下身上的住院服，穿上原来的衣服，又洗了脸，梳了头，这才出门了。在走廊里，那个男护士想来搀扶她，被她用力推开了。一会儿她就到了院门口，事情顺利得令她感到惊讶。

她站在路边，看见迎面驶过来一辆四轮轿式马车，年思从窗口伸出头来在大声喊她呢。车停在她面前，年思一把将她拉上去，然后关紧了门。

"我今天下午一直守在这里，我看见您出来后，就叫了这辆马车，我们可以环城跑一圈。"

车里头很黑暗，窗口被帘子遮住了，院长又微微地感到了溺水时的那种窒息感，只不过没有午睡时那么厉害。年思紧紧地握着院长冰冷的手，想要给她些温暖。就这样，四只手握在一起，于沉默不语中，很久以前发生过的事全都复活了，历历在目，重重叠叠。在外面，马车飞驰着，在里面，思维繁忙着。院长累了，就将头靠在年思瘦削的肩头。她一遍又一遍地说："年思啊……"

不知过了多久，年思听到了外面的喧闹，她明白车子驶进市场街了。市场街是新建的，人来车往，热闹得很。院长坐正了身子，轻轻地拍拍年思的膝头，说：

"我在南方开的那家花店，现在已经开始卖西莫比兰花了。听说异国的花儿很受欢迎，花农便争相栽种。"

"那么，我们的园丁是那些花农中的一个吗？"年思说。

年思的目光在幽暗中游移，她看见了那条有点冷清的小街，麻石路面在雨中发出微光，花店就在拐角处，一盆万年青摆在门口。

"是啊,是他让我回到了故乡。你瞧,我在北方,同时又在南方。"

"是您发出的广告改变了我的一生。"年思听见自己的声音有点颤抖。

马车驶回医院门口时,院长的身体忽然变得轻飘飘软绵绵的了。她无法挪动,年思将她搀起来时,对她的身体这么轻吃惊极了。她请车夫帮忙,轻而易举地就将院长搀下了车。

往病房走去时,院长一路开玩笑说:"我的衣服里面其实已经没有身体了。"

年思将她在病床上安顿好,自己也坐在病床边的凳子上。院长心里想,护士长和那两个男护士怎么都不来干涉她呢?走廊里静悄悄的,好像没人会进来。院长让年思凑近自己,她告诉她说,她已经很长时间没有进食了,医院每次送来的饭菜,都被她悄悄地倒在洗碗池下面的泔水桶里了,没人发现过。院长对自己的做法有点得意,她强调说:

"我一天比一天变得干净起来了。"

她还要年思转告周小贵,说她认为她是有希望的。院长这样说时,年思脑海里出现的是周小里干瘪的身影。那个男人已经去世了,周小贵的希望在哪里呢?从前她有过小里,还有过一只狗,那才是希望,所以她才会穿黑衣,戴白花。年思动了动嘴唇,却说不出话来。院长笑起来,又说:

"那么你看看我有没有希望呢?"

年思瞥了一眼院长那张苍白的脸,心里一下子就敞亮了。

她记起了从前启明对着明亮的雪山做风浴的情景。于是她大声回答院长说：

"有希望！有希望！"

一阵风将窗帘掀开了一角，两人都看见了树上的小孩。突然，院长口里居然发出狼一样的哀号。年思站起来去看窗外，那小孩早已跑得无影无踪了。两个护士都冲进房里来替院长打针，院长驯服地伸出胳膊。

年思想到了黑人樱。他到哪里去了呢？现在是他的恩人最后的时光，可是他竟然失踪了。她问过院长，院长摇头。也许他真的去戈壁滩那边找金矿去了。从前，有很多次，樱坐在办公桌前，看着远方雪山隐隐约约的轮廓，对她充满感情地谈起过院长。在樱的心目中，院长就是他的母亲，他在这世上最亲近的人，年思多次听他说过这一点。可是得知院长发病的那一天，她和樱在办公楼走廊里相遇，他俩一边走一边谈论这事，樱显得很烦躁，他说自己马上要出差，不能去看院长了。他也没有解释什么，年思感到很诧异。他们走出办公楼去食堂，年思发觉樱在侧耳倾听，就问他听什么，他说"鼓声"。这时胡闪迎面过来了，樱凑近胡闪，表情沉痛地对他说：

"胡老师啊，我要开始履行那个计划了，不能再等了。"

胡闪沉默着。一路上，三个人都没有再说话。

后来年思和胡闪谈论起这事，胡闪说，樱是去将院长的理念付诸实践去了，那是非常美的事，总有一天，他自己也要去做。

"去那边的人，一个也没有回来。"胡闪说。

他俩沉浸在遐想之中。

然而年思对戈壁滩不感兴趣,她脑海里出现的是故乡烟城。离开得越久,那个城市就越陌生,对她的吸引力就越大。

"我从来没有看清过那座铁桥,河面上的雾常年不散。"她说。

起先他俩天天都去医院,却每次都见不到院长,后来呢,见到了,胡闪就不愿意再去了。他的理由是,既然院长要离开他们,他们就不应该再去打扰她。年思想,胡闪真坚强,男人的逻辑性真强。对于年思来说,院长就像她身体的一部分,所以现在,她每时每刻都像感到自己的身体一样感到她。她仍然往医院跑,班也不上了,就待在家里干这件事。护士总是将她轰走,她都快绝望了。后来她忽然就在马路边见到了院长,当时正好旁边停了一辆马车,她想都没想就上了车。

院长的身体真的变成了空壳吗?她看见粗大的注射针头扎进她的血管,居然没有血回出来。他们,那两个恶魔,就在没有回血的情况下给她输液。

好些日子以来,年思一有时间就去园丁常去的那些地方,但再也没见到过他了。问胡闪呢,也说没见过。周小里死后,小贵搬走了。这段时间的夜间,胡闪和年思常去那空房里看看,那一次,他俩看了房里又看窗外,什么也没有看到。窗外就只是那棵老死的杨树,树上的鸟巢也是很久以前的,早被鸟儿遗弃了。胡闪说有两种可能,一种是园丁藏起来了,只有院长知道他藏在哪里;另一种是他回南方老家去了。他俩从房里走出去时,听到有木棍一类的东西在天窗上敲击,年思发起抖来,胡闪倒很镇静,他说是鸟儿弄出的声音。那么长的走廊里只有一盏灯,阴阴地照着一小块空间,其他地方全是黑的。看来这栋楼里一个人也没住了,那是谁开的灯呢?管理员吗?

回到平房里之后,年思对胡闪说她明天必须去上班了,因为她看了那栋从前住过的空屋后,就感到心里也变得空空落落的,感到自己生活的地盘越来越小。她要走出去,扩大生活的圈子,这也是院长的心愿。她信誓旦旦地说着这些话睡着了。

早上醒来,她忘了自己说过的话,又要胡闪为她请假,因为她要去医院。

院长已处于弥留之际,年思将她的一只手放在自己的胸口,企图将那只手弄得暖和一点。她还可以说话,年思听见她在说,就问她园丁在哪里。院长微笑着回答说,他来过了,他总在这附近。这时有人推门进来了,是护士长。护士长一把将年思推开,坐在床前用听诊器听院长的心脏区。护士长没有戴口罩,年思感到她的样子有点可怕,像冷面女杀手。院长的目光始终瞪着天花板,也许她什么都看不见了。护士长走后,年思听到她清晰地说:

"年思,这下你总算见到园丁了吧?刚才他在这里抚摸我,你看他有多么温柔!我快死了,这个人就来了。你怎么能够轻易找得到他呢?他永远在同周围的人捉迷藏!那次在农家院子里……"

她说不下去了,有痰在她喉咙里作响,她眼珠翻白。

两个男护士冲进来,后面跟着护士长。他们开始为她注射。

年思赶快溜走了,后来她得知院长并没有死。

285

院长又活过来了，就像从前好多次一样。她凝视着护士长口罩上方的那一对美目，看得入了神。她问她道：

"您要郁金香还是金钱菊？"

护士长摇摇头，眼里透出哀伤。院长又对她说，从前她死过一次，那实在是极好的体验，现在她已经不怎么害怕了。护士长走后，院长坐起身看着窗外黄昏中飞来飞去的鸟儿，一趟又一趟，总是那三只同样的鸟。空气泛着紫蓝色，时间好像早就停滞了一样。纱窗在她昏迷之际被拿掉了，多么美丽的黄昏啊，什么地方还有儿童们在唱歌呢。她站起来，朝窗户下面一看，看见遍地都是怒放的美人蕉，花瓣红得像要滴血一样。她想："此刻我究竟置身于南方还是北方？"夜幕降下了，暖风送来橘子花香，灯光下，院长瞟见镜子里的那张脸惊人的年轻。

她弯腰系好鞋带，她要到院子里去。她听到有人附在她耳边说她是一个美人，这话令她心中充满喜悦。

"您要去观赏橘子树开花吗？"男护士中的一位在走廊里问她。

"您等一等。"他又说。

他居然提了一个古色古香的马灯出来了。他自然而又亲切地挽着院长的手臂朝院子里走。院子很大，很陌生，由好几个花坛分割开来，花坛里的花看着眼熟，像是南方的品种。护士埋怨她说：

"您从来不来我们的花园。"

他又指了指前方那一大片黑黝黝的树影，说橘子花都快谢了，要是早些来该多好。他们绕过花坛进入橘林时，院长感到自己的膝盖在隐隐作痛。在南方的时候，她有关节炎，到这里之后已经几十年没有复发过了。护士用马灯照着一棵橘树，让她看那上面的花。那么细小的白花，不仔细看就看不见。院长用力吸了一口气，感到自己已经活完了一个世纪。

他们用了很长的时间才穿过橘林，黑暗中有人坐在路边的长椅上哭。

"那是护士长，因为思乡。"男护士说。

他们走到她面前，男护士举起马灯来照她，可是她始终用袖子挡住自己的脸。院长心里想，这个不动声色的人，此刻心里一定很害臊。于是她扯了扯护士的衣角，想要他离开。护士不理会，还是举着马灯站在那里。院长就说：

"我呀，快要去南方了。"

她的这句话一说出来，男护士就转过身来挽着她往回走，他们将护士长扔在身后。他们再进橘林时，月亮已经升起了，好几个地方同时响起哭声。在这样的夜里，男护士的声音变得十分柔和悦耳，他问院长，人会不会因思乡而死。

"会的。死了又活过来。"院长平静地回答。

"这里的橘子花长开不谢，多么奇怪啊。"

护士说着就用马灯去照那些花。院长顺着灯光看过去，看见满树细小的白花，那么多，将树叶都遮蔽了。她怀疑自己的眼睛花了，因为以前从未见过橘树开这么多的花儿，橘子花的香味沁人心脾。

"今年的橘子花开成这个样子，连我都没想到。"护士又说，"您要是再坚持几个月，还可以看到更奇妙的风景。"

"我累了啊。什么东西在绊我的脚？"

"是那些倒下的人，这橘林里到处都是他们。您听，护士长已经不哭了。她总是这样，哭一哭就好了。她是个害羞的人。"

橘林里变得静静的。院长被这个青年男子温柔地挽着胳膊，她恍惚间觉得，身边的这个人是她从前在花店工作时的情人。她问他他叫什么名字，他说不告诉她，因为一点都不重要，再说他的名字很俗气。他还说，她可以将他想象成"他"。他说话时，有些久违了的激情在院长胸中荡漾。

"那么，你从前是一名花农？"她冲口而出。

"是啊，注射的时候，您注意到我的手了吧？我的手骨骼粗大。"

"我好像有点明白了。不，我还是不明白。我不是已经老了吗？"

护士沉默了。每当院长被脚下的什么东西绊一下，他就将她挽得更紧。他身材高大，院长觉得他是温柔的化身。为什么她到此刻才感到这一点呢？她一直认为他凶神恶煞，没法交流。

他们在走廊里分手，护士凝视着她的眼睛，恳求她不要开灯。

"我会用马灯向您发信号，您只要一抬头就可以见到。"他说。

他走进值班室去了，院长觉得他的背影看上去很孤独。

院长躺下后心里仍然很兴奋，因为刚才，不可能的事情已经发生过了。她认为这件事一定同园丁有关系，他在扩大自己的影响力呢。而她，在临终前可以看到仙境一般的橘林，可以重温青年时代的激情，这可不是每个人都能享受的待遇。从她入院的那天起,她就凭直觉感到自己再难见到老朋友园丁了,她一度很沮丧。可是今晚的事宽慰着她的心,让她知道了:园丁一直在她周围。可不是吗?瞧,青年护士在窗外用马灯给她发信号呢。她有些胸闷,但还是很快乐。那孩子要在外面站一整夜吗?

她进入昏睡之前担心自己会死,可是她睡着了一会儿,又醒来了。那孩子还站在那里,不,现在是两个人了,一人手里举一盏马灯,马灯发出惬意的,橘黄色的光。看着那朦朦胧胧的光,院长脸上浮出微笑,她想,她终于要死在家乡了。

有一些儿童在外面用南方口音唱歌。她欠起身看了一下夜光表,已经是下半夜了。看来,她又熬过了一天。她记起了护士长,她开始惦记她,忽然,她明白了这位女性为什么会有那么美丽的眼睛。昨天她查完房本来要走了,又转过身来对她说:

"有的人,一天等于一年。"

院长舍不得离开这个世界,她还没有活够。纱窗拆掉后,死亡的风就直接从外面吹进来了,她喜欢在风里头呼吸,这使她的窒息感得到缓解。当她再一次用力撑起来看窗外时,那两个孩子已经不见了。啊,黎明到来了。走廊里响起脚步声,正是他们。其中一个说:"多么好的天气……"他们进去了,门关上了,这两个小伙子心中一定洋溢着那种至高的幸福感。院长脸上又一次浮出微笑,因为新的一天已作为确凿的事实到来了。她想起了年思,想起了胡闪,想起了启明,还有樱,还有小贵和小里,还有年思的女儿,还有海仔,等等等等。雪山边上的小石城在她脑海里变得那么生动,城里的每一条小路都在活跃着,仿佛要开口说话。小石城的上方,是那永恒的、灰蓝色的

289

高空……她想到这里时,看见护士长进来了。

她觉得护士长的那张脸在蒙眬中时大时小,看上去有点可怕,她也没有戴口罩。院长想,她该不会长得很丑吧。她正想开口对她说话,她却又转身出去了。

起风了,院长很想在风里头再睡一会儿。她闭上眼努力入睡,却没有成功。

自从上次生孩子来过医院后,已经这么多年都过去了,年思觉得医院还是老样子。只有一个显著的变化,那就是杨树和柳树,还有白桦树都已长成了参天大树,灌木与花草也十分茂盛。在年思看来,这个医院像个美丽的疗养院。来了几次之后,她就注意到这里没有鸟儿,也没有蜂蝶,地上连蚂蚁都见不到,只有个别蚊虫在空中飞过。为什么植物在这里长得郁郁葱葱,却没有动物?她在花园里停留久一点,便会感到阴冷的湿气从下面升起,于是她连忙跑到干燥的水泥路上去。

院长所在的住院部尤其美丽,虽然一面临街,里面却有巨大宽广的花园。那花园一直向南延伸,一眼望去就像没有尽头似的,前面是花坛草地,再过去是成片的树林。住院部的这个部分年思从未来过,她也曾眯缝着眼打量那些树,但无论如何猜不出那是什么树。

有一回,因为院长在昏睡,她想去花园里遛遛。她走到花坛边上,看见一块大木牌上写着几个醒目的红字:"闲人免入。"一位年轻人过来了,手里拿着一个鼓鼓囊囊的纱袋。他见到她犹豫不决的样子,就说:

"这几天园子里很危险,因为有毒蝴蝶到处飞。您瞧,这里面又有这么多需要放飞的,真是令人头疼的事啊!"他举了举手中的纱袋。

年思看到了那些五彩缤纷的小家伙们。

"它们到了园里就会死去,是吗?"她问道。

"哈,您也知道!正是这样。短命的飞虫……这个园里的东西不合季节。"

年轻人催促年思快离开园子,说怕有危险。年思走出院门好久了,心还跳个不停。她在院墙边上停下来,透过那些铁花格朝花园里看。她吃了一惊,因为那里面并没有什么花园,只有一片光秃秃的荒地,地上堆着一些乱石。

她将看到的情况告诉胡闪,胡闪沉思了半晌,说:

"我也觉得有点不对头。我想起了一件事,那个海仔,为什么钻到太平间去做义工?不会是突发奇想吧。"

年思也在沉思。医院应该是个实实在在的地方,她在这个医院里生下了六瑾啊。如果医院也变成了空中花园一类的地方,还有什么东西是抓得住的呢?她抬起头,诉苦似的对胡闪说:

"生活的地盘越来越小了。"

她决心下次见到院长时,和院长讨论这件事。

院长还是没有死。最厉害的一次发作又过去了,她发现自己还在呼吸。她在死亡的风里头呼吸,那风挟带着栀子花和白兰花的混合香味。

休息了一天之后,她觉得自己又在开始积攒力量。她一点都不担心设计院。很久以来，这个机构就是依照她的理念在自行运作了。住院后，她更是将具体的工作抛到了脑后。现在占据她脑海的是一些更抽象，也更直接的东西。那种东西，一伸手就可以触到似的。昨夜带她去橘林的男护士从窗口跳进来了。她还以为是来捉拿自己的阎王，结果却是他。他说所有的门全关上了，只有这个窗口敞开着，他只好爬进来了。黑暗中，她想问他去了哪里，可她说不出话，她太虚弱了。

"我和护士长在园子里，她深陷在思乡的情绪里不能自拔，我就一个人回来了。这里关得死死的，像一个堡垒。我想，总有一个缺口。瞧，我找到了。"

他从房门出去，回值班室了。院长感到力量一下子回到了体内。

她看到了一些菱形和三角形，它们之间是一些汽车轮胎。她听见陌生人在窗外叫她，她将那个人设想成她的老朋友园丁——园丁从来没有发出过他的真实的声音，他要么说北方话，要么说谁也听不懂的土话。此刻，她那么怀念故乡的太阳雨，她想，在太阳雨里头，每个人都可以听见自己体内生长的声音。

进来的不是园丁，是年思。年思显得神情紧张。

"年思，是因为外面这个花园的事吗？"她关切地问。

"是啊，院长。怎么会有这种事？……"

"你会习惯。年思，这不是坏事，是好事。"

院长说话时清楚地看见自己在太阳雨里面行走，周围全是美丽的花圃。

"我走不动了，年思。我走了那么远，快完蛋了。"

"嗯。"

年思轻轻地梳着院长的白发。院长的长发白得发亮,她的圆脸上一丝皱纹都没有,一点都不像一个饱受疾病折磨的人。梳完头,院长让年思扶她站起来。虽然很费力,她还是站住了。年思很害怕。

院长居然开始走了,她让年思挽着她,一步一步向外挪。她们在走廊里遇见护士长,护士长闪到一边,让她俩过去。护士长的做法让年思很惊讶。

在医院的大门口,院长的目光追随着马路上的那些行人,她显得很焦虑。

"院长,您是找园丁大爷吗?胡闪前天还在院里见过他呢。"

"他是什么样子?"

"他没看清。他上了院里那辆班车,胡闪只看到一个侧影。"

院长脸上的表情变得平和了。院长告诉年思说,她今天夜里也许会死,不过她不那么害怕了,因为有点习惯了。她站在这里看着马路上人来人往,看着太阳挂在高空,心里挺感动的。后来她突然说出一句古怪的话。

"其实啊,真正的院长是园丁呢。"她说。

接着院长提议去围墙那里。她慢慢地挪到围墙边,两人一块透过铁花格向里面张望。她们看见满天都是彩蝶,再看地下,到处散落着蝴蝶的尸体。院长说这些蝴蝶都是她和园丁培育的,这么多年她一直和园丁躲在郊区做这个工作。年思一下子记起了多年前在那个农家小院里发生的奇怪的事。

"这些彩蝶都有毒,可是对人、对其他小动物都没有危害。"

"您为什么要培育短命的毒蝴蝶呢？"

"年思，你仔细瞧瞧就明白了。一般的蝴蝶有这么美丽的色彩吗？"

年思看得发了呆，仿佛进入了幻境。

"奇迹啊奇迹！"她傻乎乎地说道。

院长笑起来，她看上去很有精神了。

年思已经离开好久了，院长还在想那些蝴蝶。自从那天夜里护士带她去了橘林，看到了那些风景之后，她自己又独自一人去了花园两次。第一次，她是下午去的，她站在那些花圃间，想找橘林，找来找去找不到。第二次是上午，她也碰见了放蝴蝶的年轻人。院长知道小伙子是从园丁那里来的后，立刻心潮起伏。她同他一块放飞了那些蝴蝶，她兴奋得眼里闪闪发亮。

有人进来了，院长欠起身，看见一个小老头。他全身很脏，头发像鸟窝，院长很熟悉他脸上的表情，可一时又叫不出他的名字。

"我看见门开着，就进来了。您还没有尝试过那种永久性的对话吧？"

他露出黑牙无耻地笑着。

院长的头无力地垂到胸前，隔了一会儿才低声咕噜道：

"海仔啊，我已无法同你对抗了，我快死了。你是闻到风才过来的吧？"

海仔一瞬间有点慌，但他马上又镇定下来了，他说：

"不，您还不会死，院长。我们可以共同抗击……我们会一直这样下去的，只要您不轻易放弃。"

但是院长的脖子始终直不起来,好像出了问题一样。海仔从口袋里掏出个东西,塞在院长的手里就出去了。

一直到静脉注射时院长才松开右手来看那个东西。那是一只做工粗糙的旧怀表,指针已经不动了。她将表摇晃一阵,又放到耳边去听,还是不走。护士嘲弄地撇了撇嘴,将表夺过去扔在地上,用力踩了几脚,捡起来还给她。院长盯着它看,看见指针终于颤动了几下,开始走了。

"那人是流氓出身,一个老流氓。我和护士长都认识他。您和他订过契约吗?我们都订过的。"

"算是订过吧,我已经忘了。"

"问题就在这里啊,院长,他不会忘记您的。"

院长将怀表放到枕头下,她听见指针的转动越来越有力了,大概满屋子都听得到。她迷惑地想,这也许就是启明从前用过的那只表?不知怎么,她有点失落。她问护士:

"如果我假死过去了,这个海仔会不会过来同我谈话呢?"

"当然会来。是护士长叫他来的,他住在那边地下室里头。"

"嗯。"

静脉注射后,院长周身发冷,感到说不出的寂寞。她所在的住院部西头静悄悄的,一个人都没有。她一连走过好几间大病房,里面全是空的。人都到哪里去了呢?她来到外面,看见有一个门通到地下室,她心里一动,连忙进去了。经过长长的阶梯下到里面,院长进了一间大房间。

房里开着灯,海仔在灯下摆弄一把手枪。他已经将那把枪拆开来,放在桌子上了。这时他抬起头来看见了院长,接下去

295

他又打开了两盏灯,每一盏灯照着一张窄床,床上睡了一个人,睡在床上的一男一女都闭着眼。

"啊,院长!您请坐。我已经来了好几天了。这两个人,他们是因为肾病住进来的,现在已经到了晚期了。"

"你在帮他们治病吗?"

"我?啊,不是,这只不过是临终关怀。"

他背着手在房里走了一圈,院长忐忑不安地等待着。

"院长,您愿意躺下吗?"海仔说着就打开了屋角的另一盏灯。

那灯下也有一张床,比另外两张要宽,床上摊开一床被子,黑白两色的印花图案,不过印的是鸳鸯戏水。院长迟疑了一下,就过去躺下了。那被子散发出橘子花的清香,院长体内升起欢乐的情绪。她刚想开口说一句什么就坠入了梦乡,在梦里,她听到海仔在耳边说话,说得又急又热烈。

年思在焦虑中又度过了两天,她仍然没有得到院长的死讯,也就是说,院长还是活着。可是中午时分,胡闪带来了院长被劫持的消息。

"是那个名叫海仔的工人。"胡闪神情不安地说。

年思坐在厨房的小凳上,感到眼前黑黑的。

"我常想,或许院长对海仔的躲避并不是真躲避,你看呢?"胡闪说。

"当然不是。"年思吃惊地看了丈夫一眼,"原来你也知道啊。"

他俩一块走到院子里去,在那里看了好久。两人的脑海里都有一张门缓缓地关上,又有另一张门轻轻地打开。他们同时看见了那只喜鹊，喜鹊在树上欢乐地叫。

"是喜事吗？"年思迟疑地说。

"我看就是喜事。"

马车的声音由远而近，年思侧耳细听，她的神色也由愁闷而开朗。她看见六瑾纤细的身影在窗口那里晃动，听到胡闪在厨房里弄响锅盆。这现实中的声响既加重着她的伤感，也引起某种隐隐的冲动。她想，一个新纪元开始了啊。

后来她用不确定的语气告诉胡闪说：

"有一个地方，毒蝴蝶漫天飞舞，牧童在树下吹笛，你去过了吗？"

胡闪说他已经多次去过了。

"这样的话，院长的事就不再让我感到揪心了。我们都已经记得牢牢的，她也知道我们爱她，对吧？"

"对啊。"胡闪说道，眼里闪闪发亮，"等你有空时，我们带着六瑾一块儿去那里，她对蝴蝶也有很大的兴趣。"

这时他们听到六瑾激动的声音：

"爹爹，爹爹，喜鹊在我们屋檐下筑巢了，啊！"

第十一章

六瑾和红衣女郎，以及启明

在深夜，当那种凄艳的歌声又一次从马路对面的小屋里响起来时，六瑾走出院子，来到了马路中间。夜是多么沉着，多么空旷！她想听得更清楚一点时，歌声却又停止了。灯光下，沙棘树的叶片间像藏着一些大猫脸似的。六瑾一走近，那些脸就消失了，一离开，又显出来。表情一律像哭春。六瑾朝左边望过去，看见小屋的灯黑了，一个身影立在院子前面的空地上。六瑾心中一紧，立刻朝那边走去。

"他是来无影、去无踪的那类老人。夏天傍晚你去河里洗澡，可能就见过这种人，他们孤零零地站在河里。"红衣女郎这样回答六瑾的问题。

"阿依，我想问你，这个人同你家长辈认识吗？"

"当然认识，他是我妈青年时代的梦中情人啊。当然在现实中，我妈是不爱他的。你瞧，世事有多么奇怪啊，我就是在妈妈去世后，才随这个启明老伯到城里来的。"

"启明老伯？我小的时候……现在我一点也认不出他了。"

"我明白，我明白！他真可爱，对吧？"

阿依凑近六瑾，握住了她的手，六瑾感到她的手硬硬的，有茧子。有一只羊在她们身后的院子里叫了起来，屋里的灯亮了，孟鱼老爹在咳嗽。阿依轻轻地招呼六瑾同她一块蹲下来，她附在她耳边说："我们很像两姐妹。"六瑾听了这句话心里热乎乎的。六瑾也想向她说点热情的话，可又怕那些羊听到了会叫起来，就忍住没说。此刻六瑾深深地感到，星空下的小石城远非寂静，人间的欲望在怎样地沸腾啊，就连那些羊也是欲望的化身。

孟鱼老爹在门口喊了一声，并不是喊阿依，可是阿依跳起来就跑进去了。

六瑾立在原地，有点疑心刚才的事是一场梦。为什么启明老伯要让阿依待在孟鱼老爹家呢？难道这个羊贩子的家对于阿依这样的美女是最合适的吗？六瑾记得从前，总是在清晨，她看见老头赶着大群的羊回到家里。在金色的朝霞里，老头和羊都显得十分亢奋，六瑾背着书包站在路边，简直看呆了。傍晚放学回来时，六瑾就去对面院子外面偷窥那些羊，于是她发现所有的羊都换上了悲哀的表情。

六瑾一边走一边回头望，看见那盏灯很快灭了。羊儿轻轻地叫着，仿佛是抱怨，又仿佛是惬意。"羊啊羊。"六瑾在心里说。

她顺着马路往前走，设想着多年以前，她的父母从火车站来到这条路上时的情景。这条六车道的宽马路决定了小城的格局，从一开始这条路就在这里，居民商店区则分布在路的两旁。

后来城市发展了，路就向东西两个方向延长，再延长。在东边，现在已经修到雪山那边去了。为什么不修第二条、第三条路？为什么不修几条南北向的路来同这条路交叉？六瑾想不通。凡来此地的客人都对这条马路的长度感到惊讶，他们说："就像通到天边去了似的。"她在路当中停下来倾听，听见什么地方有婴儿在哭，一会儿像在屋子里面哭，一会儿又像在野外哭，但又并不是两个婴儿。婴儿的哭声止住时，就有男声在高歌。但这些声音都很不真实，六瑾宁愿相信是自己的幻觉。那么，为什么会产生这种幻觉呢？

六瑾回到自家院门口时，又听到对面传来羊叫，这一次似乎是纯粹惬意地叫了。一只先叫，有很多只应和，那屋里的灯亮了又黑了。爹爹和妈妈已经离开多久了，五年还是十年？她感到没法确定。那时的马路，在半夜也像这样空阔吗？会不会满地跑着小动物？挂在客厅里的爹爹的相片早就被她取掉了，因为她忽然觉得不妥当，觉得挂出他的大照片就好像他已经死了一样，而他还活得好好的。六瑾知道父母是一去不复返了，可她还是愿意想象他们现在的生活，那就如同一种安慰。也许是由于双方都怀着这种意愿，才有了那些古里古怪的通信。每一次，邮递员将厚厚的一封信"啪"的一声扔到她的桌子上，每次六瑾都有意外的感觉。她将那信封闻了又闻，一点烟的味道都没有。信纸总是同一种，灰色带点淡黄，可为什么角上印着一个小人呢？少年举着双剑做出招架的姿态，不知谁要杀他。没有挂任何画的、光秃秃的墙反而显得自然一些。

六瑾在黎明前睡着了。入睡前她努力地想那座烟城，还有

城里那座铁索斜拉桥。她想不出爹爹现在成了什么样子,她很悲哀地摸了摸自己的左脸,还是想不出。笼子里的虎皮鹦鹉说话了:

"不是十年,是五年。"

这话在黑暗中听起来很阴森,今天她说过这句话吗?鸟儿是前几天在市场买的,鸟贩子说,她买了这只鸟儿回去就会"发财"。那个头发曲卷的家伙还将鸟笼打开,鸟儿飞出来之后,又落到她的肩头,它的爪子抓进她的肉里面去了,她几乎掉泪,这是一只很凶的鸟儿。六瑾将它挂在客厅的窗前,她还一直没听见它说过话呢。是因为家里的小动物日益减少,她才买了它吗?先前这院子里是多么活跃啊。如果是十年,她自己就应该有四十岁了。鸟儿说得对,不是十年,而是五年!看看阿依就可以确定这事了,她那么青春勃发,离衰老还远得很嘛。前两天她去进货,进到一种很特殊的印花土布,雪白的底子上印着黑色的环,看一眼就头晕,据说那种布还很受欢迎呢。不知为什么,当时她看了那匹布就觉得面熟,她一定在什么地方见过,见过后又忘了。想到才过去五年,想到今后还有好多年,六瑾又感到安慰。再说她的父母还在,还好好的嘛。她就在这种安慰感中进入了梦乡。

在大街的对面,阿依并没有睡。她又溜到了羊群中,蹲在它们里头。这些羊明天就要被赶到市场去,阿依想陪它们。每次到了这种时候,她都很兴奋。

她进城这件事有点怪,她家里并没有发生过任何讨论,就好像是在沉默中酝酿着让她离家的计划——他们愿意她去过另外的一种生活，而不是山居者的生活。刚才六瑾问起启明老伯，阿依的精神就有点恍惚。发生在她身上的事往往容不了她多想，发生了就发生了，总是这样，只有过后才会去想。

她稍稍抬起头，便看到老女人的房里有微弱的光，那是孟鱼老爹的妻子。她同这个女人的关系很怪，表面看，老女人似乎是个尖酸的人，阿依却知道她是真的关怀着她的生活，所以她对六瑾这样说："老妈妈就像在演戏给每个人看。"当时六瑾听了这句话就愣住了。阿依看到她那副心事很重的表情，更加感到与这个女子情同手足。在从前，她还没有来到城里时，六瑾就已经长成这个样子了吗？在阿依的眼里，很多人到了夜里身后就会出现重影，有的人站在那里像是一队人，而六瑾就是六瑾，清清楚楚，没有任何虚的东西。尽管这样，六瑾仍然让她捉摸不透，或许她是真正的"虚的东西"。阿依感到旁边的几只羊同她挨紧了，它们坦白地看着她，也可能不是看着她，是看着她里面的什么东西。"这样的夜晚应该有些什么东西在生出来。"她在心里对自己说。

她知道很多人都在心里想雪豹下山这种事，她也在"雪山旅馆"见过笼子里头的那只豹。她觉得要是将小石城的名称改成"雪豹之城"也是很贴切的。对，就应该有两个名字——小石城和"雪豹之城"，一个是外面的名字，一个是里面的名字。启明老伯也是一个到了夜里没有重影的人，他和她自己都属于"里面"。

天亮了，阿依站起身来，看着前方的白塔。每次光线总是首先落到白塔上，那塔在朦胧中像一个巨人一样立在那里。这时马路上就有洒水车驶过来了。

"阿依,夜真长啊。我以为睡了好久,一看表,才一个多小时!"

六瑾打着哈欠过来了,她今天不上班。

"又一天了,六瑾。你听到了吗?"

六瑾也听到了,是有一只鸟在白塔那里叫,一只大型鸟,但她们看不到鸟儿的身影,阿依说可以称它为"无名鸟"。阿依握住了六瑾的手,她俩并肩站在晨曦中,呼吸着清凉的空气。六瑾想,阿依这样的女子真有亲和力啊!要是自己有一个妹妹,会是她这个样子吗?

"阿依,你为什么老是打赤脚?"

"踩在泥土上心里踏实啊。六瑾,我怕看羊的眼神。"

"我明白,我也怕。我在被窝里头怕得发抖。"

有人推开院门进来了,但是他站在那里不动,他很高,像一棵树。阿依悄悄地说那是她哥哥,还说他不愿意同她讲话。"不知为什么,每次到了城里他就沉默。"

那位哥哥朝她俩看了一会儿就转身走了。光线太弱,六瑾没看清他长得什么样。阿依说她哥哥已经把她们看得清清楚楚了。"山里人的眼睛嘛。"六瑾很好奇,她想知道这个像树一样的男子的更多的情况,但是阿依什么都不说了。

六瑾离开时,阿依对她说是启明老伯给了她第二次生命,如果没有他,她到现在还在黑暗里摸爬呢。她说这话时,天已经大亮了,她俩看见眼前的白塔上果然有一只鸟,体形很大,但因为鸟也是白色的,所以看上去似有若无。它夜里的叫声像是在召唤什么。什么呢？六瑾怕孟鱼老爹他们看见自己，就赶快走，这时阿依已开始了一天的忙碌。六瑾深感她身上有无穷的精力。

"山里的生活，究竟是怎样的呢？"六瑾进了院门还在自言自语。她感到阿依和她哥哥这种人是她以前从未接触过的，也许他们有点接近蕊，但却是两个极端。想到蕊，六瑾的情绪一下子又变得热烈了。

阿依很喜欢城市的生活，可她还是有点寂寞。在这里，傍晚的时候，她总是坐在门口的榆树下面等，她觉得启明老伯也许会来看她。老妈妈，也就是孟鱼老爹的妻子总嘲笑她的这个举动。她讨厌启明老伯，有一回，她还用一根钢管去砸他，砸得他头上鲜血直流，然后他晕过去了。他一晕过去，老妈妈就走开了，留下阿依一个人在房里守着他。启明老伯醒来后，拍着阿依帮他包扎好的头部，说一点都不痛，还说他是假装晕过去，这样那老女人就会走开，他就可以和阿依单独待在房里了。阿依看着他，期待他说点什么，她还起身去看门外，担心老妈妈躲在那里。然而老伯只是用淡淡的口气问了她一点情况，就告别了。

好长一段时间阿依都在想这个问题：启明老伯为什么会将她安顿在这个家庭里？仅仅是因为他们没有女儿，就给他们送来一个女儿吗？那一回，目睹老妈妈那么讨厌启明老伯，她心里的疑团更大了。她想问她哥哥，可是她哥哥不愿说话，他说城市里的灰尘弄坏了他的嗓子。在这个家里，孟鱼老伯是最不爱说话的。她来这里不久就感到自己掉进了一个静寂的世界,当然,羊是会叫的。日子一长,她就学会了辨别羊的叫声。后来她就唱母亲教给她的那些歌,没有人阻止她唱,她甚至觉得屋里的两老也在倾听呢。老妈妈对她说,唱一唱也是有好处的,只是不要过分,不要陷在那些没有出路的念头里面。

她终于等到了启明老伯。他来到榆树下,抬眼看了看星星,对她说:

"阿依,羊和人的区别在哪里啊?"

阿依的全身立刻颤抖起来了,她感到这个问题很可怕,她还感到老伯搭在她肩头上的那只手很重。过了一会儿她才回答:

"我总是看它们的眼睛,我觉得,它们能够比人先知道那种事,我觉得,它们把事情看得很透,它们……"

她还说了很多,她的语气急促,她不知道自己话里的意思了。说话时,她忽然想到了她那住在山里的沉默的父亲。也许她同孟鱼是一个家族的?她感到自己就要发现什么了。她要发现的那个东西离得很近很近,几乎一张口就可以说出来。当然,她还是说不出来。启明老伯走了好一会儿,她还陷在那个念头里出不来。有什么很轻的东西落在她的脚面上,她低头一看,是一只玉蝶,它正从她的脚面滑到地上,处于弥留之际。

"那边公园的花圃里,蝴蝶大批死亡。飞着飞着就落下来了。"

是六瑾过来了。六瑾的脸在晚霞的辉映里容光焕发,像二十多岁的姑娘一样。六瑾问她她父亲是不是汉族人,她说不清楚,因为父亲有时自己是汉族,有时又说是瑶族、回族什么的。他还说:"那种事已经搞不清了。既然你妈妈是维吾尔族,你也可以将我看成维吾尔族。"阿依也问过母亲，母亲说父亲是"山里的人"。母亲还解释说山里的人就是长年累月在深山老林里工作的人，这种人都是来历不明的。

"啊，原来是这样！"

六瑾说这话时盯着阿依的脸看。

"我第一次见到你时简直不相信自己的眼睛，我觉得你不是一个真人。现在我明白了，你在孟鱼老爹家过得很好。"

她们挖了一个洞，将那只死了的玉蝶埋在了榆树下。这时老女人过来了。

"六瑾啊，你和老石的事吹了吗？"她大声问道。

"是的，吹了。不如说，根本没事。"六瑾羞愧地说。

"嗯，我也觉得没事。"她同意地点了点头。

一瞬间，六瑾感到这个老女人特别通情达理，她对自己看法的转变感到吃惊。

看着她远去的背影，阿依说：

"老妈妈是这种人：你看着她，你以为她说的是这件事，可是不，她说的是另外一件重大的事。从前我不适应她说话的方式，现在适应了。"

"阿依是绝顶聪明的女孩子。"

"六瑾，我们到羊那里去吧。"

她俩一块蹲在羊群里时，六瑾心里便跃动着欲望了。六瑾无声地对自己说："原来院子里酝酿的阴谋就是这种东西啊。"六瑾观察羊的眼睛，她觉得羊的眼神空空洞洞的。她又抬头看天，她的视线落在最后的晚霞上，她对阿依说，她听到有小孩子在唱歌，怎么回事呢。阿依回答说，她也在听呢，唱得真好啊，那些小孩大概正在途中吧。

"在去哪里的途中呢？听起来离得很远。"

"不清楚他们去哪里，天一黑他们就不唱了。你听，停止了吧。"

旁边的两只羊冷不防叫起来了，是那种令人心碎的哀声。六瑾看到阿依的脸上木无表情，就想，阿依一定早就习惯了。忽然，六瑾发现周围几只羊的腿全在发抖！原来是有一只巨大的鹰——有普通鹰的两三倍——飞过来了。它开始盘旋。

"这是什么鹰？"六瑾惊恐地问。

"不要紧的。这只鹰啊，有点像我爹爹。"

阿依说这话时满脸陶醉，像喝醉了酒一样。与此同时，那些羊抖得更厉害了，有一大部分都蹲下去了，恐怖的寂静弥漫开来。六瑾注意到孟鱼老爹拿着修鞋的工具从房中出来了，他对院子里的情景毫不在意，他大模大样地坐下来干他的工作。阿依对六瑾说他明天要远行，所以修鞋。

那只鹰终于直冲下来抓走了一只小羊，那个瞬间天刚好黑下来。虽然看不清，六瑾也感得到紧张的氛围立刻松弛下来了，所有蹲下的羊全站起来了。使六瑾感到不解的是，那只被抓走的小羊居然一声不吭。

"孟鱼老爹要去哪里啊？"

"不清楚，他从来不说的。六瑾，你明天还来吗？你不来我很寂寞呢。"

"明天不能来，要上班。你其实喜欢寂寞，对吗？"

"是啊。不过同你谈谈也很好啊。"

阿依点亮了马灯,六瑾又一次感到激情的涌动。在那边,孟鱼老爹正在黑暗中修鞋,他一锤一锤敲在鞋底上,那么沉着。被马灯照亮的那几只羊的眼里又出现了悲哀,那是它们的一贯表情。六瑾的心在颤抖,有那么强烈的东西在打动着她,她一遍一遍地在心里说:"阿依……美啊。"这位山里的姑娘在她身上激起的热情远远地超越了自己从前对那些情人产生的感情。

六瑾在床上睡到半夜时惊醒了,她感觉到有人进了她的房。开灯一看,居然是阿依。阿依的头发有点凌乱,目光有点发直。她怀里抱着一只猫,那是六瑾的虎纹猫。六瑾坐起来时,看到墙上趴着久违了的壁虎,共有两只,而在阿依的脚下,两只张飞鸟在吃地板上的鸟食。

"你一来,它们就都进来了。阿依,你是怎么进来的啊?"

"你瞧,你都忘了,是你让门开着的嘛。我从来没来过呢。你这里啊,就像一座古堡。我往院子里一站,你的猫和你的鸟就来了。它们很饥饿,是你将它们关了禁闭吧?哈,你的鸟在啄我的脚!它也要吃肉吗?"

阿依盘腿坐到了床上,两只小鸟儿急促地叫着出了房门。

六瑾问阿依孟鱼老爹回来了没有。

"没有。我看这事不要去管他了。"

"他不回来了?"

"大概是这样。他早就想走了。他给自己准备了好几双鞋。"

阿依在盯着那只壁虎看。壁虎粘在灯罩的边缘,像要掉下来,

311

可又没掉,看上去很危险。猫儿在她怀里打着呼噜。六瑾听到院子里的花草中传出响动,也许是小动物在那里来来去去。

"有一个前辈老人进了你的院子。那个人,大家都以为他不在了,可是他惊人的长寿,他到你家来了。我从前也不相信这种事,后来亲眼见过,就相信了。"

"你是说启明老伯吗?"

"当然不是。是一个没有躯壳的人。从前在山里,我父亲告诉过我关于这种事。我是在你家里发现的,你这里像古堡,就连月亮也变了样。"

六瑾同阿依面对面地坐着,听着她说这种事,一边想象小动物在花丛里来来去去的情景,心里感到莫大的满足。难道自己昨天真的没有关门吗?她的视线无意中扫向窗外,她看到杨树上那个废弃了好久的鸟巢里有鸟儿在动。阿依伸手去关灯,灯一关,绿色的月光就显出来了。到处都是绿莹莹的。

蛙首先是在西边角落里叫了一声,接着就有了回应,好像一共有三四只。

"阿依以前在山里的生活是怎样的呢?我闭上眼睛一想,就会很吃惊——那种生活一定压力很大很大。孤孤单单的一家人,面对大山⋯⋯如果是我,我就会坚持不下去,那有点像赤身裸体啊。"

"爹爹和哥哥总是去那些危险的地方砍柴。那时家里没有钟,我和妈妈就看日光。那种生活并不单调。我哥哥又来了,就坐在孟鱼老爹的柴棚里头。他那么不声不响的,我害怕起来,就溜到你这边来了。"

"他会伤害你吗?"

"我不知道,我永远不知道爹爹和他想些什么。不过当初是他们同意我来城里的。他们将我送到路口,一言不发就回去了。"

"阿依,你要睡觉吗?"

"要。"

她不愿意盖被子。她蜷缩在大床上的角落里,一会儿就入梦了。六瑾想,她的身体是多么瘦小!简直不占什么地方,她的睡相显得特别孤单。六瑾再看窗外,黑洞洞的,根本没有什么月光。近来她总是记起一件事,就是自己在无助地大哭,有个男人弯下身抱起自己,举向空中,口里喊着什么话。很可能他就是失踪过的启明老伯吧,将自己举起的男人应该是他,虽不能肯定。

六瑾没法再入梦了。阿依就像在她的床上制造了一个强力的磁场,每当六瑾快要接近入睡的边缘,又被什么东西弹了起来。她起身走到院子里去,她手里的马灯照见院门那里坐了一个人,不是启明老伯,那人年轻得多,也许是阿依的哥哥。六瑾觉得他不愿自己打扰他,就隔得远远地看那团黑影。蛙又叫了一声,突如其来的,有点恐怖。过了一会那人就走了,六瑾连忙提了马灯去那门边。

石凳上放着一把割草的镰刀。

阿依已经醒了,阿依说:

"那是我的镰刀,我用它杀过豹子呢。"

她又说六瑾的家像一座古堡。她将猫儿放走,拿了镰刀向外走去,她的赤脚踩在地上,一点声响都没有。六瑾想,她真

313

像豹子啊。那两只张飞鸟不知从什么地方飞出来，落在她肩头。

六瑾上了床，想要再睡一会儿，可是阿依又气喘吁吁地跑来了。她说：

"六瑾，我哥哥他……我哥哥，他将启明老伯打倒了！"

"啊！"

她的马灯照见老人，老人侧身躺在围墙下。

"伯伯，伯伯，您伤着了哪里？"阿依焦急地问。

启明老伯挥着手，示意她俩走开，六瑾听见他在含糊地重复一句话。

"他说，他的伤在心里，他一时动不了，要在这里躺一会儿。我明明看见哥哥用小刀从他背后刺进去了！"

"阿依，你知道老伯有多大年纪了吗？"六瑾问。

"快八十岁了吧。他是我在城里见过的最老的人。听说还有更老的人住在一条小河边，可我从来没见过。我哥哥有暴力倾向。"

"阿依，阿依，你的镰刀上怎么有血？"

六瑾将刀口放到鼻子下面去嗅，她看见阿依用双手蒙住脸蹲下去了，她的双肩耸动着，似乎在哭。六瑾也蹲下来，她想安慰阿依，却又不知说什么才好。在那边墙根下，启明老伯又嘀咕了一句什么。

"我们，我，启明老伯，还有哥哥，我们闯进来，现在出不去了。"

阿依耳语一般说出这句话，她好像被极度的苦恼摄住了。

"这里面还有蝴蝶，我一进来就注意到了，它们不是野生蝴蝶。六瑾，你的家远比山里可怕。所以我哥哥就逃跑了。"

周围那么黑，马灯的油也快烧完了，六瑾全身发冷，她也感染了阿依的苦恼。先前体内沸腾的欲望到哪里去了呢？一种深入骨髓的孤独感在蔓延。六瑾想，他们这三个人，是被一根什么样的线穿在一起的？忽然，她思念起远方的父母来，他们有较长时间没来信了，这是不是因为他们对她越来越有信心了？啊，爹爹！啊，妈妈！她感到眼泪就要夺眶而出，她为自己的幼稚而害羞。今天夜里是怎么了？

阿依站起来了，她感到呼吸困难，这里的空气有点稀薄。有很长时间了，她一直想到六瑾家来。她观察着这个院子，看见里面的花儿开了又谢了，看见巨大的彩蝶悠悠地飞过。白天里，这个家里的风景很原始，到夜晚，无形的门就关上了。当阿依深夜站在院门外时，她能够感到阴森的气浪将她向后推，所以她才将这个家称之为"古堡"。她尝试过好几次，都没能进去。现在她进来了，里面的一切对于她来说都很新奇，尤其是那只软绵绵的粘在灯罩边缘的壁虎，令她全身心都在战栗。奇怪的是六瑾看不见自己家中的蝴蝶。它们从窗口涌进来，那么大，那么多，悠悠荡荡，一会儿又飞出去了。阿依从六瑾的表情得出结论——她看不见它们。一种奇怪的盲目，或者她有视力的误区，她在同一地点看见了另外的异物。在阿依看来，六瑾院里的彩蝶是最接近幻影的小动物，而六瑾自己居然看不见它们，另外那些小动物六瑾都有感觉。当阿依抱起那只瞌睡沉沉的虎纹猫时，她感到自己正怀抱着整个雪山！

"六瑾，你看启明老伯会不会死？他说他心里的伤是自己弄出来的,同哥哥无关。可是我看见哥哥在他背上扎出了很深的窟窿。"

"也许你哥哥是要救他。"

"那么,他现在是不是很幸福呢?他走到你的家里来,然后就倒下了。这里这么黑。啊,六瑾六瑾,我心里真激动啊!"

"我也是,阿依,让我握住你的手。"

六瑾伸出手去,却握住了镰刀的刀口,她的手变得黏糊糊的,血正在涌出来。

"阿依,你的手变成镰刀了吗?"

"嗯,常常这样。六瑾伤着了吗?我这里有绷带。"

六瑾就着马灯的光亮缠绷带,那火苗跳跃了几下就灭掉了。

"阿依,阿依……"六瑾热烈地叹息道,"你们山里的人啊,有时离得那么远,有时我怎么也追不上你们,你们在那边静静地看着我。"

启明老伯在那边低沉地呻吟了一声,阿依立刻听到了。她想说什么又没有说。突然,六瑾房里的鹦鹉大叫:

"不是八十岁,是七十九!"

六瑾忍不住哈哈大笑起来。

阿依搀着老伯走出院门,她说她要去孟鱼家为老伯处理伤口。

六瑾正在为顾客量布时那个男子过来了,他是阿依的哥哥。他个子很高,胡子留得很长,眼睛很像鹰眼。六瑾的手微微有点发抖,她将布叠好,交给女人,收了钱,就转身到后面房里去喝茶。她其实是为了避开那人才去喝茶的。不料老板说:"那人是来找你的嘛。"原来老板也看见了他,六瑾只好又到柜台去。他一开口她就吃了一惊,因为他居然是标准的小石城口音,不像阿依带点外地腔。

"我不买布,我是来看看的。你们这里,人人都很警惕,有没有疏忽的时候呢?"

他显得很迷惘,很无助。他手里提着一个铁丝笼,六瑾向那里头瞥了一眼,看见一头幼狼,她脸上立刻变了色。他笑起来。

"你不要怕,这是一条狼狗。不过这个时代,狼也好,狗也好,谁还分得那么清。比如我……"

六瑾听到他说"这个时代",心里感到特别怪异。现在是什么时代?

男子没有说下去,弯下腰做出要打开铁笼的样子。六瑾在心里打算,如果他放出狼来,自己就跑到后面房里去将门闩上。然而他弯了几下腰,并没打开铁笼。

"有时候,我坐在这里想你们山里的生活,可实在想不出。在那么高的地方活动,总是一个人,会不会发狂?"

六瑾说了这话之后后悔极了,觉得自己像个傻瓜。

"当然不会。六瑾妹妹啊,当然不会!"

六瑾又吓了一跳,因为他的声音一下子变得十分亲昵,甚至有点色情的味道了。她记起阿依今天没有来市场,就问他见到她没有。

"没有。今天她大概同启明老伯和孟鱼家老妈妈待在家里。"

六瑾想,这个人一点都不内疚。那么,他对启明老伯的伤害是什么性质的伤害？或许竟真的是帮老伯的忙？成天游游荡荡的老伯处于什么样的精神状态呢？她抬起头，看见那双鹰眼正目光炯炯地望着自己，里面的欲望一目了然。六瑾很好奇，也很不解。这是个什么类型的男子？

"我要走了，六瑾妹妹，你放心，狼咬不到你的。"

他用一根扁担挑起那个铁笼，扛在肩上。人们都躲开他，他大踏步往外走去，六瑾和老板都在伸长脖子看他的背影。老板嘀咕着，说他是"骗子"。六瑾就问为什么说他是骗子。

"他挑着一只小狼来这里干什么，当我们是毛孩子吗？他既然带了狼来，就该放出来展示一下，我看那是只假狼，连狼狗都不是，就是普通狗。"

老板的愤怒令六瑾很意外。

"六瑾，你今天放假吧，反正你也没有心思上班了。"

六瑾走出市场时，看见老石正好从米店出来，老石显然不愿见她，连忙又缩到店里头去了。六瑾在心里说了一句"心怀鬼胎的家伙"，就昂着头走过了米店。六瑾想，人人都在隐藏自己，只有阿依的那位兄弟，那么赤裸裸的，也许山里人就是这样的。六瑾并不喜欢他那种赤裸裸，可又强烈地为他的做派所吸引。在海拔四千米的山顶，是不是连思想都会变得稀薄？城市里长大的六瑾对雪山的神往似乎是永恒不破的。

她在心里惦记着阿依，所以连家也没回就进了马路对面的院子。孟鱼的妻子垂着眼站在院子里，显得很不高兴。

"阿依病了。"

"啊！"

"她是心病。启明那老家伙一来她就生病,还有她哥哥,给她很坏的影响。她是个没有主见的女子。"

六瑾知道老女人不欢迎自己,就道了别回自己家去了。

她在院子里侍弄着花草,有点空虚,有点莫名的焦急。这时蕊出现在围墙那里,六瑾连声叫着"蕊",眼泪涌了出来。

"雪豹真的下山了,你闻到了吗?"她问蕊。

他俩相拥着坐在石凳上,蕊紧紧地握着六瑾的左手,不安地说:

"六瑾姐姐,你可不要走啊。你要是走了,我就认不出这栋房子了。"

"谁告诉你我要走,蕊?"

"是那只壁虎。有一天,它爬到围墙上来了。"

一会儿歌声就传来了。天上白云飘飘,两人都沉浸在回忆中。六瑾想,阿依是多么激烈的女子!在蕊的想象里,父母坐在阳光下剥莲子,五只雪豹围绕着他俩。雪豹是怎么跑到那里去的呢?他记不清了。

阿依的歌声一停,蕊就跳起来,说:"火车已经到站了,我得马上赶去。"

六瑾盯着他匆匆的背影,心里痛了一下。蕊和阿依,她永远同他们隔着千山万水。她将工具收拾好,走进屋,坐下来给妈妈写信。

"……今天有令人鼓舞的消息。一个小朋友告诉我说,只要我住在这里,他就会认得出这栋房子。我想,别的人也是这样吧。妈妈,爹爹,这里永远是我们的家,对吗?前天,长寿鸟真的来了,它停在葡萄架上,我一进院门就看到了。它应该是从你们那里飞来的。这个信使,沉着地停在那里,仿佛是向我报平安。

"前两天风刮得厉害,据说在边界线上,沙暴掩埋了一个村庄。那会是什么样的一种情形呢?现在此地却是一派宁静,宁静之中,长寿鸟就来了。我想,我不会离开的,因为你们也没有离开。这里有你们的青春,那不是幻影,就像阿依说的,你们建造了这座幽深的古堡……"

六瑾站起来封好信,有些东西在她心里变得清晰了。从前,在"雪山旅馆"的房间的窗前,做石雕的男友对她说:"小石城是一座年轻的城。"那人到哪里去了呢?那种事情真有隔世的感觉。

一直到晚上阿依才过来,她告诉六瑾说她哥哥回去了。阿依显得很惶恐,老是说:"他一定对我大失所望啊。"她指的是她哥哥。她跳过去抓墙上的壁虎,没有抓到,于是懊恼极了,说自己一点线索都没有了,关于启明老伯啦,关于孟鱼老爹啦,她完全处于无知的境地。抱怨了一通之后,她突然又变得镇定了,说自己将会"硬挺过去"。

"我爱上了一位老人,六瑾能理解吗?"阿依突然说。

"应该是启明老伯吧,连我都差点要爱上他了呢。"

"我三岁的时候,他带我去看河。他不到我家来,在远远的坡下面等着,妈妈将我交给他。那天刮风,我和他站在河边,他叫我站稳,还叫我大声喊,我就喊'妈妈'。后来我就爱上他了。你不要以为我是住在那种地方,见不到年轻人,才爱上这位老人。不是那样的,我见过青年男子,山下的村子里面有很多。一般来说，他们都长得很英俊，但我不爱他们。"

阿依的脸在灯光下略显疲倦，这是很少有的，她总是那么活力充沛。六瑾想，会不会出事了？启明老伯怎么样了？

"阿依，你这么美，伯伯该有多么爱你。你对我们来说就像太阳。"

"不，不，他不爱我。他爱的是我死去的妈妈。"

"现在他在哪里？"

"他受伤了，你看见的，他总是受伤，然后就躲到什么地方养伤。我找不到他躲的地方，小石城这么大。"

"你哥哥恨他吗？"

"我哥哥也爱他，想变成他那样的人，可他变不了。他回家时很悲伤。"

六瑾关了灯，可是并没有见到绿色的月光。猫儿从窗台上走过，显得体形特别大。又有鸟儿在地板上啄食什么东西，阿依说是她撒了饲料。

"我常常想来你这里躲躲。可惜六瑾的古堡不属于我，我们只能来做客。"

"我的家就是你的家，你搬来该多好，小鸟儿也来了，蛙们也来了。"

"这里空气太稀薄。你们家的人长着特殊的肺，是启明老伯告诉我的，你还不知道吧？所以呢，我们就只能短暂停留。"

她说的事六瑾早就隐隐约约地感到了，只是从来没有去细想过。她走到窗前，将鹦鹉换了个地方。再回转身来时，阿依已经不见了。

"她爱他,他不爱她!"鹦鹉说。

六瑾开了灯仔细看地板,她既没看到鸟儿,也没看到饲料。

六瑾坐下来回想阿依哥哥的模样。他大约四十来岁,是个美男子。本来那张脸是很讨人喜欢的,可惜他太冷峻,给人的感觉像拒人于千里之外。这样一个人,扛着一只小狼在城里到处逛,该有多么显眼啊。他好像不喜欢城里,可又为什么要来这里呢?听阿依说,雪豹啦,黑熊啦,还有其他食肉动物都不伤害砍柴人,因为砍柴人天天在山里,它们以为他们是同类。天天在山里劳动的人竟还对城里的事有兴趣,要来看看城里人"有没有疏忽的时候"。阿依有着这样的哥哥,大概时时刻刻都会生出紧迫感吧?阿依还说她父亲从来不下山。六瑾自己有没有疏忽的时候?比如说,她按时给母亲写信了吗?

在此前,六瑾还没有见过一个真正的山里人呢。她知道山里有砍柴人,那时她想,砍柴人一定同樱一样,满身都是记忆,走在平地上脚步落不到实处。所以她就对阿依感兴趣了,因为她的歌声和美丽,最主要的还是因为她是山里人。

灯光下,那只小壁虎(也许是从前那只的女儿)正在往外爬,院子里的草丛中有动物穿过的声音。这样的夜,六瑾感到自己同阿依的哥哥这类人特别能沟通,当然,她的思念一点色情意味都没有,她只是想象自己同他一块去雪豹家里做客的情形。如果真有那种事的话,她或许能解开雪豹之谜。砍柴人同蕊一样,也是属于那个谜的。小壁虎爬到窗棂那里就不动了,六瑾在心里感叹:果真是一个新时代啊。她又同阿依的哥哥有了共鸣。此刻她觉得自己的思绪特别畅达,一吸气甚至可以闻到烟城的烟味了。但不知为什么，她还是想不出启明老伯从前的模样，那种记忆依然是一团烟云。

有人在窗外喘息。六瑾奔出大门，看见邻居家的三个男孩在墙壁那里做倒立动作。月光照着，他们的身体在簌簌发抖。当六瑾走近去时，他们就站起来了。他们都用袖子擦着脸上的汗。

"辛苦了。"六瑾说。

"我们到这里来练功呢，这里呼吸起来很困难。"年纪大一点的那个说。

"真的吗？"

三个孩子笑起来，一阵风地跑开了。

六瑾一低头，看见了那把镰刀。阿依还没走吗？她举起镰刀，对着月光看那些细齿，只看了一眼就感到背上发冷，连忙将刀放到窗台上。她又到院子里察看了一下，并没有见到阿依。六瑾准备进屋睡觉时，却看见阿依端坐在客厅里。

"你看见刀了吧？"阿依垂着头问道。

"是啊。我不敢多看，老觉得要割到身上来。"

"我在那几个小孩手上做了记号。多么乖的孩子！"

阿依说她的思想很乱，她要在客厅里坐一夜。六瑾就自己去睡了。

六瑾在梦里见到狼，就惊醒过来。醒来后听到满屋子都是动物的喘息声。开开灯来，又并没有看到动物。她去到客厅，看见阿依还坐在桌旁，一只手支着脑袋。客厅里也没有动物。

"我在等启明老伯，你也是吗？"阿依问。

"我没有，我在做梦。这屋里有这么多大型动物。"

"嗯，这是因为你的家格局很大。你的爹爹和妈妈，他们都是心胸很宽广的人。我的爹妈也是这种人。"

阿依在黑暗中发出笑声时，那只鹦鹉也在卧室里笑。鹦鹉的笑声令六瑾汗毛倒竖。六瑾将鸟笼拿出来放到客厅的桌上，回房继续睡。

她在似睡非睡中一直听到阿依在同那只鸟儿说话，鸟儿的回应总是很刺耳，像在赌气。可能鸟儿不喜欢阿依？还是不愿意待在客厅？六瑾在猜疑中睡不踏实。天蒙蒙亮她就醒了，是鹦鹉叫醒的。鹦鹉大声重复着两句话：

"这就是那种事吗？我好快活！这就是那种事吗？我好……"

六瑾揉着眼睛跑到客厅，不见阿依。鸟儿从笼里出来了，站在桌上，它的一条腿还在流血，可以看见骨头。它单腿独立，还是那么兴奋。

六瑾替它裹伤口时它说："呸！呸！"它显得那么不屑，将六瑾都逗笑了。她一边笑一边用眼角瞟见了椅子上那把镰刀，于是又记起了蕊手心里的伤口。

"这个阿依啊！"她叹道。

"这个阿依啊！"鹦鹉也叹道。

第十二章

六瑾和蕊，以及无头人

一早，蕊就来到了院子里，坐在那口废弃的井旁。六瑾一定是看见了他，因为她在房里喊出："蕊！蕊！"蕊没有回答，他在观察从井面的花岗岩石头缝里爬出来的蚁们。他想，蚁巢会不会筑在井底呢，那将是多么狭长、曲折而幽深的小道啊。他有点紧张地盯着这些工蚁，没有注意到走拢来的六瑾。

"这种古井，是前人的遗产。还没有小石城的时候就有了它。那个时候，竟有这么高超的打井工。我听说他们隐居在这个城里。"六瑾轻轻地说。

蕊站起来，感激地对六瑾笑着。他们一块到厨房里吃饭。

"蕊，你准备好了吗？"

蕊喝光碗里的羊奶，放下碗，有点犹豫地说：

"我不知道，六瑾姐姐，我很紧张。我从来不知道自己。"

前一天，他俩约好一块去戈壁滩。因为六瑾想利用自己的假期"重走父亲的路"。中间隔着这么多年头，六瑾重返的念头越来越强烈，她就告诉了蕊。蕊沉思了一会儿之后问她：

"那里的人，会认得出我吗？"

"难道不值得一试吗？"

"好。"

他们收拾好厨房后，马车就准时来到了院子里。是那种简陋的货车，由两匹黑马拉着，车夫是个傲慢的汉子，似乎总在冷笑。

坐在车上，蕊紧紧握着六瑾的手，显得很害怕。六瑾心里很温暖，她想，蕊真是个孩子啊，他不是早就习惯了一个人走南闯北吗？

车子一会儿就驶出了小石城，来到更为开阔的乡间。蕊的表情一点都没放松，也不说话。六瑾注意到他们走的是一条很好的柏油路，但奇怪的是路的两旁看不到人烟。走了很久仍然只看到大片的荒野延伸开去，到处是野草和黄花紫花，连树都很少。天空高远，车轮欢快地滚动着，六瑾心里却存着疑团。她想用谈话来冲淡紧张的氛围，但蕊不肯开口。车夫是六瑾的同事介绍的，据说常年在小石城和戈壁滩之间跑，经验丰富。

"蕊，你不要害怕，晚上我们就到旅馆了，我认得旅馆老板。"

这时车夫忽然回过头来大声说：

"是那位无头人吗？你认得他，这可是个好兆头！"

他这一喊，六瑾脑子里那些模糊的记忆突然变得清晰起来——寒冷的夜晚，她和父亲穿着棉袍戴着棉帽来到花岗岩铺地的旅馆天井里头。有火把一样亮的东西落在花岗岩上，发出玻璃碎裂的响声。那是流星吗？那个人在走廊下叫爹爹，爹爹就过去了。他们长久地交谈，六瑾冻得要昏过去了。是的，她一次也没见到过那张裹在头巾里面的脸！她问过爹爹，爹爹说他原来是巡逻兵，执勤时受了伤。

下午时分马车驶出了荒原，进入一个小县城。这时蕊才好像活过来了。六瑾和蕊下车去吃饭，车夫去饮马。

那家小餐馆很冷清，墙上的那两幅水彩画令六瑾有点忧郁。两幅画里都是戈壁滩的石头，石头被火一样的晚霞映照着。蕊掏出一个放大镜，凑近去看那些石头，口里发出含糊的惊叹。

"戈壁滩还没到呢。"六瑾提醒他说。

他们吃饭的时候，店里一个顾客都没有，而这个时候马路对面的那家餐馆里头人头攒动。女服务员无所事事，就走过来同他们说话。

"客人们都说我们不该在厅堂里挂这种画，让他们看了心情不好。我们这里的风气啊，很低俗。"她不屑地撇了撇嘴。

六瑾要付账，她说不用了，还说这个饭馆就是为"远方来的朋友"开的。

他们出了餐馆在马路边行走时，蕊激动得搓着双手，不停地说："那是什么样的石头啊，真没想到！还有这种事……"

六瑾问他："你看见了什么呢？"

"什么？你问我看见了什么？一切。"

"你总是带着放大镜吗？为了看画？"

"是啊。"

但是马车和车夫都不在原地了。六瑾隐约地感到某种变化发生了。为了让自己的情绪镇定下来,六瑾就站在街边给蕊讲她从前的那次旅行。不知为什么,她脑子里关于戈壁滩的印象好像在改变,她费力地讲着,回忆着,总是不由自主地提到"无头人",即那位旅馆老板,忍也忍不住。那个裹在黑袍里头,老是同她父亲谈话的幽灵,对于她有无穷的吸引力。

"嗯,"蕊说,"从你的讲述来看,戈壁滩的奥秘就在那个旅馆里头,对吗?六瑾姐姐,你觉得刚才那个服务员认出我了吗?"

"可是我们还没有到呢,蕊。"

"你这样想吗?你怎么知道还没有到呢?"

六瑾答不出,现在她已经看见那种变化了,因为女服务员正站在报刊亭那里看报呢,谁知道她是不是看报?马路对面的餐馆里,顾客们都陆续出来了,他们三三两两地站在街边,观察六瑾和蕊。蕊从衣袋里掏出放大镜,去看电线杆上面的一张小广告。六瑾也凑近去看。那是一张普通的旅馆介绍广告,上面写着从这里往前两百米,有一家"奇趣"旅馆,提供床位与膳食。广告词里头居然提到"戈壁滩风味"。

"啊,戈壁滩!"蕊对着放大镜赞叹道,"这里头还有陨石呢!"

六瑾接过放大镜去看,却只看到一条很大的蜈蚣从木头电线杆的缝里爬出来。她吓得差点连放大镜都扔掉了。

"蕊,你要去那旅馆吗?"六瑾战战兢兢地问。

"我们去吧,我觉得我们已经到了。"

六瑾有点害怕,又有点松了一口气,她抱着顺其自然的态度往前走去。

"奇趣"旅馆是建在很高的坡上的木头楼房，六瑾爬到旅馆大门那里时，已经有点出汗了。放眼往下面一看，小县城好像消失了，一切都隐没在混混沌沌之中，要仔细辨认，才看得出几条带子一样的马路。

"多么高啊！"六瑾由衷地说。

"这里离太阳特别近呢。"蕊的声音有点得意。

旅馆的大厅里冷冷清清，只有几个男职员端坐在柜台后面。六瑾只扫了一眼，就看见四周的墙上挂满了那种石头的水彩画，她的全身立刻燃烧起来。她登记了一楼并排挨着的两个房间，就同蕊一块去休息了。

六瑾洗完澡就睡下了，她累坏了。可是没有多久她又满身大汗地醒来了，于是热得再也没法闭眼。六瑾想了想这事，不禁哑然失笑。从前她同父亲去的那家旅馆不就正是这么热吗？桌上有蒲扇，她换了衣，一边扇着一边出了房门去看蕊。奇怪，蕊不在他的房间里，他的行李还扔在那里没打开呢。她退出来，看见有个女服务员过来了，那人对她做着抱歉的手势说：

"我不能停下来和您说话，我一停下来就出汗，对不起啊。"

她走过去了，六瑾摇着扇子思考着。走廊里也挂了一些画，是油画，一律画的蜈蚣。有的画里是一条，有的一大群。六瑾从东头的窗户望出去，看见有不少人蹲在庭院里，盯着地面的什么东西。原来旅馆的人都在这里！

她出了客房部，阳光照得她一阵眩晕，她差点跌倒了。她感到太阳穴痛得像针扎一样，放眼朝坡下一看，白茫茫的一片。她连忙退回到客房部的走廊里，又站了一会儿，疼痛才消除了。

她忍不住喊起来："蕊！蕊！"她的声音回荡在走廊里，使她自己感到很窘。她又走到东头窗户那里去看，看见那些人还是蹲在地上，庭院里很多树，很幽静，几乎见不到阳光。六瑾想爬窗出去找蕊，有人在背后讲话了。

"您不可以爬窗跳下去。您以为没有多高，其实下面是万丈深渊。"

说话的是女服务员，她一边走一边说，说完已经走远了。六瑾听了她的话就打消了爬窗的念头，只是站在那里边摇扇子边观察。有一瞬间她看见了裹在黑袍里的无头人，那人好像在对周围的人讲解什么，用手杖在地上指指点点。啊，真是他！

"您见到这间房里的客人了吗？"

六瑾见女服务员过来了，连忙问她。

"他跳下去了。这种事是他自己的选择，我们旅馆是不负责任的。"

服务员说着又走远了，她像个机器人一样在走廊里来回走动。

六瑾上半身俯在窗口，挥着手，不顾一切地大喊：

"经理！经理！"

但是她听到自己的声音又细又弱，庭院里的人无动于衷，谁也没听到。

有一位旅客过来了，大概他也想到窗口这里来看外面。当他走近时，六瑾才认出他是车夫。他全身穿黑，像是在服丧一样。他的态度也变得随和了。

"有的人啊，一来到这里就不想走了。"车夫做了个鬼脸，"我看你不是那种人。在这个高坡上,可说是要什么有什么。有的人就看到了这一点。"

六瑾想,他是在影射蕊吗?

"可是我要去的地方是戈壁滩。"

"那么,这里是哪里?你不是看见无头人了吗?等你找到你的同伴,他就会把一切告诉你的。我看他倒是个务实的小伙子。"

在窗外的庭院里,那些人都站起来了。车夫要六瑾注意那些人的脸,六瑾便看到每个人的脸上都爬着蜈蚣。有的蜈蚣还趴在眼皮上,那人只好睁一只眼闭一只眼。

"客房里也有毒虫吗?"六瑾问。

"有。到夜里就出来了。你看墙上这些画,你以为是油画吧?不,这是照片!有一个人,拿着照相机到处照,就把这些虫子的样子全照出来了。你瞧,这个墙角里就有一条,白天里它像是死了一样,到了夜里……"

车夫的话没说完就走了,因为有人叫他。墙角的蜈蚣身体很大,六瑾不敢长久注视,她转身匆匆往房里走去。

在房里,她将被褥、床底、抽屉,还有衣柜全都仔细查找了一遍,打死了两条蜈蚣。她一边打,绝望之情一边上涨起来。由于不敢坐床铺和沙发椅,她就坐在桌子上。她竭力回忆今天发生的事,她想起了自己那个"重走父亲的路"的主意。她是怎么会产生这样的念头的呢?难道得到了父母的怂恿?母亲最近倒的确来过一封信,信里提到沙滩鸟。对了,就是因为她提到沙滩鸟,搅动了六瑾的怀旧情绪,六瑾才起了心要"重走父亲的路"。但是这条路根本不是她小时同父亲走过的那条路,他们

333

一直在荒原上飞驰，突然就来到了这个小县城。现在，她好像是被困在这个客房部了。还有蕊，这个小鬼，居然躲起来了。

六瑾将窗帘拉开。她看到的全部景色就是面前的一小块泥地，再往前，就是落下去的陡坡了，陡坡下面的一切全是混混沌沌的。视野里出现蕊的上半身，他打着一把黑伞在坡下匆匆走过，六瑾大声喊他，他一跳一跳的，很快就不见了。蕊在这里发现了什么呢？什么事情引起了他的兴趣呢？她很热，她身上的汗湿透了衣服，把桌子都弄湿了。她记得这个小县城是很凉爽的，这上面的温度怎么这么高？是像蕊开玩笑说的那样，"离太阳特别近"吗？

六瑾又洗了个澡，换了套衣服，这时女服务员来敲门了。

"我们经理邀请您去二楼茶室喝茶，您现在可以同我去吗？"

女服务员一边说话一边弯腰捡起地板上的一条蜈蚣往嘴里一扔，嚼了几下吞下去。六瑾看得双腿发软，差点倒地了。

二楼的茶室是一间暗室，遮得严严实实的，只在靠里边墙上有一盏小绿灯，灯下摆着一张小方桌，三把椅子，经理已经坐在其中的一把上了。他果然就是那个无头人，不过也许不是无头，只不过是他的头用头巾裹起来了而已。他的声音低沉而刻板，他似乎并不是二十多年前的那个老板。服务员冲好茶就离开了。

"还有一位要来吗？"六瑾指着那把空椅子问道。

"还没有确定呢，那是个打不定主意的家伙。"

六瑾听出经理从头巾里面发出的声音有种金属的味道，这令她心里起疑。

"我请您来，是想同您谈谈蕊。您的这位年轻朋友，在短短的几个小时内已经同旅馆的每个人都认识了。这是一件好事，我们'奇趣'旅馆鼓励客人的社交活动。可是对于蕊，我有点不放心，因为我偶然撞见他用放大镜去研究我办公室墙上挂的那几幅大油画，那上面画的是戈壁滩的石头。"

六瑾忍不住"扑哧"一笑。黑袍里的人体有些不安地扭动了起来。

"我的办公室从来不锁的，不过这并不等于说，客人可以用放大镜去细看里头的每一样东西。您说呢？"

"我的朋友令您如此不安，我很抱歉。您应该知道我来这里的动机，自从我亲爱的爹爹——啊，还是不说了吧。我们马上离开，好吗？"

六瑾觉得自己快要哭了，也不知为了什么。

"啊，六瑾小姐，您错了！我告诉您这件事，并不是希望你们离开，恰好相反！我是想说，我对您的朋友产生了莫大的兴趣。"

经理站了起来，点燃了一支烟。六瑾好奇地伸长脖子看他，他将那支烟举在手里在房里走来走去的。六瑾想，黑头巾里头会不会是一张魔鬼的脸啊。她的目光落在门把手上，有人在移动那个把手，似乎想进来，但又始终没有进来。再看经理时，看见他手里那支烟烧到指头了，他一点都不知道痛。

"我是个瞎子，"他忽然说，一边将烟蒂准确地扔到烟灰缸里，"当年我被困戈壁滩，阳光刺瞎了我。这个地方，是我制造的小小的戈壁滩。一个瞎子，他还能有什么期望呢？嘿嘿。"

六瑾模模糊糊地记起了那种冰窖似的夜晚，记起了爹爹的焦虑，不知怎么，她看着这个无头人，突然汗毛倒竖，差点喊出声来了。他……他是谁？

经理一步跨过去，扭开了门把手。他咕噜了一句："是风。"然后又把门关上了。他又开始点烟。烟的味道有点怪，六瑾感到头有点发晕。她霍地站起来，冲到门边，打开门，冲出去，然后又飞快地下楼。

没有人拦她，追她。她着什么急呢？楼里静悄悄的。不知不觉地，六瑾又走向了客房部的大门口，可是她马上又缩回了——空气像在燃烧，亮得让眼睛无法忍受。她回想起举着一把黑伞在周围巡游的蕊，立刻又为他担忧起来。

这真的是一次测试吗？在二十多年以后？爹爹和这个人有过什么样的君子协定？还是爹爹背叛了这个人？六瑾发现女服务员已经不在走廊里了，那些客房都敞开门，房里都没有人。她又走到窗户那里去看。庭院里也空了，没有一个人，只是阴凉的地上仍然爬着很多蜈蚣。

她回到房间里，看见女服务员坐在桌上，正在哭。

"我想念我的妈妈。"她抬起泪眼模糊的、粗糙的脸。

六瑾实在没有心思去管她的事，就生气地质问：

"你们经理到底找我干什么？"

服务员一听这话就立刻忘了自己的悲哀，跳下桌子，凑近六瑾说道：

"好事情，很好的事情啊。您的一生都将因此受益。"

六瑾目送她撅着很宽的臀部往外走去，从背后看去，这个女人非常性感、妖艳。忽然，六瑾对她的身世产生了兴趣，她冲到门口叫住了她。

"您妈妈是南方人吗?"

"咦,您怎么知道?"服务员瞪着一双金鱼眼,"她和爹爹都是花农。他们好奇心太重,追求时髦。有一年,他们将花圃里全部种上了外国引进的郁金香,那种花儿不适合在热带栽种,他们就破产了。您一定懂得花卉方面的事情吧?您一来我就看出来了,我想和您谈谈。尤其在这里,这么热的天,我们有什么事可干呢?"

令六瑾吃惊的是,走廊里本来空空的,服务员用脚一钩,不知从哪里钩出一把椅子来了,现在她就坐在那把椅子上。六瑾感到她的动作特别潇洒,像个女魔术师。这时六瑾一下子记起设计院从前的老院长是开花店的,这个女服务员会不会同院长有关系呢?六瑾问她看见蕊没有,她说看见了,但没来得及说话,因为小伙子太忙了,在这周围窜来窜去的。

"您知道他在干什么吗?"六瑾问。

"开会。"她翻了翻眼说,"那种会,这里天天开。这个小伙子不怕阳光,我一看他的眼睛就知道。他啊,打着一把黑伞到处窜。我们经理要我保护他。"

"到这里住宿的人都有危险吗?"

"可以这么说吧。您瞧瞧地上这些毒虫,可是也没见谁死在这里。"

六瑾观察到这个女人脸上有一种残忍的表情,远没有她的背影给人的印象好。她同那无头经理显然是一伙的。这里住着一些什么样的旅客呢?为什么她看不到他们呢?服务员从口袋里掏出梳子来梳她那一头浓密的黑发,她说自己好多了。她站起来,踢了那椅子一脚,椅子就不见了。她的动作虽然粗俗,却给人一种痛快感。

六瑾刚一回到房里坐下就有一个旅客来找她了。她头发花白,看上去像一个做粗活的人。由于害怕蜈蚣,六瑾就不邀她坐下。她俩站着谈话。

"我是一个母亲。"她开口说。

"啊?"六瑾疑惑地看着她。

"您设身处地为我想想看——我同儿子住在同一个旅馆,却没法交流。我从家乡一路打听到这里,我听说儿子是和您来县城的。您能不能让我同他见见面?我们家在内地,在工厂工作,我儿子却老说自己是山民,住在山洞里,他有幻觉……他很机灵,我们并不担心他。可是我想念儿子,就赶来了。"

"您去找过服务员吗,就是外面那个?我觉得她有办法帮您。"

女人浑浊的眼里闪出光来,不住地说:"太好了。"她向外走时,一伸手就从空中抓到一把黑布伞,她将伞夹在腋下出去了。六瑾简直看呆了,接着她又听到那女人在屋子外面高声大喊:

"毛球!毛球!你出来!我带来了你的铁环,你最喜欢玩的那只!你瞧,滚到哪里都不会倒,多么好的铁环啊……"

六瑾站在房里的桌子上一看,看见蕊在坡下。蕊一只手举着黑伞,一只手向他母亲打手势,似乎在恳求她离开。那位母亲站在坡上,也举着黑伞遮太阳,一脸失魂落魄的表情。后来母亲就走开了,大概回旅馆大厅去了。六瑾再看蕊,蕊也不见了,那把撑开的黑伞斜放在地上。走廊里响起女服务员的说话声：

"我真羡慕您啊，您有这么孝顺的儿子。"

那母亲在哭，她说她要回家了。六瑾伸出头去看，看见女人的那张脸一下子苍老了许多。女服务员搀扶着她，她在诉说：

"没人能预料他的行动。他从小就这样。我见到了他，心里好受多了。有时我想，我到底有没有儿子？当然，我有，你们都看见了。"

女人离开之际，撕心裂肺地哭着，女服务员也同她一道哭。从后面看去，她俩哭的样子很相像。六瑾想，她俩莫非是两姐妹？

太阳终于落下去了。有人来叫六瑾去吃饭。说是"聚餐"。

餐厅在另一栋楼，很大，天花板上到处悬挂着稻草啦，棉花秆啦，豆秆啦，玉米啦等等。有十几桌人在同时就餐。六瑾看着他们有点面熟，他们就是蹲在庭院里的那帮人。她想找蕊，就绕着那些餐桌走来走去地看。有几次她以为自己看到了他，待走到面前一看，又不是。

经理进来时，所有的人都站起来了。经理向他们敬酒，六瑾看见他真的将酒喝下去了，可就是看不清他的脸。桌上的菜很多，但六瑾吃了两筷子就放下了。她的头痛起来，大厅里似乎缺氧，她呼吸困难。这是怎么回事呢？她坐在那里，她的眼前人影晃动，那些稻草和豆秆里头飞出无数小飞虫，飞虫们嗡嗡地叫着，往她脸上撞，她只好狼狈地用袖子遮住脸，饭也吃不成了。她越是躲，那些飞虫越是围攻她，她用手巾蒙着脸往外急走,走出了餐厅,这才松了口气。

餐厅外有个凉亭,坐在凉亭里往下面看去,六瑾大吃了一惊。县城好像消失了一样,到处黑洞洞的,她所在的旅馆好像成了一个小小孤岛,又像浮在半空的一些建筑。出于好奇,她走到斜坡那里,想沿阶梯下去走走。她找了又找,始终没找到下去的阶梯,她觉得自己贸然下去就会扑进虚空,可又不相信那下面会是虚空。忽然,她看到蕊从那下面走过去了,餐厅射出的灯光照着他,他显得行色匆匆。

"蕊!蕊!"六瑾边挥手边喊。

她的声音是多么的软弱无力啊,就好像被阻断了似的,恐怕只有她自己听得见。蕊消失了。六瑾想,他老是围着旅馆绕圈子,难道是在做游戏吗?这时身穿黑袍的经理出现在门口,他向着凉亭走过来了。他的身影一上一下的,像是在黑暗里浮动。他居然吹起了口哨,也许他喝多了。六瑾听出他吹的是儿歌,十分熟练,也很动听。朦胧的灯光里,那些白色的飞虫一会儿变稀一会儿变浓,分明是应和着他的节拍。现在六瑾可以看到他的头部了,只是脸上的表情还是模糊。

"六瑾小姐,我同您的父亲是世交啊。"

他坐在亭子的栏杆上,他的体态那么轻盈,像一朵乌云一样。

"您知道我爹爹的近况吗?"

"我不知道。这个世界上,有些事用不着知道。您那位年轻的朋友,正在加紧操练,我觉得他前程无量。您瞧,他在飞!"

六瑾什么都没有看到,前方只有黑暗。

"您建起这个旅馆有多久了？"

"有很长时间了。您想想看，在这种地方……开始是很寂寞的，没有人来……后来呢，就变成这个样子了。"

六瑾极力想看清经理的脸，但不知为什么，她的目光一落到那里，她的头就晕起来。她干咳着，不断尝试，一次又一次集中意念。有一刻，她似乎看到了一张农民的脸，皱纹里头散发出柴草的烟雾。

他一伸手从空中抓到一只小乌龟：

"这是您的爹爹新近喂养的。您瞧，背上的纹路是不是很特别？"

六瑾同样看不清乌龟。她知道那是一只乌龟，可是要看个仔细呢，头就晕，眼就痛，只好放弃。有鸟儿在亭子里叫。啊，长寿鸟！

"您的年轻的朋友，他一直在追赶，他要抓住那些东西。"

那些服务员站在餐厅门口叫经理，经理连忙从栏杆上下来，朝他们走去。他刚一走开，长寿鸟也不见了。幽暗中，一股一股的热浪朝六瑾涌来，她身上的衣服立刻汗湿了。她走出亭子，打算回房间洗澡。

在拐弯的地方突然出现了墙，墙是青砖砌的，那么长，挡住了她的去路。起先她往左边走，走不到尽头；她又返回来往右边走，还是走不到尽头。她听见墙头有鸟儿在黑暗中叫，天空中的那一弯新月似乎因为炎热而微微颤抖。她想，只有回去，回到餐厅才不会迷路。然而墙的那边响起了蕊的声音：

"六瑾姐姐，这里有好多人，他们都认出我了！"

看来他很兴奋,很满意。

"蕊!蕊!你看到我了吗?"

"我看到你了!你在太阳底下,太阳就在你头顶!我要赶过去,那边还有人,那边是戈壁滩的心脏……"

六瑾回到餐厅时,那里面一个人都没有了,只有少量白色的飞虫还在灯光下面飞。她很想回房间,因为湿衣服贴在身上很难受。正在这时她看到了救星——女服务员过来了。她仍然是一脸忧郁的表情。

"您找不到您的房间了?我们这里一到夜里,什么都改变了。刚来时,我也总是找不到我的房间。您跟我来。"

她们出了餐厅,女服务员忽然变得力大无穷,她将六瑾一推,六瑾就掉下去了。六瑾觉得自己要死了,万念俱灰。可是她没有死,她落到自己房间的床上了。房间仍然开着窗,就同她离开时一样。她起身去关窗时,看见窗外站着经理。

"我在找您的朋友。这个小孩啊,就像生出了翅膀一样!他啊,他在我这里大有用武之地呢。"

六瑾早上醒来时,已经不太记得夜里发生的事了。她铺床时发现自己压死了两条虫子,它们有点像蜈蚣,可又不是蜈蚣。是什么虫子呢?真恶心啊。她用纸包着它们,扔到垃圾桶里。

蕊的房间关着门,她走过去一敲,门就开了,是经理在里面。

"您的朋友,到了这里就失去时间概念了,他整夜都在同人交流,缠住每一个人。有些房客被他缠得筋疲力尽,倒在草地上就睡着了。您瞧,这是他的手!"

经理举起那只闪闪发光的手,在幽暗中窃笑。六瑾"啊"了一声,差点儿晕倒。

好半天之后,她才战战兢兢地问:

"他没有了吗?"

"您多心了,怎么会死了呢?只不过是暂时的分解罢了。您没听您父亲说过这种事吗?就比如说我的头部……"

他没有说下去,因为六瑾双腿一软,坐到了地上。

"您不要紧吧?慢慢就会习惯的,这里离太阳太近,会有些反应。"

六瑾一咬牙扶着墙站起来,虽然眼前发黑,她还是摸索着回到了房里。

一个男服务员正在她房里打扫卫生。她坐在软椅里头,听见他正用拖鞋噼噼啪啪地打那些虫子。他做这事很有快感,她却感到恶心。

"完了吗?我要吐了。"她虚弱地说。

"这就完了,这就完了,对不起!"

他经过六瑾身旁时,弯下身凑近她说:

"您真美,刚才我本来想将我的一只眼睛寄存在您这里呢!"

因为恶心,六瑾也不想去吃早饭了。她慢慢地走到东头窗户那里,再看那个庭院。院子里的小树丛那边站着蕊,六瑾朝他挥手。

"蕊!蕊!我可以过来吗?我这就过来好吗?"

"不要!不要!六瑾姐姐,你下面是万丈深渊啊!"

蕊的背后有个黑影,六瑾看见那黑影像一头巨熊一样抱住

343

了他,而他也没有挣扎。那些小树猛烈地摇晃起来。蕊在喊:"妈妈!妈妈!……"

一会儿六瑾就看不见他俩了,她感到有些宽慰:毕竟蕊是同母亲在一起。

她想去退房,她走到客房部的门口,又一次被燃烧着似的阳光逼退。最要命的是,她没法睁开自己的眼睛。她突然想起了蕊的黑伞,他在哪里弄到那种伞的?男服务员从一间客房出来了,六瑾上前问他退房的事。

"嗯,您是该退房了。"他想了想又说,"不过这里白天不办退房。您也见到了,太阳太大。您等到晚上,会有人送您下去。"

六瑾很吃惊,这个人怎么知道自己该退房了呢?蕊已经离开了吗?

她回到房里时,温度一下子又升高了,她满头大汗,扇子也解决不了问题,只得又钻进浴室冲了个凉。冲完凉出来,听到窗外响起尖锐的哨子声,她拨开窗帘一看,看到一队人在燃烧的阳光里排队形。六瑾看见是经理在训练他们,经理还是穿黑袍,只是脸露出来了,是一张普通的农民的脸。六瑾不能久看,因为头昏。她想,大概人经过某种训练之后才能适应这里的阳光。她最后看见的队伍里的那张脸居然是老石的脸,他已经完全变样了,变得粗糙了好多,很像一个农民了。六瑾拉上窗帘,坐在椅子里。窗外刺耳的哨声吹得她一惊一乍的。

"您喜欢我们这里吗?"女服务员在问她。

"我?不知道。为什么会离太阳近?我从未见到过这种事。"

"都是经理的一番苦心啊。"

她一边打扫房间一边摇头，似乎她很不赞成经理的某些做法。可是六瑾认为，这个女人的话是不能信的，她是经理的探子。

"我以前不认识那位车夫，是别人介绍的。"六瑾说。

"有很多人，我们不认识他们，他们早就认识我们。您瞧，他来了。"

六瑾回头一看，果然是车夫来了。车夫手里拿着一顶黑色的高礼帽——又大又高的礼帽，谁有那么大的脑袋？女服务员在旁边说话。

"您将自己的头用帽子罩起来就可以出去了。"

她蛮横地将大礼帽往六瑾头上一捂，抓着她的手臂就往外走。

马车居然就停在客房部的门口。他俩将六瑾一把推上车，六瑾就感觉到车子飞奔起来了。难道车子真的在半空飞？她很想从帽檐下看一看，但实在是太害怕了。车夫一边赶车口里一边吼着什么，像是在冲锋陷阵一样。

车子终于驶上了平路。六瑾听到老石在说话：

"同六瑾住在同一家旅馆，真幸福啊。"

她拿掉帽子，看见了灰头土脸的老石。

"我比你先来。我嘛，一直对这里朝思暮想。那位经理是我从前呆的那家福利院的院长。你看多么凑巧。"

他们又进入了荒原。六瑾不愿说话，她沉浸在自己的想象里头，那里面的东西类似一个个庄园，到处是阴影。六瑾尝试着学了几声鸟叫，她当真叫出了声。老石吃惊地看着她，心里感到自己正在远离她。可是，同她坐在一起，观察她，仍然使

345

他激动。

"你看，这是你的行李。"他说。

"哈，他们想得真周到。"

六瑾飘忽的目光扫视着荒原，她在想，这个人世间又有多少人能够接近太阳？小石城是谁的城市？

第十三章

启明和六瑾

吃过饭收拾好之后,我和你爹爹刚要坐下来休息一下,那件事就发生了。是一件不好的事。上个月你爹爹从市场买了一只小乌龟,我们将它养在潲水盆里,它安安稳稳地待在那里,还长大了一点呢。可是昨天它却不安分了,它不知通过什么方法爬到窗台上——它把窗帘都咬烂了。你爹爹发现它时,它正要往下跳,所以他就一把将它捉住,重新放进潲水盆,还找了个盖子盖好。它是多么愤怒啊,一整夜我们都听到它在盆里抓啊,挠啊,爬上去又掉下,弄出哗哗的水响。

我开了灯,看见你爹爹额头上冒着冷汗。他虚弱地说:

"它是来讨债的吗?我要死了。"

我大声反驳他,说他"瞎说"。

"那么你就把它放上去吧。"

我真的将它放上去了,可它并没有往下跳,它又回到了厨房。我告诉你爹爹,你爹爹厌倦得不行,不希望再听到它的事了。

　　黎明前,我们俩一块下了楼,我们想去桥上,可是路灯的光被重重浓雾包裹,到处黑黑的,根本就看不清路。你爹爹就停下来问我还去不去。我说当然要去啦,先前去边疆,不也是什么都看不清吗。我们就不看路了,信步走。有时我们感觉自己走在平地,有时又感觉踩在碎砖瓦上头。后来天亮了,我们发现自己在原地绕,哪里都没去。

　　母亲的信使得六瑾有点不安,她老想,是不是经理给她看的那只龟?

　　启明老伯很久没来,三天前又来了,坐在院门口,面前放了两个鸟笼,都是空的。当时六瑾想起了一件往事,也是同鸟有关的,然而还没容她想清,记忆又一片模糊了。她很沮丧——为什么自己老记不起同老伯相处时的情景?通过前一阵与阿依的交谈,她已经明白了这位老人在自己的成长中的重要性,但具体到底是怎样的,她一点印象都没有了。遗忘真可怕,自己身上的某些东西正在死去吗?

　　夜里她再次走出房间时,看见那两个空鸟笼里头已经各站着一只张飞鸟。笼子门开着,鸟儿静静地站在里头。六瑾感到老人真会变戏法,一瞬间,六瑾想起了爹爹的乌龟。她有点不知所措。

　　那天夜里,六瑾曾尾随启明老伯到了市场,却原来他就住在市场旁边的一间杂屋里。六瑾站在门口,听见老伯在里头说话:

　　"六瑾,你怎么可以将过去忘得干干净净呢?"

六瑾惭愧极了，茫茫然地走进去。他的鸟笼放在桌子上，那两只鸟儿正在灯光里打瞌睡呢。启明老伯自己则在修一只玩具鸭的弹簧，六瑾觉得那只鸭很眼熟。不知为什么，她一冲口就说出来了：

"老伯养不养龟呢？"

"我不养龟，"他抬眼看了她一下，说，"龟是进取心很强的动物。你养了龟，你就不能随便离开它。不然你的生活就要改变。"

六瑾的目光在房里扫了一圈，似乎看到一个窄床，一个矮柜，一些大大小小的鸟笼之类，不过这些东西都在阴影中，看不清。再有就是，她听到一面很大的钟在发出清脆的响声，但她又找不到那面钟，莫非是放在床底下？老伯现在说话清清楚楚，先前在她院子里，他为什么要那么含糊地吐词呢？

"老伯一直住在这里吗？"

"这里只是我的临时住处。"

六瑾离开时，他并没有出来送她，而是仍然在搞他的修理。六瑾想，那有可能是她扔掉的玩具鸭，她这一生，扔掉过好多东西。

后来六瑾向阿依诉说失忆的苦恼，阿依就劝她不要去尾随启明老伯，因为他"是过去时代的人"。六瑾问这是什么意思，阿依就看着她的眼睛说：

"你只会徒生烦恼，因为时光不会倒转。"

那么她同老伯之间隔着什么呢？六瑾记起了这个人同她的父母之间的那种"历史悠久"的联系，觉得他有点遗物的味道。她十分羡慕阿依，她认定阿依同他是可以沟通的。阿依说他在

351

雪山下的林场里住过好几年,近年才来城里,"居无定所",随便找些破房子安身。

启明感到老年的梦特别好。在梦中,他的欲求似乎很模糊,但也很容易达到,时常有意外的惊喜。当他醒来时,就会想到自己已经退休了,衣食无忧,爱干什么就可以干什么。他很感激死去了的老院长,是她给了他幸福生活。刚退休的那年他心中生出好奇心,一冲动就跑到伐木场去工作了。他在那里做杂活,每天都要出汗,心里比较充实,可是一个噩梦使得他离开了林场,其实至今他也没弄清那到底是梦还是真事。当时他和一个同伴在坡上休息,蒙眬中听到有人叫喊,抬眼一看,那根黑色的粗东西砸下来了,他立刻就地滚开去。然而他很快就明白无处可躲,左边是岩石,右边也是岩石。难道自己在岩石沟里?他听见轰隆一声巨响,那大树被岩峰架住了,树枝痛苦地抽动着,发了狂一样。启明两腿哆嗦地走到外面,看见他的同事在抽烟。

"我睡不着,就起来伐倒了这棵树。本来想叫醒你,后来想到反正又砸不到你身上,还不如让你多睡一会儿。"他抱歉地说。

"我还以为我必死无疑了。伐木真可怕。"

当晚他就离开了。他现在回想起来还有点遗憾,毕竟,山里的生活是他喜欢的,尤其是夜间的林涛,就如亲人的低语,那么多的亲人。但是怎么会发生那种事的呢?当时他明明是在山坡上休息,那个同事是他喜欢的那种人,他们之间特别有默契。启明后来还去寻找过那条岩沟,根本就找不到。

他在郊区路边的树林中搭棚住过,那时也没人来禁止他住在那种地方，他自由自在的，还帮人染过布呢。直到近两年，他才又回到城里来住，他有时回到设计院原来的家里，大部分时间则到处乱住。奇怪的是他总能找到可以栖身的小屋，每次毫不费力就找到了，小石城真是流浪者的天堂。垃圾工老袁昨天还对他说："那些货房啊，工具房啊，地下室啊都可以住的。我来这里五年了，从来没付过房租，我还知道有家免费旅馆呢。"至于启明自己，他也不知道自己为什么要到处乱住。莫非是为了那些梦？每到一个新地方就有好梦等着他，有时他真是心花怒放！

是设计院的生活使得他的眼界越来越开阔，所以他从那里面走出来后，居然感到自己仍然充满了活力和好奇心。退休后最大的感受是某种和谐。走到外面，飞鸟啊，小兽啊，鱼儿啊都不怕他，有时还来接近他呢。有一天他站在小河里吹风，几十条小鱼游拢来了，都来蹭他的腿子。再有就是人，他走到有人的处所，一张口说话人家就明白了他的意思，就给他提供方便。那段时间，启明常对自己说："生活刚开始呢！"他颇为自得。在伐木工厂工作的那几年，他常去他从前的恋人的墓地看看，那是一个很不起眼的土堆，连个墓碑都没有。他就是在那里同阿依交谈起来的。他坐在墓边的草地上休息，乌鸦在他脚边跳来跳去的，阿依过来了，她还是个小姑娘，不过也许十八岁了。启明看见姑娘的脖子上挂着一条棕色小蛇。她朝他笑着，好像是老熟人一样。

"这是条熟蛇，总来找我玩，它就住在这一带。"

那些乌鸦也不怕她，当着她的面吵吵嚷嚷的。

"我妈妈现在一定不会寂寞了，小动物啦，人啦，都来看她。"

她说话时，蛇张着嘴，好像要过来咬启明一样，启明感到很好玩。他们坐在那里，两人都不谈论死者了，因为感到死者就在他们当中。

后来他们就常在墓地见面，并没有约定，却又像约好了一样。启明感到阿依身上有种非人间的美，这个姑娘同她母亲太不一样了。启明不善言谈，所以也没有同她谈过去的事，他感到是死者在为他俩沟通。毕竟，死者是过去时代的人，启明也是。如果没有那位母亲，启明是没法理解这位小姑娘的。

启明将她带到城里，托付给孟鱼家，自己就走开了。他同孟鱼并不熟，只是隐约觉得这一家适合阿依，奇怪的是老夫妇一下就满口答应了。那天办完这件大事他就回设计院的住处了，路上他经过六瑾的家，听到满院子的鸟儿叫得欢。拐到院门那里一看，有四只雪豹立在那年轻女人的身后，而她本人则坐在那里喝酒，喝得一脸通红。他所看到的画面给了他强烈的刺激，他又一次深感生活的确是刚刚开始。后来，是他设法将六瑾院里的鸟儿都引诱出去的，他用鸟笼干的这件事，六瑾一点都没发觉是他干的。

在设计院时，启明生活中还发生过一件大事。那时院长已经住院了，他陷入苦闷之中，惶惶不可终日，恨不得找一个黑黑的地洞钻进去，摆脱自己这意义不明的生活。他半夜里偷着去见院长，院长让他站在病房外说话。院长的日子已经不多了，说话的声音细如游丝，好像随时会断掉一样。

"年思白天来过了，她对花园里的蝴蝶产生了兴趣。"

"我要躲开她，躲开他们一家人。院长，您真的要走？"

"我明白了，启明。你可以失踪嘛。比如我，我先前也有过一些亲密的人，后来我就失踪……"

院长下面的话听不清了，她在喘气。启明被两名高大的汉子架着送出了住院部。他在空无一人的街上溜达，反反复复地思忖"失踪"这件事。到天亮的时候，他终于想明白了。

他决心把自己变成聋哑人，也就是说，他什么也不说，什么也不听了。他的决心一下，没过多久，就得到了周围人的公认。不久，连他的名字也变了，他被称为"哑巴"。设计院的这些同事的记忆力特别奇怪，院长一下葬，就没人记得起他是启明了。不知出于什么理由，他们将他看作从院长家乡来的一名花农，他们说他是因为残疾和年老来投奔院长的。启明心里想，自己的容貌一定是大大地改变了。难道真的没人认得出自己了？

他拿着水管给草地浇水，年思带着六瑾过来了，年思对六瑾说：

"你瞧，哑巴伯伯真辛苦。以前那个伯伯不见了，他接替了他的工作。"

年思的目光飘飘忽忽的，始终没有落到他脸上。启明觉得这母女俩的背影在夕阳里显得有点凄凉，尤其那小孩，过于细瘦，让人心里不踏实。

他将自己的这次改变身份看作一次成功的大撤退，新的身份也给他带来某种自由，他比从前更洒脱了。整个设计院，只有胡闪还把他认作过去的启明，不过就连他也改了口，不再叫他"老启"，却叫他"花伯伯"。胡闪具有惊人的洞察力，这种洞察力常使得他对过去的一些遗物念念不忘。因为身份的变化，启明又趁机在设计院多干了两年才退休，他去办退休时，部门经理居然对他说：

"您老可以一直在这里干到死嘛！"

可是他已经不想在这里干了，他要把自己变成一条鱼。

经理有些失望，说：

"退吧退吧，将来想回来了，回来就是。"

这话又让启明吃了一惊。将来？到那个时候他是多少岁了？难道他还年轻？抬头看看经理，一点都不像开玩笑。

六瑾叫他"启明老伯"时，他全身都有生理反应。

"因为那只龟，我的母亲战胜了病痛，这不是瞎说，是真的。"

"你母亲很了不起。还有你爹爹，我从没见过像他那么顽强的人。"

他们说话的地方是一家免费的旅馆，五六个人住一间房的那种，每人一张木板床。房里没椅子，六瑾只好站着，那些流浪汉都在盯着她看。启明想，她仍和从前一样精力充沛，精力这么好，生活起来一定很难。

他俩一块来到外面，耀眼的阳光使六瑾眯起了眼。

"您知道'奇趣旅馆'吗？"六瑾问他。

启明告诉她说，不但知道，他还是那个旅馆的股东之一呢，当然是比较小的股东。六瑾注意到他一说话就变得年轻了，看上去只有六十岁的样子。以前他的脸总是在暗处，她一直没看清楚过。他们一道站在林荫路上看来来往往的车辆，阳光从树缝里洒到他俩身上。六瑾忽然感到，这位老人就像是她的亲人，她从小就认识他，可又一直忽略了他。错误是从哪里开始发生的呢？

"六瑾应该很适应那种旅馆吧？我的朋友别出心裁。"

"不，我一点都不适应。同太阳离得那么近……我是个有缺陷的人。"

六瑾对启明说，她在那里失去了她心爱的小朋友。

启明笑起来，说：

"你要相信，在家里，无论什么东西都丢不了的。"

六瑾第一次看到启明老伯笑的样子，那真是灿烂的笑容啊，就像几十条小溪在欢快地奔腾！六瑾受到了感染。

"那么，他在哪里？"

"你很快就会见到他。你看那边。"

在马路对面的人行道上，站着无头的男人，他那长方形的魁梧身体蒙在黑布里头，有一个维吾尔族姑娘在他面前跳舞。

"你看他有多么洒脱！"

"是啊，没有头真好。可是为什么会这样？"六瑾迷惑地问启明。

那边渐渐围成了一个圈子，姑娘越跳越疯狂，痛苦地扭动着。六瑾看见无头人匆匆地走掉了，她一回头，发现启明老伯也走掉了。

六瑾想去马路对面，可是来了车队，卡车一辆接一辆，像是没有尽头了一样。

她回到家里，一边做饭一边想，自己虽不能像启明老伯他们那样洒脱，有些观念是不是也可以变一变呢？比如说，慢慢地变得像他们一样随遇而安、心情平和？

坐在葡萄架下面吃饭，她又一次想起了蕊，心里一阵难过。他举着那把黑伞匆匆走过的样子特别令她不安，她觉得他前程未卜。也许一切担忧全是多余的、可笑的，可六瑾就是超脱不了。

一会儿阿依就过来了。六瑾对她说起"奇趣"旅馆，阿依一听这个话题就变得容光焕发起来。"那是他的实验场。"她没头没脑地说。

"你说谁？"六瑾问。

"还有谁，当然是启明老伯。他和他的朋友在做实验，看看人是不是能在那种地方存活。你一定看到了，那里的阳光像火一样，那是个少有的地方。"

阿依说话时一副陶醉的表情，两只手在空中抓来抓去的，她说她也去过那里一次，但只待了很短的时间，她并不那么适应，她倒情愿将那种情境留在梦想中。

"真令人神往啊。"她啧啧地感叹着。

有雨落在她们脸上，六瑾说："下雨了。"阿依说不是雨，只要谈起那个旅馆，空中就会飘来水珠，她有过两次这种经验了。听她这样一说，六瑾的心情就爽快起来了。

阿依听见后院井台那里有响动，就起身往那里走。六瑾跟在后面，告诉她说，那里钻出过穿山甲呢。阿依在井台边上蹲下来了。她倾听的姿态令六瑾着迷。

"这底下在沸腾。"她说，"你刚才说穿山甲？"

"嗯。"

"那是从我家那边来的，那座山，到了半夜会突然变成灰白色的死山，垂死的小动物四处逃散。他们说，那是重现古时候的情景呢。"

阿依又倾听了一会儿才站起来说，她要走了，因为她要给启明老伯送饭去。"那种旅馆不提供伙食，只提供世上没有的乐趣，如果我不给他送饭，他就会同那些流浪汉一样，一天一顿也吃不上。"她说着就匆匆地出了院门。

阿依刚刚离开，卫生局的人就来了。他们一共四个人，都穿着白帆布制服，拖着两辆装水泥的斗车进了院子。他们说要将井口封死，然后就将那两车水泥倒在井口，形成了一个水泥小山。

六瑾站在院里看他们忙乎，心里感到这个家快要被毁掉了。那些人走了好久，她还魂不守舍地在屋里踱来踱去的。后来她忽然感到有睡意，就一头倒在床上睡着了。

六瑾醒来时已是夜里，有人在她院里吹笛子，笛声那么悠扬，让她想起南方的那些稻田，那些长着小树的延绵的丘陵地带。她觉得很惊奇，因为自己并没去过南方，现在眼前却出现了那种温柔湿润的蓝天。她穿好衣服走到门口笛声就停止了，是启明老伯坐在那个老地方，他周围有好多只猫不像猫、狗不像狗的动物，似乎刚才都在伸着脖子听他吹笛子。这些动物从哪里来的？

"今夜它们在井下闹得特别欢，就钻出来了，这些都是。"他说。

"可是井口被水泥封死了啊。"

"它们，它们有的是通道。还怕出不来？"

六瑾回想起卫生局那些煞有介事的家伙，就笑起来了。

"你去过底下吗？"

"没有，去不了，也用不着去。你看这些动物不是上来了吗？它们同我们的生活都混到一起了。"

六瑾想起了蕊，他在人群中行走时也在辨认这类东西。那时候，他是多么焦急不安啊。或许"奇趣"旅馆是将底下的和地面的放在一处了？难怪蕊一到了那里就像到了家里一样，那么紧张自如地忙碌着。六瑾抬头看了看杨树，啊，树上的那个鸟巢里面有一只鸟在叫！那是不知名的鸟，它为什么一声接一声地叫？她很希望老伯再吹笛子，她觉得这些小动物一定是听了笛声才上来的。可是他沉默着，似乎在回忆。

"六瑾，你生活得幸福吗？"

"幸福得很，启明老伯，刚才我醒来时听到那种笛声，就像生活在世外桃源。我听见过别人说这里是世外桃源。我从前并不知道小动物和人是可以交流的。"

启明老伯一离开，那几只猫不像猫、狗不像狗的小动物就跑掉了。六瑾还沉浸在感动中，她想，她确实是生活在最美的地方和人当中啊，这有多么幸运。再说自己又并没有怎么努力，就好像幸运是自己送上门来的一样。一瞬间，她对启明老伯也产生了阿依产生的那种爱恋。那只鸟儿已经不叫了，大概进入了宁静祥和的意境之中。六瑾记起老石已经有段时间没来了，现在，他是不是和她一样感到幸福呢？六瑾想到这里，就进屋将靠椅搬了出来，她要在院子里躺一躺。

从前，爹爹在这里度过了那么多的不眠之夜，也许那就是为了给她如今更好地独自生活做准备。他上火车离开时，看都不看六瑾一眼，那种决绝包含了多么深的父爱啊。有很多事，刻意去记是记不起来的，但那些事都潜伏在人的周围，渐渐地显露，比如启明老伯同她的关系就是这样。六瑾早就感到自己在儿童时代同他有过亲密的相处，可又没有留下任何记忆。六瑾听到井口那里有骚动，是动物爪子抓在水泥地上的声音，于是又想起那几个穿白帆布制服的人，又忍不住想笑。世事多么有意思啊！此刻不同于以往的干爽，竟然有薄薄的雾在飘动，这是很少有的，在这个季节。

六瑾不像她爹爹，所以躺了一会儿就有了睡意。她刚要入梦，又被那只鸟儿叫醒了。难道鸟儿有病痛吗？六瑾站起来走到围墙那里，便听到围墙外一男一女恶吵的声音。她从门边伸出头去，看见了老石和上次见过的年轻女人。那女人打了老石一个耳光，老石蹲下去哭了，女人就站在那里看他哭，六瑾连忙缩回身子。又过了一会儿，老石发出一声凄惨的叫喊，像是被猛兽咬着了一样。六瑾又忍不住去看，可是她看见的情况却很奇怪，女人搀扶着男人，两人很亲密地消失在夜幕中了。六瑾轻轻地叹出一口气，有种如释重负的感觉。她对自己说："老石……大地的儿子啊。"她眼前出现了某个夜里他从井口爬上来的形象，她又记起了那些蛙。

杨树上的鸟儿又叫了一声，居然飞出来了。这是一只深色的鸟儿，翅膀很大。它在院里飞了一圈，停在屋顶上。它不像本地鸟，难道它是一只夜鸟吗？它会不会是从烟城飞来的？六瑾经过自己窗下时,鹦鹉对她说:"好日子开始了!"六瑾哈哈地笑起来,鹦鹉也哈哈地笑。这一笑就一点睡意都没有了,她来到厨房,从锅里拿出一根嫩玉米来啃。还是这个厨房,还是这个灶台,灶台旁边的那个墙洞也没有堵上。墙上还有一条干枯的蒜瓣,是母亲挂在那里的。他们走得多么匆忙啊,这两个人!但也可能是蓄谋了好长时间的行动。

六瑾上床了。她心里平稳、踏实,她隐约记得很久以前有个人每天都是这样睡觉的。那是个什么人?她还记得那人的说法——"沉入大地的腹腔"。她想着这事,很快就入梦了,梦里是蓝天,白色的飞鸟排成直线。

"六瑾,你想过去烟城吗?"启明问她。

"没有,一次都没有。再说那不是辜负了他们的期望吗?"

"从前一度,我将六瑾看作我自己的女儿。"

"我就是您的女儿嘛。您一来我就有心灵感应。"

"还有阿依也是这样。我有两个女儿了。"

他俩站在那条小河边的胡杨树下说话。启明在心里感叹:由于风湿病,他无法再下河了。从前在这条河里,他得到过那么多的幸福。

"您说说看,蕊那么年轻,怎么就一个人从家里跑出来,在我们这里生活了这么久?这种事,我以前没见过,我们小石城到底有些什么呢?"

"蕊并不年轻。"启明说,"六瑾只看到他的外表。你看看河对面的那棵杨树是不是很年轻?可是它并不是从种子发育长大的，它是从原来那棵老树的树蔸上长出来的。我们小石城像一个巨大的磁场，吸引着那些对某种隐秘的事情着迷的人。六瑾啊……"

"嗯？"

"我的爹爹，他是海边的渔民，他也给了我债务。那是一只旧怀表，我爷爷从战死的俘虏身上取下来的。就在前几天，我将我们家的怀表埋起来了。我想，反正无论走到哪里我都可以听到它的嘀嗒声，就没必要带在身上了。"

"您真决绝啊。"

"那一年，我站在河里捞鱼，你的父母过来了。我至今记得他俩慌慌张张的样子，因为我们的人将他俩抛在荒地里了。其实那里只是看起来像荒地，周围有很多人的，但那个时候他俩看不见。后来呢，他们很快就适应了，你的父母不是一般的人，你真幸运。那个时候城里到处都是蒙古狼，它们不像现在这样隐藏得好。"

启明老伯的话令六瑾全身掠过轻微的战栗，她连开口都很困难了。她看着面前的老伯，又好像没看见他这个人，只有一个虚假的面具。她不知不觉地伸出双臂，可是她扑了个空，启明老伯不在了。她低下头，看到草地上有一块新挖开的泥土，她俯下身去听，立刻听到了钟表的声音。

"我想不起来了。为什么？"她失魂落魄地自言自语。

有一回，是为看那些鱼，她和蕊来过这里，蕊对她说，所有来小石城的外地人都要经过这条河边小路。他还说他来的那天夜里，这条路变成了一条死路，两头都被密密的灌木封住，他只好在河边坐了一夜。他还向她描述了天上的星星,他说那些星星使他"发狂"。想到这里,六瑾抬起头,看见一对老年夫妇过来了,两人都是白发,相互搀扶着。老头向着六瑾说话:

"我们的儿子从南方走到这个地方就停下来了。他在这里生活了好多年才去世的,据说过得很幸福。我们原来不那么相信,可是一踏上这块土地,就对儿子的感受心领神会了。"

"您说得对。"六瑾点头应和他。

他俩年老气衰,走一走又停一停,可是看得出来他们情绪很激动。六瑾记起了一件事,就追上他们,问道:

"他是叫周小里吗?"

老头吃惊地看了看她,说:

"不,他是叫周大树,他患有结肠癌。可是,这很重要吗?我和他妈都认为,这是一个使人幸福的地方,只要看看河里这些鱼就明白了。"

老太太倚在老头的手臂上,一脸痴迷的表情。

"我懂了。"六瑾说,"祝你们在此地过得快乐。"

启明老伯在灌木丛那边朝她招手,她朝他跑去。

草地上躺着脸色苍白的中年男子,他手里举着一张报纸,正在看。

"这就是周大树。"启明老伯说,"他一直很虚弱,可是不愿意死,他让我写信给他父母,说他已经死了。可是你看,他还活蹦乱跳的呢。"

男子抱歉地看了六瑾一眼,又继续读他的报纸。

"我还替他在陵园里设了一个墓,两位老人扫墓去了。"启明老伯又说。

六瑾站了一会儿，想不出该说什么，就告辞了。她一边走一边回想今天的事，起先是她提议同启明老伯出来散散步，她说要去河边，因为她觉得河水容易引发回忆。启明老伯还笑着反问了一句："是真的吗？"那会儿她确实很想回忆起自己幼年时同这位老伯的一些事。后来他们就来到了小河边，看见河水，启明老伯也很激动。六瑾盼望他说起从前的事，可他什么也没说，他的思绪在别的地方。

然而周大树是怎么回事呢？六瑾想了又想，决定转回去弄个清楚。

她回到灌木丛那边时，启明老伯已经走了，只有周大树一个人躺在地上看报纸。他的左手不停地挥舞着，似乎在赶蚊蝇，可是六瑾看见草地上很干净，并没有蚊蝇。

六瑾又发现，他的双脚夹着一只彩色的漆盒，十分灵活地转动，像杂技演员表演一样，漆盒上绘着好几头雪豹。

周大树将报纸放在胸前，朝六瑾笑了笑说：

"这是我的骨灰盒，我打算以后火化尸体。您的打算呢？"

"我？不知道。也许火化。"六瑾慌张地回答，"我还没考虑过。"

"当然，您有的是时间。我和启明老伯是室友，我们都住在免费旅馆里头。那一天我见过您，您没看见我，因为我在暗处。"

他拍了拍胸口上的报纸，又说：

"我很关心时事，我可不想不明不白地死。我要弄清，我是住在一个什么样的星球上。您瞧我有多么俗气。到处都有蚊蝇，哪怕小石城这么干净的地方。"

后来他站起来了,他的样子很虚弱,六瑾担心他要跌倒。他倒没有跌倒,只是吐了一口血。他扶着胡杨树干,回过头来向六瑾说:

"您平时见不到我,我总是在暗处。您看看这盒子上画的是什么。"

六瑾刚要说是雪豹,又将话咽回去了,因为并不是雪豹,是一些脸谱。

"不认识吧?哈哈,您认不出的!"

六瑾不安起来,在前方草地上的沙棘树那里,有几个人在探头探脑。她对周大树说她要回家了。

"再见。"他说,"我的朋友来了,他们平时不习惯见人,也同我一样老待在暗处,他们都是腼腆的年轻小伙子。您这个时候回家,可不要想不开啊。"

六瑾心里一惊,停住了脚步。她想了一想,朝小树林走去,躲在里头。她看见两个青年在草地上忙碌,他们在弄一根绳子。周大树又倒在地上了,莫非已经死了?那两人将绳套套上他的脖子,一边讨论着什么一边拖着他走,一会儿他们就走到路上去了。那里有一辆翻斗车,他们将他像扔一捆柴一样扔到上面。

六瑾回到了家,她仍然觉得恶心,她问自己:我究竟想得开还是想不开?

"你这个水性杨花的浪荡女人!"鹦鹉突然大声说。

她看了看鹦鹉,脸上浮起微笑,一下子恢复了精神。她也大声说:"我是想得开的。"说完她就到厨房里去做饭。

她一边做饭一边念:"启明老伯啊,启明老伯……"她感到自己已经完全镇定下来了。这个周大树，会不会是设计院的职工？自从父母离开此地，六瑾觉得自己同设计院已经一刀两断了。虽说一刀两断了，但又隐隐地还觉得有些什么看不见的联系，比如启明老伯，不就是从设计院退休的吗？她决心下次一定要问问老伯。她给自己做了一个南瓜饼。

六瑾坐下来吃饭了，她侧耳听了听，心里想，是风。院子里的风多么欢快啊！那些蛙，一定还在，很可能已经繁殖成一个合唱队了。老石当初真有远见！她的小院、她的房子都在沸腾，多么宜人的气候啊。前两天，阿依无心地说了一句："你这里也是一个'奇趣'旅馆嘛。"那句话使得她的思路狂跑，收也收不住。此刻，她盼望启明老伯走进来，这样他们就可以共同进餐。他在干什么呢？在城里游荡吗？

厨房收拾好之后，她就坐在那个墙洞边休息。好久以来，她就有了爹爹的那种感觉，那就是，黄昏之际，的确有成群的小东西从屋里往外跑。她将一只手伸向那个洞边，甚至可以微微感到它们身体的质地呢，她似乎摸到了羽毛之类的东西。

天完全黑下来了，六瑾还是没有开灯。她将鹦鹉挂到大门口那里，让它闻闻院子里的花香。黑暗中走来了身穿护士服的苗条女人，手提精致的、古香古色的马灯。随着她的临近，六瑾闻到了微微的来苏水的味道。

"我还在马路上就听到你院子里的喧闹了，不知不觉我就走进来了。六瑾，你母亲好吗？你这里可以让时光倒流呢。"

她将马灯放在地上，她的身体藏在黑暗里，六瑾听见她在轻轻地笑。一只鸟将架上的葡萄啄得掉在地上，一粒，又一粒。

"我在医院那边,你几十年都没过去。我年纪很老了,比你妈妈老很多。那时还没有城市,就先有了医院。我是护士长。"

六瑾想,护士长的声音就像年轻的姑娘。她说她只是路过,现在她要回去值班了。她还说最近病人很多,连地下室里头都睡满了。

她走了以后六瑾才想起来自己只看清了护士长的一双脚。那是多么秀丽的一双脚啊,穿着白色的护士鞋……她在马路上,居然可以听到这院里的喧闹。可实际上,今夜她院子里很静很静。她究竟长着什么类型的耳朵?护士长的话再一次证明了一件事,这件事好几个人都证明过了。想到这里,六瑾感到自己激情高涨,脑海里头出现了许许多多的小格子,那些格子里头都放着珍奇的东西。

"她会做静脉注射。"鹦鹉用苍老的声音说。

"我们这里,什么都有了!"六瑾冲着鸟儿说。

"全有了?我很高兴。"

六瑾睡在大地的心脏里,既黑暗又稳实。在她的旁边躺着启明老伯,他在说话,"嗡嗡嗡,嗡嗡嗡"的,六瑾只听得清一两个字,那都是很好的字,让人脑袋里头发光的那种。六瑾想,这种睡眠多么惬意啊!

第十四章

六瑾和櫻

六瑾是在宋废原的小店里遇见樱的。宋废原已经离家出走了，是他儿子小宋在经营这个店。六瑾吃完羊肉串，就看见樱进来了。她眨了眨眼，再仔细看，没错，是他，只不过老了，背有点驼了。他在她旁边坐下，轻轻地说：

"是您呀，您一个人在这里过得好吗？"

六瑾没有说好也没有说不好，却反问他说：

"您还住在办公大楼里头吗？我要去看您，可以吗？"

"当然可以。不过您要天黑才能来，我住在坡上了，是野外。"

六瑾"啊"了一声，沉默了。樱吃羊肉的样子小心翼翼，一点响声都没弄出来。六瑾觉得眼前的这张脸仍然很年轻，看不出岁月的痕迹。这些年他在干什么呢？

"我住在第三办公楼的后面，您会来吗？"

六瑾点了点头。他离开的时候六瑾才注意到他走路不稳，动作像木偶一样。

她是坐最后一班车去的,她打算回来时就走路。下车时天已经完全黑了,而且又没有路灯,所以她无法看清周围的环境,她凭直觉认为此地变化不大。她打着手电往前走,一会儿就找到了第三办公楼。六瑾虽胆大,周围的黑暗和寂静还是使她有点迟疑。她站在楼前的小路上,不知还要不要继续走。这些楼比她记忆中的矮了许多,楼里面一盏灯都没开,看来根本没人。那么白天还有没有人上班?

坡上有人在打手电,一定是樱!她转身往坡上走,脚下已经没有路了,一脚一脚都踩在荒草上面。有一刻她惊起了草里头的一只鸟,但那鸟儿闷声不响地飞开去了,太奇怪。天上一定是云层很厚,没有一丝光线透出来。她在心里估计了一下时间,她认为应该是晚上八点钟。

樱坐在一块很大的岩石上头。

"从前六瑾来的时候还没有这块石头,是后来地震时冒出来的。"

樱的声音还是那么轻柔好听。

"您一定要问地震的事了。我们小石城的各个部分就像一些密封舱,我这里地震,您那边一点都觉察不到。"

岩石很温暖,坐在上头很惬意,六瑾将脸贴着旁边的一块石壁。一会儿她就发现石头的表面有微弱的光,很像夜光表的那种光。在石壁的中间,有一块凹面,她伸手去摸,产生了酸麻的触电感。

"那些楼里没有一个人吗?"她忍不住问了。

"六瑾，您一定是很久都不光顾我们这里了，这里发生过地震啊。您瞧，宋废原！他一直在这块地方钻营。"

六瑾看到了窜过去的黑影，他好像一边跑一边在弯腰捡什么东西。他很快就跑得看不见了，在这黑地方，人的视线看不了多远。

"樱叔叔，您给我讲讲大变迁吧。"

"那种事不太好讲。我给六瑾讲讲这块石头吧。这块岩石并不是冒出来的，它是慢慢长出来的呢。您知道它有多么大吗？它延伸到了相邻的木叶县！很久以前，我和您的母亲在这块荒地上散步，那时我很想回我的家乡——非洲。后来我完全改变了看法，我爱上了这片神奇的土地。您大概还不知道，是老院长的父亲把我带到这里来的。"

樱说话的时候，周围变得更为昏沉，六瑾连他的身影都看不太清了。有一刻，她竟然惊跳起来，因为樱一沉默，她就感到只有自己一个人待在这荒地里。幸亏他又弄出了响声，他在用一把小锤子敲击岩石，他告诉六瑾说，他是在与同胞对话，每天夜里他都要与同胞们对四五句话。六瑾趴在石头上，将耳朵贴上去，可是并没听到其他声音。

"天一亮啊，拾荒的那些人就来了，年复一年的，这些楼只剩下了空架子，就连窗户和门都被他们敲下来搬走了。不过夜里真好，这么美的景色。以前有人告诉我说废墟上的景色最美，我还不相信。我是慢慢发现这里的美的，您想想看，我都已经在这里待了几十年了……这里的一切都是慢慢显出来的。六瑾，我先进去了，您在这里坐一坐吧。"

樱站起来，绕到那堵石壁的后面。六瑾听见"咔嗒"一声轻响，樱就消失了。她用双手在那壁上摸索了好久，她的手还被那些凹面里头发出的电流一次次弹出来。岩石的气味很好闻，不像石头的气味，倒像野花，那种朦胧的微光也很宜人。也许这是樱经营了很久的家？这个家同六瑾自己的家太不相同了，还会有些什么怪事呢？六瑾刚要坐下来，就听到樱在她背后说话了。

"今天夜里有点憋闷，木叶县的人骑着战马驶来，把空气弄浊了。"

樱递给六瑾一束花，他说是桂花，六瑾还从未见过桂花呢。可惜她看不见花，只能闻到香味，樱的身上也传来这种香味。

"樱叔叔，您的这个家应该叫作'石花园'。"六瑾由衷地说。

"可是木叶县的人总在打仗。"他的语气有点苦恼，"您想进去看看吗？"

"我想。"

"太晚了，六瑾。您不属于那里，您是一位不平常的女子，您在这种夜里来到我家里，这就够了。这里美不美？"

"美！"

"昨天我又听到了家乡的鼓声，我怎么舍得离开这里呢？您说说看？这个石头家，就是您说的石花园，我等了几十年它才长出地面，它是为我长出来的啊。我坐在这里，随时能够同家乡同胞对话。您瞧，宋废原又跑过去了，他有多么焦虑，他是无意中发现了我的家。"

听着樱迷人的声音，六瑾赞赏地想，他和自己的母亲真像。可她又说不出他和母亲到底哪方面像，也许，是对于某种不存在的事物的执着？她身上那种吸引力不是性方面的，是一种更模糊、更难以捉摸的东西，就像这块发着荧光、散发出野花香的岩石。这么多年都过去了，他反而越来越有魅力。难道他不正是她梦寐以求的那种男性吗？

樱鼓励六瑾将双手放进岩石的凹洞里头去。六瑾硬着头皮放进去之后，便有一波一波的热浪冲击着她的全身心，她舒服得呻吟起来了。一会儿就有水珠滴到她的手背上，她有了非常奇怪的感觉，那就是她的手很干渴，盼望着那水珠。她的耳边响起了婴儿的笑声，樱凑拢来告诉她说，这个婴儿是她的女儿。六瑾想，自己一直独身，哪来的女儿？笑声是从岩石里面传出来的，六瑾的手指头每动一下，那里头就传出一阵笑，就像她在搔婴儿的下巴一样。六瑾聚精会神地做这个游戏，心里充满了欢乐，她将身旁的樱都忘记了。

过了好久六瑾才又重新听见樱在说话：

"我把办公室变成了游戏场。那哪里是什么办公室呢，那是一个魔窟！格格格，格格格，我在里头同非洲狮跳舞……"

樱说话时挥着手，显得异常激动。六瑾感到他有点苦恼，他似乎急于要完成某件事。在北边，云层散开，露出了一线天，两颗很大的星星在那里闪烁着，夜一下子就变得深沉起来了。这个心肠火热的男人为什么样的往事缠绕呢？六瑾觉得自己还是体会不到他真正的心思。可是这里真令人振奋！

"啊——"六瑾由衷地叹道。

她将双手从那"魔洞"里拿出来，放到鼻子前闻了闻，闻到浓浓的野花的甜香。

忽然在他们右前方的那栋办公楼里，顶楼房间有盏灯亮了，但马上又黑了。

"宋废原。"樱说，"穷凶极恶的人物啊！"

六瑾听出他的口气是赞赏，还有吃惊。六瑾也很吃惊，这位邻居的精力旺盛到了不可思议的程度，也许他在将自己从前与老石在胡杨林里探讨的那些事付诸实践。六瑾不知不觉说出了口："这个人就是入侵到生活里面来的异物！"

她的话音一落，樱就鼓了两下掌。

"我要走了，樱叔叔。"六瑾不安地说，她其实很不愿离开。

"嗯，是时候了。走夜路会十分愉快的。您没带手电吧？我本来可以给您这支手电，可是我又想，在黑地里走，您会领略到更大的乐趣。再见！"

他用手电筒为六瑾照着那条小路，六瑾就上路了。一会儿她就被完全的黑暗所淹没。先前她是带着手电的，后来不知忘在哪里了。她听到樱在她背后大声说："好啊！好啊！"

六瑾什么都看不见，就连方向也搞不清。然而当她抬脚任意往前方走时，奇怪的事发生了：她不是踩在荒地上，而是踩在一条鹅卵石路上。真的，她脚下是一条路！她又尝试快走、乱走、横着走，结果仍然是走在那条路上。她往地上一坐，手掌抚摸着那些鹅卵石。隐隐约约地，她还听得到樱的声音传来："好啊……"

"你是去找你爹爹吗？"黑暗中响起宋废原的声音。

"不，我是回我自己的家呢。"六瑾心怀感激地说。

"你爹爹虽然不在这里，但找一找也是可以找到的。"

六瑾听得见他说话，却看不见他。她振作起来，继续往前迈步。宋废原在旁边提醒她，要她往右。她感到脚步轻快，于是抬头看北边的那线天，她看见那两颗星星越来越亮了，那里一派令人激动的景象，窄窄的那一线天已经成了紫罗兰的颜色。她的左脚踩到了一个滑滑的东西，她差点摔倒了。

"你瞧，这是你父母在那边养的小龟，它爬到这里来了。"宋废原说。

这下六瑾看见他了，他猫着腰在旁边忙碌。

"你在干什么啊？"

"我在洗自己的肠子，总是有些脏东西。我不像你……你没有捉住它吗？它又跑了。你父母那么爱你，我真羡慕你啊。"

"废原大哥，我先走了。"

"你走吧，我等会儿就跟上来了。"

六瑾朝着家的方向快步走，一会儿就听到了河里的水响。是那条小河，鱼儿在里面跳呢。她再次抬头时，便看到整个天空都成了紫罗兰的颜色，天上只有一只大雁孤孤单单地赶路。她可以看得清路了，她走的正是那条柏油路，她的父母已经走过了成百上千次的那条路，路边有胡杨。她回转身，看见身后的一切仍然笼罩在黑暗中。宋废原打着手电，矮小的身影匆匆而过。她自己站立的地方正是明暗的交界点。她诧异地想，居然不到半个小时就从设计院走到了大路上！如果是在白天，这段路少说也得走一个半小时。

她上了马路，坐在路边的石条凳上，又一次听到宋废原说话："我不像樱，我底气不足。可是啊，我也慢慢地做出眉目来了。"

六瑾左右环顾，根本见不到他。有一个人摇摇晃晃地穿过马路过来了，是久违了的老石。他穿着很难看的长袍，一点都不符合他的派头。

"六瑾啊，你一定要笑话我了。我现在走不稳路了，老摇晃。"

"你到了夜里也清洗自己的肠子吗？"六瑾问他。

他笑起来，露出白生生的牙齿，六瑾觉得他身上有点鬼气。

"你说的是宋废原的勾当。我嘛，就昏头昏脑地过，我女儿的事教育了我。还好，那些个什么蛙呀、龟呀的，都同我有感情，有时我就从市场买了它们来放生。他们说我像小孩子一样。"

六瑾看见他摇摇晃晃地往市场去了。夜里去市场干什么呢？她在心里将这个男人同樱比较了一下，她对自己说："两个都有点像幻影，一个在荒原上游荡，一个在人群中隐藏。"她记起了老石第一次到她的柜台上来看布的样子，回味着他的迷人之处。

她推开院门时，有人站在那口井边对她说话：

"已经立秋好几天了，你不觉得夜里很凉吗？"

是孟鱼老爹。他还从未来过她家呢，他旅行回来了。

"我追一只小羊，就追到你院里来了，阿依将小羊抱回去了。你这口井，可不是一般的井啊，从这里下去可以通到木叶县！"

"木叶县？我刚刚才听说了这个县。听说那里兵荒马乱。"六瑾心发慌，"木叶县，那是樱叔叔常去的地方啊。我刚从樱叔叔那里来。"

"我也刚从木叶县回来嘛。我要回家去了，六瑾，你可要爱护这口井啊。"

他走了后，六瑾立刻伏倒在井台上——也就是水泥堆上去听，她听到的是蛙鸣，很深的地底下的大合唱。却原来，他们都知道那下面的事。她回忆起先前老石在这里装模作样地搞的那些活动，脸上浮起微笑。天上还有一线紫罗兰色，它激起六瑾的心潮。六瑾做了一个深呼吸，叹道："樱啊！"

　　她在厨房里为自己做了一顿丰盛的晚餐，她一边吃饭一边聆听，想象着地底下的那种战乱。她知道对于她来说，今夜是多么不平凡。

　　当她来到客厅时就看见了桌子上的那封信。母亲的笔迹好像有点不稳定，她在信中说起她和爹爹参加了烟城组织的一项老年人的活动，是去郊区的农场挖战壕。他们每天弄得满身的泥水，不断地出臭汗。"虽然今天已经没有战争了，这种劳动还是令我和你爹爹很振奋。你想想看，那么多人都埋头在土坑里头挖，天又下雨，到处是蛙鸣，那面红色的三角旗在远方的雾里飘动，要仔细辨认才看得见……你想想看，你什么时候见到过这种情景？"

　　六瑾想了又想，觉得母亲说的情景非常熟悉，觉得好像自己也在参加那个"挖战壕"的大行动一样。不过小石城没有烟雾，她就体会不到那种模糊的焦灼感，那种随时可能弄清真相的预期。在信的末尾，母亲提到了樱，她说樱是她的"永远失去了的好朋友"。六瑾看到这里便想起了蕊，蕊也是她的永远失去了的好朋友啊。她听见鹦鹉在隔壁房里说话，语速很快，有点暴躁。

　　她进了卧室，鹦鹉还在说："又是一天了，哼！"

　　她打开笼子，让它自己去客厅喝水，可是它高傲地留在里头，说：

379

"偏不!"

今夜院子里很静,六瑾一躺下就睡着了,梦里头那鸟儿老在同她争执不休,它坚持说她家里不安全,因为有一根屋梁断裂了。

一个星期后,在休息日,六瑾再次去了设计院。这回她是白天去的,那些楼里头都有人在办公。她上楼,找到樱的办公室,轻轻敲门,樱将门打开一点,伸出他墨黑的头部。六瑾听见房里嗡嗡嗡的,像是有一架玩具飞机在空中飞翔,又像是一把巨大的吊扇在旋转,让人神经很是紧张。樱犹豫了一会儿才让她进去。

樱的办公室被他遮得黑黑的,只有那张巨大的绘图桌上面有一盏台灯。响声是从天花板上吊下来的那些骷髅里头发出的,它们一共有十几个。房里没有椅子,六瑾站在绘图桌边上。她从来看不懂那些图纸,一点兴趣都没有。

"这些个,"她用手指着空中的骷髅,问道,"为什么会响?"

"真的吗?您听到响声了?可能我是习惯了就听不见了。这些都是我从前的伙伴,他们在一场疟疾大流行中丧生。您感到有压力吗?"

"是啊。樱叔叔,我头晕。"她晃了一下,扶住了桌子。

"我们出去,我们立刻就走!"

樱搀扶着浑身发抖的六瑾到了走廊上,然后下楼,到了外面。他们在树下的长椅上坐下了,六瑾好一会儿都说不出话来。

"唉唉,我真抱歉。"樱说。

"可是您,怎么会一点不适都没有呢?"

"我同我的伙伴们相处得很好。当然,不是一点压力都没有,可我早就习惯了。"

他俩慢慢走到那片荒地，六瑾又看见了那块巨大的岩石。白天里看起来，它一点都不显眼，上面蒙着灰和别的脏东西，一些黑色小鸟在那里啄食虫子，人一走近，它们就飞走了。樱说白天里什么声音都听不到。他让六瑾试一试。六瑾将耳朵贴上那石壁，确实什么都听不到。樱又说这块巨石白天就死去了，到了夜里才复活。六瑾心里想，这块神奇的石头给樱带来了多大的安慰啊。

"有一件事老困扰着我：木叶县的战事，是刚刚发生的，还是很早以前就发生过了，直到现在才传到这里？这里面有个时间差啊。"

"您仍在为过去的事情痛苦吗？"六瑾同情地问。

"也许不是痛苦，反倒是某种消遣性的刺激呢。再说，我纠缠的，仅仅是过去的事吗？不，不是。"

六瑾问樱，为什么他们休息日还要上班。

"自从老院长去世之后，上班的事就变成每个人的个人兴趣了。我们这个院，早就没有领导了，是一种观念在领导着我们，但院里的工作还是井井有条。"

他们坐在那里时，天空低垂着很厚的阴云，地上的景色也开始呈现出秋天的凄凉，六瑾从樱的脸上也看到了某种凄凉。她想起了宋废原，他是因为个人兴趣才加入到这里来的吗？他的个人兴趣是什么呢？

"宋废原？嗯，他担任了大楼的清扫员。他在楼里也有一个办公室，您想去看看吗？我们的职工老古去世了，宋废原就占了他的办公室。"

他们走近三号办公楼的时候,有好几个人打开窗子探出上半身来看他们,这使六瑾感到樱是楼里的重要人物。

宋废原的办公室很大,桌上乱堆着文件,两只毛茸茸的小鸡在文件堆里走来走去。樱说宋废原比他更自由,他几乎不在办公室待,一天最多待十分钟就走了,门也从来不锁。他指着茶几上的羊肉串让六瑾看,还说:"这就是自由。"

在办公室里站了一会儿,六瑾的头又痛起来,就像樱的办公室给她的感觉一样。这里虽没有那种嗡嗡嗡的叫声,但有一种几乎难以觉察的阴风,也不知是从哪里吹来的。那种风正在渐渐地腐蚀掉六瑾的意志力。

"樱叔叔,我头晕。"她又说,眼前一阵发黑,连忙扶住了桌子。

樱搀住她,他们又一块儿从办公楼走出来,站在了野外。

"可是我的父母,在楼里工作了几十年。"她不解地说。

"是啊,我还清楚地记得您母亲第一次来到办公楼时的情景。那个时候,这楼里没几个人。"

坐在那块岩石上,樱忧郁地垂下了头。六瑾盯着他的头发看,发现他那短短的鬈发里头尽是旋涡,而且那些旋涡好像深入他的脑袋里面去了一样。六瑾感到恶心,赶紧掉转了目光。她一直觉得这个黑人很另类,现在她仿佛有点理解他了,这个人由于弄不清自己的欲望而忧郁。

六瑾朝前方看去,在灰蒙蒙的远方,小灌木丛那一带,宋废原正在同一条蟒蛇搏斗,他灵活无比,像猴子一样跳来跳去,最后,他终于扼住了蟒蛇头部下面那个地方。她还想看个究竟,但人和蛇一道滚到灌木丛里头去了。

"废原迷上了这种浪漫的生活,"樱说,"在这个荒坡上,人会生出各式各样的大胆设想呢。"

六瑾又看大楼,看见视野中的两栋大楼里都有很多脑袋伸出来,那些人也许是在欣赏废原斗蛇,也许竟是在观察樱和她自己,她很不自在了,想要藏到石壁后面去,同时又有点嗔怪樱。

"设计院的人怎么这么好奇啊。"六瑾不满地说。

"是啊。不过您不要以为他们是观察您,不,不是。"

"那么观察谁呢?难道是观察他们自己?"六瑾愤愤地反问道,"您瞧,有的人还在使用望远镜呢!"

"啊,我看见了,是有人在用望远镜。她叫郁金香,她真可爱,嘿嘿。"

"她用望远镜对着我们,您竟会高兴!她是谁?"

"为什么不呢,应该高兴啊!这个女孩可以看见自己肺部的阴影。"

"那么她去看自己好了。"

"难道她不是吗?"

六瑾仔细看了看樱脸上慈祥的表情,模模糊糊地感到了什么,心里的气一下子消了。她记起了樱头发里那些无底的旋涡。

樱从岩石的凹处拿出一架望远镜,同办公楼里的那些人对望起来。他移动着望远镜,那样子就像在观察月球一样。他看了好一会,后来,仿佛厌倦了,就收起了望远镜。他对六瑾说,他和同事们每天都要相互看。

"废原大哥,你在寻找那些蛇吗?"六瑾问宋废原。

383

"嗯，没有它们，我心里不安啊。你见过老石吗，六瑾？我现在想起我从前同老石在一起的那些日子，怎么也想不明白。所以啊，我就缠上了这些蛇。"

他站在荒地里，他的样子又年轻又清新。而在从前，六瑾总觉得他有点猥琐。

他走远了，六瑾看见樱在注视他的背影，就说：

"从前有一天夜里，我在胡杨林里走进了这个人布下的迷魂阵。他很了不起，对吗？我喜欢他！"

"我能设想出那种情景。六瑾也很了不起。"樱说。

那一天，六瑾和樱围绕着办公楼转了一圈又一圈，楼里头的那些人始终在观察他们，樱开玩笑地说他们"眼睛都快望出血了啊"。

黄昏时，六瑾见到了飞鸟归来的壮观景象，那么多的鸟，将天空都遮暗了。鸟儿们落在荒草中，消失得无影无踪。六瑾问樱，它们都到哪里去了呢。樱说它们都去了木叶县。

樱像多年前的那次一样将六瑾送上班车，又跟着车跑了一段路，朝六瑾挥手。六瑾看见在他身后轮中秋之月正在冉冉上升，竟然比他那黑色的身影还要大。真奇怪，不是刚刚立秋吗？她坐下来以后，偶然一抬头，看见右边的男子正瞪着自己。他似乎认出了自己，便微笑了。但六瑾却没有认出他，六瑾为这事焦虑不安。她避开他的目光，朝右边看，可是右边那位女人也在瞪她。六瑾于是低下了头，用额头抵着前面座椅的靠背，闭目养起神来。

下车的时候，她听到有人在她身后议论说：

"她一次又一次往那里跑，我们设计院是个大熔炉啊。"

第十五章

雪

六瑾到雪山下的那家人家去进货，进到了一批图案奇特的印花布。白色的花朵是螺旋形的，六瑾一见到那图案就想起了樱的头发，心中不由得有点伤感。她从那家人家走出来时，天已经下雪了。她的吉普车停在大路边，她穿过一片菜地往那里去，工人用手推车推着布匹也往那里走。忽然，她听到山上传来大型动物的叫声——凄厉、凶残。她一时害怕得走不动了。那位工人焦急地喊：

"您快走啊！那是雪豹，离我们远着呢！"

她在大腿上揪了一把，那腿竟不像自己的了。直到司机从车内探出身朝她挥手，她才清醒过来，这时雪豹的叫声已经停止了。她看着面前的雪山，觉得这座山在雪天里已经完全变了样，但仍然是那么的高傲和无动于衷。在山脚的周边，那些高层建筑如同伸长了脖子朝它探望的小丑。六瑾想，雪豹一定是在岩洞里头。这户人家、这条菜地间的小路同她有种说不清的缘分，都已经这么多年了啊。如今还织土布又从事印染的家庭已经不多了，为什么他们一直不改初衷呢？刚才她去取布的时候主人没有出来，是他女儿接待的她，女儿说父亲上山去了。当时六瑾就愣了一下，现在六瑾记起这事，将雪山和雪山下的这家人家，还有自己同此地这么多年来的关系联系起来一想，一幅新的画面就出现在脑子里了。那画面有点阴沉，但绝不是没有意义。她钻进车里之前最后还打量了一眼雪山，山的身影在越来越密集的雪花背后显得模糊了。

她回到市场时，店里出事了，老板被掉下的卷闸门砸伤了腿，正躺在后面房里呢。六瑾劝他去医院，他不肯，反复摇头，六瑾叹着气离开时，老板叫住了她，向她详细打听这一路上的情况。六瑾忍不住说起了雪豹，不但说到了雪豹的叫声，还说起了那些岩洞，岩洞中的寂寞长夜，洞口可以看到的那一轮明月。老板微闭着双眼，满脸陶醉的表情。

"六瑾如今真是很了不起了啊，那雪豹，不就是为我们而叫吗？"

他挥手让六瑾离开，他要一个人单独享受某种回忆。

看见母亲的来信摆在桌子上，六瑾一直悬着的心才渐渐回归了原处。她心底升起对父母的感激之情。

母亲说，她和爹爹还在农场，每日里挖战壕。繁重的体力劳动令他们"有种脱胎换骨的感觉"。他们将那只龟也带到了农场，白天里，龟在野外到处走，夜里它就回到宿舍了。它的身体迅速地长大，二老看了简直心花怒放。

你爹爹说，就是挖一辈子战壕也心甘情愿。看看我们周围这些志愿者，我们就有了信心。我和你爹在战壕里伸一伸腰，看到雾中的那面红旗，听到附近树林里鸟儿凄苦的叫声，这时你爹就说："真是一场不流血的战争啊！"我们这些志愿者都很沉默，因为在沉默中我们的心境会变得无比的开阔。

六瑾，你给葡萄施肥了吗？在南边，在番市的郊外，人们正在出售黄澄澄的香蕉呢。你知道在花都，冬天都卖些什么样的花吗？我们现在已经改变了很多，可是同我们的龟相比，还差得太远……

母亲的信写到这里突然就断了，仿佛是因为心情沉痛写不下去了一样。

六瑾看信之际，阿依已经悄悄地进了屋，坐在门边了。

"我也是刚从市场回来，你没有看见我吧。你刚进货回来的样子让我很担心，现在你显得好多了。啊，那种印花布，真是美极了。我怎么也想不出那是怎么制造出来的。雪天里容易胡思乱想，对吧？"

六瑾不好意思地朝她笑了笑，告诉她关于雪豹的事。

"它也许处在最后关头吧。"阿依说，瞪大了那双乌黑的美目。

她俩一块站在窗前看雪。六瑾看着看着，就感到雪花也变成了一个一个的旋涡，同印花布上的花纹很相像。阿依扯了扯六瑾的衣袖，说：

"你听,到处都在说话。六瑾,你这里真热闹啊。"

两人相视一笑,沉浸在幸福的情绪之中。

"你的小朋友呢?"阿依问她。

"他还在那个离太阳很近的地方,不过我觉得他会不时回到我这里。阿依,你哥哥又来过吗?他在雪天里干什么?"

"我哥哥现在正在城里荡来荡去呢。我上午还看见他在广场上的雪地里扑腾,把自己的身体印在雪地上呢。他心里,和我想着同样的事。"

她俩一齐来到院子里,阿依突然将六瑾往下一扯,她们就一道扑倒在地上了。她们的脸颊贴着雪,一动不动地静听。她们什么都没听到,又仿佛什么都听到了。阿依觉得小石城的生活在沸腾,这正是她最喜欢的。六瑾呢,从侧面瞟见阿依的红裙子,立刻就想起了母亲信上所说的那面红旗。伏在雪地上,六瑾才真正体会到了母亲提及的那面红旗的召唤力。

好久好久,快要冻僵了,她们才爬起来。一个小黑点在雪地里跳,然后跳上了台阶,是一只袖珍型的张飞鸟。也许是因为没有鸟食,它的身体就缩小了。六瑾跑进房里去拿了鸟食撒在地上,张飞鸟开始啄食。鸟儿虽然身体特别小,羽毛还是光滑闪亮的,并不像营养不良的样子。六瑾判断它可能是住在房子底下的通风层里头。

阿依显得很激动,口里不断地说:"我就是这只鸟,我就是这只鸟嘛。"

鸟儿吃完食就飞走了,她们目送它消失在雪花纷飞的空中。

她们换下湿衣服到厨房去做饭。六瑾打量着穿着自己的衣服的阿依，恍然间竟看见另一个自己正朝自己转过身来，她吓得脸都白了。

"六瑾不要紧张，是我搞恶作剧，我在模仿你的表情呢。"

六瑾听到她的声音仿佛在很远的外面响起。她脑子里乱哄哄的。

一直到阿依将饭菜端上桌，她才看清楚她的真面目。六瑾不好意思地说：

"怎么回事呢，我弄混了。我看见这是阿依，可又是我自己。"

阿依吃羊排骨的样子很像小兽，六瑾又一次看呆了。

"小石城和山里，本来就有暗道相通的。"阿依满不在乎地说，"先前我在马路对面，看见那些小兽从你院里走出来，我心里便认定，你是我喜欢的那种人。我早就想过来，只是你院子里的氛围太严峻了。我有点不适应呢。"

夜里，阿依提出要在六瑾父母的房里休息，六瑾就替她在这间屋里铺床。这间房本来是她父母同眠的地方，后来爹爹严重失眠，就搬到旁边的书房里去睡了。阿依一躺下就关了灯，嘱咐六瑾，要她早点睡。

六瑾回到自己房里时，鹦鹉老在含含糊糊地抱怨，六瑾听不清它在说什么。这是今年第一场雪，六瑾站在窗前，看见院门口被路灯照亮的那一块，雪片纷纷落下，那些雪片发出微弱的蓝色的光。她觉得此刻，周围环境里头隐含了某种暗示。然后她便记起了阿依正睡在隔壁房里，于是心中又一次幸福的浪潮涌动。大雪一直落到了她的心田里，将那些阴影都掩盖了，她变得明快和自满自足起来。

她刚刚有一点睡意，打算上床，阿依就进来了。阿依浑身发抖，一只手死死地抓住六瑾的手臂才站稳了。她告诉六瑾说，她死去的母亲在那边房里说话。

　　"她占着位子不肯让出来。啊，六瑾！难道启明老伯已经死了吗？"

　　"当然不会，阿依！他身体那么结实，他那么爱你！"

　　"我小的时候，他将我从家里偷走过一次。我们待在树林子里，后来下雨了，我们在林子里跑呀跑的。后来我一直记着那事，那就是幸福啊。"

　　六瑾听见阿依在哭，她为什么这么绝望？六瑾问阿依，最后一次见到启明老伯是在哪里。阿依说是在市场门口，他在跑，动作不灵便，他朝她挥挥手就消失在人群里头了。

　　后来她俩坐到了六瑾的床上，阿依断断续续地讲述了她同启明老伯之间的故事。随着她的讲述，六瑾脑子里的一些记忆复活了。她越来越觉得，阿依的那段情缘就是她自己的一段情缘。她不是也爱启明老伯吗？她不是同他似曾相识吗？这些年里头，她怎么将启明老伯忘了个干干净净呢？或许她将他忘记的这段时间里，阿依一直帮她记着他？她不是明明从阿依脸上看见了自己吗？

　　黎明时，有水珠落到她们两人的脸上。

　　"阿依阿依，你在梦见'奇趣'旅馆吗？"六瑾激动得大声喊了出来。

　　"这扇门坏了，他被卡住了啊。"

　　阿依的声音又细又弱，仿佛从远方飘来。六瑾看见她还没醒。

　　雪已经停了，四下里安静得近乎死寂，欢快的情绪又在六瑾的内心升腾。啊，如果阿依也像她这么快乐有多好！她低头打量台阶下的那些雪花，又一次看见了曾令她头晕的那些旋涡。那么多、那么深的旋涡，好像要将她吸进去！她掉开目光看天，天上灰灰的，也有一个一个的旋涡。六瑾清清楚楚地感到心里有什么东西正在生出来，是那种最能让她兴奋的东西。她轻轻地呼唤着：

"樱，樱——樱——樱……"

她闭上眼，想象着木叶县的风景。非洲鼓的声音响起来了，先是远远地，后来竟然到达了院子的外面。六瑾回转身，朝着阿依一笑。

"我看见他了，我同他相遇了，但没有说话。今后，我们只能在那种地方见面，这事我已经想通了。"

阿依说话时脸上的表情轻松了好多，六瑾为她感到高兴。

"你看，那是什么？"阿依指着雪地说。

六瑾看见先前见到的旋涡都在动，有一个小黑点正从一个旋涡里涌出来。啊，是一只张飞鸟！它扑棱一声就摆脱吸力飞出来了，它绕着院子飞了一个圈，停在榆树上的那个旧窝里，那个窝里住过各式各样的鸟。

"这是木叶县来的客人。"阿依又说。

"我也这样想，刚才我在唤一个人，是不是碰巧将鸟儿唤出来了？"

"六瑾在唤自己的爱人吧？"

"不，不是。啊，也可以说是，他那么美，像黑夜一样美，像动物一样美，又像一朵云。你想得出来吗？他坐在岩石上守夜的时候，遥远的西边，大地上鼓声隆隆。"

雪又开始落了，六瑾同阿依开始讨论设计院的问题。她们两人都明确地认为自己是设计院的孩子，虽然一个住在院里，一个住在院外。那么，这个庞大的、几乎占据了小石城一半以上土地的设计院，到底是一个什么样的机构呢？六瑾回忆着，她想抓住老院长那模模糊糊的影子。然而，她感到力不从心，她的叙述断断续续，无法将自己的真实感受传达给阿依。可她又不能不说，她要是不说的话，设计院就更不清晰，更虚幻了。阿依同情地倾听着，不时小声地补充一两句话。当然，她听懂了。最后，两人都沉默了，也都听见了雪花落地的细小的声音。阿依有点犹豫地说：

"清晨的时候，我从羊的眼睛里面可以看到设计院的活动。还有，我妈妈临终前的瞳孔里头。"

六瑾的思路一下子变得开阔了，她说：

"你的父母，还有我的父母，你，还有我……前赴后继！对不对？"

"对！对！还有张飞鸟！"鹦鹉说。

张飞鸟落在窗台上，一共三只，都是那种袖珍型的，身上有点湿。六瑾想，它们大概全是从旋涡里头挣脱出来的，它们就是樱的精魂。一瞬间，她对樱的思念变得无比强烈了。

"我们只爱设计院的人，我很小的时候就知道这个了。"阿依说。

"可我，直到最近才慢慢清楚了。我不如阿依那么纯粹，有什么东西总是蒙着我的眼，也可以说我从前视而不见。我真羞愧。"

阿依离开了好久，六瑾还在想樱的样子，她甚至觉得自己就住在这个父辈男子的身体里。现在她似乎有点明白当初父母为什么要离开了。她记忆中的一些隔离箱现在正在融化，障碍正在消失。她眼前出现了金黄圆月下的荒岗，但那已经不是荒岗，而是长满了郁金香的花园。

六瑾打着伞，踏着雪来到外面，她向宋废原的烤羊肉店走去。

她老远就看到店子又扩大了，生意兴隆。她推门进去，里头热气腾腾的，人的脸全都模模糊糊。她在角落里找到一张桌子坐下来，宋废原的儿子小宋立刻过来了，就好像她刚一进门就被他注意上了一样。

"六瑾姐姐，你很少在雪天里出门吧？"他说。

"嗯，你这里很好，雪天里就更觉得你这里好了。屋里怎么这么多水蒸气啊？谁都看不清了。"

"我用三只大铁锅煮水，将店里弄成了这种样子。大家的反映都很好。"他又压低了声音补充道，"因为来这里的人，都不愿意别人看清自己的脸。"

六瑾夸奖他的办法，说他的生意做得好，超过了父亲。

"啊，我不过是为你们这些心里痛苦的人做点小事罢了，我哪里能同父亲比！不瞒你说，我父亲是我的精神导师，他现在离家了，但我们之间的联系比以往任何时候都更密切。你光要一碗面吗？"

六瑾慢慢地吃着，这些在蒸汽中浮动的人脸给她一种很新鲜又很飘逸的感觉,她不由自主地说出一句令自己吃惊的话:"这就像在非洲。"

"这就是非洲。"有人回答她。

说话的是老石,却原来老石就坐在右边的桌子旁。他并没打算过来,就在那里同她说话,他显得很放松。

"六瑾,我每天都来这里呢。这个小宋,很有创意。"

"废原不回来了吗?"她问。

"不回来了,他要过一种更有勇气的生活。六瑾,你常来这里吧,这样我就可以不时见到你了。在这里真好,一点都不用害羞。你会来吗?"

"好。"

小吃店里有一些狗在桌子下面钻来钻去的,六瑾以前也看见过它们,这些狗的眼神同阿依的羊的眼神一样,悲哀得让人心凉。现在它们隐身在水气中,像一些心事沉重的动物,轻轻地哭着。六瑾想,它们一定是想念老家了。

六瑾走出店子去买面粉时,看见两条大狗跟出来了。她买了面粉回家,它们还是跟着她。但是六瑾到家之后,它俩就待在院门口不进去了。六瑾起先也没在意,只顾忙家务。当她坐在厨房里小憩时,脑海里忽然浮现出当年母亲同父亲之间的对话。

"那花园,怎么在狗的眼睛里?"母亲问道。

"狗是历史的记录者啊。"爹爹说。

六瑾连忙起身跑到院子里。那两条大狗看样子站了一段时间了,身上落了一些雪花。它们看见六瑾过来了,就一齐发出奇异的哀号跑掉了。六瑾感到自己又犯下了疏忽的错误,以前多次有过这种情况。她重新坐下来，竭力搜索关于那个花园的记忆。好多年里头，她总听到这个人或那个人用隐晦的语气提起某个不存在于现实中的热带花园，从来没有人向她明确地解释过。如果羊肉小吃店里没有蒸汽，她是否就能从狗的眼里看到花园？这个小宋，还有老石，他们在精心掩盖的那种事，正是她永远会疏忽掉的那些事，她又回想起她买面粉时，在她后面排队的中年妇女对某个人说："这种雪天，园丁老人的日子一定难过……"她听到了这种议论却没有去细想，她总是如此。想到这里，她觉得自己有点接近那个传说中的事物了。也许，狗叫是因为某个老人的生命垂危吧。六瑾的好心情开始转化了——雪花并不能掩盖那些可怕的沟沟壑壑。

六瑾走进卧室时又发生了一件更奇怪的事，那只鹦鹉反复地、有点疯狂地复述着樱说过的一句话：

"您不要以为他们是观察您，不，不是，您不要以为他们……"

六瑾将鸟笼取下来，挂到了大门口。

她走进那间书房，拉开柜门，弯下腰去拿父亲的那个相框。相框拿出来后，她看见有五只细小的壁虎的遗骸粘在玻璃上，而玻璃下面父亲的那张脸，因为疼痛而扭歪了。六瑾想，爹爹怎么会在临走时照一张这么大的照片，还用镜框框起来？再仔细看看，又觉得这个人并不像爹爹，倒像他的一个什么亲戚。

她找来了起子和小铲子，将那些小壁虎完整地弄下来。她忙忙碌碌地弄了好久，发现那些小东西居然同玻璃连成一体了。其中有两只被她弄得粉碎，那玻璃凹下去，印出它们的身形。

六瑾绝望了。玻璃下面爹爹的照片根本看不清了，但她又不愿意将玻璃和壁虎一块扔掉。六瑾用抹布抹干净玻璃，心里怀着对自己的恼怒，将相框包起来重新收好。她开始想象五只小壁虎在这个相框上处于弥留之际的情形。在那个时刻，爹爹的样子会不会发生变化呢？从前，当爹爹一个人坐在厨房里的时候，那些老壁虎一定同他有过频繁的交流了。刚才是怎么回事？就像鬼使神差一样，她一气毁坏了两只壁虎的遗骸！然而即使是现在，看见五只壁虎粘在爹爹的相框上，她仍然会感到毛骨悚然。

孟鱼老爹的妻子，也就是"夫人"，冒着大雪过来了。她在台阶上抖掉身上的雪。

"六瑾看见我们的母羊了吗？是昨天走失的。这几天老有失窃的事。"

"夫人"全身穿黑，像一个阴魂。她站在外面不进来。

"我没有看到。这种事以前很少发生吧？"

"从来没有过。末日要来临了，我为阿侬担心啊。"

她转身离开之际严肃地看了六瑾两眼，看得六瑾胆战心惊。她刚出院门，马路对面的小屋里就响起了阿侬凄厉的歌声，六瑾听得几乎要落泪了。一直到阿侬唱完那首歌，六瑾的身体还在发抖。

六瑾一边做饭一边想那些更模糊的事情，她这样做可以使自己平静下来。刚才，从阿侬的歌声中，她又一次体会到了她内心的狂暴。难怪"夫人"要为她担心！阿侬当然只能是无望的，谁能追得上启明老伯这个过去时代的幽灵？

六瑾先是做了一个梦,梦里有人老在喊她的名字。她答应了又答应,都不耐烦了,可那人还在喊,而且还责骂她,说她装聋作哑。六瑾一愤怒就醒来了,看看闹钟,才半夜一点钟呢。她开了灯,到客厅去喝水。她走到客厅便看见启明老伯的背影了,他看上去就像是在观察空中的雪花。

"马车在院门外等着,我们走吧。"他说。

"去哪里啊?"

"你又忘了,当然是去雪山啊。"

"那,我得换衣服。"

她出来时穿上了棉衣和外套,还有那双毛靴子。启明打量着她说:

"六瑾的这副打扮就像是要去战死沙场一样。"

居然是一辆专门坐人的轿式马车。他俩先后钻了进去,坐好。车厢里头并不那么舒服,椅子很硬,四面透风。六瑾很庆幸自己穿得很厚,但是她发觉启明老伯只穿了一件薄薄的外套,也没戴帽子。车子一开动,风就吹在脸上,很疼,六瑾的眼泪都流出来了。她想,脸上麻木了就不会疼了。过了好一会儿,脸上终于麻木了,感觉不到疼了。她靠在老伯宽阔的肩头,老伯轻轻地搂着她。六瑾的嘴因为麻木说不出话来,她听见启明在欣喜地说话:

"就是死,也是那么的快乐!"

车子走得很快,道路变得崎岖了,两个人都坐不稳,一下子被撞到这边,一下子被撞到那边。六瑾想笑,却又笑不出声。他们就这样在黑暗里挣扎着,熬着。

仿佛已经过了好久好久,可是天还没亮,反倒更黑了。

忽然,车停下来了,车夫站在雪地里破口大骂,像是骂天气,又好像是骂他们这两个乘客。六瑾感到车夫的话十分晦涩,骂着骂着,车夫扔下他们和马车自己走掉了。这时启明才说:"我们已经到了。"

从马车里出来,六瑾看见那两匹黑马一动不动地立在雪中,很像雕塑。她在心里叹道:"多么镇静啊。"天色灰暗,前面的那座山好像要隐身似的,只能看见一个淡淡的影子。六瑾问启明要多久才能走到雪山下,启明回答说:

"这取决于你脚下的路。"

六瑾睁大了眼仔细看。这是什么样的路?实际上没有路,他们置身于稀稀拉拉的小树林。启明说,雪山总是发脾气,动不动就同人拉开距离。比如现在,他们已经在山脚下绕着它走,它却偏不现身。

"那么,我们这是去哪里呢?"六瑾问。

"去看望一个临终的老人。"

后来他俩进了那栋木屋,这时天已经亮了。木屋里头也是到处透风,屋角睡着老人。老人隔一会儿就大声呻吟一句:

"我真难受啊!"

起先六瑾看不清屋里的情况,感觉很恐怖。后来她鼓起勇气凑近老人,竟然发现那张脸精神抖擞。这是个童颜鹤发的漂亮老人,双眼很清澈,样子也很健康,根本不像处于弥留之际。他是真的很难受吗?也许他有把握战胜生理上的难受,所以才显得这么健康?

六瑾突然发觉启明老伯不见了，屋里只剩下自己和这个垂死的老人。而他，正伸出一根食指朝自己打手势，要自己更靠近他。六瑾握住了他的右手，那手又硬又冷，还很有力，哪像个要死的人。会不会是恶作剧？可是启明老伯绝不是那种搞恶作剧的人啊。

"外面在下雪吗，姑娘？"他说这话时呼吸有点急促起来。

"是啊，老爹。"

"真的在下雪吗？"

"真的。到处白茫茫的。"

"我可要死了，我里面那些坑坑洞洞填不平了。我真难受啊！"

他又呻吟起来了。六瑾踱到门外，抬眼一看，吃了一惊。因为山就在她眼前，那条被雪覆盖的山路上有很多兽的脚印。种种往事涌上了六瑾的心头，她一冲动就想抬脚往山里走。可是她不能将临终的老人丢下不管啊。就在这时她听到了传来的对话：

"有的人死了，有的人又生出来。这山里啊……"

"我们什么都不怕。"

说话的是启明老伯和阿依的哥哥，他俩正从山路上走过来。阿依的哥哥板着脸朝六瑾点了点头，就到厨房里去了。六瑾心里明白了，这是阿依的家。启明老伯弯下身，对床上的老人耳语了几句。病人居然笑了起来，屋里的气氛马上轻松了。六瑾看见里面墙上有一扇门，她想那大概是阿依的房间。她走过去推开那门，可是里头黑洞洞的。

"你进去嘛。"启明老伯说。

六瑾被什么东西绊倒了，跌坐在一张小床上面，她听到了婴儿的哭声。

"那是阿依，阿依小的时候最爱哭，完全不像山里的孩子。"启明又说话了。

"听说我小时候也是这样，这屋里充满了记忆。难道是阿依要启明老伯带我来她家的吗？她爹爹快死了她也不回来！"

"是啊，是她要我带你来的，你感觉如何？"

"她已经不哭了。她就在这屋里，对吗？哈，一个在城里，一个在这里！"

六瑾在床上摸到一只婴儿的小手，那只手紧紧地抓住她的食指，给了她异常强烈的感觉。她哽咽着喊道："阿依——"

这时在外面房里，阿依的爹爹又在大声呻吟："我真难受啊！"

阿依的房里有动物皮毛的气味，这气味令六瑾想起蕊。多么相似的气味啊，阿依和蕊也许是兄妹？婴儿的小手也在黑暗里发出微光，正如从前蕊的手。六瑾感到启明老伯什么都看见了，他正站在门边观察她呢。奇怪，前面房里四处透风，阿依的这间房却很温暖。六瑾出汗了，她脱掉外套，站在房间中央。她想，该有什么事会发生吧。她在等待。

没多久就从厨房里传来了歌声，是阿依的哥哥在那里唱。六瑾听不懂他唱些什么，她感觉好像是一个人骑在战马上正准备跳岩。六瑾从阿依的小房间出来，看见启明老伯在窗前观望，阿依的爹爹则在说着谵语。

歌声越来越激越了，六瑾和启明老伯都看见了那两只雪豹，一只公的，一只母的，它们就蹲在山脚的雪地里。

"那是哥哥的豹吧？"六瑾小声问道。

"是的。"启明回答,"你瞧,又来了。"

六瑾果然看见又下来了两只。新来的两只立在另一边,四只豹对望着。厨房里阿依的哥哥唱完了,六瑾感觉他已经跳下去了,正从半空往下面坠落。

"哥哥永远也不会搬到城里去,对吧?"

"当然不会,你看这位老爹多么幸福。"

"我明白了。到处都有那种花园。雪天真好。"

六瑾和启明坐在马车里走了很远,还可以听得到阿依哥哥的歌声,他又开始了新一轮激情的歌唱。六瑾深深地为他所打动,倾听之际,一些疙疙瘩瘩都在心底消失了,六月的太阳光在她心田里跳跃。她由衷地说:

"谢谢,启明老伯。"

"六瑾,我修好了你的玩具鸭,你要带它到小河里去吗?"

"启明老伯啊!"

她伏在老人的肩头,泣不成声。她感到灌进车厢里面的风已经变成了温暖的春风,雪豹英武的身影在树丛里闪过。

他们在六瑾的院门口分手。启明没有下车,他的声音微弱地传出来:

"把那些小鸡小鸭都还给你……"

那车子很快就消失在雪地里了。

雪停了。她听到院里有小动物的持续叫声,有点像蝉,又有点像鸟,是从井口那里发出的。六瑾走到那一堆水泥所在的地方,却又并没有发现那种声音的源头。邮差在院门那里叫她,说:

"你有木叶县来的信呢!"

六瑾接过信站在那里发呆。真怪,这种轻飘飘的薄纸信封,又这么大,她还从来没见过呢。仔细看几眼,便隐隐约约地看见了狼的图案。啊,真的有个木叶县,地图上怎么从来没出现过呢?"木叶县中水街四号麻寄"——一个姓麻的人给她写来的信,字迹很普通。

她仔细拆开信,掏出里头那张纸。纸的两面都印着淡绿色的树叶图案,很美,有种熟悉感。为什么没有文字?

"你没有想他的时候,他就来了!"鹦鹉说。

难道是蕊写来的信?那只张飞鸟站在房子底部的风洞那里,突然发出了蝉的叫声。啊,一只鸟儿竟然可以一口气连续叫这么久!它的身体只有普通张飞鸟的四分之一那么大,羽毛又黑又亮。这么小的张飞鸟,它的叫声更是不像鸟叫,也许这就是入侵到生活中来的异物吧。它终于叫累了,就退到风洞里头去了。

六瑾走进厨房时,饭菜摆在桌子上,看来阿依来过了,阿依多么贴心,多么令人舒适。六瑾感动得又想流泪,近来她常这样。

天黑下来时,她将那封信放在窗台上,她看到了淡绿色的微光。她对自己说:"那就是蕊的手。有那么多的人惦念着我呢。"

她坐在窗前,又一次听见了雪花落地的细小的声响。爹爹和妈妈那奋进的身影浮上了她的脑际,想到他们到了晚年还能会合到火热的集体生活中去,六瑾心中对他们生出由衷的钦佩。

她一直坐到夜深。后来她就什么都不想了,任凭感官被窗外凉丝丝的夜气抚摸着,大脑一瞬一瞬地变得通明透亮。

老板躺在藤椅上,将腿架起来。他的腿还是不能动,可他看上去并不痛苦。

"螺旋花纹的那几匹布一上柜就卖完了。"六瑾对他说。

"六瑾啊,"老板叹了口气,"你帮我做了多少年了?在这个市场里,我们这一对搭档啊,可说是,可说是……"他说不下去了。

老板一贯不动声色,六瑾很吃惊他居然这么激动。

"是啊,老板。我们站在这里,我们耳听八方,我们……啊,老板,我当初选择这个工作,就是为了倾听人群中传过来的那些声音啊。"

"六瑾真精明啊。"

老板弯下身去想到藤椅下找什么,但是他够不着。六瑾问他找什么,他看着她,意味深长地说道:"龟。"他还说那小东西来无影去无踪。

六瑾的顾客们有点奇怪,买布的时候都垂着眼不看她,就好像在为什么事发窘一样。六瑾暗自思忖:莫非自己脸上有什么东西?她走到后面房里去照墙上那面镜子,她在自己的额头上看见了那只壁虎,那么细小的壁虎残骸,而且是透明的。她用手巾去擦,擦了几下都擦不掉,她慌张起来了。当她不照镜子时,用手向那个部位摸去,却什么也摸不到。一照镜子,就赫然见到那个小东西嵌在额头正中,如同她戴的一个首饰。回想起爹爹镜框上的那些壁虎,她的心怦怦跳个不停。

"六瑾啊,有的事不要太往心里去,任其自然。"

听了老板这句话,六瑾就镇静下来了,她转身回到了柜台上。

"雪天里,视野真开阔。"她对那位老女人说。

老女人收好布，点着头回应她说：

"我啊，就喜欢来你这里买布。这种布是雪山里头制出来的嘛。"

六瑾注意到市场的角上有人群在聚集，与此同时，蝉鸣响彻整个大厅，就好像不是雪天，而是夏天一样。

一群姑娘来到她的柜台前，她们抚摸着布匹，轻声地说话。六瑾扫了她们一眼就愣住了，四个皮肤白皙的姑娘脸颊上都嵌着小银环蛇的标本，仿佛那毒蛇是从肉里头长出来的一样。她颤声问道：

"你们，买布吗？"

"我们来找那种印着竹叶的土布。我们脸上的小蛇名叫'竹叶青'。"高个子的女孩很坦然地说。

六瑾凝视着这群俊俏的姑娘们的背影，在心里感叹道："世事在发生什么样的翻天覆地的变化啊！"

忽然，樱出现了，他的个子那么高，脸上那么黑，老远一眼就可以看见。但是他却没有过来，他在伸长了脖子找什么东西。六瑾想，他要找的东西难道会在市场里头？这时老板在后面大声说话，六瑾连忙跑过去。

"那位英武的男子来了吗？"老板问。

"您是说樱吗？他到了市场。"

"昨天傍晚，我从这扇窗看出去就看到了他。他的样子很像我们的祖先，他在那口井边打水。"老板回忆道，"他真黑啊。"

六瑾觉得老板不是在回忆昨天的事，倒像在回忆久远的过去的事。

老板将后门全部打开了，扶着竹椅面对漫天大雪。六瑾看见他脸上光彩照人，她以前可没有发现他是这么英俊的一位男子啊。

那一天六瑾下班后没有回家，因为她在路上遇见了"夫人"，"夫人"告诉她说阿依失踪两天了，现在她、孟鱼，还有启明和阿依的哥哥都在找她。六瑾听了心里非常害怕。雪很大，没被人踩过的地方有一尺多深了。六瑾记起了白塔，她和阿依去过一次那里。

白塔在公园里，六瑾走进公园时，感到迈步很艰难，雪太深了。她站在白茫茫的世界里不知所措。这时她便看见了雪地上的人形，那些人形一溜排过去，大约有十来个。六瑾的心像要从喉咙里跳出来一样，她顺着人形找过去，她想，这就是阿依，她在这里扑腾，企图从地面上消失。她站在最后一个人形上，看到前面再没有任何痕迹了。那么，一定有裂缝，裂缝在哪里呢？她转身往回走，出了公园，来到大街上。"夫人"的呼唤传到她的耳中："阿依——阿依……"她伸手往脸上一摸，摸到一些冰碴，看来她被冻出了眼泪。

没有了阿依的大地依旧是这么妖娆，阴魂一样的人影在上面飘飘荡荡。六瑾毅然抬腿朝着那个豁口迈步。